空に星があるように

小説 荒木一郎

荒木一郎

小学館

空に星があるように　小説　荒木一郎

目次

ブックデザイン　鈴木成一デザイン室

まえがき

三十代になったある日、作家の林秀彦さんから電話が掛かって来て、「荒木一郎を書きたいんだよね」と、言われた。

林さんとは、十代の頃からの知り合いであり、秀ちゃん、いっちゃんと呼び合う友達であり、十歳年上の人生の先輩でもある。

秀ちゃんと会ったのは、「ただいま11人」というTBSの連続テレビ番組だった。秀ちゃんは、松山善三さんのお弟子さんで、その作品の脚本を担当していた。

ホームドラマとして視聴率が高く、それに僕の母親がレギュラーで出演していたために、秀ちゃんは母の麻雀仲間として、時々家に遊びに来ていた。

僕の母親は、麻雀が好きで、小さい頃から母が牌《パイ》を打つ横にへばりついて、流れを見ていた記憶がある。その影響だろう、高校を卒業する少し前から三十代があと一ヶ月で終わる十一月二十八日までの二十二年間、毎日のように誰かしらと卓を囲んでいた。

高校を卒業して、僕は大学に進学せず、そこから麻雀に明け暮れる生活となるのだが、麻雀仲間である学友達は、それぞれが大学を目指した。

だからと言って、彼らが麻雀をやらなくなるわけではなく、朝方まで牌をかき混ぜたあと彼らは腫れぼったい目をこすりながら大学に向かって出かけて行き、一人残った僕は、牌の詰め込みや麻雀のいかさまのテクニック、あるいは、牌を積んでいるときに、どのくらい牌を覚えられるかといった技を練習する時間になった。

と言っても、いかさま師になるための練習ではない。

物事をやろうとしたら目標を決め、そこまでは徹底的にやる。やる所までやらないで終わったのでは、やった意味がない。

いかさまのテクニックに精通する事によって、対戦する相手の力量やインチキを見抜く事が出来るようになるし、積まれてる牌の位置が分かれば、牌の流れや人の運まで見抜けるようになって来る。

第一、そんな訓練すらやらないのであれば、麻雀に勝つ事も極める事も出来ない。

自動で牌が積まれる昨今では考えられない事だが、当時は手動で、自分の手で牌を積んで行く。その為に、牌を覚える事が出来た。

この、牌をどのくらい覚えられるかで、麻雀のうまい下手が分かれるのである。

むろん、自分の前に積んだ牌の行方だけではなく、相手の積んで行く手の動きの中で、どの列のどの位置に、その半荘《ハンチャン》において重要と思われる牌が積まれるか、その行方を追わなければならない。

牌を積んでいる間に十以上の牌を覚えられないのでは麻雀をやる資格はない、と、当時は豪語していた。

やがて、神と言われるほど麻雀に精通し、時の名人とも手合わせをして勝つほどになって行った。

週刊ポストに、「有名人勝ち抜き麻雀大会」というページがあった。これを担当してる男が、麻雀仲間に居た。居たというより常連だった。

北井は、負けの常連でもあったが、負けても金がないので常につけで支払っていて、北井専用の負けノートが存在していた。

麻雀は技以上にツキのバイオリズムによって勝敗が分かれるところのあるゲームなので、そんな北井でも、稀にツキの強い日があり勝つ事があった。当然、専用負けノートからその金額が引かれるだけのはずなのだが、そんな時、北井は、

「たまに勝ったんだから現金で下さいよ」

と、図々しく懇願した。

その北井が、

「色んな有名人の麻雀を見て来たけど、荒木さんみたいに強い人は見たことがないですよ」

と、僕をその大会に引っ張り出そうと盛んに水を向けて来る。

「他流試合はしないんだよ」

と、北井にも常に言って断って来たが、生涯で二度ほど他流試合をした事がある。

一度は、ある麻雀誌の編集長から声がかかった時のことで、時の名人田村正昭さんと卓を囲んでほしいと頼まれた。田村さんとは麻雀談義をしたこともあるし、知らない仲ではないので引き受ける事にした。一九七七年の夏、僕が三十五歳の時のことである。

相手側はプロ雀士が二人、こちらは僕と、青島幸男が選挙で当選した時に第一秘書をやった辺見広明くんである。辺見は、僕ほど強くはないが、相手が勝負したいのは僕である。タッグマッチを言われてるわけではない。

結果は、半荘二戦して二回共に僕がトップ、辺見がびりっけつ。

なので、雑誌社としては名人を立てて、総合点では名人側の勝ちと書いている。むろん、名人と僕一人の対決なら、堂々、僕が一位ではあったのだが。

秀ちゃんの話に戻ろう。

そんな風に、母親の麻雀仲間として家に来ていた秀ちゃんが、「ただいま11人」に出ないかと言った。

高校生の時から、僕は思った事を日記のように、あるいは気分を走り書きして、それをギターで弾き語りで唄ったりしていた。人に何か想いがあったりすると、曲と詩がほぼ同時に出来るわけだ。想いと言っても、そんなに重要な意味ではない。たとえば、マネージャーの辻くんが、子供が出来たから、何か作ってくれよと言うと、即、♪パパの手に、ママの手に……、と、辻くんの気分が乗り移ったようにして、曲と歌詞が産まれて来る。

辻くんは、嬉しそうにして聴いて満足する。辻くんは、ホテルのボーイをやっていて、みたけプロの望月社長にスカウトされてマネージャーになったのだが、最初の担当が十八歳になったばかりの僕だった。

それ以来、二十二歳でシンガー&ソングライターとして歌手になるまでの間、僕と辻くんのコンビは続く。

しばらく歌手をやってみようかと思い始めた時に、辻くんから、

「俺は芝居が好きだからね、サブちゃんが歌手になるんだったら、俺は俺の道を行くよ」

と、言われて、やむなくコンビを解消し、僕は僕の道を行くことになった。

自分の会社を作って社長になり、歌手としての道を模索し始めるわけである。

辻くんが、何故、僕をサブちゃんと呼ぶかは、本編の小説の中にも出て来るが、あとで記すことにしよう。

秀ちゃんは、役者としての僕というより、その弾き語りに目をつけたわけだ。

「番組の中で、おまえさんが、ギターを持って来て歌を唄うっていうの、どう」

と、秀ちゃんが言う。

秀ちゃんが僕の作る歌を気にいってくれたのはいいが、歌は、あくまで気分であり、当時の僕の目標は役者になることである。

ところが、いいも悪いもなく、台本はすぐに送られて来た。

一家の隣に住む若者の役で、ギターをいつも弾いて唄っているという設定。僕、そのままの役だ。秀ちゃんに誘ってもらって、隣のギターで歌を唄う青年役をやったおかげで、同じTBSからすぐに依頼が来た。森雅之さんが主役の「虚々実々」というドラマで、その息子役である。ちょっと変わった話だった。

僕の役も普通じゃない。選挙に立候補しながらも、親父の会社が新しく開発したトイレのフタの宣伝をしなければならず、そのトイレのフタの歌を自作自演で唄うおかしな役である。

キャラメルマシーンという漫才とマジックを融合させたパフォーマンスをやる二人組がいる。彼らはWAHAHA本舗に所属していたのだが、最近、リーダーの貞から個人的に頼まれてライブのプロデュースを引き受ける事にした。

そうしたある日、打ち合わせで彼らが部屋に入って来るなり、「♪フタ、フタ、トイーレフタ……」と、トイレフタの歌を唄い出したのである。少なくとも五十年近くも前の、しかも、レコードとか映像とかの記録が残っているわけもない時代の歌である。

「何で知ってるんだ」

と、貞に聞くと、社長が彼らに唄って聞かせたんだという。しかも、覚えろと言って、一曲まるごとをである。

WAHAHA本舗の社長は、喰始《タベハジメ》さんである。面識は無い。無いが、今回のキャラメルマシーンのライブで僕が彼らをプロデュースをしてるのは知ってる筈だ。

そう、知ってるからこそ、この歌を彼らの前で唄ってみせたんだろう。

ということは、当時、その番組にタベさんは何らかの形で参加してたのか。TBSに勤務していて、この番組のスタッフに名を連ねていたのかもしれない。

それにしても、僕でさえほとんど覚えていない、どこにも記録が残って無い、それも一回だけのオンエアで僕が曲をつけて唄った架空のコマーシャルソングを、頭の中に五十年近くも保っていたというのは、驚きである。


そんな感じで、秀ちゃんは僕の歌を好きになってくれ、十歳も年が離れているのだが、友達になって行った。

秀ちゃんの容貌は、すこぶるダンディーで日本人とは思えないくらい鼻が高く、彫りの深い顔立ちをしている。想像するならインド人の美男を思ってくれたらいい。

その頃の秀ちゃんは、フランスだか、どこかの国で知り合ったサビーヌという女性と結婚していて護国寺に住んでいた。

サビーヌは、なんとなくはかなく、道にひっそりと咲いている菫《すみれ》を思わせる清楚な感じの美人だった。

あまり日本語は達者ではなく、秀ちゃんの家に遊びに行くと、僕は、淹《い》れてくれた紅茶を飲み、サビーヌと秀ちゃんはフランス語みたいな言葉で会話をしていた。

女を上野まで送ったある日、運転している帰り道、ふと見るとガソリンのゲージがほとんどゼロをさしている。このまま家にたどりつける気がしないので、ちょうど途中に秀ちゃんの家があるのを思い出して、そこを目指した。

近くまで来て、公衆電話から秀ちゃん宅に電話をした。夜中の二時ごろである。

今、眠ってたんだという声音で秀ちゃんが出たので、ガソリンが無いんだと言った。

「だから」

と秀ちゃん。

「だから、ガソリン入れてほしいんだ」

と、僕。

「ガソリンなんかあるわけないだろう、スタンドやってないのか」

と、秀ちゃん。

「やってないから電話してるんだよ」

と、僕。

それから秀ちゃんは、パジャマにガウンを羽織ってマンションの下までバケツとホースを持って降りて来てくれた。

「車で待ってなさい」

こんな夜中にどこに行くのか、ガウン姿でバケツを持って、秀ちゃんは闇の中に消えて行った。

三十分くらい待っただろうか、車の窓をコツコツと叩く音がするので、見上げると、秀ちゃんの笑顔があった。

後年、この話を秀ちゃんは良く人に自慢話のように語っていた。

「この人は、ほんとに人使いが荒いんだよ、人を人と思わないというか、もう自分勝手の権化のような存在だ」

と。

僕がスターになったから、エピソードとしての価値が出たのだろう。もし、歌手になって一世風《ふう》靡《び》をしてなかったら、ただの迷惑な話でしかなかったのに。

秀ちゃんは、その後、実力が認められて、ドラマの脚本の話が多く舞い込むようになった。そんな時でも、役者としての僕の事を気にしてくれて、出演の話をすすめてくれたりするのだが、なかなかうまく行かず、その時も、主役級とまでは行かないが役を考えてテレビ局側に交渉してくれた。

昼間のドラマの連続ものだったが、役者としてはちょい役だったけど、秀ちゃんが作詞をして僕が曲を書いて、それが番組のテーマ曲になるというところに落ち着いた。

風は、冷たく吹き
耳を刺す冬よ
太陽が目をやき
僕らの胸を閉ざす、ああ、夏よ
そして、秋になると
ふと、君は、寂しかったりする
でも、唄い続けよう
きっと来る、春は来る
きっと来ると

作曲家としての僕を秀ちゃん一人は認めてくれたし、何より、この歌を秀ちゃんは気に入って死ぬまで唄ってくれていた。

秀ちゃんが売れっ子作家になって来ると周囲が変化し、秀ちゃんはサビーヌと別れて、女優の富士眞奈美さんと結婚した。

そして、護国寺から信濃町のマンションへと秀ちゃん宅が移り、僕にも色々と変化があって、その頃にはスターと呼ばれるようになっていた。

眞奈美さんの作るチキンカレーは絶品で、サロンにあまり人が来ない時などに作ってくれたりする。

秀ちゃんは、凝り性で、僕がマジックを教えると、それにどっぷりとはまり、自分の書くエッセイ集などにマジックの話を面白く書いたりした。あげくに、どこからか、マジシャンの知り合いを探して来て、そこから芋づる式にマジシャン連中とのつながりに持って行った。

僕は、二十七歳の時に、マジックと将棋と切手を、それまでやっていた趣味の領域から形になるまでやってみようと思い立った。

マジックは洋書を読み始め、将棋は道場に通い、切手は東京にある切手商と軒並み付き合い始めたし、海外の切手オークションが日本に来ると必ず出かけて行き、掘り出し物を漁《あさ》った。

その結果、マジックは、プロが読むマジックの本を十冊刊行して、そのうちの何冊かはマジック界でベストセラーになっている。

また、切手は、一九八五年に日本で最大の切手趣味の団体、日本郵趣協会においてその年のグランプリを受賞する事が出来た。

将棋は、四段の免状を獲《と》り、プロの棋士とも交流を持てるようになり、日本で戦前戦後を通じ一冊しかない「日本将棋用語事典」をプロデュースさせてもらうことが出来た。

眞奈美さんの人柄のせいか、信濃町の秀ちゃん宅は、サビーヌとの生活の時とはまったく違ったサロンのようなにぎやかな環境となり、マジシャンや出版関係の人達とか人が集い、談笑する場になった。

おかげで、僕もマジシャンとの付き合いが広くなった。

何人ものマジシャンと知り合うのだが、たとえば、普段は名古屋の歯医者を営み、海外では有名なマジシャンである沢浩さんとも仲良くなって、オリジナルなマジックを見せてもらったりした。

その中に、「ちぇっ」というタイトルで、酔ったインチキ賭博師が客の選んだトランプを当てる作品があり、それが、ずーっと後まで印象に残った。

客が選んだトランプを酔っているために湾曲させて、誰が見ても客のカードだと分かる状態にしてから混ぜる。それから当てると言って、曲がったカードを取り出して客に覚えたカードの名を聞くのだが、カードの表をじっと見たあと、「ちぇっ」と言って、床に投げ捨てる。表返ったカードを見ると客の言ったのと違っているというコミカルな作品である。沢さんの演技も面白く、これには笑わせられた。

松尾さんは、ダンディーなテクニシャンだが、ポップアップムーブというテクニックを使った作品を見せてくれた。これは、一組のトランプを二つに分けてポンと合わせると、その間にエースが表向きに次々と出現するマジックである。

ラリージェニングスという、世界でトップクラスのマジック研究家がアメリカから来日した時のことだ。

招待した側が、彼に日本の家屋を案内したいと思い、僕の家が候補地になった。

スタッフは、普段、秀ちゃんの家に集まる人たちだから、気心も知れている。沢さんも来たし、松尾さんも先日見せてくれた大きなトランプと同じブランドのギミック版をお土産に持って来てくれた。これは美味《おい》しいお土産だった。

ジェニングスは一番大きな籐《とう》の椅子に座ったが、巨体のため座るというより、はまってる感じになった。

ジェニングスがマジックを披露し、それから次々と日本のマジシャンたちが自分の作品などを見せた後、僕にもやれ、というので、オリジナルではないが最近アメリカで流行しだしたカードマジックを見せた。

マジックの権威である二川滋夫さんが、それから三十年後、僕が書いたマジック本の序文に、その時に演じた僕のマジックについて書いてくれている。

「非常に鮮やかな四枚のクィーンのリバースアッセンブリーで、皆、目を丸くして見ていました。その頃は、まだ誰も演じてなかったトリックであり、当時から、海外の文献をいち早く読破されていることが察せられました」

それから数年経ったある日、僕の家に集まった連中がマジシャンの話をしだした。最近、テレビで急激に人気になってるマジシャンがいるという。

なんの根拠もなく、ふと、それが松尾さんのような気がしてテレビをつけた。

鮮やかな手つきでマジックを演じてるのは、やはりエレガントで、観客にやさしく語りかける松尾さんだった。まるで、メンタルマジックのように僕の勘が当たったわけだが、松尾さんは、本名ではなくＭｒ．マリックという芸名で出演していた。

秀ちゃんには、将棋も教えた。

秀ちゃんは将棋を知ると、いつものように熱中し、千駄ヶ谷にある日本将棋連盟の会館に日参するようになった。プロの棋士と知り合いになるためだ。

それから、だんだんと秀ちゃんのサロンに、将棋の棋士の姿が見られるようになるのだが、その棋士の人たちと、最初に僕が遭遇した日の話である。

その日、サロンには伊藤果《はたす》八段が来ていた。その当時、六段だった果さんは、詰め将棋に関して、この頃から業界随一の腕を持っていた。

その果さんに、「これから天才が来るから」と、秀ちゃんが言ったらしい。

将棋の棋士自体、天才しか居ないが、芸能人にも天才と言われるようなヤツがいるのか、と、その言葉に反発を感じながらも、果さんは、どんなヤツが来るのかと同時に興味も抱いて、僕が登場するのを待っていたという。

そこに僕は登場した。

金持ちの女でも滅多に着ないような、シルバーフォックスのロングのコートを着て入って来た僕は、夜だというのにサングラスをかけ、そこに居る連中に挨拶もしなければ、ほぼ無視している状態で、連れている女を先に座らせると、その横に足を投げ出して座った。連れている女は、女優の桃井かおりだった。

果さんが、あの時は、と、後年話してくれた思い出話である。

果さんは、僕と知り合うと間もなく七段に昇段した。

僕は、お祝いに食事に誘った。そんな事をしてくれた人は居なかったと、えらく感激してくれた。

それ以来大親友となった。

果さんと僕は、僕の家の離れの間で、「果会」という将棋の道場を立ち上げた。三十人くらいの将棋ファンが道場に入会して、果さんや、その後輩のプロ棋士たちに将棋の指し方を習ったわけだ。発会式には、棋士やファンの人たちが詰めかけて盛大に行われた。果会は隔週で二年間に渡って催されたが、その後も場所を変えて、長く活動した。

果さんの最初の子供が産まれる時のことだ。

僕は、果さんの女房をチンニョーと呼ぶのだが、その謂《いわ》れは、果さんが中国人のような服を着て来たときがあり、陳さんと誰かが呼んで、そこから陳さんの女房、チンニョーとなった。

チンニョーの腹が大きくなり、もう産まれるというので入院したのだが、予定日を過ぎても産まれて来ない。予定日を十日も過ぎてるんですよ、と、果さんが心配してチンニョーを僕のところに連れて来るという。

連れて来られても治療が出来るわけではないので、どうしようかと考え、笑わせるのが一番じゃないかとの結論にたどりついた。

腹をぱんぱんに膨らませたチンニョーが来た。

僕は大きな夏みかんの皮を大きめの木の葉の形にむいて、その内側の白い部分にマジックで大きめの歯形を描いた。その歯形の部分が口から見えるようにチンニョーの口のなかに入れ歯のように押し込むのだが、はめ込んでみると、これがおかしい。

口より大きい歯形の描かれたミカンの皮が、チンニョーの苦しそうな口から出っ歯のように見えている。この珍奇な表情は、周りの者を笑わせずにはおかない。

チンニョーのミカン出っ歯に、周りは笑い転げているのだが、肝心のチンニョーが笑わなければ意味が無い。鏡を持ってこさせて、顔の前に突き出したとたん、チンニョーが出っ歯のまま笑い出した。

果さんたちが帰って、二日目にミカンのせいかどうかは判然としないが、無事に出産の報告があった。ちなみに、果さんは、明日香が無事産まれたのはミカンのおかげだと信じている。明日香は、成人して女流棋士になった。

このミカンのおかげの話では、さらに面白い話がある。

今は将棋連盟の会長である佐藤康光くんが、初めて名人戦に挑んで谷川浩司名人と闘ってるときのことだ。

七番の勝負が半ばくらいのある日、果さんが佐藤くんと一緒に今は永世名人の森内俊之くんも連れて家に遊びに来た。この頃の佐藤くんは、滅多に笑顔を見せないので、何か笑わせることがないかと考えて、このミカンの技をやってみる事にした。

「こんなもの口に入りませんよ」

と、佐藤くんが抵抗するのを、無理矢理に近い状況で、「入るよ」と、口に持って行った。

佐藤くんは、口の内腔面積が普通の人より小さいみたいで、「痛い、痛い」と、言う。

「痛くないだろう、そう思うから痛いんだよ」

と、僕。

痛いと言いながらかなり苦労して、それでも自ら口の中にねじ込もうとしてくれる佐藤くん。

ふと横をみると、森内くんも影響されてやりたくなったのか、夏みかんを剝いて内側の白い部分に歯形の絵を自分で描き、口の中に押し込み始めている。

森内くんの方が口腔面積が大きい筈だが、どうしてそういう顔になるんだと思うほど、かなり苦労して入れようとしている。もう、それだけで周囲が吹き出した。

果さんは、笑いながらも、

「ちょっとこれはひどいんじゃないですか」

と、先輩としての責任もあるのだろう、明らかに戸惑っている。

佐藤くんはミカン入れ歯の入れ込みに完了して周囲は爆笑しているが、本人は苦痛に顔を歪《ゆが》めながらも呆然としていて、到底、笑顔とはほど遠い状態である。

なんとなくやばい雰囲気があったが、「鏡で見たらいいよ」と、佐藤くんに促し、隣の部屋の壁面にある鏡のところに連れて行った。

気持ちは恐る恐るだったが、佐藤くんの背中を押して鏡に顔が映ったとたん、佐藤くんの顔にさーっと紅がさし、笑みが満面に溢《あふ》れた。

良かったあ、と、内心思ったが、何食わぬ顔で、「似合うじゃないか」と、僕。

続いて森内くんも鏡をのぞき込み、これも破顔して、場の雰囲気が更に明るくなった。

果さんが、

「これで名人戦に勝てば、ミカンのおかげですね」

と、言いながらも、何て事をという目で僕の顔を見た。

帰り際に佐藤くんが、「ありがとうございました。これで勝てると思います」と、笑顔を見せて帰って行った。

ミカンのおかげで、佐藤くんは、その後の勝負に勝って、一九九八年、佐藤康光名人が誕生した。

僕は、品川のパシフィックホテルで、名人位を祝うパーティをプロデュースして、森内くんを受付担当にした。

本来、受付は、その一門の末弟がやるもので、反対する人もいたが、友情をテーマとしての祝賀パーティだったので森内くんにやってもらったのだが、将棋誌に、受付をやった森内俊之八段は流石《さすが》、と、褒められて書かれていた。


秀ちゃんが将棋にこり始めたある日、僕がふらりとサロンに寄ると、縦六寸の高さがある綺麗な四方柾《しほうまさ》の木目がついた超高級な将棋盤を出してみせてくれた。

「買ったんだよ、凄いだろう」と、自慢げな秀ちゃん。

「触っていい？」と、僕。

黄味がかって光沢があり、百万円以上は当然と思われる美しい本榧《ほんかや》の六寸盤だった。この盤のことでは、後年になるが、ちょっとした事件があり、僕に取っては、あまり良い想い出となっていない。


二十代の終わりごろ、秀ちゃんが東宝の映画に推薦してくれた。

それまで東宝の仕事はしたことがなかったので、なんとなく嬉しかった。出目昌伸監督の「その人は炎のように」という作品だ。

秀ちゃんは、この脚本を担当してるのだが、何故だか秀ちゃんは、この頃、本名を使わず神馬伸というペンネームを使っている。いかにも秀ちゃんらしい、ちょっとひねくれたネーミングである。

志麻ちゃんが主役で、相手役は、当時、東宝が売り出していた岡田裕介。ルックスの良さと親のコネで抜擢されてるアイドルだから、芝居はまったく出来ないに等しい。

言われた事をこなすだけなのだが、それでも、当時の東宝の主流である撮影方法なら、それで十分芝居が成り立つように見える。カメラは据え置きで動くことがなく、カットも短く、通常は役者の台詞一言でカットが掛かる。

つまり、用意スタートで役者が台詞を喋り出し、喋り終わると、

「カット」

と、監督から声がかかってしまうので、芝居をするわけに行かない。

役者は、台詞を言うだけの人形みたいなものである。立ち位置も多くの場合、床にチョークで丸を書き込み、

「ここでお願いします」

と、そこに立ったら動く事ならずである。

裕介のような役者にとっては、ただ立って台詞を言えば良いのでラッキーな環境だが、芝居の出来る役者たちは、総じて、みな裕介並に近づくことになる。

ところが、あるシーンを撮る時になって、出目監督が何を考えたのか、三つの台詞をワンカットの中に入れたのだ。しかも、床に丸も書かれていない。

ということは、僕が台詞を言って裕介が台詞を言う、この間は裕介の間なので干渉出来ないが、その裕介の台詞の終わりから次の僕の台詞までの間は、僕の自由時間である。

わずかだが、芝居をするチャンスが訪れたのである。

もちろん、機会が来たからと言って意味の無い間や、いただけない芝居をしたのでは、テストの段階で「その芝居、必要なし」と、切られるだけである。フィルムの無駄はどんな監督でもいやがるものだ。

この一本の映画の中で、ここを逃したら、いつまた芝居が出来るカットが来るか不明である。僕は、祐介の台詞が終わったあと、軽い動きを入れてから、少し間をとり自分の台詞を言った。

出目さんの「カット」の声が掛かった。何も言われず、スタッフは次のカットの準備に移って行

く。出目さんは、わずかな時間だが、フィルムを僕の芝居のために使って良しと思ってくれたようだ。

映画の撮影も無事終了し、試写の日程が決まり、久しぶりに僕は砧にある東宝撮影所に行った。

この映画が公開されたあとに、裕介の役は荒木がやった方が良かったのではないか、と批評した評論家がいた。

それはそうだ。秀ちゃんは、僕のイメージで裕介の役を書いたはずである。この件については、秀ちゃんに問いただした事はないが、自分にやらせてくれた役も、同じように僕のイメージで書いたに間違いない。

試写が終わったとたん、前の方の席で観ていた志麻ちゃんが、具合でも悪くなったのかと思うくらいに慌てて僕の席に飛んで来た。

何かあったのかと、顔を上げると、

「あれ、何よ、どうしたの、偶然なの」

と、志麻ちゃん。例のカットの事を言ってるのは直ぐに分かった。

「偶然なわけ、ねぇだろう」

と、僕が言った。

志麻ちゃんは、そういう芝居を見分けるセンスを持っている。だから一緒に話してて楽しい。大スターだから、三田佳子のように気取っていてもおかしくないのだが、そういうところが全くない。

仕事の時は、美容室と森英恵《はなえ》でばっちり決めて、ちりひとつ寄り付かないような出来上がった姿でテレビ局に来たりするのだが、普段はジーンズなんかを上手く着こなして気楽にしてる事が少なくないし、そういう時は、頭の中もジーンズだったりする。いや、がっちりと出来上がってる時だって、中身はいつもジーンズである。

あるとき、「花いちもんめ」というフジテレビの番組の休憩時間に、左手に嵌《は》めている結婚指輪の話になった。

「これは、仕事では外すけど、普段は絶対に外せないの、外したら、篠田から離婚されてしまうのよ」

と、志麻ちゃんが言い出した。

「どう」

と、僕はいたずら心で、志麻ちゃんのリングを借りると、自分の指に嵌めてみた。そういう時でも、嫌な顔をせず、慌てたりしないのが志麻ちゃんである。

ところが、そのリングが外れなくなったのだ。

押そうが引っ張ろうが、僕の指から志麻ちゃんの大事な結婚指輪は、抜けようとしてくれない。流石に、僕の方が慌て出した。志麻ちゃんを離婚させる訳には行かない。

引っ張れば引っ張るほど、指が赤くふくれて来て、逆に取れなくなるのが分かる。結構、必死になって取ろうと試みていると、

「いいわよ、そんなに一生懸命に取らなくても、痛いでしょう。なんとかなるから大丈夫よ」

心は穏やかでないだろうが、志麻ちゃんは、まるで平然としている。

といって、僕だって結婚指輪を嵌めたまま、テレビに映るわけにも行かないし、とにかく、取らなくてもいいと言われても、いつかは必ず取らなければいけない指輪である。

しかも、取るとしたら、今が一番適した時期に違いない。

そう思って、もう一度、軽く引っ張ってみたら、今までが嘘だったかのように指輪はすんなりと

僕の指から抜けてくれた。

志麻ちゃんは、かなりの近眼なので、ものを識別する能力が極端に低い。おしぼりをバナナと間違えて、ウエイトレスにお礼を言ったり、パトカーをタクシーと間違えて手をあげて停めたり、そんな事が往々にしてある。

「いわぬが花」というテレビ朝日の連続番組があって、そこで志麻ちゃんとのからみの芝居があり、そのシーンのラストで、志麻ちゃんの長台詞になるのだが、カメラ割りをみてみると、その志麻ちゃんの台詞が始まってから最後まで、僕の方にカメラが来る事がないのが分かった。

僕は、十六歳から毎日のようにテレビの連続ものには出てたので、カメラとの関係が、自分の手や足のようになっていて、自分にカメラが向いてないときに芝居をしてもテレビを観てる人には見えない、という、当たり前の事が良く分かっていた。

なので、そのシーンのラストになって志麻ちゃんがしゃべり出したら、カメラはもう来ないのだから、どんな芝居をしても無駄なのである。

テストまでは、ちゃんとやっていたのだが、本番になって志麻ちゃんがしゃべり出したとき、立ってそれを聞いてても意味がないので、僕は音を立てないようにしながら、すぐ後ろにある椅子を引いて座った。もちろん、それはテレビには映ってないが、志麻ちゃんの目には映っている。

志麻ちゃんは、女優だから、そんな事でたじろいではならない。僕が立っていた位置に目線を据えたまま、既にそこには居ない僕に向かって、居るかの如く、しっかりと最後まで台詞を言った。

僕は、その芝居を観客の気分で座りながらずっと観ていた。

台詞を言い終わって、副調室からスピーカーで「オーケーです」の声がかかったとたん、

「何よ」

と、志麻ちゃんは僕に食って掛かった。

「なんで怒るんだよ」

と、僕。

「だって、いきなり座られたら困るでしょ、台詞が飛びそうになったし、ひどいっ」

と、本気で怒ってる。

「いい芝居してたよ、俺が居ない方がやりやすかっただろう。とにかく、送り返しを観てから、気に入らなきゃやり直そう」

と、僕が言うと、志麻ちゃんがうなずいて、今のシーンがモニターに送り返されて来た。

観終わった志麻ちゃんが、

「いいじゃない」

と、にこやかに言った。

「そうだろう、だから言ったじゃないか」

と、僕。


秀ちゃんのおかげで、東宝とのつながりが出来たし、その後も、東宝からお呼びが掛かって何本かの作品に出演する事になった。

出目さんの作品にも出演したが、その後、テレビの「木枯し紋次郎」を出目さんが撮る事になったのだ。僕のシャットアウトの時期である。

出目監督から電話があり、「出てよ」と、言う。

「フジテレビは、僕をシャットアウトしてるから無理でしょ」

と、僕が言うと、

「じゃ、シャットアウトを外したら、出てくれるか」

と、聞くので、外れたら、もちろんいいですよと答えると、出目さんは、早速、フジテレビと交渉してくれて、フィルムだし、いいんじゃないかとの結論が出たという。

オーケーが出たところで、もうひとつ注文があった。向こう側からのものではなく、僕からの注文である。タイトルを一人名前の一枚看板にしてほしいと頼んだ。

テレビ局から干されてる状態のときに誰かと並べられて出るのは、いかにもである。お願いして頼み込んで出してもらったと思われるくらいなら出演しない方がいい。

もちろん、それが通るかどうかは分からない。

木枯し紋次郎にはタイトルのルールがあり、男性で一枚看板は、木枯し紋次郎役の中村敦夫、一人と決まっている。それプラス、その回のマドンナ役の女優さん、今回は十朱幸代だが、それが一枚タイトルで表示される。

その他は、二人とか三人以上である。そういう決まりなのだから断られて当然である。

もともと、京都に行ってまで出演したいわけではないので、難癖をつけておいて、出来れば断られたいという気分も無いわけじゃない。出目さんにしたらいい迷惑である。

出目監督は、ふたたび動いてくれて、総合プロデューサーである市川崑さんのところまで交渉しに行ってくれた。結果、要求はすんなりとオーケーになった。

僕は、京都に行くことになった。

しかし、時代劇というのは、茶の間で観てる人が思うほど楽な仕事ではない。まず、かつらである。

かつらを付けるためには、セイタイだとかリュウだとかで地肌とかつらを融合させたり、そこにドーランを塗ってかつらとの境目を消したりと、頭だけ考えても面倒きわまりない。それに着物である。

ジーパンはいて演技するのと、着物とでは、用意するまでの時間が違う。

そこに持って来て、ロケ地である。麦畑や林があったとしても、電線の見えるところで撮影するわけには行かない。

そうなると、一時間以上はバスに揺られて、より僻地《へきち》へと向かい、そこで初めて、江戸時代、木枯し紋次郎のような股旅が闊歩した上州新田郡《ごおり》の雰囲気ある場所へと到達するのである。

かつら、着物と準備万端でバスに乗って、目的地に着いた時には、精も魂も尽き果て、とても芝居をするどころではない。しかも、現場に着いたからと言って、すぐに自分の撮影が始まるわけではなく、ここから、また永遠と思える時間を待たされるのである。

だから、毎回、自分のシーンの撮影が始まるころには、かつらも衣裳も脱ぎ捨ててバスの中とか野原とかに裸で転がっている状態だった。

当然、撮影隊の方も迷惑するし、僕も迷惑なので、助監督の某に、

「俺の撮影が始まる十五分前に言ってくれよ」

と頼み、バスに乗り込む時には衣裳もかつらも付けずに現場に行く事にした。

二、三度は、うまく行ったのだが、その日は、某が来て「お願いします」というので、急いで着付けをし、かつらを付けてスタンバイしたところ、十五分どころか、一時間たっても誰も何も言って来ない。

衣裳をつけたまま、現場の様子を見に行った僕の目に映った光景は、撮影隊のだらりと休憩して

る姿だった。天気なのか何なのか、待ちの状態なのだろうが、僕の目には、単に休んでいるとしか思えない。

頭に血が上ってくる僕の目に、某の姿が見えた。そこに向かって走って行き、いきなり某の顔面をなぐり飛ばし、「何考えてんだ」と、啖呵《たんか》を切った。

びっくりして、こっちを見るスタッフの顔。見えてても見ない振りをする役者さんたちの顔。遠くに、十朱幸代の姿が見える。気がついているのか、いないのか。十六歳から四年間、ずーっとレギュラー番組を一緒にやって来た仲だが、こんな時には、いつも気づかない振りで通り過ぎる人だ。

某を殴った右手の甲に歯型が付いている。正確には、歯の刺さった痕《あと》があり血が流れている。某の前歯は出っ歯だから、それが災いしたのだ。

撮影は、その後、続行され何事もなく終了した。

すべての撮影が終わって、着物から普段の服に着替え帰り支度をして撮影所の出口の近くまで来ると、プロデューサーが走って来て僕を呼び止めた。おつかれさま、って言うのかと思ったら、

「我々は、二度と荒木さんに出演をお願いする事はありません。フジテレビにも、その点についての話は付いています」

と、息荒く言った。

それを言う為に、わざわざ追って来たわけだ。

プロデューサーが、それを告げて去ると、また一人、走って来たやつがいる。

助監督の某だ。某は、僕の顔を見ると、

「すみません、荒木さん。ほんとに、僕のために済みません」

と、頭を下げた。

某とは、殴る事件の起こる数日前から友達になっていた。友達だったからこそ、現場で殴れたわけだが、言い訳は利かない、またフジテレビから干される事になった。

「木枯し紋次郎」のオンエアがあって、しばらくしたある日、TBSの久世《くぜ》さんから家に電話があった。久世光彦《てるひこ》さんは、「時間ですよ」などの高視聴率番組を制作してる敏腕プロデューサーだが、面識はなかった。

「あの木枯し紋次郎は良かったよ」

と、いきなり褒められ、レギュラーで出演してほしいと言われた。

三億円事件を題材にした、沢田研二が主演する連続ドラマ「悪魔のようなあいつ」である。まさに、「捨てる神あれば、拾う神あり」だ。出演は、もちろん引き受ける事にした。


秀ちゃんが眞奈美さんと離婚する少し前の事だ。

僕の家の隣に住んでいる歯医者の先生と、秀ちゃん家に行った。

松島先生は、麻雀仲間として、けっこう頻繁に僕の家に出入りしていて、僕のことを巨匠と呼ぶ。呼べと言ったり頼んだりしたわけではなく、人は、その時々、知り合った環境によって異なる名で僕の事を呼ぶ。

北井をはじめ週刊誌の連中が卓を囲んでいる時は、「殿」と呼ぶし、二十三歳から社長をやってるから、その環境で知り合った人間たちは、「社長」と呼ぶ。

三十代のある時期、赤坂にあった本間興行で山下真司などタレントを発掘して売り出したり企画したりする制作室の室長をやってたので、その時の僕の部下達は、その後もずっと「室長」と呼んでいる。

ビクターに入って半年たった正月、廊下の掲示板を見ていると、背後で「先生」と声がする。自分とは思わないから、そのまま掲示板を眺めていると、また「先生」と、今度は遠慮がちにも声を少し大きくして呼ばれた。振り返ると、男が申し訳なさそうに、準備が出来ていますので、と言った。

そうか、僕は作詞家でもあるし作曲家でもあるのだから、関係者はとうぜん、「先生」と呼ぶわけだ、と納得し会場に向かった。

「先生」の他にも呼び名はある。当然だが「荒木さん」てのもあるし、「いっちゃん」、「サブちゃん」……このサブちゃんは辻くんの話の時に出て来たが、十九歳の時、NHKの連続ドラマでサブちゃんという、中国人夫婦の家に下宿する学生の役をやっていたからだ。

よほど印象深かったのか、お姉さん役の十朱幸代さんのように一緒に出演していた人はもちろんだが、見ていた人とか、その時期に知り合ったほとんどの人が、僕の事をサブちゃんと呼んだ。

麻雀仲間の松島先生は、僕を勝手に巨匠と呼び、その日は歯科医院が休みであり、かつ将棋大好き人間でもあった。

秀ちゃんは僕たちを迎えると、早速、六寸の将棋盤を出して来て、自慢が始まった。松島くんは、興奮して、前のめりになって将棋盤に目を近づけたが、このとき、松島くんの胸ポケットに入れてあったデュポンのライターが、するするっとシャツの上をすべって盤の上に落下したのだ。

重いデュポンの金のライターは、柔らかい榧の盤の上に、そのとがった角の先をのめり込ませた。美しい榧の盤上に、デュポンの痕跡がはっきりと付き、ライターは、その横に証拠品の如く横倒しに倒れた。

あまりの出来事に、「あっ」と、言う声さえ出なかった。

秀ちゃんは、表情を変えずに微笑んでいた。松島くんは、気が動転したのか、謝らなかった。僕も、次に言う言葉を見つけ出せずにいた。


それから数ヶ月して、秀ちゃんは眞奈美さんと大げんかをして、日本刀だか、鉈《なた》だかで、自慢の六寸盤を真っ二つに叩き切ってしまった。

離婚した秀ちゃんは、次に住む場所を探していたが、日本には住める場所が無いと、オーストラリアに移住した。

英語は、もともと達者な秀ちゃんだし、行く前にネゴシエーションがあったのだろう、オーストラリアでは、主にMGMの仕事をこなして生活しているようだった。

ある日、電話が掛かって来て、オーストラリアに来い、と言う。

「こっちにはね、ほんと、いい音楽家が居ないんだよ。いっちゃんが来てくれると助かるんだ。あんたはいい曲書くし、日本にいたんじゃもったいないよ。こっちで一緒にやらないか」

秀ちゃんは、オーストラリアの気候とか物価とか、いかに住みやすいかという話をしてくれ、僕を誘ったが、拘禁症に陥って飛行機に乗れなくなっていた僕は、行けるわけない、と秀ちゃんの申し出を断った。

数年して、秀ちゃんは、オーストラリアにも居場所がなくなったのか、突然、日本に帰って来た。九州に居るという。

「昨日ね、あんたの絵本、あの中から何曲かを子供達にこっちの公会堂で唄わせたんだ。良かったよ、聞かせたかった。いつかミュージカルを作りたいと思ってるんだけどね」

秀ちゃんは、僕が二十四歳の時に作った「絵本」というレコードアルバムが好きで、「絵本」をミュージカルにしたいという話は、今に始まった事ではない。

「絵本」は、ビクター時代に作ったものだが、その前の年に「ある若者の歌」で、芸術祭の奨励賞をもらっている。

当時の日本では、歌手のアルバムと言えば、今まで、その歌手が唄ってヒットした曲、ヒットしなかった曲を連ねて、アイドル的な顔写真をレコードジャケットの表面に恥ずかし気もなく貼付けて売り出すようなモノしかなかった。

つまり、今の時代のようなオリジナルなアルバムというものが存在しなかったのだ。

そこに、「ある若者の歌」と題して、今までレコードになっていない歌を連ねて出そうという企画になり、手始めなので、自分であまり出来が良くないと思われる曲を選んでみた。ところが、それが芸術祭の奨励賞を獲ってしまった。

翌々年、じゃあ、今度は、はっきりと良い曲を連ねて、本気で芸術祭の賞を取ろうと明治百年記念、芸術祭参加作品と銘打って作り上げたのが「絵本」である。

作るにあたっての企画は、レコードと絵本が一緒になったものだ。

ひとつの詩に、ひとつの絵を書いて一枚ずつ厚紙で綴じる。レコードはおまけのように、レコードの表紙の中に袋綴じにして入れる。表紙は、普通の紙ではなく、当初は革で作ろうと思ったが、予算が馬鹿高くなるというので、布で作ることに妥協した。

絵は、平凡パンチに連載で挿絵を描いてる奥津さんと話して、決めた。

彼はパンチに描いている過激な絵とはまったく違う、美しいパステルカラーの、いかにも絵本らしい絵を描いてくれた。

その見本を描いて持って来てくれとき、

「本当は、こういう仕事をしたかったんだ」

と、奥津さんが言った。

写真を入れて欲しいというビクターの要望があったが、アルバムの表紙にも裏表紙にも入れなかった。表紙の裏面に、出来るだけ小さいモノクロの顔写真を使用し、薄暗いブルーを被せて目立たなくして載せた。

表紙は、赤い布に金の箔《はく》押しのタイトルである。経費が掛かるので値段をあげる事になったが、レコード会社の協定だか何だかがあって、番号を新しくして新シリーズを作らなければならないという。VLP－2001番、これが新しいシリーズの番号である。

しかし、その後に、VLP－2002番のついたレコードは出現していない。


秀ちゃんから、癌になったと電話が掛かって来た。

「俺も、ようやく死ねるよ、いっちゃん。ほっとしてるんだ」

と、電話でうそぶいてる秀ちゃん。本気なのか、虚勢を張ってるのか。

これで、「絵本」がミュージカルになる事もないだろうが、荒木一郎という本も、永遠に出版される事がなくなる、と、僕は思った。

それにしても、秀ちゃんが「荒木一郎」を書いたら、そこに出て来る登場人物たちは実名になるのか偽名になるのか。

いずれにせよ、その人たちに迷惑が掛かるに決まってるから、秀ちゃんが書かなくても、僕の人生を本にする事は難しいだろうなあ、とも思った。

それから一年くらいが経った。

秀ちゃんと共通だった知り合いから電話が掛かって来て、

「林さんが、亡くなりました」

と、言われた。

第一章

序曲

国鉄新橋駅の改札口を出てガードをくぐり、雑踏を通りに抜けると、僕は陽の光が路面に反射して夏をめいっぱい感じさせるような電車道に出た。

道路の真ん中を陣取っている都電の軌道敷内を斜めに横切り、向かいの歩道側に渡ると、今までビルの陰になっていた顔に陽がもろに当たって、眩しさに目を細めた。

僕は、田村町に向かっていた。

内幸町にあるＮＨＫへの道は、高校二年生の頃から通いなれている。

今は高校も卒業してるので、渋谷で遊んでる連中と百軒店《ひゃっけんだな》のジャズ喫茶でたむろした後で、あるいは、バンドの練習が終わるころに、東横のてっぺんの時計が時報を知らせる音に驚いて慌てて向かったりと、学校から解放された環境の中からこの道を通うようになっている。

十九歳の初夏だった。

ＮＨＫの玄関を入って楽屋に向かうべくエレベーターの前まで来ると、ＡＤ、つまりアシスタントディレクターの八木ちゃんが、横の非常口から降りて来るのに出会った。

八木ちゃんは二十代の半ばくらいで年上だが、局ではまだ下っ端のサードで、面倒見が良く常に僕の味方をしてくれるスタッフだった。

八木ちゃんは、僕と顔を合わせると、ちょうど良い所であったと言いたげな表情をした。

僕は、毎日の夕方放送されている十朱幸代が主演する「あじさいの歌」というＮＨＫのテレビドラマにレギュラーメンバーとして出演している。

「今日の台本は」と、聞く間もなく八木ちゃんは、「舘野さんが呼んでるから」と、僕の言葉を遮って言った。

制作部のドアは開けっ放しになっていて、舘野さんの姿は直ぐに見つけられた。持ち場である部長デスクの前にこっちを向いて立っていたからだ。

舘野さんは、僕のような下っ端には、いつも渋い顔で応対するが、女優さんたちには常ににこやかに接している。舘野さんは、僕に気づいて手招きすると、隣の談話室に入るように促した。

低めのガラスのテーブルを挟んで一人掛けの椅子に座ると、舘野さんは相変わらずニコリともせず渋い顔つきで、「この間の件、反省してるか」と、僕に訊いた。

田沼寿美の親父を楽屋で殴った件だ。

寿美は十六歳で、この番組では、十朱幸代の妹役で同じレギュラーメンバーだが、ドラマに出演するのはこれが初めてで、楽屋には常に親父が付き添いでくっついて来ていた。いわゆるステージパパのような存在である。

このカニをつぶしたような顔をした親父は、出演者が楽しげに話してると、どこからでも何の配慮もなく顔を突っ込んで来て、自分のジャンルではない芝居の話にまで口を出す癖がある。

どこにでも居そうな嫌われ者だが、出演者たちは表面的には嫌な顔をせずに、若い寿美を慮《おもんぱか》って、そうした時でも愛想良く付き合っている。

もちろん、寿美は、そんな局面では何も言えず、常に申し訳なさそうにして親父とみんなを見てるのだが、そのときもカニの襲来に出演者たちが辟易《へきえき》している状況だった。

僕は、親父の背中を軽く叩くと楽屋にあるロッカーの後ろの、みんなからは見えない位置まで誘導した。

「田沼さんは、出演者でもなければスタッフでもないんだから、少しは遠慮したらどうですか。みんなの場にシャシャり出て来るの、寿美ちゃんだって良くは思ってないし、いつも困ってるし、可哀想だと思いませんか」

四十八歳の親父のカニ顔は、聞いてるうちに赤く歪んで、さらに潰れたようになり、同時にメンツも潰れたのだろう、いきなりヒステリックに怒鳴り出した。

「不良、不良、不良っ、なんだお前は、不良のーっ、このーっ」

台詞どころか言葉にもなっていない。なのに楽屋中に聞こえるだけじゃなく、スタジオはおろかNHKの局内全体に響くくらいの大声である。

「不良」という単語が僕に似合ってるのか、どんな時でもそう言われると、「やはり荒木が悪い」と周囲が判定して、有無を言わさずに負けを宣言されてしまう。そういうハンディをいつの頃からだろうか、背負わせられるようになっていた。

だから僕は田沼の親父を殴った。不良と言わせないために殴ったのだが、それは別の効果を生んだ。つまり、今、舘野さんの前に座ってるって事だ。

「田沼さんからも、厳重なる処分をと言って来てるし、今回は相当反省しないと二度とNHKにも出られなくなるぞ、分かってるのか」

反論を加えようかとも思ったが、どうせみっともない言い訳にしか聞こえないだろう。言っても却って舘野さんを怒らせるのは分かってるし、軽く「はい」とうなずいて、殊勝に振る舞う事にした。

「来週、番組が収録を休んで、軽井沢の筒井先生のところで夏休みをするのは知ってるな。もちろん、君は外されているけど」

「はい」と、答えながら、僕は舘野さんの持ってる台本に目をやった。今日の台本である。

「あじさいの歌」は、今年の三月から「バス通り裏」の後番組として始まった。

「バス通り裏」は、一九五八年ごろから始まって、毎週月曜から金曜のベルト番組で夕食時の七時十五分から十五分間、NHKの第一放送で放映されていた。

僕が「バス通り」に出演し始めたのは十六歳、一九六〇年になるが、六一年にこの番組は菊池寛賞を受賞していて国民的番組と言われた。舘野さんは、「バス通り」の演出担当の一人だったし、筒井さんは作家の一人だったので、その頃からの付き合いというか知り合いだった。

「あじさいの歌」は、やはり月金のベルト番組だが、その日、放送局に来ると二本分の放送台本をもらう。一本は生でそのまま放送され、もう一本はVTRで収録し次の日に放映される。したがって、レギュラーの出演者は二日に一度はNHKに来なければならない。

しかも、「バス通り裏」は毎日の連続ドラマだが二人の作家が交代で書いていた。しかし、「あじさいの歌」は筒井敬介という一人の作家が書いてる。

なので、当日、台本が間に合わなくなって本番の寸前に原稿がそのままコピーされて出演者に配られる事だってある。

さらに、中身というと台本とは言えない程おそまつな出来の時もあり、出演者にとっては、はなはだ迷惑な場合も少なくない。もちろん、迷惑だからと筒井さんに抗議を申し込む役者は一人もいないのだが。

まず台本が遅れて一番に困るのは、台詞である。

その日に台本が渡されて夕方には本番。しかも、生の場合はやり直しが利かない。台詞を間違えれば間違ったっぱなしで続けなければならないわけだから、台本が遅いということは、間違うだけじゃなく、混乱というリスクが大きくなり他人に迷惑を掛けるってことだ。

そこで、出演者は、その日の台詞が出来るだけ少ない事を願ってしまう。本来、役者としてあるべき姿ではない目標を背負わされてしまうわけだ。

僕は、中国人の家に下宿をさせてもらってる学生の役だから、毛さんとおかみさんとの会話も多い。

毛さんたちは、台本が来ると覚えるよりも先に、まずスタジオに入って彼らのセットであるちゃぶ台のある居間に行き、そのちゃぶ台の上の汚れた部分とか、タンスとか柱の陰とか目立たない所にその日の重要な台詞を書いておく。生番組をやる役者としては保険でもあるし、芝居より重要な仕事である。

手に書いたりする時もあるが、これは本番になって熱が入って手が汗ばんで来ると滲《にじ》んで見えなくなる場合があるから、簡単でカンニングしやすくはあるが危険を覚悟の方法である。

十朱幸代さんとは、「バス通り裏」の頃からの付き合いで、毎日のレギュラーによる台本の遅延というリスクと、生番組というリスクはお互いに何年も経験している。

したがって、彼女はそういう事にかけてはベテランだった。スタジオには、四台のカメラがあり、それが交互に被写体である我々を写していて、現在どのカメラが撮っているのかは、そのカメラに付いている赤いランプの点灯でも分かるが、スタジオに何台かあるテレビモニターにもそれがはっきり映っている。

なので、自分の映っている姿は、これを見て目安にするのが一番である。

出演中、自分の出演してるところからモニターが終始見えるように角度を調整しておく。つまり、本番前にモニターの位置を自分が芝居してる所から見えるようにしておくわけだ。これが良い芝居をするための重要な要素になる。

幸代ちゃんは、自分にカメラが向いてない時をあらかじめ知っていて、小さなメモ用紙に台詞を書いて、それをモニターに自分が映ってない、相手側が映っている時に堂々と見ていて、自分が映った瞬間に何気なくそのメモ用紙を床に落とす、という秘技を持っている。

ベテランはそうでなきゃならないが、手品師みたいなやり方でいつ見ても感心する。

「筒井先生はね、有り難い事に君の事をいつも気遣って下さっていて、今回も、来週、軽井沢に謝りにくれば許す、っておっしゃってくれてるんだ」

今回もまたNHKを降ろされる事になるなら、「バス通り裏」から数えて、通算四回目になる。

「本来ならNHKに出入り禁止になるところだから感謝しなさい。行って謝る気があるならだ。ただし、田沼さんもそこに行ってるぞ。そこで、また暴力沙汰にでもなろうものなら、今度こそ二度とNHKの敷居はまたげないからな、行くならその覚悟で行きなさい」

梅干しをしゃぶりながら話してるような渋い顔だが、舘野さんにしても筒井さんにしても最後まで追いつめるような事はしない。どこかに抜け道を用意してくれるため、今まで降ろされても再起が出来た。

この温情はどこから来るのか。

舘野さんは管理職だから、番組の評判が良く揉め事もなく一日一日が過ぎてくれれば良いと思ってるに違いない。筒井さんの方は作家としてのメンツだろう。

僕の役は主役ではないが重要なポストで、しかも評判が良い。ファンレターも多く来てるし、人からも褒められたりするので、それは体で感じられる。

何はともあれ役を与えられたなら、それに応えるだけではなく、それを超える演技をしてみせなければと僕は思っている。そう出来ないのであれば役を引き受けても意味がないし、他の役者に渡すべきだ。

筒井さんは、自分の台本に僕が必要だから優しいんであって、心根が優しいわけでも、僕を好きなわけでもない。むしろ嫌いな方かもしれない。

その見解が当たらずとも遠からずだと分かったのは、翌週になって、謝罪のために軽井沢にある筒井さんの別荘を訪ねた時の事だった。

軽井沢の駅を降りて、地図を頼りにその家を探したが、見つけるのにさほどの手間は掛からなかった。緑と赤色に塗られた建物は、そのあたりの別荘とはひと味違うムードを醸し出していたし、普段の筒井さんのように存在を誇示している。

両開きのドアの前に立って、呼び鈴を探したが見当たらない。目の前にあるのはライオンの顔をした金の彫り物が飾られているドアだけだ。僕は、そのライオンの鼻に引っ掛かっている鼻輪を持ち上げて、下の鉄の部分に向けてタンタンと強く叩いてみた。

中からは、ハワイアンのような優しげな音楽が聞こえて来てるが、他に応答がないので、ふたたびライオンの鼻輪を持ち上げた。が、それを使う間もなく、右側のスピーカーホーンから女の声が響いて来た。

「どなたですか」

「荒木です」

声が聞こえた方角には、潜望鏡を小さくしたみたいなレンズの付いた出っ張りがあった。それを通して僕の顔は見えてるはずだし、謝りに来ることは先刻ご承知だろう。それなのに、なんであえて聞くのか。

かなり間があってから、ドアの片側が開いて、知り合いの年増のレギュラーの女優が顔を出した。

「どうぞ」

許可を得たのだろう、まるで自分の家のように僕を招き入れた。

「ちょっと待っててね」

年増女優は改めて奥に向かった。玄関を開けるまで待たされた間は何だったのか。なんとも、芝居掛かっている。

上がり框《がまち》から奥に向かって廊下が続いている。

玄関を入って直ぐ右側が広間になっていて、部屋の扉が大きく開いているため中に居る人たちの姿が見えた。

さりげなくだが、いくつかの視線が、手持ち無沙汰に立ってる僕に集まっている。田沼寿美の深刻な顔も見える。幸代ちゃんの、こういう状況の時の姿勢はいつもそうで、背中には無関心と書かれた紙が貼ってはあるのだが、「なんで貴方はいつもそうなの」と言わんばかりのかすかな非難が漂っている。

誰もが「やあ」と親しげに声を掛けたりはしない。

長い時間が経ったように思えたが、実際には一、二分の事だろう、筒井さんの姿が廊下の奥に見えた。

近づいて来て僕の顔を見た途端、

「何しに来たんだ」

と、第一声だ。少し怒りを含んだ声だった。

「筒井さんに来いって言われたんで」

と、僕。

「誰も呼んじゃいないよ。ここは、お前の来るところじゃないよ。早く帰れ」

取りつく島も摑《つか》むワラもない。自分の権威をみんなに見せるために、わざわざ僕を呼んだのだろうか。ゴリラが胸を叩いて自分がボスだと群れに教える行為に似たものかもしれない。

広間から、こっちを見てる田沼の親父のカニ顔が見えた。

僕は筒井さんの思惑通りに頭を下げ、後ろ手にドアを閉めると、三段ある階段をゆっくりと降りて門から表の道路へと出た。くやし涙は出なかったが、広間に集っている出演者たちの顔が浮かんだ。


これで番組を降ろされる事は決定した。

「あじさいの歌」では初めての事だったが、「バス通り裏」時代を含め、不良呼ばわりされNHKから出入禁止の処理が為されたのは、これで四回目になった。

少し歩かないと、来たばかりで軽井沢の駅に直ぐに戻る気にはなれなかった。


一週間ほどして、八木ちゃんが「鮎が解禁になったよ」と、冗談めかしの電話をくれた。今回は解禁が早かった。「バス通り裏」と違って、重要な役だし完全レギュラーのおかげだろう。

翌日、NHKに行くと、誰もが何事もなかったように僕に接して来たが、とくに田沼寿美の気遣いは尋常ではなかった。親父も相変わらず楽屋に出入りしているのだが、その目を盗むようにして頼んでもいないお茶や週刊誌を持って来たり、用を言いつけてほしいと言わんばかりの素振りをして僕の近くに座ったりしている。

仕方ないので、

「録りの無い日は、何してるんだ」と、声を掛けてやった。

「学校に行ってる」と、十六歳の割には、色気を感じさせる目を僕に向けて、「だから」と、問いかける表情をしてみせた。

「リハ行って来る」

台本をつかんで立ち上がると、僕はスタジオに向かった。

翌々日の休憩時間も、寿美は、少女雑誌を広げ、明らかに言葉をかけてもらうのを待ってるような雰囲気で、少し距離をおいたところに座った。

「来週の日曜、録りは無いけど、学校も無いだろう」

と、要望通り声をかけると、

「学校は無いけど、来週は友達と豊島園に行く約束しちゃった」

と、寿美は大きめの瞳を必要以上にキラキラさせて嬉しそうに答えた。豊島園に行くのが嬉しいのか、僕が声を掛けたことが嬉しいのか、定かではない。

「サブちゃんは」と、今度は寿美が聞いて来た。サブちゃん、僕の役名である。

「何が」と、僕。

「来週の日曜日、何してるの」と、寿美。

「俺か、俺は豊島園に行こうと思ってたけど、寿美たちが行くならやめた」

「嘘っ、じゃ、一緒に行こう」

寿美は、体をこっちに向けると、持ってた少女雑誌で自分の膝をはしゃぐようにして叩いてみせた。

会話がかみ合って来たところで、小林ディレクターと役者の新克利が楽屋に入って来て手招きして僕を呼んだ。立ち上がって廊下に向かうと、すれ違いに田沼の親父が入って来て、寿美に近づき中腰になって話しかけるのが鏡に映った。

まずいものでも食わされたような顔で寿美が首を横に振るのが見えたが、僕たちは、すでに廊下に出ていた。僕と話すのをやめろとでも言ったのだろう。

「台本のことで、ちょっと相談があってね」

新が、これから録画する僕と新とのシーンの頁《ページ》を開いてみせながら言った。台本がひどいのは気づいていたから、何が言いたいのかは直ぐに分かった。小林ディレクターの顔を伺うと、無表情だがうなずいてみせた。

要するに、台本を直せという注文だ。

台本直しは今日に始まった事じゃない。直して芝居するなんて事は今までもしばしばあったが、今回の新と小林さんの注文は、ちょっとした台詞回しではなく、シーン全体を直してほしいということだった。

僕たちはスタジオから中二階にある副調、サブ、あるいは金魚鉢とも呼ばれる薄暗い副調整室に行き、デスクの上に台本を開くと、小林さんからボールペンを受け取り台本を直し始めた。僕が一人で直し、横から二人がそれを覗き込んでいるスタイルである。

しばらく直していると、ふと雰囲気が変わった気がした。覗き込んでいる気配が違っている。顔を上げると、覗き込んでるのが二人ではなく一人で、しかも、その顔は紛れもない脚本家の筒井さんだった。

新と小林さんは、遥か彼方の入り口のところで真剣に話をしている、みたいな格好でこっちの事は素知らぬ振りだ。

「何してるんだ」

と、すごみを利かせて筒井さんが言った。

現場を押さえられているんだから言い訳は利かない。

「台本直してるんです」と、僕。

「なんで、お前が台本直すんだよ」と、筒井さん。

「このままでは詰まらないから、直してから録ろうと思って」

「お前に何の権限があって直してるんだって聞いてるんだ」

筒井さんの大声が副調の壁に響く。人が居るのだが他に物音はなく、必要以上に副調整室はしーんとしている。これでまた干されるかもしれないが、どうせ干されるなら言う事だけは言っておいた方がいい。

「詰まらないままの台本で演じれば」

と、僕は筒井さんの方に体を全面的に向けて話し出した。

「詰まらない台本で演じれば、一般の視聴者には誰が台本を書いたかじゃなく、役者が詰まらないんだと思われてしまいますからね。詰まらない台本を詰まる台本にする権利はあると思います」

筒井さんの手が小刻みに震えている。そりゃあそうだ。いくら台本がまずいとしても、十九歳の若造に今まで培って来た権威をぼろくそに言われているみたいなものなんだから、抵抗するのは当たり前だ。

「なんでお前が、詰まらないか面白いかが分かるんだ」

と、筒井さんは声のトーンをさらに上げて言った。

「分かりますよ、分からなきゃ役者なんかやってられないし。とにかく、時間がないから直させて下さい。僕が直しても、僕の名前が脚本家として出たり、脚本料がもらえたりするわけじゃないんですからね。面白ければ得するのは筒井さんでしょう」

「お前が書いて、面白くなかったらどうするんだよ」

「面白くなかったら、二度と書き直したりしません。でも、もし面白かったら、今後も詰まらない時は直していい事にしてくれますか」

と、僕が言うと、

「よーし、もし面白くなかったら、床に頭をすりつけて謝罪して二度と書くな」

そう筒井さんは言い放ち、そのままの勢いで副調から出て行ってしまった。

なんとなく拍子抜けしたラストだった。

筒井さんは、自分でも今回の台本は酷《ひど》いと思っていたんだろう。最後は啖呵を切って出て行ったが、怒りはかなり消えているようだった。

一週間後、NHKの廊下を歩いていると、向こうから筒井さんが来るのが見えた。この間の台本直しの件は、すでにオンエアを見てる筒井さんの中では、決着が付いているはずだ。それを確認しようと近づいたが、筒井さんは気づかない振りで通り過ぎようとした。

「筒井さん」

と、僕は声をかけた。筒井さんが立ち止まろうとしなかったので、

「この間の回、どうでした。面白かったでしたか」

と、背中に向かって言葉を投げかけた。

筒井さんは、立ち止まってこっちを見ず、ようやっと聞こえるような、しかも詰まらなそうな声音で、

「おもしろかったよ」と、つぶやき歩き去った。

このところ役者としては売れ出して来ていて、二日に一回NHKに出社する割には、その間を縫ってTBSの看板番組である「七人の刑事」とか「おかあさん」シリーズの主役の仕事が入って来

ていた。そこで重要な問題にぶつかった。謝金のことである。

謝金、つまり僕の出演料が飛んでもなく安いということだ。

青柳敏江という女優が、同じ「みたけプロ」に所属しているので、よく一緒の仕事になる。テレビ映画などでも一緒になるが、「虹子と啓介の交換日記」なるラジオ番組の仕事もレギュラーでやっていた。

出演者は二人だけだからスタジオも小さく、中央にテーブルとマイクがあり、それをはさんで対面して台本を読むのが仕事である。トン子とは、色々と無駄話をするのだが、この間も、本番が始まる前に謝金の話になった。

ちなみに、僕のNHKの出演料は「バス通り裏」の時で一回につき五百円。今回のレギュラーである「あじさいの歌」になってからは、少し上がって八百円になった。しかし、トン子のテレビの一回の出演料は八千円だという。

つい最近、「七人の刑事」にゲスト主役で出た時でさえ、謝金は二千円だった。この差は何だ、と思ってるのにトン子は、自分の謝金については文句がないからだろう、次の話題に移った。「新春シャンソンショー」である。

「サブちゃん、これって言いにくいと思わない」

トン子は「あじさいの歌」に出演してるわけではない。これが放映されてる時期に知り合ってる人たちは一様に僕の事をサブちゃんと呼ぶ。

トン子も同じプロダクションだからそう呼ぶし、担当マネージャーをしてる辻くんも、社長の望月さんでさえも、「サブちゃん」と僕の事を呼ぶ。

「信州シャンソンショーか」

「信州じゃないわよ、新春シャンソンショーって、司会が大声で言ってお正月のシャンソンのショーが始まるわけよ。それも早口でよ、言ってみて」

「シンシュン、ショションショションショー」

「ほらね、言えないでしょう」

こんな簡単な台詞が言えないのでは役者は務まらないという話になり、お互いに何度かシンシュンシャンソンショーを繰り返し言ってみていた。そのとき、金魚鉢の向こうに居るディレクターの大野さんから本番の合図が来た。

マイクの横のスイッチを入れる。次に、ディレクターのキューを待ち、キューが来たらタイトルを読むのだ。

「虹子と啓介の交換日記、第十回」

そう読むのはトン子の役割である。ちょっと沈黙があり、ちょっとした緊張の中でキューが来て、トン子が台本から手を離しマイクに向かって大声で、大真面目に言った。

「シンシュンシャンソンショー」

NG。ブーッと大野さんがブザーを鳴らした。僕は大声で笑った。

それにしても謝金のショックは大きかった。それに追い打ちを掛ける事が起こった。

TBSの昼のベルト番組「大根舞台」のレギュラー出演が決まり、「あじさいの歌」に加えて、TBSのスタジオにも通うことになったのだが、出演者の中に日活のニューフェイスである進千賀子がいた。

ニューフェイスと言ったって、彼女は、まだ映画にも出た事がないし、今回のテレビが初出演である。千賀子は同い年で明るい子だったから直ぐに仲良くなった。

その千賀子と、番組の休憩中TBSの喫茶店で謝金の話になったのだが、額を聞いて僕はのけぞった。大根舞台の千賀子の出演料は、なんと金五万円である。

たった一回の出演で千賀子の取り分は五万円。理由は、日活のニューフェイスだからだ。しかも映画に一本も出演していないにもかかわらずである。

僕は、番組の録りが終わったあと、制作室に行き、「大根舞台」のプロデューサーに会って尋ねた。

「なんで、日活のニューフェイスは五万円で、僕は二千円なんですか。いくら映画会社だからって、この差別は酷いんじゃないですか」

プロデューサーの蒲田さんは、哀れみの表情を浮かべながらも、

「君は新劇の出だからね、芝居はしっかりしてるし、だから息が長い。しかし、彼女はスター街道の人だ。って事は、つまり、女優としての息は短い。ま、そういう事だ」

まるで説得力に欠ける話をされたが、反論を加える間もなく、蒲田さんは忙しいからと僕の肩を叩いて小走りに走り去った。

民放で統一されている謝金制度は、TBSが中心になって決められるらしい。そのルールによると、毎年、出演した役者一人一人につき検討がなされ、大体が一年で一割か良くて二割程度がアップされて行くという。

その計算で行くと、千賀子と僕の出演料の差は今後どうなって行くのか。

僕は、来年二千二百円、良くて二千四百円になり、千賀子は五万五千円か六万円。その次の年だと、僕は、二千七百円から二千九百円台。三千円にさえ届かないというのに、千賀子は六万六千円か七万円以上になる計算だ。

しかも、民放で統一された出演料だから、千賀子はどのテレビ局にでても五万円だし、僕はどこまで行っても二千円である。

今どき、生まれた場所によって差別される制度があるなんて信じられない。そこに毎年一割か二割と決められてるのでは未来が閉ざされてるのと同じじゃないか。

テレビ局側からすれば、新劇からスタートした人間は身分が最下位だと言わんばかりだ。何か考えないといけない。金銭の問題ではない。役者としての価値を問われる問題であり、名誉の問題である。

そうは思ったが、手だては考えられなかった。かと言って、一生、差別されたままで、閉ざされた役者人生を歩むわけには行かない。

君の出演料は新劇出だから安いんだと蒲田さんは言ったが、新劇と言っても文学座に席があったのはわずかの時間でしかなかった。しかも、研究所の生徒であって座員ではない。

研究所は、劇団員を養成するための学校のようなモノだが、俳優座のように養成所とは言わず文学座では研究所と言った。

最初に研究所に入ったのは、一年前の十八歳の時で、これは一週間ともたなかった。はっきりした理由はないが、舞台が苦手だというだけである。

もう一度やり直せと文学座の女優である母親の周囲から言われて、一年後、今年の始めに再入所したのだが、これも一ヶ月と続かなかった。この時の理由ははっきりしている。

研究所は、劇団と同じ信濃町にあって、とくに特別の施設があるわけではなく文学座内の空間や舞台、あるいは近くの会議室などを使って、いくつかの講義を受けるわけである。

入って一ヶ月目の授業に少し遅れて行くと、この日の講義はなく自由に自分の発想を述べるという時間になっていた。

車座に椅子がおかれ、そこに生徒達が座り、発想を述べる人は中央に置かれた椅子に座って周りに向かって喋るわけだ。

遅れて行った僕は、中央で椅子に座って話している男を見ながら車座の空いてるところに座った。隣りの女に授業内容を聞くと、好きな事を喋れと言う授業らしいが、役者志望のくせに説明は良く分からなかった。

「荒木くん」

名前を呼ばれたって事は、僕の番って事だろう。

「要するに何を喋っても自由って事だな」と、小声で隣りの女に念を押して中央の椅子に向かった。

生徒達の中には、僕みたいに現役で役者の仕事をしてるヤツはいない。それに比べて、レギュラー番組を二本も持って、しかも主役でドラマに出演してるとしたら妬みを持たれて当然という状況である。

この時に、謝金の仕組みが分かっていたら、当然、その話をしただろうが、僕はフィルムと舞台の違いについて話した。

舞台では、想像上の空間は広くても、実際の空間はそこでしかない。しかし、フィルムでは場所も発想も空間も自由だと言う話だ。

なんとなく聞いていると舞台の限界を言ってるみたいにも聞こえるし、何よりも、色々な番組に僕が出演しているという反感の方が多かったかもしれない。喋り出して少しすると、ヤジが飛んだ。

しかも攻撃的なヤジである。「何だ、こいつらは」と思ったが、ヤジに対してイチイチ正論で冷静に反論してやると、ヤジは益々過激になり、教室は蜂の巣をつっついた状態と化した。

「荒木、いい加減にしろ」

と、その日の教師である文学座の長老の三津田さんが怒鳴った。ヤジに対してではなく、僕に対してである。何喋ってもいいっていう時間だったんじゃないのかと、隣りの女の顔がよぎった。

僕は、椅子から立ち上がって軽く頭を下げて挨拶をし、自分の席に戻った。

次の番のヤツが呼ばれて中央の椅子に座った。ところが、その男は自分の話をするのではなく、僕の弁護をしだしたのだ。

よせばいいのに、またヤジが飛んで、その男が攻撃された。それでも、その男は僕の弁護を続け、ヤジが飛び、終業のベルがなった。

役者になるより、弁護士になる方が向いてそうだ。

帰ろうとして席を立つと、下っ端の劇団員のアシスタントが来て三津田さんが呼んでると告げた。何を怒られるのかと思いながら、部屋の隅のパーテーションで区切られた控えの間に行くと、かなり年老いたと思える体を椅子に沈めて三津田さんがこっちを見た。

子供の頃から、母親の関係でこの人の姿は良く見かけたが、話をするのは初めてだった。娘の伊佐子ちゃんは美人だから、幼い時から母親に連れられて文学座に来ると裏にある三津田邸に行き、ひとつ年上の彼女を誘って良く一緒に遊んだもんだ。

大きくなってからはデートもしたし、映画や「ミルスブラザース」が来日した時も観に行ったが、むろん、三津田さんが、そんな事を知る由もない。

三津田健さんは、怒るわけでもなく、かと言って謝るわけでもなく、

「君みたいな人が、三人居たら、文学座はもっと良くなるよ」

と、言った。

意味は分からなかったが、その日で二回目の文学座研究所退所となった。

寿美との仲は、スタジオ内でゆるやかに発展していた。スタジオに行くと、必ずと言っていいほどカニ親父の目を盗んでは、側に来て子猫のようにまとわりつき話しかけるので、ほって置くわけにも行かない。というより、むしろ、それを期待してNHKに行くようになっていた。

「このままサブちゃんと一緒に居れるといいなあ。リハも本番もなくて、帰らなくても良くて」

半分飲んだコーラ入りのコップを、台本に目を通してる僕に突き出しながら寿美が言った。今回は出番が多い。人が台詞を覚えようとしてるのが見えないのか。

「お前も、台詞、覚えろよ」

と、コップを受け取りながら顔を見ると、

「わたし、今回、台詞、ほとーんど無いの」

と、軽く舌を出し、「だからサブちゃんが一緒に居てくれればいいだけ」と、こびてみせた。

「お前、ほんとに十六歳か。親父の前じゃ、猫かぶってみせてるしなあ」

「あーあ、サブちゃんとデートしたいのに。お姉ちゃんとはしてるんでしょ。映画とか二人で見に行って。いいなあ」

寿美は、十朱さんの事をお姉ちゃんという。役柄のせいだが、知らない人が見れば、ほんとの姉妹のようにも見える。

寿美と同じ十六歳の時に、スタジオで初めて十朱幸代さんを紹介されたのだが、その時は、この世にこんなに美しい人がいるのかと、しばらく呆然とした記憶がある。

幸代ちゃんには、その頃から許婚《いいなずけ》の歌手がいて、週刊誌でも詳しく報じられているので知らない人はいないし、今でもそれは続いてるようだ。

が、許婚が居ようと居まいと関係なく、それ以来、僕にとって十朱幸代は憧れの女性で、こんな女を彼女に出来たらという願望を強く持ったものだ。

毎週のように十朱さんと逢《あ》ってるうちに、親しさもだんだんと増し、あるとき、彼女の頬が桃のようだと思ったことから、幸代というより、桃代だな、と、僕が言い、勝手に、桃代とかモイちゃんという渾名《あだな》をつけて呼ぶようになった。モイちゃんの十朱さんは、そう呼ばれることについて僕に抗議をしたことはない。

「サブちゃんは、お姉ちゃんとキスした事あるんでしょ」

「ある訳ねぇじゃねぇか、お前。第一、あの人にはフィアンセがいるし」

寿美は、常に唐突な物言いをするが、深く考えての結果で言ってるのじゃないからこっちも、一々真剣に捉えたりはしない。

将来、こいつがどこかの男と付き合うようになって、そいつが深刻に考える性質《たち》だったりしたら、振り回されたあげくノイローゼにされちまうかもだ。

「フィアンセなんか居たって関係ないでしょ、サブちゃんは。この間、旦那さんや彼氏の居る人とも付き合ったって言ってたじゃない」

NHKには、バンドの連中が一緒に来たり、朝方まで徹夜でラリっていたのを心配して渋谷の「ありんこ」周辺で遊んでるヤツらが付いて来たりする事がある。

そんな時の会話を寿美は盗み聞きしてたんだろう。どこにでも土足で入って来るところは親父に似ている。

「俺はね、あの人を尊重してるの。尊重してる女とはキスもしないし、男と女の関係にもならないんだよ」

「だって、仲いいじゃない」

と、寿美が不貞《ふて》たようにぽそりと言った。

「そりゃ、付き合いは長いからな」

「いいな、わたしもサブちゃんから、付き合いは長いからな、って言われたい」

スタジオの隅で話している僕たちのところに向かって、サードの八木ちゃんがにやにやしながら近づいて来た。

「話が弾んでるところ申し訳ないけど、そろそろリハを始めたいと思うんでよろしく」


ディレクターの小林さんから電話が掛かったのは、それから二日後の事だった。ＮＨＫの教育テレビのドラマで、聾唖《ろうあ》者の役をやってもらいたいと言う。

主役は、松竹の若手スターの榊ひろみで、その相手役だそうだ。

二人共に聾唖の役だし、やりがいがありそうなので、もちろん、引き受けることにした。

生では無いというから気は楽だが、だからと言って、そのシーン毎に録って、あとでつなげるというやり方をするわけではない。ＶＴＲのテープをカットしてつなげば、かなりの金額が掛かる時代だ。

なので、録りは生の時と同じで、ほとんど丸一本分を通しで録画することになる。しかも、「柿若葉」は滅多にないカラー放送だった。

「あじさいの歌」のようなモノクロの番組と違って、カラーになると照明の光量が半端じゃなくスタジオはむんむんする暑さになる。四台あるカメラの大きさも倍以上になる。

これは、「バス通り裏」が、実験としてカラーで放送を始めた時に経験済みだが、とにかくライトの光量が強烈でスタジオの熱気は普通じゃなかった。ドーランも違うし、ワイシャツでもエプロンでも、強い光量の反射を避けて白でなく薄いブルーの物を着させられる。

しかし、カラー放送だからといって、一般家庭でカラーテレビを持ってる人など数えるほどしかいない。

スタジオ以外では、ほとんど見る事が出来ないが、渋谷のハチ公前には街頭カラーテレビが設置されていて、夕方、カラー放送が始まるとテレビの前に人だかりがする。

暑い思いをして録ったところで、見る人はほとんど白黒で見るのだから、その甲斐はあまり無い。


今日の「柿若葉」のリハーサルは、顔合わせと本読みが中心なので、部屋には長いテーブルがあり、俳優さん達が来た順に勝手に座るようになっている。

僕の席と相手役の榊ひろみさんの席は隣同士に指定されていて、プロデューサーである小林さんと演出の安江さんが並んで正面に座っていた。

僕が座ろうとすると、榊さんが立ち上がって値段の付きそうな笑顔で、

「榊ひろみです。今回はご一緒出来て嬉しいです。よろしくお願いします」

と、丁寧に挨拶した。

さすがに松竹が力を入れて売り出してるだけあって、そこだけにスポットライトが当たってるような華やかさがあった。

「どうも」

と、軽く頭を下げて座ろうとすると、彼女が華奢な手を差し出したので、その手を軽く握った。

とたん、広報の担当だろう、カシャッとカメラのシャッターを切る音がした。

居並ぶ役者さんたちの紹介が行われ、演出の安江さんから役柄の説明があった。

若手は僕と榊ひろみだけで、あとは年寄りの役者が多い。それぞれが「よろしくお願いします」

と、判で押したような挨拶をして、本読みが始まった。

しかし、みんなが読み進むに連れて、脚本のひどさが浮かび上がって来た。

ひどい点では、締め切りに追われて書いて来る筒井さんの台本を、かなり上回っている。

小林さんが向かいの席から上目遣いに僕の顔を覗き見た。きっと台本の貧しさを指摘するような
太々《ふてぶて》しい顔とか態度を僕がしてるのだろう。

本読みが終わると、ちょっとした沈黙が流れ、小林さんが「どうだ」という表情をして僕の顔を
見た。

「これは、ひどいですね」

と、数頁にわたって問題点を指摘した。

隣りの榊ひろみが唖然とした顔で僕を見てるのが分かったが、それはどうでも良い事で、今は、
この本をいかに「詰まらない」から「面白い」に持って行けるかである。

演出の安江さんが横に来て黙ってボールペンを渡してくれた。

出演者たちは何が起こったか、ひたすら状況を飲み込もうとしてるだけで、誰も何も言わない。

僕は、受け取ったボールペンを使って台詞とト書きを直し始めた。

壁の時計の長い針が半回転し、三十分が経った。

その間、一人として抗議をする俳優さんは居なかった。大人たちは、起きてる事にどう対処して

よいのか、常識外の状況に、意見をはさむことすら出来ないでいたのだろう。

いくつかのシーンに書き込みを入れた台本を、ボールペンと一緒に安江さんのテーブルの前に滑らせた。

「柿若葉」は、このあと、僕が改訂した台本に基づいて、リハから本番までを三日で録ったのだが、その間、榊ひろみとのシーンではカメラ割りにまで口を出して、改良を重ねた。視聴者が見てるとしたら、満足の行くところまでは出来たんではないかと思った。

榊さんは、僕に興味を持ったのか、寿美ほど積極的ではないにしろ、リハや収録中に話し掛けて来てはプライベートについて詮索したがった。

「私もね、麻雀好きで、良く家でお友達とするのよ。今度、一緒にやりましょう」

お茶菓子を食べながら家族で団欒《だんらん》している姿は想像出来ても、麻雀をやってる彼女は想像の外、本当にやってるとは思えなかった。

遊びはあまり知らない箱入り娘の匂いがぷんぷんする人だし、興味を持ってくれるのは有り難いが一緒に遊ぶ対象ではなかった。

嫌いという意味ではなく、いわゆる不良と箱入り娘ではバランスが取れない。

渋谷のジャズ喫茶「ありんこ」を中心とする僕の環境と、彼女の世界とは交わるべくもない隔絶された世界なのである。

つい一ヶ月前にも僕は家庭裁判所に呼び出されている。渋谷の連中の話に巻き込まれて、恐喝を手伝ったとされたからだ。警察に行くと「お前が一番の悪だ」と、まるで主犯扱いにされたあげくに家庭裁判所に回された。

榊さんは、それでも僕の誘いを誘導しようと健気な努力をしてくれていた。

番組が終わり「また、逢いましょうね」と、声をかけて来る榊さんからは逃げるようにして帰り支度をし、

「またがあったらね」

と、差し出す綺麗な手を握った。

付いて来ようとする彼女とは玄関までの付き合いにして、夜中の番組終了客を玄関前で待っている黄色いタクシーに急いで乗った。

僕は十九歳、榊ひろみはその二つ上の二十一歳だった。

所属している「みたけプロ」の社長から電話があった。

「日活から出演依頼が来たよ、サブちゃん。いよいよ映画界からも注目されはじめたね」

今まではテレビが主体だったが、映画会社からの依頼は初めてである。

社長の望月さんは、もっちゃんと呼ばれて所属してる俳優さんたちから親しまれている。僕から見ても、稀にみるような人に優しい大人だ。

辻くんと僕とはほぼ同時期に「みたけプロ」に入ったのだが、お互い新人で歳も同じくらいだからと、辻くんをまるで僕専任みたいな担当にしてくれた。

今回は、初めての映画の仕事なので、望月さんは一緒に喜んでくれるつもりで自ら電話をくれたみたいだった。

日活というと石原裕次郎を筆頭に、吉永小百合だとかスター満載の映画会社である。役者をやって行くなら映画に出なければ話にならない。テレビとは規模も格も大違いだ。

その差を例えて言うなら、東映の話が分かりやすいだろう。

東映は京都にもあるが、東京は大泉に撮影所がある。

大泉では、人気テレビ番組の「公安三十六号」や「特別機動捜査隊」などの撮影が行われているが、本編、つまり大きなスタジオがいくつも並んでいる映画側の撮影所とは違って、小ぢんまりしたスタジオでテレビは制作される。

予算も映画とは桁外れに少ないのでセットもほとんど作らず、そのため、すべてと言っていいほど撮影はロケで賄われる。

しかも、いくらテレビで人気番組だったとしても、本編に関わってる人たちからは「サカ下」と呼ばれ、明らかに差別的な視線で見られている。

「サカ下」の意味は、本編の大きなスタジオの敷地から少し坂を下ったところに東映テレビの制作室やスタジオがあるからだ。坂の下、つまり「サカ下」。東映東京撮影所では、その一角だけが見下されているのだ。

だから、役者をこころざし始めてからは、本編に出演したいという憧れはさなぎが蝶になる如く常にあった。

ちなみに映画会社が外部へ出演を依頼するのは、主に新劇のベテラン俳優さん達に多い。それこそ新劇は芝居が出来るというので、映画側のスターを引き立てる重要な役割を新劇のベテランの役者さんが担うわけだ。

その他の出演者は、その映画会社と本契約してる人たちだ。大スターとか中堅スター、それに千賀子のようなニューフェイスだが、大部屋と言われるちょい役専門の役者さんたちもいる。

それにわずかだが映画会社に望まれて本数契約をしてる外部の役者がいた。

それらによって映画の出演者は占められているので、僕のようなテレビを渡り歩いてる基盤の無い俳優なんかには滅多に声がかからない。にもかかわらず出演依頼の声がかかったのだから、喜びや驚きは、失くした財布を見つけるよりも遥かに大きい。

その日、担当マネージャーの辻くんと一緒に田園調布の駅で降り、日活映画「風と樹と空と」のロケ現場に向かった。

現場は高級住宅街の道路上である。道路は広いが昼間だというのに人の気配もない。どちらかというとひっそりとしていた。

歩道に沿って行くと、人気《ひとけ》も車も無い車道をはさんで、反対側に陣取っているロケ隊の姿が目に入った。

テレビとは違うスタッフの数。クレーンに乗った大きなカメラ。そして昼間だというのに大きな照明を据えて撮影を行っている。テレビとは何もかもが違って大規模だった。

近づくに連れて撮影隊の中に、こっちを向いている若い女性の姿が目に入った。

彼女は、道路の反対側で立ち止まった僕たちに向かって丁寧にお辞儀をした。

主演の吉永小百合だ。

目が美しい、が、近くに寄った時の第一印象だった。まるでカブトムシの目のように黒く大きく輝いた瞳が見つめている。僕は、あわててお辞儀を返した。

「吉永小百合です。よろしくお願いします」

よろしくお願いするのはこっちだが、それにしても何と気さくな大スターなんだろう。まさかの応対だが、もちろん悪い気はしなかった。

小百合ちゃんとは直ぐに親しく話すようになったが、その何年か後に、この人のために曲を書いたり、部屋で一緒にギターを弾いたりするなんて事になろうとは、この時には思い浮かぶ訳もなかった。

「お母さまには、いつもお世話になっています。色々と教えていただいたりしてるんですよ」

と、小百合ちゃんが言った。

そういえば、うちのおふくろは新劇の女優なんだから、映画会社からの出演依頼は、けっこうあるはずだ。

教えるといえば、小さい時から宝塚の女優さんや、赤坂の芸者さんなんかが家に習いごとに来て、美味しいチョコレートやかりんとなどをお土産にくれたり可愛がってくれたりしたものだ。

僕自身も、いっとき、三味線をおふくろに習ってた事がある。端唄《はうた》を唄わせられたりしたが、センスが無いので途中でほっぽり投げてギターに替えてしまった。

小百合ちゃんの家は、僕の家の近くにある。

話をしていると、小さいときから近所に住んでいたのが分かって、小百合ちゃんもそう思ったようだが、お隣さんのような親近感を感じた。

「風と樹と空と」の役どころは、「バス通り裏」で演じた洗濯屋の役のイメージから作られたものなので、同じようにとぼけた味を出せば良いだけである。

得意と言えば得意の役どころだから楽しんでやれたが、監督が気に入ってくれたのか、この映画のラストカットは僕の芝居で終わらせる事になった。

日活は、このあと続けて石原裕次郎さんが主演する「殺人者を消せ」にも呼んでくれた。だが、相変わらず役のイメージは、「バス通り裏」の延長線上でしかない。

テレビでは、「七人の刑事」みたいな犯人役や性格が破綻《はたん》してるような個性的な役が来たりするのだが、映画の世界では、もっぱらとぼけた役が専門のコメディ役者だった。

まあ、それはともかくとして、「風と樹と空と」で映画界にデビュー出来たのはラッキーだと思っていた。


「サブちゃん、映画に出るみたいね」

と、寿美がポテトチップを食べながら言った。

「なんだ、その偉そうな言いぐさは」

寿美のポテトチップを二、三枚取り上げて、

「お前は、このあとどうすんだ、女優になるつもりなのか」

と、口に入れながら聞いたが、別段、興味があるわけではない。話の成り行きである。

「わたしは、たまたまパパがＮＨＫにコネがあって、出てみないかって。だから先の事はわかんない」

どうでも良いという感じで、ポテトチップを寿美が頬張った。

「太るぞ、そんな食ったら」

持ってるポテトチップの袋を取り上げると、

「サブちゃん、おねえちゃんとばっかデートしてないで、私ともしてよ」

と、寿美が袋を取り返した。

「お前とか、いいよ、二十歳になったらな」

「サブちゃんが？　それとも私が……」

「なんで俺が二十歳になったらお前とデートするんだよ」

「サブちゃん、明日、何してるの。忙しくなかったらデートしない、これあげるから」

ポテトチップを袋ごと突き出すと、あわてたように寿美は廊下に走り出て行った。親父の気配がしたのか、トイレにでも行ったのか。おかしな女だ。

結局、翌日、寿美の粘りに負けた形でデートする事になった。

待ち合わせ場所は、寿美のリクエストで渋谷の駅前にある西村のフルーツパーラーにした。

十六歳くらいの女と出歩くのは取り立てて珍しい話ではない。高校三年の時には、一年生の女たちが家にも遊びに来てたし、ジャズのバンドをやってる関係や渋谷で遊んでる事もあって、女の出入りは下は中学生からだった。

他の学校の子たちも居た。彼女達は、放課後になると駅のロッカーに入れておいた普段着と学生服とをチェンジして街の遊び場に出て来る。

口紅を塗ったりして化粧をすると、見た目は二十歳くらいに見える女も居た。だから十六歳と一緒につるむのは珍しくはないのだが、西村のフルーツパーラーで待ち合わせたのは初めてだった。

「親父には、何て言って出て来たんだ」

「うん？　サブちゃんとデートするって。そしたら、いっぱい楽しんで来なさいって」

「嘘つけ」

「じゃ、聞かないでよ」

ロイヤルなんとか言うフルーツがてんこ盛りになってアイスや生クリームと一緒になったパフェの最後の一口を寿美が頬張るのを見て、僕たちは、まだ陽が残っている渋谷の路上に出た。

道玄坂を上がると、行きつけのジャズ喫茶「ありんこ」がある。百軒店の奥にある店だが、馴染みの客しか入れないような閉ざされた空間である。

店に入ると、寿美は辺りを珍しげに見回しながら臆する事もなくテーブルにつくと紅茶を頼んだ。トランペットやサックスの奏でるモダンジャズのサウンドに身をゆだねながら、寿美に音楽の講義をしてやると、案外とセンスがあるらしく、一緒に音を楽しんでる様子だった。

これから先、この子と付き合うのかなあとの想いで漠然と横顔を見ていると、視線を感じたのか寿美がこっちを見た。

その表情、その姿、その全てが、モダンジャズをバックのこの環境には、およそ溶け込まない雰囲気を醸し出していた。

時折、酒井とか、ありんこの常連が出入りしては、僕たちを横目で見るが、声かけて来るヤツはいない。

店を出て、夕食は何を食いたいかと寿美に聞くと、サブちゃんの食べたいものならなんでも、と答えた。「ありんこ」から数歩のところにムルギーカレーがある。女をナンパすると連れてくような店だが、不味くはないのでそこに入ることにした。

寿美は、ここでも観光客のように辺りを珍しげに見回しながらテーブルに着いて、カレーが出て来る厨房の入り口に目をやった。

厨房から出て来た親父が水の入ったコップを二つ置くと、また戻って行った。何も注文しなくても、二人座れば二つのカレーを注文した事になる。

「ねぇ、サブちゃん。ここってホテル街があるとこじゃないの」

寿美の目が、店の裸電球にキラキラと光っている。

「そうだよ」

僕がコップの水を飲みながら答えると、

「行ってみたいなあ」と、寿美が言った。

「お前、男知ってるのか」

「知ってるわよ、沢山」

寿美が、僕の顔を見て笑った。

「でも、サブちゃんが言う意味での知ってる男の人は一人もいないよ。だって、好きな男の人って、今のところサブちゃんしか居ないもん」

しばらくして寿美と僕は、連れ立ってホテル街を歩いていた。寿美の好奇心と情熱にほだされて見学をさせてやるつもりだったが、成り行きで、結局、その一軒のラブホテルに入った。


ふと眠っている事に気がついて、あわてて飛び起きると時計を見た。

十一時を過ぎている。隣りに寝ている寿美を起こして服を着せると、急いでホテルを出て寿美の手を引っ張るようにして道玄坂に向かった。

「大丈夫よ、そんなに急がなくても」

と抵抗する寿美をほぼ強引にタクシーに乗せると、「気をつけて帰れよ」と、千円札を数枚寿美の手に握らせてドアを閉めた。

「またね、またね」

と、寿美が千円札を握った手で窓ガラスを叩きながら叫んでいる。

降車量が世界第三位と言われる渋谷の街も十時を過ぎると道玄坂のすべてのネオンが消え、今まで賑やかだった空間も黒い絵の具を落としたような暗闇と化してしまう。

タクシーは直ぐに赤いテールランプの点いた後ろ姿を見せたと思うと、寿美を乗せてその闇の中に消えて行った。

電話が鳴ったのは、寿美と別れて四時間くらい後だった。受話器を取ると、すすり泣きと押し殺したような謝罪の声が聞こえて来た。

「サブちゃん、ごめんなさい……」

寿美だった。

家族が寝たのを見計らって掛けて来たようで、やはり遅く帰ったのを咎《とが》められたようだ。それだけじゃなく、俺と二人で居た事も、ホテルに行った事も、すべて白状したらしい。

父親はもちろんのこと、おじいちゃんも起きて来て、家族全員で問いつめ、寿美が仕方なく白状すると、おじいちゃんは狂ったようになったという。

「サブちゃんの事、許さないって。明日一番で、お家に電話してお母様にお話しして、NHKも降ろすし警察にも言うって」

寿美は、どこか押し入れのような所にこもって話してるらしく、しかも、小声で泣きながらだから聞きづらい。が、内容は理解出来た。

あとは、ただひたすら謝ってる声と洟《はな》をすする音が続いて、

「心配しなくていいから早く寝ろ」

というと、続けて謝ってるようだったが、やがて電話が切れた。

翌日、おふくろに田沼さんから電話があったと言われた。

「家に来いって言ってるから、行かなくちゃね。章ちゃんも一緒に行ってもらった方がいいと思う

から、連絡して来てもらうことにしたわよ」

章ちゃんとは、小学校四年生の時に離婚した父親のことだ。

未成年というのは、肝心な時に自分の意思だけでは物事を解決出来ない立場にある。今まで、おふくろが保護者の立場から家庭裁判所や警察に呼び出された事もあったが、あと数ヶ月で大人というところまで来たのに、また厄介な問題に巻き込んでしまった。

しかも、相手が十六歳となると、同じ未成年でも十八歳以上とはまったく立場が違う。付き合った本人の意思や言い分は完璧に無視され、親の立場から警察沙汰にも出来るし、ひたすら大人たちの気持ちだけで事を運ぶことが出来るのだ。

つまり、寿美の言い分や気持ちは斟酌《しんしゃく》されず、外部から見れば未成年はすべて単なる犠牲者となり、こちらの立場は単なる加害者でしかなくなってしまう。

章ちゃんを含む三人で田沼家に着くと、ほとんど挨拶も無いまま応接間に通された。席に着くや否や、いきなりカニ顔の親父が立ち上がって怒鳴りだした。

章ちゃんとおふくろは、ただひたすら謝罪して頭を下げている。寿美が泣きはらした目でちらっとこっちを上目遣いに見たが、直ぐに目を伏せて、後はそのままの姿勢で一言もしゃべらなかった。

僕もしゃべらなかったが、謝りもしなかった。

顔を上げたままで居ると、寿美のおじいさんだろう、いらいらとタバコを吸いながらこっちを睨んでいたが、いたたまれなくなったのか、立ち上がると僕に向かって突進して来た。

そばまで来ると、「お前は……」と、震える手を振り上げ、いきなり持っていたタバコの吸いかけを僕の頬に押し付けた。

流石に章ちゃんとおふくろは立ち上がっておじいちゃんを止めに掛かったが、僕はそのままの姿勢で、タバコの火が自分の頬でもみ消されるのを感じていた。

カニ親父も、おじいちゃんのその行為に鼻白んだのか、急に声のトーンを落とし、寿美の母親と寿美は軽い悲鳴を上げた。

洗面所に連れて行かれ、鏡を見ると、頬にタバコの灰が黒くこびりついていて、その中央に火傷のあとがあった。水道の水で灰を洗い流すと寿美の母親が氷を包んだタオルをよこしたので、それを頬にあてた。

おじいちゃんの行動により、田沼家としても謝らなければならない立場が生じたので、なんとなく話は曖昧《あいまい》になった。

結論としては、お互いに親の保護下にある未成年だから、これからは付き合いも誘いも無しという合意の下に、僕たちは田沼家を去った。おじいちゃんのオチのため、多分、NHKにも報告は行かないだろう。

「番組の女の子って言うから十朱幸代かと思ったよ。あんな小娘じゃなく、もっと謝り甲斐のあるヤツにしてくれよ」

と、帰りがけの道で章ちゃんが言った。


二年くらい前に観て感動した作品、「不良少年」の羽仁進監督が新しく映画を撮った。その映画「彼女と彼」が上映されるという。興味をひかれて観に行った。

ATG作品だが、左幸子が主役で、長谷川明男が出ていた。

長谷川は同年代の役者なので自然と芝居が気になり目が持って行かれたが、明らかにミスキャストだった。

彼の演技が特別悪いのではなく、羽仁監督の作風に合わないと思ったからだ。「不良少年」の時にもだが、「彼女と彼」を鑑賞した事によって、さらに、この監督は僕の芝居を好むはず、会ったらきっと好きになってくれるに違いないとの確信が生まれた。

長谷川明男の役は、僕がやった方が良い。だから明らかなミスキャストなのだが、これが分かるのは僕と想像上の羽仁進監督と、二人しか居ないので証明する手だてはない。

そう思いながら、「風と樹と空と」の謝金をもらうために「みたけプロ」に足を運ぶと、望月社長がデスクで用事をこなしながら、

「羽仁進がテレビを撮るんで、オーディションがあるんだけど、行ってみるか」

と、上目遣いに僕に訊いた。

連続テレビ映画「ハローCQ」である。

偶然に、びっくりした。まるで僕のつぶやきを神様か宇宙人かが聞いてたとしか思えない。

番組を制作するのは最近開局したばかりのテレビ局で、東京12チャンネルという科学だかなんだかの教育放送しかやってない地味な印象の局だった。

しかも、放送されるのは関東近県だけで視聴率も1％以下と極端に少ない。明らかに誰も観ないと思えるテレビ局だが、とにかく監督羽仁進に会いたかった。

オーディション現場はＴＢＳのフロアである。

赤坂にあるＴＢＳの玄関を入ると、フロアの正面に長テーブルが置かれていて、そこに三人の若い男の人が座っていた。

どれが羽仁進だろう。分からないまま、三人の前に置かれた椅子に座って僕は面接を受けた。

「あじさいの歌」の収録も番組が始まって半年以上になり、秋がだんだんと深まって来て、二日に一度の生放送も台本の遅延も、出演者にとっては当たり前の習慣と化していた。

この頃になると、頬にある名誉の瑕《きず》も薄くなっている。テレビで化粧をすれば全く見えない状態だったし、寿美との仲も、単なるタレント同士の関係に落ち着いていた。

ただし、カニ親父が近くに居ない時には相変わらず側によって来て、ワイシャツのボタンが外れてるだとか、なんだかんだとまとわりついたりもしていた。

「あじさいの歌」でのサブちゃん役の評判が良くなって来たのに伴って、役者の道を進もうかという気分も前より高まっていた。

そんな時、

「TBSの『七人の刑事』で、ゲスト主役の話が決まったよ、サブちゃん」

と、社長の望月さんから連絡があった。「七人の刑事」はTBSの人気番組で、芦田伸介以下の刑事役が活躍するドラマだが、その回ごとに犯人役だとかレギュラーとは別に中心人物が設定されていて、毎回、一話完結になっている。

今回は、「おとうと」というタイトルで、僕の役はタイトルでもある津島恵子さんの弟の役だった。

本読みに行くと、演出の蟻川さんは小太りでゆったりしてそうに見えたが、何でも決めつけてしゃべるために命令調で怖い感じがした。

ただし、僕の芝居については、取り立てて何か指示したり、手直ししたりするわけではなかった。大抵は津島さんと一緒のシーンなので、彼女に対する気遣いが先で、僕の存在について取り合う余裕などなかったのかもしれない。

「バス通り裏」で一緒だった五郎ちゃんが刑事役で出ていたが、ほとんど話はしなかった。僕に対しては無関心を決めてかかってた人だが、なぜか、ある日、五郎ちゃんから不良呼ばわりされて、NHKを下ろされる羽目に陥っている。

それが何の理由だったのか未だに分からないのだが、真面目で体制派の五郎ちゃんからすれば、もともと僕は肯定しにくい存在だったのかもしれない。

「七人の刑事」では、当たらず障らずで会話もなかったが、たまたま視線を感じて顔を合わせた時、時の為せる業《わざ》か五郎ちゃんは優しい目をしていた。

オンエアされると、芝居についての評判は良かった。みたけの望月さんも褒めてくれた。蟻川さんとは、結局、最初から最後までほとんど話もしない状態だった。


「おとうと」が終わり、NHKの小林さんから、「あじさいの歌」の合間でラジオのドラマをやって見ろよと言われた。

「NHKの第二だけど主役だからやりがいはあるだろう」

相手役は夏川かほるで、ほとんどが二人の芝居だった。社会から疎外された若者二人の話である。ある夏の宵に混血のミーシャのアパートの窓辺に、ウクレレを持った若者が現れる。が、青年は、オルフェと同じように兄を刺す羽目になって追われていた。

「わたしのオルフェ」というタイトルで、今の若者たちの青春をギリシャ神話に託して描いた寓話である。

共演の夏川かほるとは二人しか出ない相手役なので直ぐに仲良くなった。食事をしながら話していたら、幸代ちゃんや日活の千賀子とも大親友で、いつもつるんで遊んでいるんだという。世の中は、いや芸能界は狭いもんだと思った。

オルフェが終わると、直ぐにフジテレビの「ろくろ師」の出演依頼が来た。

窯元の話だが、主役は沢阿由美だ。この女優さんは僕が中学生の時、まだテレビが始まったころだが、気に入って見ていた探偵物の「日真名氏飛び出す」という連続テレビドラマに出ていた人だった。

その頃は若手の美人で、それ以来、憧れていたので一緒に出られるのは嬉しかった。しかし、もうかなり年上だし、こっちは大した役でも無いので、ほとんど口は利かなかった。

番組が終わるまで僕がファンだと名乗らずに居たので、気が付きもしなかっただろうが、まあ、知ったところで、どうという事もない。

他の出演者は無名な人ばかりで地味な作品である。偽物作りの苦悩と人生を描いたものだが、終わってみて大した感慨もなかった。

こんな作品を誰が見るのかと思っていたら、オンエアされてから「良かったよ」と言われたので、ちょっとびっくりした。小説家の笹沢左保さんもこのドラマが気に入ったのか新聞にわざわざ批評を書いていた。

「脚本の良さとディレクターの情熱が素晴らしいドラマを生んだ」

として、役者の演技に対しても、

「NHKの事件記者の一部のタレントたちのインスタント演技と違って」

と、好評価していた。

番組の録りが終わったころ、TBSの蟻川さんから直々《じきじき》に電話が掛かった。

母親に掛けて来たのを僕が受けてしまっているのかと思ったが、良く聞くとTBSの喫茶店まで出向いてくれないかという、僕宛の話だった。

指定した時刻に行くと、太った体を窮屈そうに喫茶店の椅子の中に無理矢理押し込んでいるような蟻川さんが待っていた。

スタジオに居る時とは違って、リラックスしてるせいか、笑顔で僕を見ている。

「コーヒーでいいの」と訊くので、コーヒーは苦手だから「紅茶で」と答えると、わざわざウェイトレスを呼んで頼んでくれた。

呼び出した内容は、役者をどのくらいやって行く気があるかという話だった。

「従兄弟に、君に似た青年がいるんだけど、そいつは何をやっても筋が悪いんだよ、スタジオで君を見た時に、そいつの姿とダブってね、ちょっと俺が嫌な感じに見えたとしたら、そのせいだ」

蟻川さんは、屈託のない表情で、そんな事を言った。返事をして良いのかどうか分からなかったので黙っていた。

すると、「君は芝居の筋がいいし、独特の個性があるから、やる気があるなら応援するよ。やる気にならなきゃ、才能がもったいないしね」

と、僕の顔を見てから次の仕事の話をしはじめた。蟻川さんの演出で「おかあさん」の番組を受け持つから出演しろというのだ。

また「おかあさん」シリーズだ。

もし出るとなると、これで四度目になるのかなあ、と思っていたら、ウェイトレスがコーヒーを持って来て僕の前に置いた。

「出ます」

と返事をすると、蟻川さんはウェイトレスを呼び戻して、「紅茶を頼んだんだよ」と言いながら、「おかあさん」の213話の準備台本をテーブルにポンと置いた。しかも、台本を見たら主役がおふくろだった。

初めから親子競演で決めていて僕を呼んだんだと思ったが、そうは言わず、「ありがとうございます」と言い、出演が決まった。

「七人の刑事」も、「おかあさん」も「ろくろ師」に出演するのも、バンドの活動や「あじさいの歌」の連ドラや「ありんこ」の連中と遊ぶ合間を縫っての出演だから、結構、時間的にはきつかった。

「あじさい……」では、寿美との関係が落ち着いて、代わりにアンナの存在が浮かび上がっていた。

アンナの目は大きくて青く、背も高い。

ロシア系の色白の美人で、「あじさい」では、やはり同じレギュラー同士だ。年も同じくらいで気楽に話せる相手だった。

存在を近くに感じ出したのは男と女というのではなく、最近、相談事を持ちかけられる事が多くなったからだ。アンナと話していると、どこか混血の哀愁って感じがあって、孤独の匂いがほのかに漂い、ほっておけない気がする。

外でデートする事はなかったが、二人で居たり相談を受ける場所はいつもＮＨＫの食堂だった。相談は、たいがい台詞の事とか日本語の解釈に関する事柄が多く、ほとんど他愛も無い話だった。

この日は、廊下を歩きながらアンナが珍しく友達の話をはじめた。

あまりプライベートな話をしないアンナなのにだ。友達は、まだ二十歳になったばかりなのに、もう二歳になる娘が居るという。

「あじさいの歌」の隣りのスタジオをのぞくと、ちょうどかっこうなソファのある応接室のセットがあったので、僕たちは誰もいないのを見計らって、そこを目指した。

ソファの上に置いてある安手のギターをどかして僕が座ると、アンナも横に座って、その二歳の娘の父親がいかにひどい男かと話しはじめた。

話してるうちに、アンナの大きめの目に涙が溢れて来て、話が止まった。

続きを待ったが、なかなか始まらないので、横にあるギターを取りあげ、

「同じような話がある」

と、弦を指で弾《はじ》いて、軽く調弦してみた。

アンナは不思議なものを見つけたような表情をした。アンナの目から涙が落ちそうになっているが、あと少しのところで留まっていて、青い瞳の周りが充血している。


美弥子と知り合ったのは、「あじさいの歌」が始まる今年の春頃で、彼女は二十一歳だった。

僕たちがバンド連中や渋谷で遊んでる連中とパーティをやったり、あるいは単に渋谷のジャズ喫茶にたむろしてる時に、美弥子は一緒に遊びたがって現れるのだが、いつも赤児を抱いていた。

子持ちでは、僕たちの遊びには付いて来られない。だから、来ると赤児の桂子を抱きながら泣き出す事が多かった。

美弥子は十八歳の時に結婚して、子供が産まれると亭主は直ぐに別れ話を持ちかけ、産まれたばかりの桂子を残して去って行ったらしい。

麻雀の仲間が家に集まってて、これから「行くぞ」って時、そんな時に美弥子が二歳になった桂子を抱いて現れた。

僕の家というのは、母親が舞台の女優をやってるために、旅に出て家に居ないことが多い。長い

旅だと二ヶ月近く留守をする事がある。だからいつも人が自由に集まって来てて、ひどい時には僕が家に帰ると知らないヤツが「おかえりなさい」なんて言って玄関のドアを開けたりすることだってある。

だから、美弥子も自由に出入りをしてるのだが、僕らが麻雀を始めようとすると、いきなり泣き出した。いつもの事だからほって置いてもいいのだが、その日は、横にあったギターを取ると歌を作ってやった。

こうやってギターを片手に歌を作るようになったのは、高校三年になったばかりの春のことだ。原宿でナンパをした女がきっかけになった。

その女とは一日限りの付き合いだったが、別れるとき、白い肌の眼鏡の向こうにある目が、やけに悲しげで、そのあと四日間も彼女との事が頭にこびりついてしまった。

その日にナンパした女をその日に振るっていうのは、何度かやった事があった。だらだらと付き合うのではなく、「別れという形に凝縮して、その感覚を箱に詰めてみたい」、みたいな気分だ。

あるとき渋谷でスレ違い様にナンパした。その女に愉快な話をし、楽しませるだけ楽しませながら街を歩いた。

女が、もっと一緒に居たいと感じ始めた時に、

「あそこに交差点があるだろう、坂の下だよ」

と、僕は道玄坂の降りきったところの交差点を指さした。

「あそこまで行ったら、おまえ、左に行けよ、俺はまっすぐ行くから」

言ったとたんに女は無言になった。そのまま二人で坂を降りて行き、女は何も言えずに言われた通り左に曲がって、それきり会わなかった。

崖っぷちスレスレの賭けをしてるようなスリルとむなしさが心の中に生じて来る。振り返りたい気持ちが無いではないが、役者だからか、この感覚が大事なんだと思ったりした。

歌を作るきっかけになった佐藤良子の時は、高校三年の爽やかな風が吹く春の午後だった。原宿でナンパして、明治神宮へ行きたいという。行って散歩してみると公園の花壇には、季節のせいか花が咲き乱れていた。

彼女は、いきなり花壇に走り寄って、

「この花、全部もって帰りたい」

と、言って僕の顔を見た。

返す言葉がないので適当に他の話をしながら、渋谷のホテル街へ誘うと思ったより自然に付いて来た。

出て来てからも楽しくお茶をした。彼女はこれから付き合う気持ちで会話してるのだろうが、次に待ち構えてるのは別れのシーンだ。

「どこに住んでるんだ」

と訊くと、中野だというので、そこまで電車で送ることにした。

中野の駅で降りると改札口まで行き、改札を出た彼女に、

「それじゃあ、ここで」

と、別れを告げた。

電話番号も聞かないし言わないし、分かってるのはお互いの名前だけだ。

呆然として立ちすくんでるかもしれない彼女の姿を背後に感じながら、振り向きもせずホームに戻って行く。それで終わりのつもりだった。

ところが、翌日から四日間、悶々《もんもん》とする日が続いた。彼女の言った言葉のいくつかが頭の中に繰り返し蘇って来るんだ。

「相手の口を吸うんだよ」

そう教えたとき、

「高校三年にもなって、キスの仕方も知らないなんて」

そのときの、はにかんだような表情と潤んだ瞳。

「花をみんな持って帰りたい」と言ったときのあどけない仕草。

突然、別れを知らされたときの、一瞬見せた驚きの目。

他人を哀れむという感情とか、思い出の一部みたいなものではない。まるで自分が彼女自身を体験してるみたいな、頭や体の中に彼女の感情を痛みとして感じ取っているようだった。

会って謝ろうにも、電話番号も知らないし家がどこかも分からない。

熱を発したような朦朧《もうろう》とした病状が続き、四日目にギターを持つと自然と歌が生まれた。情景を唄った他愛のない歌詞と曲だったが、同時に汗が出て熱が下がるように感情も落ち着いて行った。

その歌が、生まれて初めて作った歌になった。

十七歳のその日をきっかけに、何かの刺激があると、それからは体の中から歌詞と曲が、ほとんどが相手の気持ちの中からだが、同時に生まれるようになった。

二歳の桂子を抱いて泣いてる美弥子の時もそうだった。

「笑えよ」

と言って、ギターのコードをつま弾くと、

笑ってごらん、涙を忘れて

笑ってごらん、さびしくても

と、言葉と曲が同時に出て来た。

二歳の子供を抱えた美弥子の話をアンナにすると、ギターを弾いて同じ歌を唄って聴かせた。

笑顔のあなたに、消えてしまった幸せが

そっと何かを残してくれる

美弥子の時は、泣きながら聴いていて、もっと泣き出したが、アンナは、溜めていた涙を落とすことなく笑顔に変わった。

その日は録りが早く終わったので、新橋駅の並びにある五十円カレーの店によって帰った。

十二月になって、「あじさいの歌」のロケで、苗場のスキー場に行くことになった。

スキーは初めてだったので、防寒着に身を包み、靴を履いてゲレンデに出ると講習を受けてから軽く滑る練習をさせられた。

もともと滑れない役なので滑れなくても良いのだが、滑れないヤツが滑れない役をやるのと、滑れるヤツが滑れない役をやるのとでは、勘所が違う。

つまり、危なげに滑ってから転ぶのと、まるで滑らずに転ぶのとでは、芝居の巾が違って来る。

そんな事を考えながら、リフトに乗せられてかなり高いところまで行き、そこから一気に滑れない役を演じながら滑った。

自分のシーンを終え、ロケバスに戻るとアンナが居て、笑顔を浮かべて近寄って来た。

「サブちゃん、今夜、一緒に居たいから、サブちゃんの部屋に泊めてくれる」

宿泊にあてがわれた部屋は、一人部屋だったが、

「いいよ」

と、軽く答えた。

直ぐに、八木ちゃんが迎えに来たので、

「じゃあね」と、僕に目配せすると、アンナは自分のシーンの撮影のためにロケバスを降りてロケ現場に向かった。

しばらくすると、八木ちゃんが白い息を吐きながらバスに向かって走って来た。僕の座っている窓のところまで来ると、

「サブちゃん、ちょっと頼みがあるんだ」

と、困ってるようでもあり笑ってるようにも見える顔を窓に近づけて来て白い息を吐いた。バスの中は暖房が効いてるが、外は相変わらず寒そうだ。

「アンナがね、ゴネてて撮影がストップしてるんだよ。ここで撮影が遅れると残りのロケが録りきれなくなっちゃうんだ」

八木ちゃんは、笑顔はまずいと思ったのか、ひとまず引っ込めて、窓ガラスをさらに曇らせながら真剣な眼差《まなざ》しで僕に訴えて来た。

「アンナは、サブちゃんの言う事なら聞くからさ、説得してほしいんだよ。頼む。ロケを続けさせてほしいんだ。このままじゃ、録りきれないから」

録りきれようと録りきれまいと、僕には関係ないことだ。八木ちゃんには世話になってるが、

NHKのために僕がそこまでやる必要もない。

僕が曖昧な顔をしてると、窓ガラスを平手で叩いて「頼んだよ」と叫んで、八木ちゃんは現場の方角に戻って行った。八木ちゃんの手の跡がガラスに残った。

しばらくして、アンナが、暗い顔でバスに戻って来た。僕の顔を見ると「サブちゃん」と、気がついて明るい顔になり隣りに座った。

凍った雪の中に居たから体が冷えてるのだろう、ヤッケを首のところまで持ち上げて体を縮めている。

腕を回して明るく振る舞うべきなのか。アンナは僕に体を寄せて来てるが、もう最初の笑顔は消えている。

自分がゴネて撮影がストップしたのを反省してるのか。ゴネれば、今回のロケを録りきれずに帰る事になると説得され、にもかかわらず、何らかの理由、たとえば生まれた国の血とか、それが砦《とりで》を作っているのかもしれない。

それにしても撮影隊も八木ちゃんも、誰もアンナの後を追って来ない。

現場でさんざん説諭して、それでもダメなので神頼みで八木ちゃんが僕のところに来て、結論のすべてを僕にゆだねたって事なのか。

このまま撮影が中断してしまえば、予定のシーンは録りきれず撮影隊は来た意味がなくなる。それは、僕はもちろん、アンナも十分承知のはずだ。

しばし沈黙が流れた。

「行った方がいいんじゃないか」

と、僕は静かに口火を切った。

アンナは、驚いたような顔をして僕を見た。

僕もそうだったが、そんな事を僕が言うとはアンナも思ってなかったようだ。

アンナの心の葛藤は分かってるつもりだった。アンナは自分が行ってロケを終了させるのが正しいと分かっていながらも、自分の力では決断が出来ずにいるはずだ。

誰かが助け舟を出さなければ。そう思って、

「このままじゃ、みんなが迷惑するし」

と、話を続けた。

が、言葉はアンナの反省をうながすどころか、むしろアンナと僕との距離を離す役目を持ってたようだ。アンナはむっとした表情になり、僕に対して微かながら反抗的になったように見えた。

本人が非を悟っていながら悪かったと言えない場合、つまりこの場合だが、どういう方法があるのか。僕の頭はアンナと違って冷静ではあるのだが、解決方法を求めてさまよっていた。

ふと、映画のシーンがひらめいた。


僕は高校二年になるまでは、中学から邦画一辺倒の人間だった。洋画は、おふくろに誘われて行くぐらいで、自分からは滅多に観に行かない。もっぱら中村錦之介や大友柳太朗などが出る東映のチャンバラ映画専門だった。

それがちょっとした出来事で邦画から洋画へと全くの路線チェンジをするのだが、それは、十六歳、高校二年生になったばかりの春の事だった。

僕の行ってる学校はキリスト教がベースになっていて、礼拝のために毎日午前中の一時間、全校生徒が講堂に集うことになっている。その為、日直の制度があり、各クラス共に男と女の一組が教

室の留守番をする事になる。

日直の男女の組み合わせは、あいうえお順なので、ア行の生徒とサ行の生徒が組む可能性は、まず皆無と言えるだろう。

しかし、その日は、ア行である僕とサ行である笹原とし子が日直になった。風邪が流行って休むヤツがいたために順番が少しずつ狂ってそんな事になったようだ。

笹原とは、中学の二年から高校三年までクラスが一緒だったが、仲良くなるきっかけは、学校側の勝手な選出で二人が図書委員に指定されたからだった。

中学の時は、委員なんかバカバカしく、さぼろうとする僕に対して真面目な笹原は気をもみ、姉のようになって何かにつけ僕の面倒を見る形になっていた。

が、高校になるとそれが逆転して、僕の片思いの雰囲気が強くなった。しかも、クラス中で噂が立ち、何かにつけ荒木は笹原が好きなんだからと言われるので、笹原に対してはより口が利きにくい状態になった。

そんな時期の日直である。

しかも、笹原は洋画好きで、特にジェームスディーンに憧れている。僕は中村錦之介だ。教室で二人きりになったら話が合う訳がない。

クラスの連中が居なくなり、日直が始まると、僕は、ひたすら時間が早く過ぎる事を願った。

中学から同級だから、普段ならクラスの連中に紛れて会話や冗談を交わす事だって少なくないが、二人だけとなると話は別だ。

好きだという噂も十分に流れている。本人がそれを知らないわけもない。

気まずい……と考えてるのは僕だけかもしれないが、肩に掛かった重力は普段の倍の重さになってるように思えた。

その気まずい沈黙の時間の壁を破ったのは、彼女だった。

「私はジミーが好きなんだけど、荒木くんは？」

笹原が僕を見て言った。ジミーがジェームスディーンである事も、笹原がジェームスディーンを好きな事も分かってるが、それで会話を交わせる知識など毛ほどもない。だからと言って「俺は中村錦之介だ」とは、とても言えないし、場にそぐわない。

答えを出すまでに、間を置きたくなかった。

「カークダグラス」と、僕はとっさに答えた。
二、三日前に、おふくろに連れられて宝塚のお弟子さんと三人で「スパルタカス」を観に行った。その帰りに今から思えば虫が知らせたのか、ポスターにある主役の名前をなんとなく覚えておこうと思ったのだ。
「渋いわね」

と、笹原が言った。

好きなわけではないし、これ以上はもう知識もない。訊かれたら終わりだ。

ただひたすら彼女の洋画の話を聴く姿勢ではいたが、気分はこの拷問の時間が過ぎる事を祈るだけで、笹原の話してる内容は何も入って来なかった。

ベルが鳴りクラスの連中が帰って来ると、笹原には挨拶もせず一目散に男友達の輪の中にまぎれて行った。

翌日から一年間で、二百六十五本の洋画を観た。

二百六十五本分のパンフレットも買って勉強したが、それだけじゃなく、ついでに自分流のルールを考えた。

僕は、わがままに育てられたから、物事に飽きっぽい。この性格を直しておかないと、将来に禍根を残すと思っていた。だから、どんなに詰まらない映画でも、途中で寝たり、観るのをやめて出たりしないと定めた。

それだけじゃなく、事のついでに本に対しても、それを実行した。読み始めた本は必ず最後まで読む。詰まらなくてもやめない。

そうする事によって、買ったり読み始めたりする時、ものを選ぶ時の感性が磨けると思ったからだ。つまり、読み始めたらやめられない訳だから、選ぶことに慎重になる。

そうして一年経ったある日。

教室の片隅で笹原も含め何人かで映画の話をしてる時に、

「荒木くんには敵《かな》わないわね」

と、笹原が軽い口調で言った。

いつのまにか洋画好きになり洋画通になっていたのだ。ということは、飽きっぽい性格も、少しは矯正されてるかもしれない。


アンナの頑《かたくな》になっている表情を観察しながら、映画の主人公が登場するシーンを思い浮かべた。登場した男は頑になっている相手の女を平手打ちにし、叩かれた女はハッとして我に返り、

「サブちゃん、私が悪かった」

と、涙をポロポロっと流しながら男に抱きつく。それしかない。

僕は、アンナの方に体の向きを変えると、いとも冷静に、ヒーローの気分でアンナの頬を平手打

ちにした。

バチンと音がして、アンナの顔がひきつったように見えた。

そのとたん、アンナは僕に抱きつくどころか、頬を押さえながら立ち上がるとヒーローを睨み、ストップモーションのような一瞬の間を残したあと、バスのドアを開けて出て行った。代わりに冷たい外の空気が入って来た。それだけだった。

ロケは無事に終了した。

サブちゃんのおかげで、とは八木ちゃんも他のスタッフも言わなかったし、アンナも僕の部屋に来なかっただけではなく、その後、一言も口を利かなくなった。

帰りの列車の中でも、アンナの無言と無視は続いた。

東京に着く少し前、アンナが近づいて来た。表情は、さほど固くはないが笑ってもいない。

「サブちゃん、この後、時間空いてる」

ロケから帰ったら、渋谷の連中と会うくらいで、それも気分次第だ。

「空いてるよ」と、僕が答えると、

「じゃ、十時に田町の駅に来れる」と、アンナが訊いた。

そうか、そこで抱きつくなりなんなりして、アンナは謝るつもりでいるんだ、と解釈して僕はうなずき、十時まで時間がけっこうあるので、ひとまず家に戻ることにした。

家に帰ると、アンナとのデートに相応《ふさわ》しい一着を決めて、改めて髭を剃った。

田町駅に着いたのは、十時少し前だった。

駅の改札口を出ると、こっちに向かって来る車の助手席にアンナの姿が見えた。黒い小型車だがタクシーではなかった。

車は、立っている僕の直ぐ前まで来て止まると、アンナが降りて来て、

「サブちゃん、乗って」

と、暗い顔で後部座席を促した。運転席の若い男がこっちを見ている。

どうやら、僕の思い描いた先とは違う未来が待ってるようだ。

言われた通り、後部座席のドアを開けて乗ると、男の運転する車は、目的をはっきりと持ってるかのように走り出した。

町並みを抜け、車は森のような道に入った。寺か神社の参道のようだった。

道の両側には冬だというのに葉に覆われた樹が並んで暗闇を作っている。しばらく進むと外灯に照らされた神社の境内が見えて来た。

「降りて」

車が止まるとアンナが言った。

僕が、降りると、アンナだけじゃなく、今度は男も一緒に降りて来て、境内の明るいところまで同行した。

胸幅も厚く背も高く、ボクサーかアメフトの選手のような、いかにもスポーツタイプの男だった。

「サブちゃん、私はね、子供の時から二十歳になるまで、親にも誰にも叩かれた事がないの。貴方を叩き返したいけど、私は女だし力が無いから、この人に来てもらったの」

と、アンナが僕の正面に立って言った。

「ああ、そう」と、答えるわけにもいかず、黙っていると、

「でも、サブちゃんだって、いきなり叩かれるのは嫌でしょう。だから、この人と喧嘩してよ」

と、アンナが付け足した。

縁も所縁《ゆかり》も無い見知らぬ男を前にしていきなり喧嘩しろと言われて喧嘩するやつがいるだろうか。闘鶏じゃあるまいし、出来る訳がない。

しかし、男は闘鶏のような性格なのか、僕の前に立った。答えられぬまま沈黙が流れ、それが一瞬にして破られた。

景色が一変したのだ。

境内を背景にしてアンナと男の姿が見えていたのが、カットが変わったように瞬間に暗い森のシーンになった。

殴られて体が半回転したのが分かったのは、アンナと男が車に乗るのが見えてからだった。バチンという音もしなかったし、頬に痛みも感じなかった。

去って行く車を見送って一人立っている見知らぬ神社の境内は、凍るように寒い筈だが、それも体に感じなかった。

年が明けて二十歳になり、「ハローＣＱ」の面接に合格したと辻君から電話があった。

「不良少年」にも感動した話もしたし、羽仁さんが僕の話を聞けば受かるのは当然と思っていたが、受かった理由は話の内容ではなかった。

羽仁さんは、面接での話のやり取りでは採用する気持ちは無かったのだが、面接を終わって帰るときの僕の後ろ姿を見て、背中でこれだけ何かを表現するやつは珍しい、と思って採用する気持ちになったんだそうだ。

「ハローＣＱ」は、赤羽にある自転車屋を一軒借り切って、ほとんどがその周辺で撮影される。もちろん、オールロケである。

脚本は漫画家のやなせたかしさんだが、通常の脚本の形式を取っていない。読んでいて面白く、それこそ漫画を文字にしたような台本だった。伊藤くんという東映児童に所属する中学生が主役だが、僕はちょっと変わった先輩の役だった。

どう変わっているかというと、たとえば、僕の役の吉原金太郎が足を骨折して松葉づえをついて歩いてる時に、後輩の伊藤くん扮する鈴木に道ばたでばったり出会うシーンがある。

ここで、吉原は骨折した時の松葉づえの使い方について後輩の鈴木に解説をし、熱がこもって来たあげく、実践で覚えるようにと彼に二本の松葉づえを渡し、手拍子を打ちながら、自分は骨折した脚をひきずって通りを歩いて行く、といった具合である。

「ハローCQ」のタイトルソングは、十五歳のいしだあゆみが唄っていて、撮影の現場にも顔を出したりしていた。作曲はいずみたくだった。「大根舞台」の音楽もいずみたくで、両方の主題歌ともに「いずみたくらしさ」のにじみ出る名曲で、その後、少なからず影響を受けた気がする。

ずいぶん時が経ってからだが、あるとき、評論家の人から僕の作った「海」という曲が、いずみたくの「ベッドで煙草を吸わないで」に似てると言われた。

言われてみると、確かに似たような雰囲気のある曲だ。僕はいずみたくさんの曲は好きだし、たくさんだって僕の影響を多少は受けているのじゃないだろうか。

「ベッドで……」のレコードが、発表されたのは、一九六六年の春であり、海は、そのずっと前、一九六二年、十八歳の晩夏に笹原を車に乗せて逗子に行ったときに出来た曲だった。

片思いだった僕と笹原との間柄も、その夏にはずっと親密な関係に変わっていた。そうなるきっかけは、高校二年の秋、修学旅行で京都と奈良に行ったことに始まる。

第二章

調弦

その頃、笹原は、同級生の岡野たけしと付き合っていた。

旅行二日目のこと、京都の宿に帰る門限は六時と決められて生徒に自由時間が与えられていたが、笹原と岡野は、十分遅れて旅館に戻って来た。

このわずか十分のために、我々に招集が掛かった。旅館の大部屋にクラス全員集まるようにと指示したのはクラス委員の深田である。

部屋の中央の出口よりに二人が座らせられて、その回りをクラスの全員が囲んでいる。僕は、その輪からは少し離れて柱に背中をもたれて座っていた。深田は、いかに規律を乱す事が問題なのかを滔々《とうとう》と説いている。

十分の遅れがそれほど規律を乱してるとは思えなかったし、単なる深田の嫉妬としか思えなかった。

にもかかわらず、二人は正座して頭を深く垂れている。たいしたことではないのに笹原にはそれが弾劾裁判のように見えてるのか、少なくとも深田の制裁が重くのしかかっているに違いない。笹原の目に涙が浮かんでるのが見える。

岡野たけしは、それに気づいてるのか気づかないのか、並んで同じように頭を垂れたままで、微動だにしない。ここで、女を庇うか何かしなければ男じゃない、岡野、しっかりしろ、と言って頭を叩きたくなる気分だ。

ついに笹原の目に溜まっていた涙があふれて頬に流れた。

不甲斐ない岡野。

僕は胸ポケットに入っているチーフ用のハンカチを取り出し、七センチ四方くらいに畳んで笹原に向けて放ってみた。うす水色のハンカチは、ブーメランのようにクラスの連中の頭上を越えて、畳の上でもなく、岡野の頭の上でもなく、うまい具合に笹原の膝の上に着地した。

笹原は、膝の上に乗ったハンカチを取ると、顔も上げずに頬にかかる涙を拭いた。良く見ていたとしても、ハンカチがどこから飛んで来たのかは誰にも分からない。笹原が、もともと持っていたのではないかと思うくらいに、それは自然の所作だった。

修学旅行から帰り、学校が始まると、最初の朝、授業が始まる前に笹原が近づいて来て、綺麗にアイロンの掛かった水色のハンカチを僕に差し出した。

「ありがとう」

軽い笑顔で、笹原が僕を見た。

「取っとけよ」

そう言えるような関係ではないんだが、口から自然に出てしまった。笹原は、素直にハンカチをひっこめると紺の制服の上着の外ポケットにそれをしまった。

それからの岡野たけしの態度は不自然きわまりなかった。意味なく僕に嫉妬してるようで、笹原に嫌みを言うらしい。笹原の親友の大場から「笹が岡野さんにいびられて大変みたいなの」と、話が入って来ていた。

僕が笹原を好きだという噂は相変わらずだったが、二人の関係は、一枚のハンカチを通してだけだったし、岡野が執拗に追及すれば、かえってやぶ蛇になりかねない。岡野たけしは、泰然自若として何事もせず普通に振る舞うべきである。

大場の話を聞いてから三、四日経った夜中に、笹原から電話が掛かって来た。明日、学校があるというのに時計を見ると丑三つ時の二時だ。

岡野と二時間も電話で話してたという。内容は、岡野が電話して来て、これから相模湖に行って自殺すると宣言したらしい。

「切羽詰まってる声で言うんだけど、どうしたらいいかしら」

と、笹原が言う。

「岡野は死なないから大丈夫だ、安心して眠れよ」

はっきりそう断定して電話を切った。が、多少の不安が無いわけじゃない。しかし、不安をほのめかそうと断定しようと、結果に変わりはない。死ぬ時は死ぬだろうし、死ななきゃ死なないだろう。

だったら、断定してやった方が笹原の気分はいくらか楽である。

笹原の電話を切って、一応、岡野に電話してみた。

「相模湖に行くんだって」

「ああ」

語調は通常だ。

「行ってどうするんだよ」

「死ぬに決まってるだろう」

岡野は、まだ相模湖には行ってないようだし、いちおう、馬鹿な事はするなよと軽く言ってから電話を切った。

翌日、早起きして多少の不安を抱えながら登校すると、岡野は僕より早く来ていて、窓際に立って外を見ていた。早く起きたのか、それとも眠れなかったのか、

「岡野」

と、声をかけると、

「うん」

と、言って岡野はこっちを見たが、その顔は青白くもなく、自殺願望があるにしては案外と晴れやかな表情をしていた。

それからというもの、岡野と笹原の関係はどんどん悪化して行った。

僕が何かをしたわけではなく、岡野の性格がそれを招いて行っただけだ。人間は、目標もなくその場の対処だけ考えてると、こうなるんだという見本のようなものだった。クラスの連中も、笹原と岡野の関係が破壊されて行く事を暗黙のうちに了承していた。

そんな時、英語の授業の時間に笹原が僕の前の席に座った。肩ごしに、綺麗な字で英語が綴られてる笹原のノートが見えている。

世間では、エルビスプレスリーの「アー・ユー・ロンサム・トゥナイト」が流行っていた。僕は、ノートの切れ端に、Are You Lonesome Tonight? と書いて、笹原の背中越しにそれを渡した。しばらくして、前の席から返信らしきメモが来た。そこには、笹原の字で、Yes I'm Lonsome Tonight! と書かれてあった。ドディースティーブンスのアンサーソング「イエス・アイム・ロンサム・トゥナイト」も流行っていた。

その日、授業が終わると二人でクラシック喫茶の「タクト」に行って、四時間に渡って二人のこれからの話をした。それから、僕たちの正式な付き合いが始まった。

中学二年で出会ってから、ほぼ片思いの状況で三年半という月日が流れている。途中、日直があって笹原のおかげで洋画が好きになった。

その後、二人で映画を観に行った事もあったが、その時は、僕が榎本にその話をしてしまった為にクラス中の知るところとなり、笹原は、前よりも僕から遠ざかった。スピーカーのような榎本に内輪の話などしたのが失敗だった。

ゴムは、引っ張れば引っ張るほど、放したときに勢いが増す。

僕たちの仲は、そんな風だったから、付き合うとなると発展も早かった。笹原は、二年の終わりには僕の家に泊まりに来るようになり、そんな朝は一緒に登校した。

もちろん、小学生のように手をつないでというわけではなく、渋谷駅までは一緒だが、そこから高等部の入り口まで、僕はメインの青山通りにある宮益坂を上がって行くが、彼女は裏通りだ。

大抵、青学の高校生は通学時に青山通りと平行に走っている裏通りを使う。その方が近いからだが、笹原も渋谷駅で僕と別れると友達と合流して、彼女たちと無駄話をしながら校門まで裏通りを行く。

他に、渋谷から都電に乗り青山通りを歩かずに一駅、青山学院前で降りるという手もある。が、乗車賃がもったいないし、よほどの事情が無い限りする奴はまず居ない。

そんな関係だから、高校における女生徒たちの話題や、問題が笹原を通じて直に入って来る。今、誰が誰を好きだとか、誰々は家庭問題で悩んでいるとか、他愛ない話だが、これは高校生活をやる上で大いに参考になったし利用する事も出来た。

高校の親友と呼べる友達は和田ケンとか何人か居たが、中に女生徒から変わり者と思われている杉田敏がいた。その杉田を女生徒の間で人気沸騰させたのも、その利用価値の為せる技だった。

杉田敏は、ＥＳＳの部長をやる程の英語通で、普段の喋り方も日本語が鼻にかかって英語的な発音でしゃべるので、それが傍から見ると気障（きざ）に見えたり、鼻持ちならない雰囲気をかもしだしたりするのだ。

話すときのゼスチャーも、人差し指を人の目の前に突き出して、「あなたね……」とか言いながら、それを振り子のように左右に振りながら話したりする。

中身は、いいヤツなのだが、そういう気障っぽい態度が、男はもちろんだが特に女生徒に誤解を与えるわけだ。

二年の冬休み前の期末テストの時に杉田が隣に座った。テストの科目は英語だから、杉田は当然100点だろう。

僕はというと、中間テストであろうと期末テストであろうと、また、どの科目であろうとテストは総じて0点である。

テストの用紙をもらっても書き込むことがないので、適当に時間を見計らって白紙のまま出し教室から退出するのが常だ。が、今日は、杉田が横にいるので、答案用紙を杉田にあずける事にした。杉田なら100点満点。カンニングというより、そのまま試験の用紙にダイレクトに書き込んでもらうのだから、面倒は無い。杉田は、人がいいから引き受けるに決まってる。

しばらくして、隙間無くぎっしりと答えが書き込まれた答案用紙が返って来た。

しかし、英語慣れしてるから字がうまい。うまいだけじゃなく、特徴がはっきりしてる。特にWの字は、僕には書けないくらい芸術的である。

「杉田、これじゃあ、おまえが書いたって一目で分かるよ。Wは、お前しか書けない字だろう、特徴あり過ぎだよ」

小声で杉田に文句を言ったが、書き直す訳にも行かない。そのまま提出する事にした。

年が明けて三学期が始まり、テストの結果が出る頃だった。昼休みの時間に校庭で杉田とだべっていると、向こうからこっちに向かって来る女教師の姿が見えた。

英語教師の船本はもともとおだやかな顔立ちの人だったが、醜く歪んだ形相と小走りに向かって来る姿は、カンニングがばれた事を明らかに物語っている。

しかし、船本の勢いは、僕ではなく杉田に向かっていた。一直線に杉田に近寄った女教師は、つかみ掛からんばかりの勢いでヒステリックに怒り出した。

「おいおい」

と、僕は船本先生の横顔に声を掛け、

「杉田はただ書いただけで、やらしたのは俺だから、俺一人の責任だよ」

と、船本をこっちに向かせようとした。

が、彼女は僕の言い分など聞こうともせず、教師とは思えない態度で、「退学、退学よ」と、わめきちらし始めた。

結果、僕たちは二人して停学になった。本当は、退学を船本は職員会議で主張したようだが、さすがにそこまではという声が多かったみたいだ。

停学は自宅謹慎だったが、ちょうど笹原と付き合い出した頃だったので、学校が終わる頃になると、大学の校門で笹原と待ち合わせをして、映画を観に行ったり適当にデートをしたりして停学の休みを満喫した。

停学が明けると、「巻き添えにして申し訳なかった」と、杉田が謝って来た。

テスト用紙を渡されて巻き添えになったのは杉田の方で、僕ではない。

じゃあ、なぜ杉田が謝ったりするのか。停学なんかくらった為に頭の機能がおかしくなったのか。

放課後、僕達は連れ立って、ジャズがガンガン鳴っている「ありんこ」や「オスカー」ではなく、話の邪魔にならない程度にクラシックが掛かっている「タクト」に入った。

「俺はね、普段から英語の教師にはうらまれてるんだよ。特に、船本は、俺を目の敵にしてたんだ」

杉田は、学校の先生より英語が達者だし知識もある。それだけじゃなく、人物が変わってるから、教師が変な説明をすると突っ込む癖が出る。

そのため何人の教師が立場を失くし嫌な気持ちにさせられたかだ。実力がない教師ほど杉田の罠に掛かるし、それによって名誉を汚されたと恨みを持ったりするヤツも出て来るわけだ。

船本は、杉田の犠牲者であり、僕も二次的な被害者だったという。それが杉田の謝罪内容だった。

「だから、船本は俺たちと言うより、俺を退学に持って行きたかったんだけど、他の教師の反対にあって停学どまりって事になったんだよ。本来なら、カンニング程度で退学や停学になるわけないだろう」

と、杉田が人差し指を僕の顔の前で動かしながら言った。

その杉田の外見では分かり得ない魅力を、笹原に枕語りに話して聞かせた。結果、女生徒たちの人気者となるのは、さほど難しい技ではなかった。

その夏、杉田も僕も無事に進級して高校三年になっての夏の話だが、キャンプでも教室でも、女生徒たちにおける杉田の人気が沸騰し、引く手あまたとなった。

が、その杉田ブームがどうして起こったのかを、当人の杉田は知る由《よし》もない。

翌年、十八歳になったばかりで車の免許を取った。普段から無免許で知り合いのタクシーの運転手に運転を習っていたので、教習所には、ろくに通わず鮫洲の試験場に直接行った。一月に生まれたため十八歳になるのは学友の誰より遅かったが、免許を取るのはクラスの誰よりも早かった。あと、三ヶ月もすれば、高校生活も終了する。大学に行くのかどうかは検討すべき大きな問題に思えた。

クラスの連中のほとんどは、そのまま大学にエスカレーター式に進学する。僕の成績では、エスカレーター式もままならない。受けるとしたら今一番入りやすい日大と言われていたが、入ったところで役者を志すのであれば、あまり意味がない。

役者の他にひとつ考えていた。実業家を選択肢に入れようと思っていた。

僕には父親が居ないので男の生き方について模索してるところがあった。役者になるのは母親の影響であり、母の生き方は、それなりに認めていたものの、男の生き方ではない。

男はどう生きるのかである。

高校二年になった時に、自分の不良性はともかく、人はどう生きたとしても他人に迷惑をかけずに生きる事は出来ない。人間とは、そういう存在だと考えていた。

ただし、迷惑を掛けて生きるくらいなら死ぬべきという結論は、本能にプログラムされていないため、人は死をそう簡単には受け入れられるものではない。

かと言って、迷惑を最小限にしたとしても許されるわけでもない。

そこで、その分、人の役にたったらと思った。迷惑を超えるくらい、人の役にたったならば、生きていてもいいよと許してもらえるのではないか、である。

そんな事を考えていた日、学校から帰ると、偶然なのか、玄関に野良猫が居た。痩せて貧相なヤツだった。玄関に入ろうとすると、逃げずに人の顔を見ている。一緒に家に入ろうとしてるようにも見える。

「お前の家じゃないよ」

猫に言うと、うなずいた、ように見えた。

僕は、急いで家に入って台所に行き、牛乳の残りをみつけて、それを皿に入れて玄関で待っている野良猫に持って行った。敷石の上に牛乳の入った皿をおくと、野良は、首を皿に突っ込むようにして牛乳を飲み始めた。

「俺は、役にたっている」

三毛の痩せた野良猫は、僕にそう思わせるために玄関で待っていたような気がした。


そう、卒業したら、男として人の役にたつ生き方を目標にしたらどうかである。

僕の母方のおじさんにあたる親戚に、荒木東一郎という人がいる。日本で初めてコンサルタントを職業とした人だ。

この人は、好きな女に自分の愛情を証明する為、自ら自分の小指を落としたと聞いている。何度か会ったこともあるが、僕よりずっと背が高く、どちらかというと日本人離れした体格と雰囲気を持った人だったが、確かに小指がなかった。

その東一郎さんに弟子入りして企業家について学んだらどうか。父親が居ないのだから、ついでに男の生き方も学ぶことが出来るかもしれない。

大学に行かない代わりに、その為に貯めてくれていた入学資金で車を買ってほしいとおふくろに頼んだ。

母親の仕事が女優だからと言って、金が豊富にあるわけではない。新劇であり母子家庭であり、水準から見たらむしろ貧乏家庭に属するだろう。質屋の外で待たされてた事も一度や二度ではない。中学に上がるときに、よそ行きの洋服を買ってくれるというので赤坂まで連れて行ってもらった事がある。

それまで、よそ行きなどと言うしゃれたものは存在せず、学校の制服と普段着の二着を交互に着る生活で、おふくろが巡業に行ってる時は、手伝いのおばさんが学校から帰って来た僕の制服を、汚れるからと無理矢理脱がせて着替えさせるような事もしばしばあった。

連れて行かれた赤坂の洋服屋は、普通の店ではなく古着屋だった。店の前に大きめの箱が置いてあり、そこに「特別品」と書かれた札が掲げてあって半ズボンが何着も入っていた。

「どれでもいいから好きなの買っていいよ」

と、おふくろが言ったが、どのズボンを取っても継ぎが当たってたり、破れ目をうまく補修してあったりで、まともなズボンはひとつもなかった。

それでも、かがり目が一番目立たないグレーの半ズボンを取って、

「これがいい」

と、買ってもらって帰ったのを覚えている。

最初にギターを手にいれた時も、本当にほしいギターはウエスタンギターで青色のピックガードが付いた色鮮やかなものだった。青学の近くの楽器屋にそれが置かれていて、喉から手が出るほど欲しかったが、何万円もしていたから買うことを断念した。

高校一年の夏の終わりに、友達の持っている色のはっきりしない中古の、しかも竿が少し反っているヤツを強引に千円出して譲って貰った。それが良かったわけではなく、それしか購入する力も

チャンスも無かったからだ。

そんな貧乏な家庭なのに、母親は学校だけは良いところに入れてくれようとしたみたいで、初等部、つまり小学校から青山にある青山学院に通わせてもらった。

その苦労に報いた事などひとつも無いが、ただ青学に通った事は、僕の人生にとっての大きな投資となった。息子が幸せに育ってくれればというのが母の願いであるのなら、その願いを叶えた事で、苦労に報えているのかもしれない。


青学に通わせてもらった成果はいくつもあるが、そのひとつに軽音楽部があった。

高校二年に進級して直ぐに、校舎の廊下に何枚かのポスターが貼られた。

「軽音楽部、入部希望の生徒は、四月十三日、水曜日の昼休みに音楽教室に来られたし」というものだった。

一年の時は、和田ケンに無理矢理頼まれてフェンシング部に入っていて、それも、誘った和田ケンは、一ヶ月もたたずに練習の厳しさに辞めてしまった。

だからと言って、続いて辞めるのは生き方として許されない。遣り出したことを中途でやめるのなら、やらない方がいい。納得出来る所までやると決めて、結局、一年生の終わりまで籍を置き、それなりに頑張った。

しかし、二年になっても続けたいほどの情熱もなかったし、義理は果たしていた。だから何をしようか、と思っていた矢先の軽音楽部募集の広告だった。

中学の時からドラムが好きで、おふくろの帽子の箱を並べて叩いていたが、熱心にやっているのを見て、おふくろが中古のドラムを調達して来てくれた。

初めてドラムの譜面を見て叩いたとき、まったくリズムが逆なのにびっくりした。

つまり、ジャズのドラムには、ハイハットという小さなシンバルを上下にして左足で踏んでならす部分がある。猿の人形がやってるあれだ。それを二拍目と四拍目に足で踏んで鳴らす。

それだけなら良いが、同時に右手のスティックでハイハットの上を叩くわけだが、今まで聴いてただけの時は、それが、チッチチーン、チッチチーンと聞こえていた。しかし、譜面で見てみると実際はチーンチッチ、チーンチッチと、逆に打っているのが分かった。

そういうもんだとずっと思って聴いていたから、これは衝撃的だった。まったくのリズム音痴だったわけだ。

指定されている十三日の昼休み。ドラムも正式にやりたかったし、何よりジャズが好きだったから音楽教室に行ってみる事にした。

教室には、ポスターに釣られて何人もの生徒が来ていた。なんとなく顔見知りのヤツも居た。しかし、主催者らしき人物がいつまでたっても現れない。第一、上級である三年生の姿が一人も居ないのだ。

軽音楽部というのだから、部長とか、今までの部員とかが居るはずである。

その姿すら見えないのは、どういう事か。一体、誰が募集を掛けたのか。誰があのポスターを掲げたのか。しかも校内の何カ所にもである。

集まった連中はみな同じ気持ちで居るのだろうが、まとめる人物が居ないまま時間が過ぎて行く。昼休みも終わりまで後五分となって、義也が近づいて来た。義也は初等部から一緒だが、同じ初等部から一緒の忠好も寄って来た。

入学したばかりの一年生も居るし、折角集まった連中も、これで解散してしまえば二度と会わないかもしれない。

「俺たちで始めるか」

と、三人の気持ちが一致した。

集まってる連中に、

「主催者はどうも居ないらしいし、軽音楽部自体が無いみたいだし、俺たちで始めるしか無いんじゃないか」

と話すと、集まったみんなの意見も一致した。

その日、渡辺義也を部長にして青山学院高等部軽音楽部が発足した。


そのころ、モダンジャズが流行り始めていた。といっても、レコードが販売されてるわけではなく、ラジオで流れて来るのを聴くだけである。

僕のドラムはジーンクルーパの譜面で叩くスイングである。軽音楽部が始まり、僕はスイングよりモダンジャズをやりたかったが、全く分からないだけじゃなく、聴くと虫酸が走るくらいに、むしろ嫌いに近い感覚だった。

嫌いなのに何故やりたいかだが、モダンジャズという言葉の響きに魅力があった。付き合う女を選ぶ時のような自分にふさわしいと思える気分的なものだった。

なので、学校から帰ると、夕方にやってるモダンジャズの番組を聴くようにした。時間に合わせて帰って来ては、毎日聴いた。それでも嫌いなのは相変わらずだった。

ミルトジャクスンのバイブの音に吐き気を催して、急いで窓を開けると新鮮な空気を思い切り吸い込み、吐き出しては吸い込み、吐き気と闘ったりもした。

二週間くらいたった頃、ソニーロリンズの「セント・トーマス」がラジオから流れて来るのを聴いたとき、不思議なくらい懐かしい感じがした。前に聴いてた音が、体の中に免疫を作り、抵抗から心地よさにと僕の気分をスライドさせたみたいだった。

その日を境にして、僕はモダンジャズの虜《とりこ》になり、渋谷の百軒店の奥にある「ありんこ」というモダンジャズを聴かせる喫茶店に通うようになった。同時に「ありんこ」にたむろする連中とも、遊びを共にするようになって行った。

ドラムも本格的に習おうと思って、音楽雑誌の広告を見て、中央線大久保駅の近くにある声楽専門学校にも行ってみる事にした。

「声専」は声楽専門の意味だがドラム科もあった。モダンジャズを教えてくれるかどうかは分からないが、とにかくジャズドラムの講習が受けられると書かれていた。

声専に行き、入学願書を書き、講習のあるその日を待った。

放課後、渋谷駅から新宿に出て、中央線で大久保駅で降りると、ワクワクする気分で声専の門をくぐった。

「ドラム教室は二階です」

受付で言われて階段を上がり、指定された部屋のドアを叩くと、中から「どうぞ」と男の声がした。

開いたドアの中には、黒いアップライトのピアノが置いてあるだけで、ドラムのセットは見えなかった。ピアノの前には、中年に見える男の人が座っていて、僕を見て笑いかけた。

襟元に赤いマフラーをして、ストライプのシャツに黒っぽい上着を着た、いかにもジャズをやりそうな人に見えた。

「あの、ドラムを習いに来たんですけど」

僕は、ピアノしか無いじゃないかという、いぶかしげな気持ちで訊ねた。

「あー、ドラム科はまだ出来てないからね、それまで歌をやったらいいよ。ジャズは好きだろう」

その男の人が気さくな感じで答え、軽くピアノを弾いて見せた。

ヘンリー倉田さんとの出会いだった。

なんとなく、ヘンリーさんの魅力に惹かれるようにして、唄いたくもないスタンダードジャズを習う事になった。いや、習うというより、とにかくドラムを叩きたかったので、ドラム科が出来るまでの辛抱と思い、声専に通い始めたのだ。

ヘンリーさんは、まず山野楽器に行って1001を買うように奨めた。1001は、音楽屋のためのもぐりの出版物で、スタンダードの楽曲が1001曲載っている本である。

実際に数えてみると載っているのは500曲くらいの楽譜だが、それでも、そんなに沢山の曲が載ってる本など著作権の問題で安く売ってるわけもない。

プロとのつながりが出来るって事は、こういう事かと、声専に通い始めた事が少なからずラッキーに思えた。早速、軽音楽部のみんなに必要だからと、翌日、1001を買いそろえるように義也に指示を与えた。


何かをやり出すと、中途半端にはしない。どこかに目標を持ち、そこまで行くのが、常である。たとえば、ピアノを習うとするとエリーゼの為にを弾けるようになるまでやるとかである。

ヘンリーさんのジャズソングレッスンも、そんな感じで目標を探しながら続けていた。

ヘンリーさんは、歌のメロを如何《いか》に崩しシンコペをどう取り入れていくかとか、結構、他のジャズの楽器などを演奏するために必要な知識を教えてくれるし、何より、そのピアノの弾き方に魅力があった。

弾き方と言っても、華麗にピアノを操るのではない。簡単に言うとヘンリーさんはピアノが下手なのだ。なのに魅力はあった。だから、もともとピアノの素養のないところからの感覚的弾き方というか、とにかく、ピアノはそう弾けばいいんだという勉強になった。

歌を習うというより、ピアノを習ってる気分で通っていると、ヘンリーさんがジャズコードについてのレッスンをしてくれた。ピアノは、コードを覚えたりコードの理論を知るにはダントツな楽器だったのだ。

このたった一日のコードレッスンで、僕は唄うためのピアノ伴奏くらいは弾けるようになった。ヘンリーさんから教わったコード理論から考える弾き方は、ピアノの素養がない軽音楽部の連中にとっても十二分に役立つシロモノになった。

軽音楽部では、大学の先輩であり忠好の兄さんでもあるエイちゃんが来て、時々、1001の中から「バートランドの子守唄」とかスタンダードジャズを華麗に弾いてくれたりする。これは、軽音楽部での楽しみのひとつだった。

エイちゃんは、その後、三木たかしという作曲家として成功するのだが、この時は、ジャズピアノを華麗に弾きこなす先輩ではあったが、ただのエイちゃんである。

1001を配っている時に、一人だけ持っていた女がいた。しかも、その女は同時期に同じ声専に通い始めてる事が分かった。

森江由美だ。同じ学年だがクラスが違って隣りの教室に居る。制服の上に赤い革ジャンを羽織って音楽室に入って来たりする不良っぽい女だった。

森江とは、別の先生だが同じ声専で歌を習ってる事もあって、直ぐに打ち解けて映画を観に行くような仲になった。

歌の雰囲気も悪くなく、初めて森江の唄う「ケセラセラ」を聴いた時には、ちょっとだけだが惹かれるものを感じた。

彼女の首もとにはハートが半分に割れた燻《いぶ》し銀のペンダントがいつも光っている。

唄ってる時はもちろん、一緒に映画に行くときにも、喫茶店に行くときにも、校舎の廊下ですれ違うような時にもだが、銀のペンダントは揺れて光っている。その意味がしばらくは分からなかった。

二年に進級すると軽音楽部発足やら声専やらで急に忙しくなったが、ＮＨＫからテレビの出演依頼も来た。

今までも文学座のユニット番組で子役が必要だと、ＴＢＳや日本テレビのテレビドラマにちょい役で出演したりしていたが、本格的なレギュラー番組は初めてだった。

「バス通り裏」という番組で、おふくろや別れた親父の若い時からの仲間である筒井敬介さんと須藤出穂さんが脚本を書いていた。

筒井さんの推薦で役が貰えたみたいだった。なので、まさに親の七光りの幸運である。

月曜から金曜の夕方放送されているベルトの人気番組だが、僕の出演する週からは土曜日が加わり、七時十五分から三十分までの十五分間、すべて生放送だ。なので出演する日は、その時間に絶対にＮＨＫに入らなければならない。

そうは言っても、ほんとにちょい役で、レギュラーと言っても毎日呼ばれるわけではない。洗濯屋の佐々木という、目立たない役だったが、自分で少し工夫してちょっと気が抜けたようなとぼけた芝居をする事にした。

初日にスタジオに入ったとき、まるでそこだけライトで照らしてるかのような明るい空間が出来ていて、その中央にフラミンゴのように美しい女優が居た。

十七歳の十朱幸代である。

彼女の美しさは、「もらって帰らなきゃいけない」と、そう思わせるような焦りを十六歳の僕に与えた。こんなに美しい存在が世の中にあるのかという神秘と畏敬とを組み合わせたような気分だった。


ヘンリーさんが、ドラム科がいつまでも出来ないのを同情してくれたのか、北村というドラマーを紹介してくれた。彼は、それこそモダンジャズのドラマーだが、どこのバンドに属すわけでもなく、基本的にはふうてんの北さんだった。

北さんは、ちょっと見にはやくざか大工さんのような風体をしていて、モダンなドラムを叩く人にはとても見えない。

が、モダンジャズのドラムというのは、スイングのそれとは違って、叩いているところを見ないで聴いていると、何人もの人間が太鼓や鉦《かね》を叩いているように聞こえる。それほど両手両足が複雑な動きをするジャンルだった。

北さんは、見た目よりずっとベテランで、自宅まで来て親切にドラムを教えてくれた。シンバルやスネアの叩き方はもちろん、微妙なおかずの入れ方、ブラシの使い方、ハイハットの高度な技法、色々だ。

北さんにドラムを習い始めたわけだから、声専に行く必要はもうなかったが、歌のレッスンは続けていた。いや、正確には歌のレッスンではなく、ヘンリーさんの雰囲気を感じる、というか感じたいためのレッスンだった。

後になって思った事だが、何かを習うという事は、ピアノだとか歌だとかとは別に、先生そのものを習っている事になる。

だから、何を習うかではなく、誰に習うかが大事なんだ。

上手い下手は別にして、良い先生につく事。いや、上手い下手は失礼な言い方で、習いたくなる人格、人柄を持ってる師匠こそ、一流のプレーヤー、一流のパフォーマーの条件だったりするのかもしれない。

それは、ギターについても言えることだった。


この時期、ジャズやドラムとは別にギターを習いたいと思っていた。

本格的なクラシックギターを習いたい訳ではなく、エルビスプレスリーのようなポップやロックをギター片手に唄ってみたかっただけだ。

が、雑誌とか新聞の広告でギター教室とかを漁ってみると、歌謡曲の古賀ギターとかが主流で、僕の考えるポップスのギターを教える教室の広告は皆無だった。

息子の苦悩を知ってか、おふくろがギターの先生を紹介してくれた。

京本輔矩先生は、クラシックギターの大家だった。

日本で五本の指に入るとも言われていた。しかし、いくら五本の指でも大家でも、僕が教えてもらいたいものは残念ながらクラシックギターではない。

とうぜん、一回目のレッスンを受けた後に断ろうと思った。なにしろ、僕は、歌のバックでギターをかき鳴らしたいだけなのだから。

五月にモダンジャズの人気カルテットであるＭＪＱが来日した。僕が、かつて吐き気を催したミルトジャクスンが率いるジャズバンドだが、今では「ジャンゴ」とか、彼らの作品には好みの楽曲が多くなっていた。

来日してのコンサート会場は大手町にある大手町会館ホールである。僕は、森江由美を誘って行くことにした。

少し早めに会場に着いて二人で席に座って話し出すと、しばらくして、森江が立ち上がって「帰る」と、言い出した。

理由は、笹原の事だった。

笹原と僕が付き合っていて、「それなのに、私と貴方がここに来て」と、そんな話だが、好きだという噂があるだけで、当時は笹原とは付き合ってるわけではないし、第一、森江と僕でさえ付き合ってると言える仲ではないのにだ。

「じゃあ、私とは何でもないのね」

そう言われると、そうだとは言いにくくなる。

ＭＪＱが始まるというのに、この演奏を逃したら、またいつ日本に来るか分からない。森江が立ち上がってロビーに向かって駆け出して行った。僕は止めずに、座ったままでいた。放って置くしかないと思い、もうすぐ上がる緞帳《どんちょう》を見ていた。

ほんのわずかな時間なのだろうが、その間、森江の唄う姿が浮かんだり、赤いジャンパーを着て教室に入って来る姿が浮かんだりして、だんだんと気持ちが落ち着かなくなって来た。

僕は、森江が好きだったんだろうか。そう思った途端、僕は立ち上がってロビーに向かって走り出していた。

ロビーには客の姿はすでに無かったが、森江の姿もなかった。

探すには表に飛び出すしかなかった。皇居の方に行ったのか、駅に向かったのか、辺りは夜のとばりが訪れている。

とりあえず、大手町ホールの周りを回ってみるしかない。皇居側の方向に向かって走り出した。

緞帳が上がり、ＭＪＱの演奏は、もう始まっているだろう。

どこに行ったか分からない森江に向かって僕は一目散に駆けた。会館の周りを一周回って入り口付近に戻って来たが、森江の姿の影さえ摑めなかった。

走る速度を落とすと、向こうの道路の暗闇から走って来る女の姿が見えた。僕と同じように一目散でこっちに向かって走って来る。

森江だった。

僕もそれに向かって走った。僕たちは、大手町ホールの入り口の真ん前で体当たりをするようにして思い切り抱き合った。ホールのネオンが僕たちを照らしている。

無言のまま、僕たちは初めての熱い口づけを交わした。さらに無言のまま肩を抱き合って会場に入ろうとすると、

「演奏中は……」

と、係員がドアの前に立って、会場に入ろうとする僕たちを押しとどめた。

京本先生との第一回目は、予想通り、クラシックギターのアルペジオの練習だった。

「僕は、クラシックをやるつもりはないので」

と、いつ言い出すかだ。

しかし、熱心に教えてくれる先生の眼鏡の下の目は、やさしげである。

指定通りに、指を動かしていると、

「クラシックは、やる気がないの」

と、京本先生の方から訊いて来た。

「ええ」

と、僕。

「でも、君の手は、ギターを弾くのに凄くいい手をしてるよ」

京本先生は、僕の手を開かせると、

「手の大きさといい指の長さのバランスといい、クラシックギターをやるのには珍しいくらい向いてるからね、やらないのはもったいないよ。とりあえず、損な事ではないから、少し続けてみたらいい」

と、笑顔で僕の顔を見ながら、

「安くて良いギターを次回、持って来てあげよう」

と、竿の曲がったギターを弾いてる僕に言った。

友達から千円で強引に買い取ったギター。確かに弾き難いことは分かっていたが、クラシックはやる気もないし、どうせ買える値段の、しかも良いギターなどあるわけが無い。

そう思っていたのだが、京本先生に言われて、「はい」と僕はうなずいていた。

ギターに釣られたわけではなく、はっきりやる気になったわけでもないのだが、京本先生の語りかける言葉はふわっとしてながらも、その中に芯があり、人や音楽に対する情熱が感じられた。

次の週には、早くも中古のギターを京本先生が買って来てくれた。

一万円なので安いとは思わなかったが、弾いてみると、今迄のギターの何倍も弾きやすく、何よりも音がいいのにびっくりした。

この値段で、この音ならとうぜん今迄の十倍以上の価値は十分にあった。つまり、弾いてみて一万円はありえないと思ったわけだ。

京本先生は、ギターに続いて、僕の気持ちが変化する手を次々と打って来た。

「禁じられた遊び」はもちろんだが、「昼下がりの情事」とか「エデンの東」など映画音楽とかポピュラーな、いかにも僕が興味を持ちそうな曲をギター用にアレンジして、それを教えてくれた。

あくまで僕を飽きさせず、嫌気にならないように誘導してる、と、そう思いながらも悪い気はしなかった。


夏が近づくに連れ、ドラムもスイングのジョージジョーンズ風からモダンのフィリージョージョーンズへと上達した。

クラシックギターのアポヤンドやアルアイレなどの奏法も板につき、ポピュラーな曲だけではなく、「アルハンブラの思い出」などのギターの名曲も少しはこなせるようになって来た。

歌は、あまりやる気がないので、教えてくれるヘンリーさんの歌を聴く方が多かった。だが、ピアノの方は、軽音楽部でも森江や後輩の女の子たちが唄うジャズの伴奏くらいは弾けるようになって来ていた。

「バス通り裏」の方だが、当初は、あまり出演のお呼びが掛からなかったのに、ここに来て、けっこう出番が多くなり頻繁にNHKに通うようになっていた。人気が出て来たのかもしれない。

森江とのプライベートな仲も順調に進展していて、部活だけじゃなく普段の日の放課後でも森江の住む駒込駅まで送る事が多くなった。

しかし、森江の性格は変わっていて、山手線に乗ってる間は楽しく話しているのだが、駅につくと急に態度が硬直した。

「ここで、帰ってよ」

と、言い出すのが常で、「家まで送るよ」と言っても頑に拒み、大手町ホールの時のように走り去ろうとする。

森江は、駒込の駅でもそうだが、学校でもそうした謎めいた行動が度々あった。廊下や校庭で立ち話をしてるときに、話の途中にもかかわらず、突然、ふけたりするのだ。

駒込駅の改札口を出て森江を見送ると、僕はいつも彼女とは反対の方向に歩き出す。同じ駒込に住んでる和田ケンの家に行くためだ。

同級の和田ケンは、ラーメン屋の老舗である五十番の息子で、家は大きく、過保護に育てられ、部屋はいつも整頓されていた。

森江と付き合うようになり、駒込まで送る頻度が増し、その度に和田ケンの家に泊まるので、それまで以上に和田ケンとの仲も接近して行った。

マルボロやラッキーストライクなどの洋モクを僕がカートンで手にいれて持って行くので、和田ケンも僕が来て泊まるのを楽しみにするようになった。

和田ケンの家に泊まると、夜中、家人の目を盗み窓から抜け出して近くのバーに行くことが多い。煙草は、僕より和田ケンの方が先に吸い出していて、ある日、学校から抜け出して近くのサテンに行った時に、いきなり煙草を吸われて面食らったことがある。それ以来、僕も当たり前のように吸うようになり、和田ケンと家を抜け出してバーに行くとチンザノのロックを頼み、煙草を吸うのが定番になった。

和田ケンは、寝る前に必ず日記をつける。

その間、いつも手持ち無沙汰になるので、

「俺にもノートをよこせよ」

と言い、今、別れて来た森江とのデートの話を中心に一緒に日記をつける事にした。

和田ケンの日記帳は、厚い小説などの見本版を使っていた。本屋が予約に使うヤツだが、余り物らしく手に入りやすいという。

見本版は、最初の数頁だけ予約の頁が印刷されていて、あとの三百ページくらいがすべて白紙になっている。

余ってるハードカバーのヤツを一冊分けてもらい、その白紙の部分に書き込んで、和田ケンの日記帳と一緒に本棚に預かってもらう事にした。なので、日記は和田ケンの家でしか付けないし、家に帰ってまでも付ける気はしなかった。

六月の中旬を過ぎたころ、軽音楽部のメンバーでありトランペットを吹いている浅井から誘いがあり、「ありんこ」で待ち合わせをした。

浅井が僕を誘った理由は、モダンジャズのバンドを作れないかという依頼だった。

現在、軽音楽部ではモダンを演奏出来るのは、僕のドラムと浅井のトランペットだけで、バンドを結成するには、少なくともサックスとベースとピアノが必要だ。

翌日、杉田から新橋のNHKの直ぐ近くで営んでる料亭の息子を紹介され、その家に行くと、偶然にも三木さんという立教の大学生でアルトサックスを吹く男に会えた。

ちょっと話すと、渡りに船だったみたいで、むしろ向こうから合意して来た。

ピアニストは、軽音楽部の部員に一年後輩の伊東きよ子が居たが、その友達の母親が麻布の霞町で立花音楽教室というのをやっていて、その娘がピアノ弾きだった。

きよ子と一緒に話を持って行くと、ちょうどジャズをやりたがっていて、ふたつ返事で事が決まった。

ベースは、「ありんこ」の常連客の市毛が、浅井とは小学生時代からの友達で、見た目とは違ってウッドベースをやっているのが分かった。

弟のために金が欲しいからバンドで稼げるかと訊かれ、稼げるくらいに上手くなれば稼げるだろうと答えた。

浅井から頼まれてからバンド結成まで三日と掛からなかった。

結成したバンドにD&Jという名をつけてレパートリーを増やし、市毛の要望通りパーティや学校の催しものなどを漁ってバンド活動を始めた。

青学の学園祭はもちろん、三木さんの居る立教大学や浅井の兄さんが通ってる芸大からも声が掛かった。ときどきは森江由美を歌手として同行させたりもした。

バンドに同行させたために、森江との仲がさらに進展し、森江の謎の部分で解明出来た事があった。駒込の駅で降りた時に、自分の家には頑に送らせようとしない理由が分かったのだ。

その日、同じように駒込駅で、森江は送らせることを渋ったのだが、いつもと違い頑さをあまり感じなかったので、そのまま森江と一緒に同じ方向に歩き出した。

歩き出すと、

「何も言わないで」

と、森江が決心したかのように釘をさしたが、何のために言ったのかは分からなかった。

商店街を抜けて裏道を少し歩いてから、森江が立ち止まった。

「ここ」

森江が言った。家の前に着いていた。

門というか、玄関の前に灰色にくすんだ色の引き戸があり、いかにも立て付けが悪そうだった。その板の透き間や、門の脇から明治か大正に建てたような古い平屋の家と百七十センチくらいしかないんじゃないかと思える背の低い玄関の戸が見えていた。

照れたようにも、泣きそうにも見える顔で森江が僕を見て、

「じゃあ、また送ってね」

と、立て付けの悪い板戸を横に動かし、中に消えて行った。

閉まった板戸の横には、垣根か塀の代わりだろう、毛をむしられた熊の縫いぐるみみたいに、まばらに木が植えられていた。

八月になって、ＴＢＳから出演依頼があった。

「おかあさん」という一回一回完結の連続番組で、その五十六回目だった。「息子のたちば」というタイトルで、息子の役を演じるのだが、他人から見ると少し不良掛かった息子でも、それなりの立場を持っているという役だった。自分そのままの雰囲気でこなせば良さそうで、演じる難しさはなかった。

ただ、演じるのは面白かったが、将来、役者の道をという気持ちにはならなかった。

「おかあさん」の番組収録も無事に終わり、評判は悪くはなかった。特に褒められたりもしなかった。

季節は、秋から冬に近づいていた。昼休みになり教室から出ようとすると、三年生の使いだという男が来た。

用件は、放課後宮益坂を降り切った角にある「カトレア」という店に来てほしいという。なんで三年生が僕を呼び出すのか、不審に思って訊いたが、その男は使いなので内容は分からないという。

とにかく来てくれないと困るというので、一応、承諾して男を帰した。

その日の授業が終わり、森江由美を探したが見当たらない。

「今日は、三年生から呼び出しが掛かってるから、送って行けない」

というつもりだった。

校門のところで杉田に会った。

「どこか行くのか」

と訊くから、「カトレア」に呼び出されてると言うと、

「あそこって、安藤組の溜まり場とか、そんなんじゃないのか」

と、杉田が目を少し吊り上げるようにして訊いた。

安藤組は、建設会社ではない。渋谷をテリトリーにするやくざ組織の親分の名前が安藤である。そういえば、以前、「カトレア」に、安藤組のちんぴらが集まったりしてるという噂が流れたのを思い出した。

安藤組が僕なんかに用があるわけもない。

「そうなんだ」

と、杉田に曖昧な返事をし、

「ま、別に大した事ないだろう。行って来るよ」

と、軽く手を振って別れた。

「カトレア」に着いて薄暗い店内に入ると、貸し切りのように三年生が入り口から奥の席へと、通路を挟んで両側に、ずらりと並んで座っている。

およそ十人は居るだろう。店内に入って来た僕の顔をいっせいに見た。知ってる顔もあった。フェンシング部では結構しごきのきつい先輩の小島さんだった。

通路の突き当たりの席の奥まったところに、クラスが違うし、教室が離れているため、あまり話もした事のない同学年の堂島雅也が居た。しかも、驚いたことに、その横に森江由美の姿があった。

「こっちへ来て座れ、荒木」

堂島の前の席にいる青白い顔をした、制服を着てるので多分三年生なのだろう、見た事が無い男が命令口調で僕に声を掛けた。

一応、先輩が並んでいる手前、礼儀をわきまえ、殊勝な態度で挨拶をしながら通路を進み、多分、僕の為に用意されたのであろう男の前の空席に腰を下ろした。

「お前、雅也知ってるな」

男が近眼のように目を細めて言った。

顔と名前は、なんとなく知っていたので、うなずくと、

「今は安藤組にゲソは脱いでないけどな、雅也は、卒業したら脱ぐ事になってるんだ」

ゲソを脱ぐとは、やくざの組織に正式に入る事を意味している。それが僕にどういう関係があるのか。まさか、その挨拶を雅也がわざわざ僕にするわけなどある筈もない。

顔を上げると、こっちを見てる森江由美の目とぶつかった。同時に、森江がいつも下げている、割れて半分になったようなギザギザのあるハートのペンダントが光った。

隣りに座っている雅也も同じペンダントをしていた。

「おまえ、由美が雅也と付き合ってるのを知らなかったのか」

と、男が言った。

二人が下げているペンダントのギザギザの部分を合わせると、ひとつになるように作られてるのだろう。そう思ったが返事をしないでいると、雅也が立ち上がって僕に向かって何か言おうとした。

男が直ぐにそれを制して、

「みっとも無いからやめろ」

と、怒鳴った。

「由美も由美だし、荒木、お前もお前だ」

男は、ちょっと間をおいて僕の顔に自分の顔を近づけると、

「どうするんだ、荒木、由美はお前の事を本気で好きだって言ってるぞ、このまま付き合いを続けるんか」

続けると言ったらどうなるのか。諦めますと言ったらどうなるのか。

知らなかった事とは言え、謝るべきなのか。これはどういう罠なのか。

頭の中で答えがルーレットのようにぐるぐる回っていて、玉を何番の穴に落としたらいいのかを、迷っていた。

「知らなかったんだから、許してやれよ、こいつとは一年部活で付き合ってキモが据《す》わってるのは分かってるし」

フェンシング部の先輩の小島さんが立ち上がって男に声を掛けた。

「指をつめろって言えば、つめるヤツだよ。けど、まだ雅也はゲソを脱いでるわけじゃないんだから、お互いやくざとしての仕切りはしない方がいいだろう」

小島さんは、そう言いながら僕の横に来て肩を叩いた。

「ただし、雅也の女には、もう手を出すな、荒木。お前だって、もうこんなしょうもない女、相手にしたくないだろう」

森江が泣き出したのが分かった。

声を押し殺してだが、大手町会館でのように、立ち上がって今にも走り出そうとしてる森江由美を、雅也が必死で押さえてる様子が、見えてはいないのだが、はっきりと見えるようだった。

「帰っていいよ、荒木」と、男が言った。

僕は、先輩の小島さんと、青白い男に頭を下げると、由美も雅也も見ずに出口に向かった。

それから半月経って本格的に冬を感じるようになった真夜中に、突然、森江由美から電話が掛かって来た。

「日記、書いてるでしょ」

電話に出るなり由美が言った。

「書いてるよ」

と、言うと、

「それ、私の名前出て来るの?」

と、訊いて来た。

「ああ」と、僕。

「日記に、私の名前を出してほしくないの」

由美が言ったが、黙っていると、

「日記、焼いてくれない」

と、ぼそりと言った。

そんな事を言うつもりで電話をしてきたのか。今、それが言うべき事なのか。そう思ったが言葉にならなかった。

とにかく日記を焼いてくれと森江由美は電話をして来た理由を言ったのだ。

「分かった」

と、返事をして電話を切ると、またベルが鳴った。

「私の目の前で焼いてほしいの」


朝から雪が降りそうな天気で、雲が多い土曜日だった。

前日に和田ケンから日記を受け取ってから由美に電話をして、家に来てもらう事になっていた。

待ち合わせた時間より一時間も遅れて由美が来た。

家で待っていただけなので、文句を言うつもりもない。玄関のドアを開けると、暗い顔はしてなかったが、以前と違って、どこかよそよそしい顔をして立っていた。

話す話もないので、直ぐに用意していたベンジンと豪華本の日記帳を持って庭に誘った。

「なんで、本なんか持って来るのよ」

と、由美が言った。

「これが日記だよ」

と、言い、ぱらぱらと中を見せてからベンジンをふり掛けた。

火をつけると日記は一気に燃え上がり、冬の寒空にそこだけが暖かい空間を作ったが、豪華本だけあって、直ぐに燃え尽きてしまうほどあっけなくはなかった。

日記には、森江由美の事だけじゃなく、色々と書かれてあったから、けっこうな頁数になっている。その一枚一枚、一日一日が、煙を吐きだしながら黒い巻き紙に変化して消えて行く。

由美の目に炎が映って見えた。

わずかに涙もにじんで見えたが、ただ煙たかっただけなのかもしれない。


高校二年の生活が終わり三年に進級するに伴い、周りに対する考え方や状況が大きく変化して行った。

まずは、バンドの練習のあとは、必ずと言っていいほどアルトサックスの三木さんを中心に麻雀になった。

三木さんは、バンドの仲間の内では、一番年上で立教大学に通っていたから、高校生よりは麻雀に馴染みがあり、その風潮がバンドにリレーされたみたいなものだった。

その癖、あまり強くないもんだから、自分が一人負けなどしていると、途中で勝負を投げて、勝手に二階の僕の部屋に行って寝てしまったりする。残された三人が手持ち無沙汰になり、階段の下から、「それはないよ、三木さん」とかやるのだが、そうなると三木さんはてこでも動かなくなる。

仕方なく僕たちは、レコードを掛けながら、たとえばホレスシルバーのピアノソロを必死にコピーしてみたり、夜中なので、浅井はマウスピースだけで、リーモーガンのフレーズを練習してみたりと、ジャズの勉強の時間になる。

勉強と言えば、三木さんとは麻雀だけじゃなく、哲学的な話題で朝方まで話したりする事もあった。人は何のために生きるのか、とか、微積分の世界では先行した亀をうさぎは絶対に追い越せない、などと、浅井や新入生の鈴木道夫なんかも加えて、朝の光がみんなの顔に射して来るまで討論をした。

学校の方の勉強はというと、三年になると押し付けられる授業の無意味さが募って来て、さらにやる気がなくなっていた。

代数にしろ幾何にしろ、物理にしろ化学にしろ、それを学んだからと言って大人になって何の役にたつというのだ。

自分にとって意味がないモノを学んでも、言われたからやったり、言われたことしか出来ない奴隷みたいな人間が出来上がるだけだ。

二年生の時から、そんな疑問を持ち始めていたから、重い教科書を持ち帰ったり、また翌朝持って来たりなんて気には到底ならなかった。

いちおう、通学のカバンを抱えて通学はするのだが、中には読みたい小説を選んで入れて来るだけだった。

笹原には「トムソーヤの冒険」を薦めたし、大佛次郎の「鞍馬天狗」も、「杉作が走ると、お月さまも一緒に走りました」という下りに、なるほどと感心したものである。

最近読み終わったばかりの本は、武者小路実篤の「真理先生」だった。学校の授業よりか、よほど勉強になった。

それに、人がテストのために必死になっている醜い姿を見ると、

「おまえら、何のためにそれをやってるのか分かってるのか」

と、相手の肩を揺らして目を覚まさせたい気になって来る。

が、豚を起こしたところで、何を目標にさせたり教えたらいいのかがはっきりしない。そう自重して、豚には惰眠をむさぼらせておくしかないと思ったりした。

とくに、親友の和田ケンには、身近なだけにそれを感じて、

「おまえさあ」

と、無理矢理説得しようとしたため、喧嘩になったりもした。そのあげく、和田ケンは母親から、

「しばらくは荒木さんと離れた方がいいんじゃないか」

と、言われたと、絶交状を寄こす結果になったりもした。

勉強の事だけじゃない。青学では、革靴で通学して来て校舎に入ったら下駄箱で白い運動靴に履き替えなければならない。

廊下をガタガタ音をさせて歩いて授業の妨げにならないためのエチケットなのか、いわゆる制度である。しかし、それさえ無意味な気分になり、滅多に上履きには取り替えなくなった。

あるとき、担任の武藤にそれを咎められた。

武藤は美術の先生なので、どちらかと言えば温厚で、オールバックにしている髪には白髪が目立

ち、教師の中ではかなり年配だった。

その日、登校して来ていつものように上履きに替えず下駄箱を通過しようとしたら、職員室の方から歩いて来た武藤とぶつかった。

別段、運が悪いとは思わなかった。思うとすれば、むしろ武藤の方だっただろう。

「荒木、上履き」

武藤が僕の靴を指さして仕方なく言った。仕方なくじゃないのかも知れないが、僕にはそう思えた。

だから、そのまま行き過ぎてやろうと思ったのだが、

「荒木、上履き」

と、また武藤が言った。

今度は仕方なく言ってるのでは無く、成り行きだろう。また無視して行こうとすると、

「規則を守れよ」

と、武藤が近寄って来た。

「なんで、今日に限って」

文句を言うと、武藤は少し怒ったのかその温厚な顔に汗をにじませて、

「今日や昨日の話じゃなく、毎日の話だ。毎日、上履きに替えるのが当たり前なんだよ。青学に通う以上、規則を守れ」

と、一気にまくしたてられた。

別段、怒られて恐縮したわけではないが、武藤の歳を考えて、僕はカバンから鍵を取り出し下駄箱の扉を開けた。

中から、履きなれない白い運動靴を取り出して取り替えると、下履きの革靴を下駄箱に入れて鍵をかけた。

「履き替えたから、行っていいか」

と、訊くと、「毎日、履き替えるんだぞ」と、武藤が念を押した。

その日、適当に授業を受けて放課後になり、帰ろうとして下駄箱に行くと、鍵が壊されて扉が半開きになっている。中を覗くと下履きの革靴が盗まれていた。

直ぐに職員室まで走って行き、武藤を探した。自分のデスクに座って書き物をしている武藤の姿が目に入った。

「誰だよ、上履きに履き替えろって言ったのは」

小走りにデスクに近づくと、武藤に毒づいた。

「弁償しろ、弁償出来ないんだったら、二度と俺に靴を履き替えろなんて言うなよ」

僕が怒鳴ると、武藤は立ち上がったが、温厚な性格をしてるせいか反論する上手い言葉が浮かばないようだった。

それからは、気が向かない限り上履きに替える事はしなくなったが、廊下や教室で武藤に会うと、

「上履きに替えろよ」

と、常に声は掛けてくるのだが、強いることはなくなった。

三年になっての変化は軽音楽部にもあった。

新入生が入部して来たので、にぎやかさが増した。そこにボーカルの木下桂子や、ドラムスをやりたいという道夫が居たので、二年に進級したクラリネットの苦米地やベースの大塚と組ませて、

モダンジャズのバンドとは別にスイングジャズのバンドを作ってみたくなった。

早速、経験があるというので、新入生の道夫にドラムを叩かせてみると、マーチのようにスネアをバラバラと叩くだけしか出来ず、ジャズは皆目だった。バンド結成にはほど遠いので、僕自身が手を取って教えることになった。

そのため、道夫にはD＆Jのぼうやのような役割や、軽音楽部以外の個人的な用件も与えて関係を深くした結果、道夫はだんだんと僕の腰巾着のような存在になって行った。

道夫は、僕が呼べば飼い犬のようにどこにでも出現した。

用件があったので昼休みに道夫を三年の教室まで呼び出し、そのまま授業が始まっても留めておき、一緒に授業を受けさせたりもした。その時は、代数の女教師、猫目先生が道夫の存在に気づいて、

「あなた、何でそこに居るの？」

と、咎められた。

道夫は、僕に無理矢理居させられたとは言えるわけもなく立場の無い顔をしていた。

猫目先生も僕の仕業だとは気がついているのだろうが、それ以上咎めることもなく、ニヤニヤ見てる僕らを尻目に道夫の尻を叩いて教室から追い出した。

その後、道夫は麻雀も覚え僕の家に頻繁に出入りするようになり、後年、僕が歌手としてのプロダクションを作るときの重要な一員になった。

自分自身のドラム活動にも大きな変化があった。

ドラムの北さんが、ベニーグッドマンとも共演した大人気のジャズバンドである北村英治クインテットを紹介してくれて、そこでドラムを叩く幸運に恵まれたのだ。

といっても、公の立場ではない。日動シローという高級クラブが銀座にあって、そこで北村英治クインテットが常連で演奏をしていた。

学校が終わると急いで銀座に行き、制服のまま「おはようございます」と、地下のクラブに入って行き、オープン前からオープンして客が入って来るまでの間、そこでドラムを叩かせてもらうわけだ。

客入り間近になると、綺麗どころがずらりと壁の前の席に並んで、僕の演奏を見ている。手持ち無沙汰にしているだけで見てるわけではないのだろうが、明らかに視線は僕に向いていた。場違いの少年がドラムを叩いてるのを見て珍しかったのかもしれない。

「バス通り裏」の録りもあったし、「ありんこ」の連中とも遊ぶ時間が欲しかったし、やることが満載の高校三年だったが、それでも、週に二、三回は学校の帰りに銀座のクラブ日動シローに通わせてもらった。

限られての時間だったが、高校三年の分際で、北村英治クインテットのドラマーとしてドラムを叩けたのは名誉でもあり良い経験になった。

夏近くなって、TBSから、ふたたび「おかあさん」の出演依頼が来た。

第86話で、「十七歳の息子」というタイトル。まさにリアルタイムな自分の歳の役だった。作家の内村直也さんが僕とおふくろのために書き下ろしてくれたものだから、実年齢なのも当たり前なのだが、ドラマの出演者は、僕とおふくろの二人だけである。

内村先生は、まだ僕が小学校の低学年のころに、「うちのおばあちゃん」という連続ラジオドラマの脚本を書いて、それにレギュラーで出演させてくれている。

そもそも、日本にテレビが出現したのは、僕が小学校を卒業するころで、それ以前は、「どこかの風景とか、人のやってる事が箱の中に飛んで来てリアルタイムで見えたりする」なんて事が世の中にあるとは思ってもいなかったし、一般家庭で芸能を楽しむものはラジオと決まっていた。

僕が、初めてラジオに出演したのは、「うちのおばあちゃん」よりも以前で、「二十四の瞳」のタケシ役を振られた時である。

これは、文学座のユニット番組だが、子供が十二人出るので、それは一般から募集された。といっても何かしら文学座に縁故のある子供達だった。

文学座の舞台に子供達が集められ本読みが始まった時、言われていた役はタケシではなかった。どの役だか忘れたが、僕の台詞は、ひとつしかなかった。

自分の番が回って来たので、台詞を言うと、とつぜん大人たちが笑い出した。

何で笑われたのかが分からないまま本読みが終了し、翌日、同じように文学座に行ってリハーサルに臨もうとしたら、役が変えられていて、台詞の沢山あるタケシの役になっていた。

「うちのおばあちゃん」は、田村としこさんがおばあちゃん役で、小学生の僕が孫、おふくろが母親役と、その三人が主演するラジオドラマである。

それから年月が経って、今回は、それのテレビ版みたいなものだが、出演者は母親と子の二人だけで、しかも三十分間の生放送だった。

「バス通り裏」は、毎日のように続いていたし、生放送は慣れてはいるのだが、放送時間は十五分、出演者は大勢である。「十七歳の息子」は、二人だけしか出演しない。

録画もしない三十分の生ドラマを二人だけで演じるのだから、とうぜん台詞も山のようにある。不安も多少あったが、むしろ挑戦する楽しさの方が勝っていた。

内容は、母と子の生活を描いたもので、その日常を淡々と演じて行くだけだが、セットは、それなりにいくつかあって、自分の部屋とか居間とかキッチンとか玄関とか、それをドラマの進行に合わせて、次々と渡り歩くのである。それも、同じ時間帯ではなく、何時間後とか、その翌日とかに話が飛ぶ場合もある。

たとえば、夕食のシーンがあって、母子で話しながら食事をしてるのだが、そのシーンが終わったら次は翌日の朝のシーンで、自分の部屋のベッドから起き上がるところから始まる。その間がほとんど無い。

となると、食事中のシーンで食べた物が口の中に残ってる状態で、次のシーンの僕の部屋まで薄暗いフロアを走って行き、洋服をパジャマに着替えて急いでベッドにもぐり込んでのスタンバイである。

めまぐるしい動きと沢山ある台詞の中で、次のセットを考えそこまで走るのは、それほど易しい事ではない。生放送なのだから場所を間違えたら取り返しがつかない。

ADのエスコートによってようやく、そこにたどり着くのだが、目覚ましが鳴り、あくびをしながら起き上がった僕の口に、夕食シーンで食べた物が残っている。気づけば知らずに口をもごもごさせているではないか。

目覚めたばかりのヤツが、飯を食べながら起き上がったりするわけがない。これはまずいとあわてて飲み込んでから起き上がり、台詞を言う。

生放送はリアルタイムだから、本番が終われば、すべてが終わる。いいも悪いもない。反省や間違いがあっても、ただす事は出来ない。次の仕事に活かすだけである。

番組が終わったとたん、拍手が起こった。評判は良かった。

おふくろの手前のお世辞もあるだろうが、役者をやってやり終えたという気持ちにはなった。結果、自分の将来に役者を据えてみたい気持ちが強くなったようだった。

杉田がスターになった夏も終わり、秋になって、僕は笹原と深大寺に行った。松本清張の「波の塔」に影響されて行ってみたくなったからだ。

都会の一角にあるにしては、武蔵野の雰囲気は悪くなかった。「波の塔」は清張にしては、珍しく恋愛の匂いが強いミステリーとして話題になっていて、謎に包まれた女との交流を深大寺をベースに描いていた。

そこに登場する虹鱒や深大寺そばは、思春期の人間にはかなり魅力的に映った。しかし、実際に来てみて食してみると、また食べに来たいと思わせる程のものではなかった。

石畳の階段を降りながら、

「虹鱒は、思ったより泥臭いし、深大寺も本ほどではないね」と、笹原の肩を抱きながら同意を求めると、

「でも、いつか貴方との子供を連れて、また来てみたい」と、笹原も同意を求めるかのように僕を見た。

悪い気はしなかったが、返事には詰まった。

すると、「もみじが綺麗」と、笹原が周りを見上げながら言った。

石段を降りたところは、赤いトンネルの中に入ったみたいに紅葉が周囲を赤く染めていた。

十一月になると、午前中の授業には全く出る気になれなくなった。行っても、教科書は広げず家

から持って来た小説を机の上に広げて、それを読んでるだけだから、どの授業にしても受ける意味がない。

時々、教師が生徒の机が並んでいる通路の方に入って来て、人のノートを覗いたりする。とうぜん、僕の机の上には何らかの小説が載っているのだから、教師によっては、それを取り上げたりする。

取り上げられれば、また別の本を出すだけなのに、無駄な行為でしかないのだが、一番数多く本を取り上げたのは、代数の猫目先生だった。

授業が終われば職員室にそれを返して貰いに行く。本を返してくれる時に、どの先生も一言も言わずに本を返してくれた。往復の手間が増えただけである。

毎日の登校は、ほとんど昼からになった。授業を受ける意味がないのだから、行かなくてもいいのだが、登校する意味もなくはなかった。

昼飯を一緒に食う友達であり、篠原との校内での付き合いであり、放課後の軽音楽部である。気が向けば昼休み前の授業に出る場合もあった。

授業に出ると、篠原が必ずと言っていいほど、それまでの授業の話題とか生徒たちの近況とかを手紙に細々《こまごま》と書いてよこした。

時には、前の日の夜に篠原が書いた手紙を小さな封筒に入れてよこす場合もあった。

〝私が貴方をおもいながら手紙を書いている今頃、和田さんの家で何をしてらっしゃるのかしら。雨もいつの間にか止み、外は冷たい空気でいっぱいです。

二人で迎える初めての冬ね。雪でも降るとご機嫌ね。そっと肩を寄せ合い、降り積もった雪に四つの足跡を残し……。

日曜日にお料理を作ったでしょ。そのとき、貴方が食べて下さるのならもっと張り切れるのにと思ったのよ。貴方の好物や嫌いな物、覚えなくては。バタピーは好物の一つでしょう。他には？ 私、考えたら貴方の事ナンにも知らないみたいで、心細くなってしまうの、時々……。

今日、お友達と「愛情物語」見て来ました。向こうに素敵な橋の見える靄のかかった川のほとりで男の人が「君は僕の今まで見て来た婦人の中で一番尊敬出来る人だ。結婚して下さい」という場面があったの。私にも人が尊敬してくれる様な所があるかしらと思ってキョロキョロと見回しましたが、どこにも見つける事は出来ませんでした。

でも、貴方が探して下さるのではないかしらと期待しています。ナイヨ！ なんてそんな冷たい事云わないで……。貴方が疲れて帰って来た時、嫌な事があってイライラしながら帰って来た時……。全部を忘れ、笑顔にさせて上げられる様な、そんな家庭にしたいと……この頃、考えます。貴方と一緒の生活ならきっと出来ると思うの。

11月6日、10時20分。貴方のとし子〟

どこかの大人がこの手紙を拾ったら、高校二年の女子が同級生の男に渡したものとは、とても考えられないだろう。笹原との未来がどうなって行くのかだが、貰った手紙はすべてノートに挟んで取ってある。いつか、燃してくれと云われるかも知れないけれどもだ。

授業に出ると大がい後方の壁際の席に座っていて、昼休みのベルが鳴る十分前になると、あらかじめ示し合わせておいて何人かで、後方のドアから教室を出て行く。それがやりたいためだけの授けである。


業だった。

　授業を抜け出したら、一目散に大学の食堂まで走って行く。昼休みの食事は、ほとんど、かけうどんに決まっていた。うどんが見えなくなるまで七味をかけ、我慢大会か肝試しのように、いっせいにそれを食べ始める。誰が勝つかだが、勝っても賞品が出るわけではない。誰かが勝つというだけである。


　年が明けて十八歳になった。八日の誕生日にはいつも何人もの友達が来て祝ってくれるのだが、人にプレゼントを貰うのが苦手で誕生日はいつもパスしたくなる。

　今年も、部屋で寝ていたら人の気配がして、また友達が何人も集まってくれる雰囲気が漂って来た。起きたくない気分が、誕生日の意味を上回っている。

　一時ごろからだろう、誰かが起こしに来ているが布団から出る気になれない。笹原の声が聴こえる。軽音楽部の後輩も来てるし和田ケンも来てるみたいだ。
　十五、六人は来てるだろうと考えてるうちに、また眠気に誘われ、しばらくして誰かが起こしに来た。杉田の声だ。
「荒木、もうみんな集まって待ってるよ」

　祝ってもらう気分ではない。みんな帰るまで寝ていようという気分だ。

「もう四時だよ、いっちゃん」

　というゴリの声が最後だった。

　それからちょっとして起きて目覚ましを見たら針が五時を回っている。

　いい加減にしなきゃと思いつつ起きたが、人の気配が無い。部屋から出て玄関を窺《うかが》ったら、靴がひとつも無い。もう誰一人残っていなかった。ただ、みんなからのプレゼントが廊下に一列に並べられてあった。

プレゼントの列を見ていて急に虚《むな》しくなった。祝ってくれようとしてたみんなを呼び戻そうにも、手だてはない。自分のやった事の報いを感じながら、二度とこんな馬鹿な事はしないと自分に誓うしかなかった。

持って来てくれた人たちの好意と寂しさが胸に沁《し》みる。プレゼントは人の心であり、品物ではない。どんな理由があろうと今後は感謝してプレゼントをもらおうと、この日から肝に銘じた。

高校生活も終わりに近づいている。

誕生日も過ぎておふくろと麻雀用の掘りごたつに入り差し向かいでみかんを食べている。今年の正月は、舞台の巡業がないので、久しぶりにゆっくりだ。

「去年一緒にやった『おかあさん』、あれの評判、良かったみたいよ。大阪の井尻さん知ってたっけ」

ミカンの房を半分頰張り、知らないという意味で僕が首を横に振ると、

「朝日放送で親子で共演して欲しいって」

役者命で生きてる母だから、息子が同じ役者をやることは楽しいみたいだ。決して親孝行の息子ではないが、その点は救われる。

朝日放送のドラマは、女の劇場という枠で、退職させられた未亡人の主役を荒木道子が演じ、今回、僕の役はその不良息子という設定である。

演出の井尻益次郎さんがスタッフとホテルまで迎えに来てくれて、みんなで道頓堀のカニ料理を食べに行った。

井尻さんはスタッフから「益さん」と呼ばれていて、ぼそぼそと小声でしゃべる人だ。あまり笑顔は見せないのだが、「バス通り裏」や、TBSで去年オンエアされた「おかあさん」を見てくれてたみたいで、

「お母さん譲りで役者としての能力が高いんやから、目指したらえぇよ」

と、励ましてくれた。

「おんな親」がドラマのタイトルで、内容は、ある小さな会社の掃除夫をしているたつ子の話である。たつ子をおふくろが演じ、息子の真悟を僕。実際の母子でやる仕事はラジオから始まり今まで何度も演じて来てるので抵抗はなかった。

たつ子は真悟の東大入学のみが生き甲斐で、息子が同級生の千加子と交際をしてる事も受験勉強に差し支えるからと反対してる。

千加子役の矢代京子は、井尻さんの可愛がってる女優さんで、井尻さんとは時々仕事をしてるようだ。

たつ子の会社には昔からの知り合いで、何かにつけやさしくしてくれる課長の岩田がいる。彼女はその岩田に、秘かな愛情を寄せていた。仲間の掃除夫達は、それを知って給料の値上げ交渉役を彼女に押し付けて来た。

岩田を信頼して交渉に出かけたたつ子は、意外にも扇動者を理由に解雇されてしまう。打ち萎《しお》れて帰って来たたつ子に「僕が働くから」と真悟がいたわるのだった。

真悟の就職口も決まり夜間大学に行く事に決めたと聞いて、たつ子は、息子に対する感謝と、ふたたび親子の強い結びつきが返って来たのを知る。そんな台本だ。

矢代京子は、この仕事の間、大阪に慣れない僕を何かにつけ気遣ってくれた。

天平という屋台の餃子屋が北新地にあった。裏通りにあるその店に彼女に連れられて行ったのだが、小振りの餃子を作ってその場で売っている。

椅子もテーブルも無く、立ったまま出来上がるのを待って、これを食べながら中之島公園に向かって二人で歩いた。

「美味しい？」

「最高、ほっぺたが痛くなる」

餃子は、極上の美味しさで評判も高いようだった。それからは、大阪に来るたびに、天平に必ずと言っていいほど行くようになった。

リハや本番でも彼女と仲良くやっていたら「遊びで付き合わないように」と、井尻さんに釘をさされた。反面、井尻さんは、仕事中、終始優しく「大阪に来たら、いつでも寄ったらええよ」と、気を使ってくれた。

大阪から帰って来て、あと数ヶ月間の身分だが、また学生に戻った。

が、授業を受ける気もなく登校するのだから、学生は名ばかりで、やるべき行動といったら、昼飯を友達と食べる事と放課後の軽音楽部での活動が中心だった。

道夫も、僕のコーチが良かったのか、本人に隠れた才能があったのか、ジャズドラムもかなり行ける線になって来た。

そこで、予定通り二年生でクラリネットを吹いている苫米地をリーダーに据えて、スイングジャズのコンポを作った。

これで僕がドラムを受け持ってるD＆Jと、ふたつのバンドが出来た。趣味だけではなく外部での仕事とかも取ってやろうと、Aプロを立ち上げ、ロゴを深田にデザインさせ封筒や名刺を作った。深田は、修学旅行で笹原たちを折檻した男だが、絵画のセンスがあり、クラリネットが好きなので軽音楽部にも入っていた。

Aプロは、会社組織ではなく、もぐりのプロダクションまがいである。それでも、仕事はいくつか取れたので、みんなの小遣いくらいにはなった。

そんな日常だったから、三年の授業がすべて終わって期末テストになったとき、どの試験科目においても正解を書けた答案用紙はひとつもなかった。

三学期の期末テストの成績は、そのまま卒業に影響する。

テストの結果が出て、担任の武藤がそれを持って来てみせてくれたが、思った通り、最低の1点のオンパレードだった。

青学の成績簿はトップが5、次が4＋、次が4、そして3＋と10段階になっている。武藤のくれた成績簿は、1が見事に並んだものだった。

1じゃないものが3つあった。上は体育が4。その他は1よりさらに下で、それが2科目あり、ふたつともが1－である。

最低の1－がひとつでもあれば、高校を卒業する事が出来ないのだから、それが二科目もあるという事は、絶望的な成績表という事だ。

ふたつの科目のうち、一つは代数だった。猫目先生の顔が浮かんだ。あきらめるしかない。

しかし、武藤にはそういう気持ちが無いようだった。

「卒業しよう、荒木」

武藤が言った。励ましてるというものではない。担任としての使命感に近いものだろう。武藤がそうしたいのならいいが、励まされてるのだとしたら迷惑でしかない。卒業にはまるで興味が無いのだから。

もし、補習とかなんとか言われても、猫目先生が僕を許すわけもないし、やる気もない。時間の無駄である。

「いいですよ、卒業しなくとも」

無理しないように武藤に言ったが、武藤はあきらめなかった。

まず絶対に許さないだろうと思えた猫目先生のところに武藤は頼みに行き、結果、おこぼれの1点を貰って来た。使命感以外のなにものでもない。大したものだ。

もうひとつの1－は、人文地理という聞いた事も見た事もないような科目だった。どんな授業だったかの記憶すらないし、第一、教師の顔も覚えてない。

武藤の情熱的な交渉も、さすがにこっちの先生には利かず、おこぼれは貰えなかった。が、武藤は別の条件を持って帰って来た。

「人文地理についての論文を提出すれば、1をくれるそうだ。どうだ、荒木」

人文地理の論文など、僕のどこをつっつけば出て来るんだ。

「そんなもの書けるわけがないだろう、聞いた事も無い授業なんだから」

断ると、武藤は、めげもせず、また交渉しに行き犬が放ったボールを拾って来るように結果を持ち帰って来た。

「何か、他のもので論文書けないか、荒木。題材は何でもいいんだよ」

「人文地理じゃなくてもいいのか」

問いただすと、それでも良いという。

「じゃあ、ジャズの事なら書けるけど、無理しなくていいよ。卒業しなくてもいいんだから」

「ジャズの事が書けるんなら、書けよ。頑張れ」

と、武藤は僕の肩を叩いた。

卒業のために頑張る気など毛頭なかったが、武藤の情熱に呑まれてジャズの論文を書く事にした。アフリカで囚われた黒人奴隷がアメリカに送られ、綿を摘みながら唄うワークソングからスタートするジャズの歴史。それを、A4のレポート用紙十枚たっぷり書いて、武藤に渡した。

人文地理、1、と印が押された成績簿を、卒業式の一ヶ月前、武藤がニコニコしながら持って来た。

目出たく、青学の高等部を担任の武藤忠臣先生の努力のおかげで卒業することが出来た。


高校を卒業すると同時に、また色々と変化があった。まずは、プリンスのスカイラインの中古車が手に入った。大学に行くよりか車の方が実践的である。

手に入れると直ぐに、渋谷に向かった。これという当てもないのだが、ゴリや浅井とか「ありんこ」に集まる連中と一緒に乗り回したいと思ったからだ。

六人乗りのベンチシートに七人を乗せて新宿に向かうと、路面電車の線路が邪魔くさく、渋滞を引き起こしてる事にいらだった。普段は歩行者として歩いていた街を、車で走るとなると、まったく逆側の視点からそれを見ることになる。

人間にとっては車が邪魔な存在だが、ドライバーから見れば人や自転車は障害物でしかない。

東京の街を運転出来れば、世界に通用するドライバーになると聞いた事があったが、渋滞してるだけではなく、その車と車の間を人間が通行して反対の通りへ渡ったりする。

障害物競争のように、邪魔者をよけて渋滞を抜けようとすると、そのたびに、横と後ろに座っている乗客から悲鳴ともつかない歓声が上がった。

このヤジと、ところどころにある安全地帯。チンチン電車が通行する道路では駅でもないのにそれが設置されているので、乗り上げないように要注意だ。

しかも軌道敷内通行禁止の札もある。線路の上を走るなという札だ。

人の波と車の渋滞と障害物、その全てに目を配りながら車を無事に動かすことが東京の街を運転することだと、身をもって感じさせられた。

卒業と同時にした事が、もうひとつあった。

大学に行かないという行為は、体制というか常識というか、通常の行動からは外れているため、それなりに不安をもたらすものである。

なので、大学に行かないと決めた時点で、青学の大学の教科書を一通り買う事にした。大学に行った連中が何を学ぶのかが知りたかったからだ。

高校では、まったく勉強しなかったにもかかわらず、大学の勉強をしようというのだから、人は不思議に思うかもしれない。しかし、高校の場合は、通学してるためリアルタイムで授業の下らなさを感じる事が出来たが、大学はまったく未知の世界である。

大学に人は行くのに、自分は行かないとなると、取り残される不安というのが頭の隅にそれなりに宿る。

僕は、毎日、大学の教科書を読んだ。それだけでは物足りず、杉田とか、大学に行った連中と一緒に授業にも参加してみた。

教師が、すべての学生の顔を覚えてたりするわけもない。それに教室だって高校の教室と違って講堂だから広く、入ってしまえばなんとかなる。

リアルタイムの大学は、高校の授業よりさらに目的を摑みにくく漠然とした感じがした。

四ヶ月ほど、そんな生活が続き、教科書の内容をかなり把握出来た時点で、大学に行ってる連中と話してみた。教科書に書かれている内容について話すのだが、誰も彼もが、教科書に書かれている一行も覚えていない。

というか、読んでもいないどころか、講義をさぼって麻雀をしてる連中の方が圧倒的に多かった。

僕の中での大学は終了し、教科書はすべて捨て、身軽になった。


通学のために毎日起きる必要もない。

しかし、これは取り立てて挙げるほどの変化点ではない。元々、好きな時間に登校するだけだったのだから、精神的な抑圧がさらに無くなったということだ。

自由な時間が増えると、卓を囲む度合いもはるかに増した。学校がない分、ほぼ毎日のように麻雀に明け暮れる生活になった。

朝まで打って、それから大学に行くやつもいる。道夫も高校三年になり、麻雀が終わると高校生活に出かけて行く。

人生、何をするかの目標がはっきり定まっているわけではないが、サラリーマンなどの、金や生活のための仕事をする気は毛頭なかった。バンドの三木さんは、一生、サックスを吹き続けて生きると息巻いていた。かといって、僕はバンドマンやバンドのプロダクションをいつまでも続ける気もなかった。

それ等は、青春を謳歌《おうか》するための素材である。

人生を構成する素材は多いほど面白そうだ。モダンジャズという最高の素材を持てた事はラッキーであり、それによってバンドや「ありんこ」の仲間が出来、Aプロも作られて行った。

夏に近づくに連れてジャズ喫茶に行く回数も増え、毎日のように渋谷の「ありんこ」や「デュエット」それに新しく出来た「オスカー」。新宿では「キーヨ」とか「ヨット」、それに最近加わった「ディグ」なんかに出入りするようになった。

昨年、マイルスデイビスの「バグス・グルーヴ」が発売された。モダンジャズのレコードが日本で初めてリリースされたことで、ジャズ喫茶の数が増え続けている。

それとカップリングされたように、ハイミナールという非バルビツール系の睡眠薬が流行していた。ラジオ関東などは、夜間の番組中、「眠れない夜に」とかなんとか何度もハイミナールの宣伝が入る。

依存症になる可能性のある今までの睡眠薬に代わり、害の無い睡眠薬という触れ出しだったが、これは麻薬のような使い方が出来た。

それが分かって、ビールや酒を飲むより簡単に酔えると、若者の間に流行りだしたのだ。

「ありんこ」に来る連中の何人もが睡眠薬遊びをやっていた。常連客の中には、常にラリっていて、しらふで来た事がない古賀みたいなやつもいた。

古賀は、「ありんこ」のドアを開けて入って来るなり、ピストルで撃たれたかのようにドサッと椅子にだらしなく倒れ込む。いつもの事なので、誰も気にせず、ジャズに聴き入っている。

他に、風俗として流行しているものに、やくざのチンピラがあった。

雅也がゲソを脱ぐかもしれなかった安藤組が解散して渋谷の縄張りが崩れたため、いくつものやくざ組織が渋谷に流れ込んで来たのだ。

渋谷や新宿を歩けば、サングラスを掛けたり、先の尖った靴を履いたり、そういう雰囲気の男達が何人も街角や駅前にウロウロしていて、金のありそうな人間と見ると、たかったりもしていた。東声会とか、日興とか、やくざ組織の名はいくつもあり、ちょっと悪そうなヤツと知り合うと、とりあえず何処《どこ》の組かと訊くことから始まったりした。渋谷でもっとも勢力があるのが、稲川興業だった。

渋谷の街は、やくざがらみのチンピラと、どこにも所属しないチンピラと二派に別れていた。「ありんこ」に来る連中でもやばい事をしてる連中がいるが、そのほとんどは無所属のチンピラである。

Aプロも僕もチンピラではないが、バンドの仕事を取るだけではなく、主催のダンスパーティなどを開催してるため、常にチンピラ連中とは接触しなければならない。

ゴリなんかは、悪さはしないが無所属のチンピラ側である。無所属の連中とは、なんとなく仲良く付き合えるのだが、問題は、やくざがらみのチンピラだ。といっても、彼らはゲソを脱いでいるわけではなく、雅也のような、その前駆体のチンピラ連中だ。

稲川の秋山が、そういう手の男としては出色で、他のチンピラ連中からは一目置かれていた。

夏になり、学校が休みに入るとパーティやバンドの仕事も俄然《がぜん》増えた。渋谷の消防署の横にある「渋谷公会堂」でAプロ主催のパーティをやる事になった。

渋谷公会堂は木造の二階建てで、もちろん冷暖房の設備などなく、夏の暑い時期にも天井に飾りのようなおざなりな扇風機がひとつ付いているだけである。

夏の時期、ホテルやデパートで無い限りどこを探しても冷房は無いに等しいものが多く、パーティ会場としては天井に扇風機が付いてるだけ増しだった。

「いっちゃん、夏場にダンスパーティなんて無理だよ、会館借りてなんて、どこもやってるやつは居ないからね」

たしかにゴリの云う通り、暑いと知って汗をかいてまで踊るやつは居ない。その暑さをどうするかが課題である。客が暑くても来たくなるようなパーティでなければ意味がない。

「氷の柱を会場に何本か立てれば、見栄えもいいし扇風機の威力も増すだろう」

サイドにカウンターを作って、そこで氷の入った飲み物を飲み放題で出すことを提案した。云うのは簡単だが、やるには工夫がいる。

コップの数だけでも百五十は要るだろう。紙コップの無い時代だ。僕は笹原に云って女子群で、食器類を安く売ってる問屋のような店をしらみつぶしに当たってくれるように頼んだ。

ガラス以外のプラスチックのようなコップとかも探したが、結局は却って高くつく。安いコップでも、それなりの値段がするし、下手すればコップだけで赤字になりそうだ。

道玄坂を下って地下鉄の車庫の下の路地を入ったところに、それがあった。通常のコップではなく、どこか歪んでしまったりと売り物にならないコップばかりが山積みになって置いてあった。

「これ、いくらですか」

笹原と一緒に鳥小屋のような店の中に入り、カウンターで編み物をしてる中年のおばさんに声をかけた。

「外にあるコップ、買いたいんですけど」

「売りもんじゃないよ。捨てるだけだからね。欲しけりゃ売ってもいいけど、いくら出すんだい」

「ちょっとしたパーティに使いたいんで、百五十個くらい、安ければ安いほどいいんだけど」

おばさんは、僕の顔を見てニヤニヤすると、

「ほんとは売り物。一個十円だけどね、あんたなら特別五円でいいよ」

渋谷公会堂でのパーティは大成功に終わったが、途中で、サックスの三木さんがトイレで日興のチンピラに殴られるという事件があった。

殴ったチンピラは、三木さんがバンドのメンバーだとは知らずに因縁をふっかけたみたいで、良夫と云って、バンドでベースを弾いている市毛の弟だった。

市毛には、銀座でやくざになりそうな弟が居て、それを何とか学校に行かせるためにバンドをやって金を稼ぎたいと云われていた。この弟のことだった。

今回の話は、三木さんは殴られ損だったが簡単にけりがついた。しかし、この手のことはこれからもありそうだ。


「バス通り裏」は、Aプロでの活動期間でも続けて出演しなければならず、毎週、三日はNHKに行き、終われば渋谷に出て「ありんこ」の仲間とつるむか、あるいは、タクシー券を利用して一緒に出演している女の子を誘って横浜に行ったりしていた。

ヘンリーさんの授業も、相変わらずドラム科が出来ないまま続いている。

声専に行くので代々木駅の改札を出ると、男が寄って来た。

風が冷たいというのに、シャツの開衿を思い切りあけて、そこに太めの鎖をぶら下げている。

「ちょっと、そこまで顔貸してくれよ」

路地に入ると、

「金を出せよ」

と、男が胸に掛けている鎖を触りながら言った。

恐喝も流行っていた。僕は男と向き合うと、

「どこの組だ」

と、冷静に訊いた。

男は一瞬、「ん」となって僕の顔を見た。

「東声会か、日興かって訊いてるんだ。稲川の秋山は知ってるのか」

畳み掛けると、男は急に泣きそうな顔になった。

「柄でもなく、喝上げなんかやめろ」

勢いに押されて、男は身の上話というか、現在の状況を語り始めた。

自分も大久保の駅を降りたら刑務所から出たばかりという男に恐喝され、金がないので大事な鞄を質にとられ、

「お前が、誰かから金をとって来い」

と、云われたという。

その刑務所帰りだという男の居場所を訊くと、路地の先の裏の広場にいるらしい。向こうは一人で、こっちは二人なんだから、なんとかなるだろうと僕はその喝上げ男の鞄を取り返すために広場まで一緒につきあった。

結果から云うと、大したことはなかった。

僕たちは、たまたま建設中の建物から角材を探し出すと、男と二人でそれを持って広場に行き、相手の男が出て来た途端に角材を振り上げて突進した。

こういう時は気合いでしかない。男は、鞄を捨てて逃げて行った。

広場に捨てられてるように置かれた喝上げ男の背広と鞄を拾った。刑務所帰りかどうかも怪しいものだが、その男から借りたという胸の鎖を捨てて背広を着ると、男はただのサラリーマンに戻った。

それから男は「ありがとう」と言い、握手して忙しそうに夕暮れの街に消えて行った。

「最近は、歌がうまくなって来てるよ」

ヘンリーさんは、レッスンをやめさせないために云ったのかもしれないが、いい気になって、バンドの練習の時にスタンダードジャズを唄ったりしてみた。もちろんステージで唄う気などはない。本ちゃんのステージでは、ドラムかピアノが僕のパートである。

夏が終わり、秋になって青山通りの都電の車庫の裏手にある「若草会館」でダンスパーティを企画したが、ついにチンピラとの事件が起こった。Aプロがパーティ荒らしにあったのだ。

秋山とその手下がパーティが始まる直前に乗り込んで来た。三つ揃いを着た秋山を筆頭に七、八人は居る。

秋山以外は、チンドン屋としか思えない、やけに丈の長い上着を着たり、山高帽のような派手なハットをかぶっていたり、チンピラとしての主張なのだろう、どいつも変わった身なりをしていた。

こいつらが会場に入ったら、客たちは恐怖で帰ってしまうかもしれない。

「おまえ、最近、渋谷でいい顔になって来てるっていうじゃないか」

話しかける秋山を僕は会館の一室に呼んで二人だけで話す事にした。秋山も金がほしくて来てるのだろうから、こっちが変な抵抗をしなければ暴れたりはしないはずだ。

部屋に入ると直ぐに、僕の方から条件を出した。大した金は払えないので、自分がAプロをやる主旨を述べた。

「俺は金が欲しくてパーティをやってるわけじゃないよ。俺の企画した事で人が楽しんでくれればいいと思ってる。バンドのみんなは、それぞれ理由があって金を必要としてるから、それを秋山さんに渡すわけには行かないんだ。だから、俺の分を全部渡すから、それで我慢してくれないか」

僕の分と云っても、雀の涙に変わりはない。でも、秋山は僕の話を聞いて、なぜかそれで納得してくれた。秋山が手下を従えてチンピラをやってる意味は、金では無いのかもしれない。

同じ世代の人間と思ったのか、あるいは同じ人生をやってると思ったのだろうか。

「金は要らねぇけど、街で何かあったら俺に連絡して来いよ」

若草会館でのパーティの売り上げ金も受け取らず、結果的には秋山と手を組む事になった。

それからは、バンドやパーティを仕切ることがやりやすくなったのと同時に、渋谷でなんとなくだが、無所属のチンピラ連中にも一目置かれる存在になった。

冬が本格的に近づいた頃、バンドの浅井から、また相談が掛かった。

理沙に惚れたので、付き合いたいと言うのだ。

中里理沙とは、今年の夏のはじめ、千葉の富岡海岸に和田ケンなどと一緒に行った時に知り合っている。亀の子島で甲羅を干しているときに、悲鳴をあげて助けを求めたのが、理沙とかアコとか数人の女子高校生だった。

それから理沙たちとは良くつるむようになって、富士見高校まで迎えに行ったこともあるくらいだ。

夏の終わり近く。珍しく笹原と二人で家にいるときに、突然、理沙達が遊びに来たことがあった。

理沙は、あれ以来「ありんこ」の連中とも直ぐに親しくなっていたので、家に来たのはゴリやアコも含めて六人だった。アコは相変わらず帽子をかぶっていたが、理沙の高校の同級生だろう、知らない女も二人混じっていた。

笹原に遠慮してか、さすがに家には入って来ないで玄関先にいて、用件を聞くと海に行きたいから誘いに来たという。車が目当てだろうが、まあ、笹原とはいつでも一緒に居られるしと思い、理沙たちに付き合う事にした。

「出かけて来る」

ジャンパーを羽織り、車の鍵を持って出ようとすると、

「なんで」と、笹原がジャンパーの端を摑んだ。

身勝手は承知だが、僕を当てにして来てくれた連中を無下に帰す訳にも行かない。笹原ならそういう気持ちを分かってくれるだろうと思った。

「私は、どうすればいいの」

と、笹原が言った。

来てるのは六人だから、僕をいれて七人。定員オーバーなので笹原を連れて行くわけには行かない。そう言うと、笹原の顔が一瞬曇り、いきなり平手が僕の頰に飛んで来た。叩くつもりは無かったのだろう、笹原の目に涙が浮かんだ。

僕は、何も言わず理沙達を車に詰め込むと、茅ヶ崎を目指して走り出した。

おふくろは旅に出ているし、家には笹原しか居ない。走りながら、なんとなく心配になって来た。ひょっとして、笹原は頭に来て家に火をつけたりしないだろうか。笹原の気持ちを考えると、ち

ょっと酷い行動をしてるかもと自己反省の気分になった。かといって、引き返すわけにも行かない。走るに連れて、夜は深くなって来ていた。

茅ヶ崎の海について、車を止めて柵の中に入ろうとすると遊泳禁止の立て札が目に入った。構わず中に入ったが、そこは岩場のようになっていて、夜の海はまるでコールタールでも流したように黒ずんで見えた。

「海に入ろう」

誰かが言い出し、それに釣られるように僕たちはパンツ一枚になって次々と夜の海に飛び込んだ。女たちは、ブラジャーとパンティ姿だ。一人の女がブラジャーも外して海に飛び込んだ。

コールタールの海に入ると、自分の周りに蛍光灯が点いたように明るくなった。夜光虫の群れだった。

手で水をかくと、手が蛍光管みたいになり、あたりに光の波紋が出来る。あっちこっちで水音がし、歓声が上がり、光の輪が広がって行く。

来た方角を見ると、どこに岸があるのか見えなくなっている。あたり一面は黒いベールに包まれていて、方向すらまったく分からない。

あわてて理沙を呼んだ。波音に消されながらも遠くで返事が聞こえた。周りに居る誰でもいいから話しかけなければと思った。みんな、そんな気持ちになってるようで、誰かが星の事を言い、岸はこっちだと言った。直ぐ近くにいる人間は蛍光人間になっているので見分けがつく。とにかく、人の居る方へと泳いだ。

岸に誰かが上がって、懐中電灯を振ったのが見えた。あとは、そこに向かって泳ぐだけだった。助かったと思ったとたん、笹原の顔が浮かんだ。家は、もう燃えてなくなっているかもしれない。

僕たちは、木を拾って来てたき火をして体とパンツを暖め、理沙たちの持って来た紅茶とパンをかじった。

朝方になって家に着くと、どこも焼けてはいなかったが、笹原の姿もなかった。


理沙やアコたちは、富士見高校に通っていた。理沙は、その中で一番リーダーっぽい女だが、身持ちが良くなく誰とでも寝るという評判だった。

だから浅井の付き合いたいという真面目な申し出には驚いたというか、返事のしようがなかった。しかし、朝井は、身持ちが悪い事も十分知っているだけじゃなく、理沙が睡眠薬をやってる事で、彼女自身ではなく社会を攻撃していた。

「あんな中毒になる薬が、野放しで売られてる事が問題なんだよ」

理沙は、今までも何度も精神科に入院させられているが、その度に脱出するので、家でももう諦めて放任してるという。

「理沙に薬をやめさせて、まともな仕事をやらせられればいいんだ」

浅井の目指すところは、単に付き合うのではないようだった。

といっても、理沙は家が見放すくらいの重症な中毒患者だ。まともに話したところで、せいぜいが「世間の大人と同じだ」と、浅井がののしられて絶交を言い渡されるのが落ちだ。

しかし、理沙は、しょっちゅうラリっているわけでもない。まともな時は、確かに可愛いところがある女だし、僕にはけっこう懐いていたりしている。

高校三年になったばかりの理沙は、この間も授業中に書いた手紙を送って来たので笹原の手紙と一緒にノートに挟んでおいた。

〝今日は、秋に入ったばかりだというのにうすら寒いようです。先日は、送って下さってありがとうございました。貴方と遊んでいると前の苦しい事も忘れて楽しく一日が過ごせます。一人でいるよりも誰かがいるというだけで楽しくなるのかもしれません。今、学校で数学を受けております。

(二時間目)

アコは四席前に良子さんと並んで一生懸命(?)やっているようです。それからみどりは隣で居眠りをしております。悪い子ね。なんていう私もこんな事をしてるんだけど。今、貴方は何してるのかな。和田さんとお話ししてるのかしら。あ、先生来た。ちょっと休みます。

誰かがトランジスターもって来てるの。ニールセダカの「きみこそすべて」をやってるわ。何かひどいね、学校へこんなの持って来るなんて。それから二十九日のパーティは渋谷で待ち合わせて行きましょうね。その時に巻をさしあげます。

今、窓を開けたら男子部の男の子がいっぱいのぞいております。一人の子が〝中里〟って、どなっています。馬鹿な人だと思うわ。私には貴方や和田さんみたいに、いい友達がいる事もしらないで。

今の時間は化学です。先生はジャガイモってニックネームがあるの。一番キライな先生なの。おなかすいた。では、あまり長くなると勉強にさしつかえますから、サヨナラ。和田さんによろしく。おひまでしたら、御返事下さい。理沙〟

文面からすると、まともな高校生に見える。

が、そういう面もあるって事で、ラリってる時の理沙は、どんな男にも抱きついたりするし、いきなり暴れたりで、そうなると手におえなかった。

浅井の言う通り、睡眠薬が理沙をダメにしてるのだろう。薬をやめたらと思えなくもない。

とにかく、理沙の薬をやめさせるためには、本人の気持ちに近づかなければ、と、僕は浅井と二人で睡眠薬を飲んでみる事にした。

家の近くの喫茶店で雨上がりの日、最初は二錠から始めた。何も変化が無いので、

「今日の実験はやめか」

と浅井と二人で表に出たとたん水たまりに自分の足が浸かってるのに、何も感じなくなっていた。

一ヶ月近く飲み続けてラリってみて、それから理沙に話した結果は上々だった。

睡眠薬を断つために、理沙はみずから精神科に入ることになった。

「お前が、完全にハイミナールから抜けたら、我々のバンドのマネージャーに迎えるからな」

ハイミナールを飲んでみるまでもなく、理沙と僕たちの間には絆のようなものが出来てたのかもしれない。バンドのマネージャーの話は、理沙に取って思った以上に大きな効果があったようだった。

理沙は無事に病院に入院し、母親から感謝の電話があった。

が、入院とは別に副作用があった。

僕も浅井も、理沙のためではなく、自分たちが飲みたい理由だけで睡眠薬遊びの常連となって行ったのだった。

理沙を送ったり、笹原を送ったり、その他の女を車で送るたびに東京の道を覚えた。タクシーの運転手になるつもりは無かったが、いつでもなれるくらいの裏道通になって行った。

車の運転が上手くなる秘訣《ひけつ》は、東京の街を走るだけではダメだ。必要なのは長距離運転である。

初めての長距離は、逗子への道のりだった。笹原が「友達が誕生日なので驚かせたい」と言った。友達の菊池信子は僕たちと同級生だが逗子に住んでいる。卒業してしまったので通学のための東京住まいは必要がないと実家に帰ってしまった彼女に、まさかのプレゼントをしようってわけだ。もちろん、笹原とは海の一件以来、その後もうまく行っていた。目的を持った初めての長距離ドライブも魅力だった。

同級生だった菊池信子は、予想を超えて、喜んで僕たちを迎えてくれた。菊池は学校では目立たない女だったが、普段着の彼女は、それなりに女らしく、家も思ったより大きかった。さすがに親が東京にアパートを借りてまで青学に入れるのだから、金持ちであっておかしくない。

夕食を彼女の家で済ませてから帰路につくことにした。

手を振って見送る菊池の姿が見えなくなったところで、「海に行こう」と、僕は笹原を誘った。逗子まで来ているのに、菊池の家だけ見て帰るのは、もったいないと思ったからだ。

逗子の夜の海岸は、まだ海開きをしたばかりのせいか人気《ひとけ》がなかった。車からギターを持って来て、僕たちは砂浜に腰をおろした。

「綺麗」と、笹原が言った。

月灯りで波がきらめいて見える。

「寒くない」と、笹原が訊いた。

潮風が頬に当たっても寒くはなかった。

この、夜の海の景色を写生するかのように、歌が自然と浮かんで来た。

家に帰って画用紙に歌詞を書き、「海」というタイトルをつけた。

この年、睡眠薬のせいでNHKの番組に迷惑を掛けたのも、一度や二度ではなかった。その日も薬が体から抜けないまま徹夜して、「バス通り裏」のスタジオに入った。

一緒に遊んでいたゴリが心配して局まで付いて来たが、別段、役に立つわけではない。「ありんこ」の連中の中でゴリだけは睡眠薬はやらなかった。ただNHKに付いて来た意味は、心配だけじゃなく芸能界への憧れもあったに違いない。

この日も二本録りで一本は生放送の日だった。

台本を渡されて覚えたつもりだったが、本番が始まると頭が朦朧として台詞が出て来なくなった。生放送は進行してるが黙っているしかないので黙っていると、周囲の出演者が気にして僕の台詞を引っ張り出すためのアドリブを言い出した。

結果的に、台詞を思い出せるきっかけは最後までなかったのだが、周囲の役者さんたちの慌て方はそのまま映像として視聴者の目に映ったはずである。

本番が終わって直ぐに、周りの役者さんたちから「ずるい、ずるい」と、口々にののしる声が上がった。

僕の役は少しぼけてる役なので、台詞が出なくてもそれが演技にしか見えない。

が、周囲の人が助け舟を出そうとすればするほど、逆に助けようとした俳優さんたちの方が、台詞を忘れて慌ててるように見えてしまったのだ。

僕自身も、みんなの芝居を見ててそう思ったのだから、本人たちの悔しさはかなりだろう。もちろん、その場で、神妙に頭を下げて謝った。

「バス通り裏」の仕事も、役者をやりたいというより、出演者の女の子たちと収録が終わったあと横浜に遊びに行ったりする方が面白かった。

そんな気分のところに、また「おかあさん」の出演依頼が来た。三度目の出演依頼で、今回は130話「お母さん失格」である。

これは、文学座のユニットのような番組で、文学座の演出家である戌井市郎さんが総指揮をしていて、脚本も書いている。

二日目のリハの日だった。出番もそんな多くはなかったし、とにかく渋谷で遊んでて睡眠薬も飲んでいるために気も大きくなっている。リハに行く気になれず、TBSに電話を入れてスタジオにつないでもらい、大演出家の戌井さんを直接呼び出した。

「今日は、行けないので、すみません」

と言って、電話を切った。

ひどい話だが、睡眠薬を飲んでるせいで、言ってる本人はそうは思えないのだから始末に負えない。しかし、リハに遅れるならともかく、まったく行かないのだから、当然、それからの戌井さんの僕を見る目は、さらに悪化した。

「さらに」、の意味は、小学生のころに遡《さかのぼ》る。

戌井さんが文学座の舞台の話で家に来ておふくろと打ち合わせをしてた時のことだ。

長旅から帰って来たばかりのおふくろとの時間を取られた気がして、小学生の僕は、ふてくされて屋根に上がった。

自分のことで僕が不貞た態度をしていると気遣った戌井さんは、

「お母さんが心配するから、降りて来なさい」

責任を感じたのだろう、庭に出て来て見上げている。しかし、いかにも面倒な子供だという刺《とげ》のある声でもある。

心配させたくてやってるのだし、しかも仕掛けた張本人からの言葉に反応し、僕は余計ふてくされる気になり、もっと自分を危険な状態にしようと屋根の端まで行った。

戌井さんは、やりかけた以上、引っ込むわけに行かないと思ったのか、屋根に上がって来るつもりで梯子を探している。

しばらくしてガチャンと音がして直ぐ目の前に梯子が掛かった。逃げようとした途端、瓦の一枚が外れて危うく僕は屋根から落ちそうになった。

僕自身は、なんとか落ちずに済んだが、瓦の方が落ちて戌井さんの頭を直撃した。

わざとではなかったが、戌井さんには、そう映ったようだった。

おそらく、この仕事が最後で、戌井さんは本格的に僕を嫌うだろうし、二度とキャスティングする事はないに違いない。当然の報いである。


そして、翌年。

十九歳の春になって三年間にわたって出演した「バス通り裏」が終了した。

続いて次の番組である「あじさいの歌」のレギュラー出演が決まった。「バス通り裏」と同じ月曜から金曜の夕方に十五分間放映されるベルトのドラマだが、バス通りとは違って、今回は毎回出演する重要な役どころである。

初めてのテレビのレギュラーである「バス通り裏」が終了したことに関しては大した感慨もなかった。終わってちょっとしたパーティがあって、記念品が贈られた。

出演したシーンやみんなの声が入っているレコードだが、聴く気もしなかったので、家のどこかにしまって二度と見ることはなかった。

十朱さんとは、次の番組でも一緒だし、「じゃあ」と軽く挨拶してスタジオのドアから出たら、十五歳のガチャコが走って来て、「帰るの」と目に涙をいっぱい溜めて訊くので、「帰るよ」と歩き始めた。

ガチャコは、十五歳の割には背が高く顔立ちが綺麗なせいか、ませた娘で、出演者の中ではちょっと浮いたような存在だった。

「また会おう」と、出口の外まで付いて来たガチャコを抱きしめると、玄関前に並んで駐車している一番前のタクシーに乗った。

NHKでは、番組の収録とかで十時を過ぎると車券というのが出る。

運転手に車券を渡して行く先を言えば何処にでも行ける金券のようなもので、玄関前に並んでるタクシーなら、それのどれでも利用する事が出来る。

これはNHKのレギュラーをやってる間、遊びの手助けツールとして非常に有効に使えた。

なんせ、出演料が安く小遣いに不自由していても、このタクシー券を利用すれば、番組が終わったあと出演者の女の子たちを連れて横浜でもどこでも遊びに行けるわけだ。

しかも、レギュラー番組で毎日のようにタクシーを利用するのだから、自然と運転手とも顔なじみになって来る。

そこで横浜埠頭まで運転するだけじゃなく、向こうに着いたら一緒にリンボーなんかやったりして遊ぶ仲間に加えてしまう。そうすれば何時間一緒に遊んでいようと、運転手の方も、今夜の仕事はそれで終わりだし遠乗りの往復客なのだから売り上げもしっかり上げた事になる。僕らとしても、帰りの車まで只《ただ》になるのだから、お互い、有意義な付き合いになる。

運転手たちも、そういう有意義な付き合いがあるとなると、「バス通り裏」が終わった頃を見計らって玄関から出て来た僕に早く気が付こうとするし、見つければ列の後ろに並んでいても手を振って合図をしてくるようになる。

運転手にしたら順番を待つ手間さえはぶけるって寸法だ。

しかし、このタクシー券制度も高校を卒業した頃には状況が変化していた。

NHKが、そういう悪用をするヤツの事に気がついてか、券に行き先と名前をはっきりと書き込まなければならなくなったのだ。渋谷区に自宅があるのに、夜遅く神奈川県に行くわけがない。

残念ながら制度は変更になったが、さほどショックではなかった。制度の変更時期に合わせて、自家用の車が手に入ったからだ。

誰とでも何処にでも、自分の車に乗せて走れば良い。もうタクシー券の世話になる必要もなくなったのだ。


二十歳の誕生日を迎え、今年も祝いに来てくれる友達に囲まれた。来てくれる人の数も高校の時よりも増えている。みんなからのプレゼントは、感謝を込めてもらうようにしている。

二十歳になって、いくつもの脱皮があった。

まずは、煙草をやめたことだ。

未成年で吸う煙草は、規律を犯すブルーな香りがあるが、二十歳になったら、その匂いは消えてしまう。堂々と吸える煙草は、苦みの無いコーヒーのようなもので、飲む気もしないし魅力もない。

もうひとつ、理沙がきっかけで飲み始めたハイミナールもやめた。

ただ、バンドの浅井は、残念ながら説得してもやめなかった。理沙は、すでに遠くなってるというのに、その未練からでもなく、頑に辞めようとしなかった。

僕たちは、渋谷の交番の前で言い合いというか、僕が一方的に渋谷署の前にハイミナールを飲んでる浅井を引っ張って行って、

「もう大人になるんだから、やめろ！」

と強要したのだが、浅井は屈服しない。

「こいつはハイミナールを飲んでるんですよ、捕まえて下さい」

そう言ったにもかかわらず警察も協力せず、浅井は這《は》いつくばって捕まえてる手の中から逃れて行き、僕は一人渋谷の街に取り残されたのだった。

浅井と決裂したことで、バンドは自動的に解散になり、Aプロも消えた。

大人になるんだと浅井には言ったが、大人とはなんだろう。少なくとも睡眠薬をやめる意味は、依存を捨てるってことだ。

酒も煙草も睡眠薬も、子供が布団をかぶって苦手な物事をやり過ごすように、そこに寄りかかって自分をカモフラージュし、ごまかし、その場の問題や緊張から逃れて、わずかの時間、甘えた自由らしきものを味わおうとする道具に過ぎない。

酒や睡眠薬を飲んでラリっていれば、まわりのすべてが親しい友達に変化する。見ず知らずの人間も深いつながりがあるかのような錯覚にひたれる。

そのベールを捨ててしまうことは、物事や人間に対して、混じりけ無しに対面しなければならないってことになる。ごまかしは利かない。

普通の人間でも、そう生きていくべきだし、まして、僕は役者になろうと本気で考えるようになっていた。

芝居をしようとする人間が、物事や相手にまともにぶつからないで、どうやって成長出来るんだ。

「ハローCQ」の撮影が順調に進んでいた。「あじさいの歌」も、その後は問題もなく続いている。昨年は、「おかあさん」におふくろと二人で出演した事がきっかけで、役者としての意欲が出て来たりもしたが、なんと言っても「あじさいの歌」をレギュラーで出演させてもらった事は、芝居の意識を向上させるに十分な経験になった。

「あじさいの歌」では、寿美の事があったりアンナの事があったりしたが、それも今となっては良い想い出である。春になり、あと一週間で番組が終了する。

スタジオに入ると、一年間通ったセットが一年分古くなったように思えた。

僕が下宿している毛さんの家の茶の間がある。十朱さん一家の住む通いなれた居間がある。このセットもあと一週間で壊され、番組に集った人たちの意識もそれと共に消えてしまうのだろう。

ロシアの親子が営んでいるパン屋のセットがある。ぼんやりと見ていたら、のれんが揺れて、裏に居たのだろう、のれんの向こうから赤い上着を着たアンナの姿が現れた。

アンナは、セットから出て僕の居る方へと歩いて来た。

あれからずっと口を利かずのアンナである。顔は、相変わらずの無表情だった。

僕の前まで来て立ち止まると、顔をまともに見て、「サブちゃん」と、声を発した。声を出したとたん、そこにライトが当たったみたいに表情が明るくなった、ように見えた。

「ごめんなさい」

と、アンナが謝り、ニコリと微笑むと僕の顔を見ながら外人ぽい白い手を差し出した。

第三章

独唱

「あじさいの歌」が終了し、NHKから、また依頼が来た。「虹の設計」という週一回の連続ドラマで、役がらは河村有紀さんの愚れた弟。小糸晋という苗字も名前もある役だった。

脚本は北條誠先生が担当していて、この役は、あらかじめ僕を想定して北條さんが書いたものだ。北條さんの目には、問題を起こす愚れた若者のモデルとして映っているのだろう。

この仕事が決まる前に、条件付きという事で北條誠先生から呼び出しがかかり、自宅に伺って説教をしてもらった。NHKでは、今まで色々と問題を起こしているのでブラックリストに近かったからだ。しかし、なぜか北條さんは、そういう僕を面白がっている風だった。

青光りする畳が十枚敷かれた和室に通され、女中さんが厚い座布団を僕にすすめた。床の間には、漢字を崩したような読めない文字で書かれた掛け軸が掛かっている。柱は一般庶民の家にあるものではなく、木の幹をそのまま持って来たと思える節がいくつもあった。

北條さんは前触れもなくふすまを開けて入って来ると、和服を着た太り気味の体をもてあますように厚い座布団が敷かれた籐の座椅子に寄り掛かった。

「NHKには、散々迷惑を掛けてるみたいだな」

女中さんが急須というのか土瓶から茶碗に茶を注いで、北條さんの前に置いた。漆っぽく光るテーブルには牡丹みたいな花の絵が描かれている。

「舘野あたりが君をレギュラーにするのを反対してるみたいだったが、俺が後ろ盾になるからって言ってやったよ」

「だから、今回は問題を起こすな」とは言わないが、そういう意味で呼んで話してるんだと理解し、女中さんが淹れてくれた渋そうな煎茶に口をつけた。

北條さんは、作家として数十冊の著書を持つ日本の巨匠だが、NHKの最初の大河ドラマである

「花の生涯」の脚本も担当している。だから、ＮＨＫに対して絶大な力を持っていて、僕の後ろ盾になるくらいは朝飯まえなのだろう。

これからは役者で行こうと思っていたから、何であろうとレギュラー番組に出して貰えるのは有り難い事ではあった。


「虹の設計」と「ハローＣＱ」の二本のレギュラーを抱えてるだけでも、いっぱしの役者気分だったが、直ぐに二本目の映画の仕事が来た。石原裕次郎主演の「殺人者を消せ」である。

裕次郎さんは大スターだが気さくな人で、リハの時から僕の芝居に大声で笑ったりしてくれるので、緊張することもなく芝居する事が出来た。

十朱幸代も出ていた。幸代ちゃんは、「バス通り裏」の頃から既にスターではあったが、「あじさいの歌」が終わってからは、さらに大女優の貫禄が出て来ていた。今回も、裕次郎さんの相手役である。それに比較して、僕は村井という苗字だけで名前も無い役だった。

寿美が言ってたように幸代ちゃんとは、「あじさいの歌」の時から、二人で食事をしたり映画に行ったりとデートを繰り返してはいたのだが、逢う度に、自分の俳優としてのランクの低さ、人間としての力の無さを思い知らされるばかりだった。

あるとき、渋谷の道玄坂を幸代ちゃんと一緒に歩いている時、通りにあるショップのウインドウに二人の姿が映っているのに目が行った。

ガラスの向こうで歩いている二人の姿は、まるで大女優と、それに従うおつきのチンピラにしか見えない。

仲はいいし、そんなに差があるわけが無いと思うのだが、ガラスに映った自分の見栄えの悪さは、とても一緒に歩く資格などある訳が無いと思わせられるのに十分だった。

とにかく、いつか一緒に並んで歩いておかしくない俳優になろうと心に誓うしか、その惨めさというか、溝を埋める事は出来なかった。

「殺人者を消せ」では、もちろん、その差はまったく縮まってはいない。

映画の撮影をしてる時に、ラッシュといって、撮ったフィルムの現像が上がると、各シーンを簡単に編集した試写のようなものを見せてくれる。

「殺人者を消せ」のラッシュが掛かるたびに、自分が出てないシーンでも走ってスタジオに見に行ったのだが、どのシーンも面白く、これは傑作になるんだろうなあ、と思えた。

ところが、この映画が出来上がって一般上映された作品を見て驚いた。あのラッシュで見たワンシーンワンシーンがあれほど魅力的だったにもかかわらず、全体がつながった時にはその面白さが飛んでしまっている。

そんな事があるのだろうか。編集が悪かったのか。

ひとつひとつが良くても、それをつなげた時には違うモノになる。この経験は後にステージを作ったりする時の大きな財産になった。

要するに十分を十四個つなげたものが一時間四十分の作品ではなく、一時間四十分の作品は、最初から一時間四十分の作品として作られていなければならないんだ。

これは、三十分の手品や歌のショーの場合でも同じだ。三分のマジックや歌を十個つなげるのではなく、三十分や一時間、あるいは二時間の作品として作られていなければならない。

「殺人者を消せ」が終わると、続いてNETの人気番組である「判決」に出演させて貰える事になった。「もう灰色じゃない」というタイトルの回だ。

日活映画は二本ともとぼけた役だが、「判決」は予備校生の役で、大学入試の不安と焦燥感で過失傷害事件を起こしてしまうシリアスな役柄だ。とぼけた味の役者と見られているのを払拭するには良い機会だった。

結果は、新聞で「迫真力に溢れ見応えのあった好ドラマ。荒木一郎の浪人学生は適役好演」と、評価された。

「判決」が終わると直ぐに、東映テレビの人気番組「鉄道公安36号」の仕事が入った。「判決」も「公安36号」も、同じNETで同じ水曜日のゴールデンアワーにオンエアされる看板番組だ。「判決」が九時から「公安」は八時からの一時間番組である。

ちなみに「特別機動捜査隊」も同じNETの水曜日、時間は判決のあとの十時からとなっている。

今回の「公安36号」は「シグナルは赤だ」のタイトルで、混血の役だから頭を金髪に染めなければならない。髪を脱色するのではなく、毎回、撮影の度に金の髪用のペンキを頭全体に塗りたくる。新劇の外国の翻訳物をやる舞台役者みたいで奇異な感じがしたが、周囲はそれで納得していた。

しかも、ラストは相模湖にロケで行って入水《じゅすい》自殺をするという。初夏なので寒くはないが、死ぬ為に湖に洋服を着たまま入って行くなんて事はあまりやりたくはない。

カメラが据えられると、相模湖の蘆《あし》の繁る淵から歩き出し、沈むところまでリハーサル無しでワンカットで撮るという。リハをやれば着替えが無いのだから仕方がない。

監督のスタートの声が掛かり、僕は湖の淵に足を入れた。靴を脱いでと言われたが、相模湖は、思った以上に汚れていて藻が足下にからまって来る。底の土はふやけたように柔らかく、何か得体の知れないものが生存してそうで不気味な感触だ。

アフレコするので現場では音の制限がないから、「もう少し速く歩いて下さい」と助監督が容赦ない声で怒鳴っている。

速くと言っても、藻がからみそうで速く歩けば転ぶ危険性が十分にある。転んだら撮り直しになって、フィルムを無駄に使ったと文句を言われるに違いない。

場合によっては二度と使ってくれないかもしれない。かと言って、助監督の指示に従わなければ、それもNGであり、やはり声が掛からなくなるかもしれない。

初めての東映テレビの仕事なのだから失敗するわけには行かなかった。

僕は覚悟を決め、藻と底の土に気を使いながら出来るだけだが速く歩くようにして、湖の真ん中へと進んだ。

「頭まですっぽり入って下さい」

と、助監督が容赦なく怒鳴っている。湖の濁った水が首まで上がって来ると、プールとは違う大きな水面が目の前に広がって行き、不気味な雰囲気に拍車が掛かって本当に自殺するみたいな気分になって来る。

しゃがんで水に浸かるのではない。歩きながら沈んで行くのは初めての経験である。口から鼻へと水面が上がって来る。息苦しくなり、鼻が水面に沈む前に「やめた」と言って降りて帰りたくなる。

それでも息を止め、足下の藻と泥に注意しながら頭を水面から下へと沈めて行く。

「頭まで水に入ったら、しばらく息を止めて上がって来ないで下さい。水面が静かになるのを待ちまーす」

助監督がスピーカーの音を上げて勝手な指示を出している。

濁った水の中で目をつぶりしばらく息を止める。時間がたつのがやけに遅く感じる。息が続かなくなって来てる。カットの声が掛からないうちに水から飛び出したら、もちろんNGである。我慢の限界、と思ったとき、「カット」と、監督の籠った声が水中に響いた。

ずぶ濡れの衣裳をあらかじめ用意していた普段着にロケバスの中で着替えると、僕は自分の車で暗くなりつつある街道を東京に向かった。このあと、「虹の設計」のリハがあるのでNHKに行かなければならない。

このNHKの大河ドラマの出演者は主役級の人が多く、全体でリハーサルをやるには各役者さん達のスケジュールが取れない。なので出演者が一堂に会した事もなかったし、録り方もぶつ切りで、そのシーンだけの予定が出される。

VTRがいかに安くなりつつあると言っても、放送局でもVTRをカットすれば、それだけでお金が飛ぶし、録画したドラマが放映されたら、そのテープを使って次のドラマを録画すると言う時代だ。ぶつ切りで録る余裕は、さすがにNHKの看板番組ならではだ。

リハも、ほとんどが姉さん役の河村さんと栗原小巻とのからみだから、今日のように十時からその部分だけのリハーサルになる。

途中、まだ時間もあるし腹が空いていたので、街道沿いの蕎麦屋を見つけて寄ることにした。外は、暗くなっていたが、店の中も薄暗く、裸電球が二つしか点いていない。もう一つあるのだが、電球の球が切れてるようで、店の人が付け替えようとしていた。

田舎の蕎麦屋だから仕方がないと、運ばれて来た天ぷらそばに箸をつけた。一口食べたとき、三つ目の電気が点いた。明るくなった手元を見ると、今食べている天ぷらそばの上側は天ぷらではなく、足長蚊のガガンボが束になって入っているじゃないか。

うわーっと言って丼をテーブルに投げ出したが、文句を言う気も文句を言われる気もない。金を払うと一目散に表に出て、げーげーと喉を鳴らしたが、何も出て来そうもない。急いで駐車場から車を出して、ふたたび東京に向かった。


バンドとAプロを解散したせいか、「公安36号」のあと、NETの「母子草」と、次々と役者の仕事が入って来た。

そこでマネージャーの辻くんと話して、本格的に役者を目指すつもりで、「みたけプロ」から独立する事になった。

僕と辻くんだけでやって行くわけだが、そうなると辻くんの給料を払わなければならない。辻くんも、一人身だし金の事はなんとかなるから、と、「みたけプロ」の望月社長に頼むと、独立を快く許可をしてくれて二人でスタートを切った。

当面の二人の目標は、映画会社との本数契約を勝ち取り、一人前の役者としてこの社会に認めてもらうことである。

まだ、二本しか映画には出てないし、それも大した役ではない。主役とは言わないまでも、世の中に注目される役どころを得なければだ。

笹原が、このところ、何かにつけ一緒になる事を促して来る。二人だけの話では良かったのだが、今日は、自分の家の事を持ち出して来た。

「貴方の家に泊まったりするのも、そろそろ、はっきりさせないとね、って家で言われたの」

まだ二十歳になったばかりだ。サラリーマンをやるのではないし、一緒になって家庭をもったりする時期ではない。

しかも、それを彼女自身の口から言われるならまだしも、彼女の家の人から言われるなんて、屈辱である、と、僕は思った。

「それに、妊娠したみたいなの」

と、笹原が言った。

「大岡山に、いい女医さんがいる産婦人科を見つけたから、一緒に行ってくれる」

笹原は、僕の腕を組んで、嬉しそうにしている。


「母子草」では、長野県までロケに行った。NETの番組だが演出は広渡一郎さんで、これは二本目の付き合いになる。前のドラマは不良学生役で台詞も少なかったが、今回は、その時の芝居が気に入られてか、少し大きな役が付いた。

ロケに行って驚いたのは、撮影助手が若い女性で、白いTシャツ一枚の下の胸の膨らみは尋常じゃなく、おまけにショートパンツを穿き、そこから出たすらりとした二本の脚は艶《なまめ》かしく、まるでハリウッドの女優のようなスタイルをしていた。

その女が、撮影用のアリフレックスを肩にかついで、河原で宮本信子と芝居してる現場に現れるのだから、僕じゃなくても、ロケ現場に不釣り合いだとは誰もが感じたはずだ。

宮本信子は、テレビ朝日の出演は今回が初めてらしく、周囲に気をつかって緊張してるのが伝わって来る。いや、緊張してるのではなく、もともと生真面目だからテレビに出る時は、役者として芸に徹するんだと、僕に当てつけてやっているのかもしれない。

堅物の宮本信子はどうでも良かったので、僕はロケ中、もっぱらカメラマンの助手であるその女を相手にした。女は、水島薫と言う名で、学芸大学駅の近くにある水島薬局のお嬢さんで、慶応の大学生だった。

薫とは、話が合い直ぐに打ち解けて行った。ドラマが終わってからも、頻繁に逢うようになったが、彼女が僕と一緒にいることで一番興味を持ったのは僕の作った歌の事だった。

何度かデートを重ねたある日、家に来てまた音楽の話になった。

「なんか、最近作った曲あるの」

薫が聞くので、転がってるギターを取り上げ、「渚のしらべ」を唄い始めた。気分的に、構えず鼻歌のように唄える歌だからだ。

唄い終わると、薫が拍手をした。

「それ、凄いじゃない。凄くいい曲。ねぇ、レコード会社に売り込んだらいいわよ」

歌手になったり、曲を人前で披露する気など毛頭ないので、僕は興ざめしてギターを放り出しベッドにひっくり返った。

「絶対にもったいないから、世の中に出しましょうよ」

彼女は、覆い被さるようにして僕の上に乗って来た。

「ね、わたし、マネージャーやらして」

テレビ朝日でカメラを担ぐアルバイトに立候補するくらいだから、普通の女でも、普通のエネルギーでもない。

薫は、僕の顔を上から見下ろしたまま、返事を待ってるようだったが、いきなり飛び起きると、自分のバッグを取り上げてごそごそと中を探り出した。

「いい人が居るから、会ってよ」

バッグから手帳を取り出した彼女は、

「電話、借りるわね」

と、ベッドサイドに置かれてる黒電話を取り上げ、ダイヤルを回し始めた。


笹原と連れ立って、大岡山の「大江産婦人科」と書かれた玄関から入り、窓口に、

「予約をしてるんですが」

と名を名乗ると、「しばらく御待ち下さい」と看護婦が奥の診察室に入って行った。

笹原と僕は、待ち合い室のソファのあいてる場所に腰を下ろした。しばらくすると、看護婦さんが戻って来て、

「旦那さまは、こちらで御待ち下さい」

と言い、笹原を連れてふたたび診察室に入って行った。

隣に座っているおばさんが僕の顔を見た。テレビで見たことがあると思ってるのか、それとも、若いのにと思ってるのか。僕が顔を向けると、あわてて週刊誌に目をやった。

笹原が出て来て、周囲を軽く見回してから僕の耳元にささやいた。

「生理が遅れてただけみたい」

窓口で診察料金を支払い、大江産婦人科の玄関を出た。

空を見上げると雲がちぎれている隙間から青空が見えている。天気は悪くないし、夕方までには時間がある。

階段を降りながら、

「今日で、別れよう」と、僕が言った。

ビクターレコードとかCMとかで活躍してる作曲家だと薫から紹介された男は、大森の近くの環七沿いの奥まったところに住んでいた。車で近くまで行き、車が入れない狭い通りに薫は僕を連れて行った。

「ここだからちょっと待ってて」

と、目の前にあるペンキが剝げたような安アパートの外階段を上がって行く。

しばらくして二階から薫と一緒に降りて来た男は、ねんねこ半纏《ばんてん》に赤児をしょっていた。無精髭も少し伸びている。どう見ても、CMで売れてる作曲家には見えない。

「こちら中川博之先生、こちら凄く才能があるんだけど、荒木くんです」

薫は、嬉しそうに僕の自慢をしたが、中川先生は、あまり興味が無い顔をして聞いている。自分も作曲家だから、人の事より自分の心配をしたいんだと、表情や姿が語っている。

無理しなくていい、というつもりで、薫の背中をつついたが、彼女は気づかないのか、夢中で僕の作った曲について演説をぶっている。

会見が終わった帰りの車の中で、

「きっと、いい人、紹介してくれるわよ」

と、薫が嬉しそうに言ったが、僕はそうは思わなかった。

もともと薫があまりに熱心に口説くものだから付き合っただけで、辻くんとの約束もあるし、今は役者の道を行くことしか考えられなかった。

辻くんとのコンビは順調だった。

「母子草」は、広渡さんの演出ではこれが単発で二本目だったが、それが終わると、「郷野の鐘」の出演が決定した。一年もたたずに四本も同じ局で仕事をしたため、テレビ朝日のディレクターやAD、その他のスタッフたちとはかなり顔なじみになり、「郷野の鐘」では、何人ものスタッフに会うたびに「オス」とか「よう」とか声をかけて貰える存在になった。

続いては、再び「公安36号」で、今回は第72話の「終電車」。それに、日本テレビの「男ありて」と仕事が続けて決まった。

「公安」は、相変わらずの世の中にすねたような犯人役だが、「男ありて」は、ジャズトランペッターの南里文雄の話だった。僕の役は、その息子の南里雄一郎で、やはりトランペットを吹き、南里さんの目が見えなくなるのを支える、親子の愛情がベースになった話である。

撮影のほとんどが「公安」との掛け持ちになって、砧の東映撮影所で公安の仕事が終わって、「男ありて」のロケ現場に向かったりが何度かあった。

僕は、トランペットのマウスピースを常に持ってて、公安のロケ先でも暇さえあれば、それを吹いて遊んでいた。マウスピースが自分のモノになり、トランペット吹きの雰囲気を自然に醸し出せるはずだ。

笹原の事は、気になっていた。

唐突な別れに驚いただろうが、結婚の事とか、向こうの親に言われたのはとか、くどくど話す気にもなれなかったから簡単に済ませたつもりだった。

しかし、最初の曲が出来た日のように、別れを告げられた時の笹原の気持ちが、まるで自分ごとのように頭を支配し始めていた。

言った自分の気持ちより、言われた笹原の気持ちがせつなく頭にしみ込んで来る。かといって、別れを撤回する事は出来ない。中途半端な形になれば却って笹原が可哀想だ。

　頭の中にある笹原の気持ちを振り払おうとすればするほど、何かいたたまれない気分になって来る。何かするしかない。笹原を慰めるなんて事はありえないし、謝ることでもない。

　傍らにあったギターをとりあげると、弦を鳴らしてみた。そこから笹原への僕の気持ちと、僕に対して抱いているだろう笹原の気持ちとが混ぜこぜになって、詩と曲が頭に浮かんで来た。

　初めて笹原と逢ったのは中学二年の時だった。一緒に過ごした日々が次々と思い出された。日直になってジェームスディーンの話をされて、そこから洋画を好きにさせてもらったことや、京都の修学旅行、岡野との事、秘かに一緒に通学をしたり、海へ行ったり、ハイキングに行ったり。知り合ってから七年近くの歳月が流れている。思い返せば長い付き合いだった。

　が、通り過ぎて行った二人の春夏秋冬は今となると幻影のようでもある。別れの、この何とも言えないむなしさも、もう少し時がたてば、お互いに、ただの季節の変わり目と思えるようになるのかもしれない。

　僕は、画用紙をとりあげて、浮かんで来る歌詞を書き、曲の音階をドミソのようにカタカナで記し、それが終わると、タイトルに「空に星があるように」と書き込んだ。


東海テレビからの仕事が入り、名古屋に行くことになった。

羽田に行き手続きを済ませて飛行機に乗ろうとしたら、偶然、榊ひろみに出会った。向こうは、かなり前から気がついて手を振っていたみたいで、飛行機のタラップのところで待っていた。付き人のお姉さんも一緒だが、軽く挨拶しただけで、そっぽを向いている。

「隣に座っていい」と、彼女が聞いた。

「いいよ」

と、うなずいたのだが、困ったとは内心思った。また、水を向けて来るに違いない。睡眠薬などの遊びはやめているが、彼女の環境から見れば、まだまだかなりの不良だろうし、そばに寄らない方が良い男だ。

彼女を窓側にして二人で並んで座ると、出来るだけ他愛ない話題を探した。

榊さんは、名古屋テレビの仕事らしく、宿泊は国際ホテルだという。スターだから待遇が良い。

「荒木くんは」と言うから、

「僕は東海テレビの仕事で、泊まるのは名も聞いた事ないような小さい宿だ」

テレビ局もホテルも違うのだから、ここを無事に通過すれば、一緒になる事はない。後は、またいつの日かである。

「電話番号教えて」

当たり前のように彼女が聞いた。

そりゃあ、次はそう来るだろう。いずれ聞かれるとは思っていたが、防ぎ手がなかった。麻雀ならリーチが掛かり、将棋なら王手が掛かって追いつめられてる状態である。答えたら万事窮すだ。といって、答えないのでは嫌みが過ぎる。

「いいよ、教えるけど、一回しか言わないからな。紙に書いたりするなよ」

彼女はうなずいて、僕の顔を見てる。

僕は早口で家の電話番号を言って、次の話題に変えた。

「俺はジャズが好きなんだけど、興味は」

「お友達にジャズのピアニストがいるの。だから、時々、教えてもらってるのよ」

聞いたことがある名前だった。若手のピアニストで、佐藤なんとか。でも、教わってるというのは眉唾だ。適当にこっちに話を合わせて気に入られようとしてるに違いない。

それなりに楽しく会話してるうちに、名古屋の飛行場に着いた。

電話番号を言ってから随分と時間も経っているし、もう忘れてておかしくない。あとは、飛行場の玄関を出て、お互いに別々のタクシーに乗って、手を振ればいいだけである。

荷物を取り、話しかけて来る榊ひろみと並んで、フロアから玄関へと歩いていた。出口を出て榊さんは上手へ、僕は下手へと別れて手を振ったとたん、彼女は、嬉しそうに、しかも大声で僕の家の電話番号を言った。


NHKから「おとこ同士」というドラマの話が来た。NHKでは、名演出家とされている深町さんなので、期待して現場に臨んだ。スタジオで芝居を始めると直ぐにクレームが来た。それも、録音部からで、副調からスピーカーを通して怒鳴っている。

「声が小さくて聞こえないんだよ」

深町さんも、それを良しとしてるみたいで何も言わない。日常、そんな大きな声で隣りのヤツにしゃべるわけがないし、第一、録音部に向かって台詞を言うのが芝居ではない。こっちの声を録るのが録音部だ。

こんなんじゃ、深町さんの実力も知れてるものと思いながら、僕にとっては普通の声、録音部にとっては録音出来ない小さい声で台詞をしゃべった。芝居が分からないスタッフとは二度と仕事をしなくても良いと思ったからだ。

「ハローCQ」の現場とは大違いである。

羽仁監督は、どちらかというとドラマでもドキュメンタリーのような手法を使うので、声とか台詞は出来るだけ自然な方が良いとしている。「不良少年」でも、その感覚が良く出ていたので、僕とは気が合うはずと思ったのだが、それと、この「おとこ同士」とは偉いちがいだった。

オンエアされると、また評判が良かった。朝日放送の井尻さんからもオンエアの後すぐに電話が掛かって来て絶賛してくれた。近々、東京に出て来るからお茶でも飲もうと言う。


榊ひろみの事である。

意表をつかれた。まさか、あの雑踏の中で大声で電話番号を言うとは思わなかった。もともと嫌いで避けていた訳ではないから、これは捕まるのが運命なんだと思い、その日の夜に彼女が宿泊している国際ホテルにこっちから電話した。

元々、嫌いなわけでは無いんだし、番号を知られてる以上、掛かるのを待ってて行き違いになるよりは、はっきりさせてしまった方が良いと思ったからだ。

電話をすると、向こうもちょうど仕事が終わったところだった。

「じゃ、ホテルのロビーか喫茶店で会おう」

「お天気が良いから、夜の街を散歩したいわ」

待ち合わせはロビーにした。旅館を出て国際ホテルに向かう初夏の道を歩いていると、晴れてて気持ちが良いというだけではなく、発展しそうな期待もあるのか、なんとなく爽やかな気分が体の中にあふれて来た。

榊ひろみの本名は、味田洋子という。あじたようこではなく、みたひろこと読む。僕より二歳年上なので、ひろこちゃんと呼ぶことにした。

「ハローＣＱ」で問題が起きた。

羽仁さんが「ブワナ・トシの歌」のロケでアフリカに行く事になった。シリーズも安定して来てるし、羽仁さんが居なくても撮影に支障が無いと考えられたからだ。

しかし、僕には支障があった。羽仁監督であるからやりたい「ハローＣＱ」だが、他の監督になる事によって、そのドラマやスタッフの色が変わったのだ。

たしかに羽仁イズムを継承してるように思えるのだが、細かいところでズレが生じる。それだけじゃなく、助監督とのこじれあいが起きた。それが、「降りる」「降りて下さい」という話に発展した。

アフリカに居る羽仁さんに手紙を書いた。羽仁さんはランプの光だけの野宿してるテントの中で、僕への返信をしてくれた。書いてる時にヒョウのうなり声がしているという。

手紙には、「君の役は評判も良く、劇の中でも重みを増してるのだし、君にとって今は大事な時だから仕事は続けなさい」と書かれていた。

が、結果的には、僕は自分の我を通し、まもなく役を降ろされた。

事の発端は、山木というサードの助監督が「朝一番で」と僕にスケジュールを渡したことから始まる。その日、朝早くに起きた僕は北千住までいつものように自分の車を運転して向かった。「ハローＣＱ」のロケ現場は赤羽中心だが、北区から荒川区までと、その日によって色々な場所が指定される。

五分ほど遅れて王子の指定された場所まで来たが、撮影隊の姿が見えない。しばらく待ったが、来る様子もないので公衆電話を探した。

辻くんの家に電話したが、誰も居ないようなので「みたけプロ」に掛けると、デスクをしている高橋女史が「あー、サブちゃん」と電話を取った。

「誰も現場に居ないんだけど」

もともと「ハローCQ」は、みたけで取ってくれた仕事なので、謝金はみたけを通して支払われる。

「今、望ちゃん、出てて事務所にいないんだ。少し待ってみたら」

望月さんや辻くんに連絡がついたとしても、近くに公衆電話や喫茶店があるわけではないから、電話を下さいと言うわけにもいかない。仕方がないので、指定の場所である王子三丁目の交差点の角の石垣によりかかり座って待つ事にした。

雨が降ってないのを良しとするくらいで、待てど暮らせど撮影隊の影も、共演者の喜美ちゃんや伊藤くんの姿すら現れない。

二時間ほど待って昼近くになったころ、ようやく喜美ちゃんたち役者連中がぞろぞろと一丁目の方から歩いて来たので立ち上がると、その後ろに撮影隊と、助監督の姿が見えた。

その中に、「一番手」と時間指定したサードの山木の姿があった。

怒りがこみあげて来て、山木に向かって走った。僕が近づくより早く、山木は気づいて逃げようとしたが、追いついて山木の襟元を摑んだ。山木は顔を叩かれない用心か、片腕と掌とで顔を覆った。

「お前、一番手って言っただろう」

山木は、体をよじらせ腕で顔を隠したまま無言で抵抗している。もともとひ弱な山木を叩くつもりなんか無いのだが、この姿を人が見れば僕が暴力を振るって、山木が迷惑してる形にしか見えない。案の定、監督の河森が、止めに入った。

「荒木、いい加減にしろ！」

監督の登場と共に役者さんたちは、何歩も後退して野次馬に変わってしまっている。

山木は完全に逃げに徹していて、謝る気など毛頭ないという姿勢で監督の後ろに隠れていた。


羽仁さんが監督しない「ハローＣＱ」は、僕にとって最早出演する意味の無い「ハローＣＱ」である。羽仁さんには申し訳ないと思ったが、もともと河森監督の下では続ける気もなかったし、「もうやる気がないから」と監督に言って役を降りた。

いや、結果としては降ろされたのかもしれないが、どっちでも同じ事だ。降ろされたとしても別段何も感じなかった。

少しスケジュールが楽になったと思ったが、「虹の設計」はあるし、そこに「鉄道公安36号」の「終電車」が入って来た。それにダブるようにして同じ東映テレビの人気番組「特別機動捜査隊」の第１６４話「いけにえ」の出演交渉が来た。

それだけじゃなく、ひろこちゃんと付き合い始めたのも忙しさに拍車を掛けた。

なんせ、彼女はスターだから、あっちこっちのテレビの仕事をしているし、時間を合わせるのが難しいだけじゃなく、マスコミの目という面倒なおまけまで付いている。

本人は横浜の先の磯子の、そのまた先の富岡というところに住んでいて、仕事が終わると二時間以上掛けて、運転手付きの車で付き人の姉さんと一緒に帰って行く。

僕は、自分の仕事が終わると、彼女の仕事が終わる時間を見計らって車を飛ばしテレビ局の前まで行き、門の近くの目立たない所で車を停める。

しばらくして彼女と姉さんとが玄関から出て来ると、運転手付きの車が横付けされて彼女たちを乗せる。その車の走り出す後ろ姿を見て僕はスタートする。

二台が縦列に並んで走るのだが、東京と神奈川県の境にある多摩川大橋の中程あたりに来ると、前に走っていた車が止まり、彼女だけが降りて僕の車に乗り換える。

面倒だが、そうしないとマスコミの目に止まる。

そこから第二京浜国道を走り、横浜を通過して富岡まで送って行く。これが彼女とのデートコースの基本形である。

わずかな一緒の時間だが、その日のことなど話して家の前の坂道まで来ると、彼女を下ろす。後ろから付いて来てる運転手付きの車が、彼女をふたたび乗せ、僕は超特急で渋谷区西原の家まで戻る。

普通に走ると二時間以上のコースだが、この時間を短縮する事が目標だった。超スピードでバイパスを走り、家につくと「着いた」とひろこちゃんに電話をする。

「今日、また早くなったね」

と、言われるのが楽しみのひとつだった。

最初のうちは、ひろこちゃんの親父が心配するからと、わざわざ家の近くで乗り換えて彼女の車で帰るようにしていたが、慣れるに従って、姉さんは先に帰るようになった。

そうなると、テレビ局で食事する時間をはしょった時などは、横浜の崎陽軒でシウマイを買い、車を停めて食べるのも良し。また、途中で桜木町の裏通りにある「リクシャルーム」によって食事をするようにもなった。

このレストランは繁華街からは離れていて、周りに工場があるくらいで他には店などない秘密めいた場所だからマスコミの目には届かない。

表に人力車が飾ってあり、ブリオッシュがやけに美味いレストランだ。

まずは、ポタージュスープを頼んで、これに胡椒をガリガリと振りかけて一口すると、これは美味で、その日一日の仕事の疲れが飛んで行った。

逢える日のほとんどが、二人とも翌日早くから仕事なので、仕事場と彼女の家と僕の家との往復が日常だった。まともに二人で一緒に過ごしたり、デートする事は極めて少なかった。

TBSのゴールデンタイムの連続ドラマである「ただいま11人」が始まっていた。おふくろがレギュラーの母親役なので、スタッフが家に来て鍋を囲んだり、麻雀卓を囲んだりする事が多くなった。

森永乳業の提供番組だったので、森永の宣伝課長の菊池さんや、作家の林秀彦さんなども、その仲間だった。

たまたま家に居て、林さんから所望されてギターの弾き語りで「空に星があるように」を唄ったことから、「ただいま11人」に出ることになった。ギターで歌を唄う隣家の若者の役である。

朝日放送の井尻さんから電話が来て、「ただいま11人」を見てびっくりしたといわれた。

「この間、東京行ってコーヒー飲んだ時、バンドの話は聞いとったけど、ギター弾いて唄うのには驚かされたよ。役者もええけど音楽もごっつうええなあ」

井尻さんは、いつか音楽の仕事も一緒にしようと言ってくれたが、バンドもやってないのでドラムを叩く機会もなく、声専のヘンリーさんや京本先生にもご無沙汰してしまっている。今は音楽よりも芝居がやりたかった。

嬉しいことに、羽仁さんがこの秋に芸術祭に出す作品をやろうと言ってくれた。脚本は羽仁さんで演出は小林利雄さんだという。まさか羽仁さんの台本を直すことにはならないだろうが、小林さんとは、「あじさいの歌」以来だ。

恵比寿の寿司屋で、羽仁さんと貴美ちゃんと久しぶりに三人で寿司をつまみながら、ドラマの話を聞いた。喜美ちゃんは、羽仁さんの奥さんの左幸子さんの妹で、羽仁さんとは左さん以上に息があってて仲が良い。だいたいが左さんが羽仁さんの奥さんであることが不思議だった。

「左さんやめて喜美ちゃんにした方が、似合いだしストレスが無いいんじゃないか」

「ハローCQ」で羽仁さんと仲良くなった僕は、羽仁さんと喜美ちゃんのために本気でそう思って提案した。喜美ちゃんは「CQ」にも出ていたし、羽仁さんの理解者で年齢も僕と同じくらいなので話がしやすく仲は良かった。

今度の芸術祭の主役は、喜美ちゃんの妹の多美ちゃんがやるという。多美ちゃんは、その後、左時枝という芸名で活躍するようになるのだが、この芸術祭が最初の仕事のはずである。

ひろこちゃんとの仲も発展するに従って、マスコミを気にしながらテレビ局から富岡まで送り、また東京に戻って来るという時間が無駄に思えて来ていた。

「一緒に住んだ方が面倒がない」

というと、ひろこちゃんもその方が良いと意見が一致した。

それには、良家の箱入り娘だからまずはお父さんが大反対するだろうし、彼女の事務所もうんとは言わないだろう。といって、結婚する気は僕もないし、彼女も若手スターなんだからするわけに行かない。

結局、彼女の思い切りで周囲を強引に納得させ、時間を有効に使う為の同棲が始まった。向こうの親父は納得してるどころか憤慨してるのだが、娘の気持ちを重んじて我慢してるという状態だった。

彼女の事務所も僕の存在に迷惑してるのだが、所属のドル箱スターが決めた事だから文句を言うわけにもいかない。せいぜいが、会うとチクチクと僕に皮肉を言うくらいである。

親父と事務所のふたつの勢力に嫌われながらだが、お互いの時間の節約は彼女の仕事の面でも有利であるのは間違いない。プロダクションも父親も、娘やタレントが往復四時間以上の道のりを無駄にするよりは良い筈である。僕も、その分、役者に専念することが出来る。

マネージャーである辻くんも僕の体を心配して同棲には賛成してるようだった。

テレビは、それなりに忙しくなって来たが、出演料の安さは解決せずだから、貰える金額は少ない。テレビドラマは一本三千円。上がったうちには入らない。

ただ、「公安」とかフィルムの仕事の方がVTRの仕事よりは出演料の額は四倍くらい多かった。

ただ、これでは辻くんの給料を払ってるだけで、僕の小遣いはほとんどなくなってしまう。

実際に榊ひろみのようなスターと同棲することは、釣り合いが取れていない分、ぎくしゃくしたところがあった。彼女の月収は、百万円くらいはあるし、僕は、どんなに頑張っても五万円を超すことすら難しい。

かと言って、男が女に頼ってる生活は、男としてのプライドが許さない。

喫茶店でもレストランでも、食事代を彼女が払おうとすると無理矢理にでも僕が払う形を取った。でなければ男として存在する意味さえなくなる。

あるとき、喫茶店に入ってテーブルを挟んで座って話していると、ジョンコルトレーンの「ナンシー」がスピーカーから流れて来た。モダンジャズの喫茶店でも無いのに、こんな曲が流れるのは珍しい。

いかにもモダンジャズという曲だが、バラードだからBGMのように流しても邪魔にならないという事なのか、それとも、誰か店の人でモダンジャズ通の人がいるのだろうか。

ひろこちゃんに、コルトレーンはテナーサックス奏者でモダンジャズの巨匠だと話した。

「これ、コルトレーンのバラードってアルバムのB面のラストに入ってる曲なんだ。よほどの通じゃなきゃわざわざ聴いたりしない曲。なんで掛かったのか不思議。テープなんだろうけどね」

「何ていう曲」

「ナンシーだよ」

彼女の質問に僕は得意げに答え、音と一緒に口ずさんでみせた。

「女の人の名前みたいね」

「そう、ナンシーは、フランクシナトラの娘なんだ。彼女が二歳の時に作られたんだよ」

ひろこちゃんをジャズ喫茶につれて行こうとは思わなかったが、ジャズは好きでいてほしかった。

「この曲が終わったら出よう」

と言ったとき、家に財布を置き忘れたことに気がついた。

車で行動してると、電車賃が要らないためうっかりしてそのまま出かけてしまう事がたまにある。

しかし、「財布を忘れたから払ってくれ」と面と向かって言うのは、はばかられる。

屈辱を感じながらも、

「財布、忘れたから一万円貸してくれないか」

と、小声でひろこちゃんに訊いた。

彼女は、屈託の無いスターの笑顔で、バックから一万円札を取り出すと、テーブルの上に「はい」と差し出した。びっくりした僕は、辺りを見て、

「テーブルの下から出せよ」

と、小声だが、少し怒りを含んだ声音で彼女に促した。

彼女は、男の気持ちを察してくれたのか、あわてて一万円札をテーブルの下から差し出し、僕は、受け取ろうと同じくテーブルの下に手を伸ばした。

が、その途端、彼女の手から離れた一万円札は僕の手に乗らず、二人の間に広がる汚れたタイルの床の上に落ちた。


夏になり、ひろこちゃんの仕事に切れ目が出来て海に行きたいと言われた。

辻くんに電話したら下田に良いところがあるという。彼は、下田のホテルでボーイをしてて、そこからみたけプロの望月さんの事務所にスカウトされている。だから、下田周辺には詳しい。

辻くんの手配で白浜海岸の近くの東急ホテルに、辻くんの彼女も含め四人で泊まりがけで行くことになった。

当日の湘南の海は良く晴れていた。ひろこちゃんと辻くんたちは、波打ち際で戯れている。僕は一人、砂浜に寝転がっている。そうしてるだけで気分が良かった。

雲がいくつかある青空を見てたら、急に頭に歌が浮かんだ。

アンソニーパーキンスが唄ってる「砂に書いたラブレター」という曲があるが、僕も真似して浮かんだ曲を砂浜に書いてみようと思った。

しかし、書いてみると砂に詩を書くどころか、大きな文字でタイトルを書くのさえ難しい。頭に浮かんでるメロディは軽快で、こんな砂浜で唄うにはかっこうな曲だ。早くひろこちゃんに聴かせたくて、僕は、立ち上がって砂を落とした。

「帰るぞ」

走り出すと、ひろこちゃんと辻くんが、「今来たばかりなのに」と文句を言っている声が遠くに聞こえた。

宿泊してるルームに入り、デスクに置かれたホテル用の便せんに歌詞と音符を殴り書きして、「今夜は踊ろう」とタイトルをつけた。

その後、辻くんは、連れて来た彼女と同棲を始めたようだ。

「お互い、いろいろと大変だけど」

と、辻くんが言う。

辻くんも頑張っているのだが、少しくらいテレビで良い役が付いてるからと言ってギャラもさして上がらず、映画会社からはまだまだチンピラとしか思われていない。

現状を乗り切るにはもっと映画の仕事をして、僕のネームバリューを上げて行くしかなかった。

映画会社との本数契約が当面の目標だったが、それどころか、「殺人者を消せ」の後は、どこからも声が掛からない状態である。

ひろこちゃんがスポーツカーを僕のために買うと言い出した。

本人が乗りたくて買うわけじゃないのは、事務所の人間にも見え見えなので、僕に対する視線がなんとなく批判的に見える。しかし、文句を言うわけでもない。

八月に2シーターになって新発売した銀色のフェアレディを、彼女のマネージャーが業者と一緒に僕の家まで運んで来た。

ひろこちゃんの好意に対して嬉しい気持ちと、自分自身の置かれている社会的地位の低さに対しての屈辱的な気持ちとが入り混じっている。そんな気分で、僕の家のガレージに納入される銀色のフェアレディを見ていた。

彼女自身は、フェアレディを運転しない。仕事に行くときは運転手付きの車で姉さんが迎えに来る。

もちろんオープンカーは、男の憧れだ。コンプレックスを強く感じていながらも、買ってもらってしばらくは都内を走っていた。

ひろこちゃんの休みの日に箱根に行くことになった。もちろん、2シーターだから、二人の他に誰も同乗者はいない。

東海道は快晴の秋日和で、オープンカーで走るには快適だった。小田原を過ぎたあたりから雲が少し出てきた。

天気は悪くないが、運転してる横でひろこちゃんが、「嬉しい?」と何度も聞いて来る。嬉しいのはもちろんだが、何度か言われていると、嬉しいと聞く聞き方に「買ってあげたのよ」と言うニュアンスが込められてるように思えて来る。

本人には、そんなつもりは無いのだろうから怒る問題ではない。

そう考えながらも、

「嬉しいよ」

と、怒鳴ってしまった。

しばらく黙ったまま走っていたが、彼女の目から大粒の涙が落ちて来た。

理性では優しく声をかけた方が良いとは思うのだが、今、声を出せば、むしろ、彼女を非難する言葉しか出て来ないだろう。

黙ったまま走っているうちに箱根にさしかかり道が上り坂になった。

下はアスファルトで走りやすいが、道路の両側が、民家から森や岩の多い景色に変わるに従って、辺りに霧が漂い始めて来た。オープンカーなので、その霧が冷たく肩に掛かって来る。

「寒くないか」と言おうと思うのだが、声が出ない。

そのうち、霧が一面に漂い始め道路の先が見えにくくなって来た。アスファルトの中央に引かれている白線を頼りにしか走れそうもない。先方から車が来たら正面衝突しかねないくらいだ。

ガードレールの外側はなだらかな丘のようになっている。

霧が薄くなるまで車の中で待とうと思ってガードレールに寄って車をつけようとすると、止まるか止まらないかのうちに、ひろこちゃんがドアを開けて飛び出して行った。ガードレールを超えて草が群れてる方に行こうとしている。先は崖になってるはずだ。

僕も直ぐにドアを開けて後を追おうとすると、一気に霧が深くなり白いガードレールがもやに包まれ、同時に彼女の姿も見えなくなった。

見えにくいガードレールに手をかけて越えると、見えない霧の中に向かって「ひろこちゃん」と、大声で呼んだが、返事がない。

ガードレールに手をかけたまま先が見えないので動けない。ここを乗り越えた場合、崖から落ちたり、戻れなくなったりの危険がある。第一、行ったところで、どこに彼女が居るのか定かではな

いのだ。迷っていると、

「助けて」

と、ひろこちゃんの声がした。

「こっちだ。見えないだろうから、声の方に向かってゆっくり歩け」

「いっちゃん」と、泣きそうな声が、また聞こえた。いや、元々泣いてるのだから、泣いているのは明らかだ。

「こっちだ」

ひろこちゃんの声がした方角に向かって前より大きい声を出して居場所を知らせようとした。

「いっちゃん」と、今度は前より近くで声が聞こえた。

「手を出せ。俺の声の方に向けて手を出せ。俺も手を出してるから、もう少しで指先が見えるはずだ」


「あじさいの歌」が終わって半年以上になるが、相変わらずサブちゃんと呼ぶ人が多い。辻くんもマネージャーなのに今更変えられないみたいだし、演出家の小林さんや泣き虫美弥子もサブちゃんのままだ。

美弥子で驚いたことがあった。彼女は、以前、ＳＫＤに入っていて、ＳＫＤは松竹歌劇団の頭文字だが、浅草の国際ホールなどで恒例の「夏の踊り」とかのレビューをやったりするダンスチームである。

ＳＫＤは日劇ダンシングチームのＮＤＴや、東宝系の宝塚など映画会社に属するダンスチームのひとつだが、どのチームも負けじと毎年華やかなショーを繰り広げている。

そのＳＫＤに榊ひろみも属していた時代があるので、美弥子は彼女の先輩になる。美弥子もＳＫＤは引退していたが、僕の家には相変わらず出入りしてるので、ひろこちゃんとも会うし、久しぶりにお互いの顔を見た時は抱き合って再会を喜んでいた。もちろん、先輩である美弥子が抱き、ひろこちゃんは抱かれる方である。

ＳＫＤでは、先輩後輩の差別が厳しく、後輩は松竹の撮影所などに行くとき、先輩の後方三メートルは下がって歩かなければならないし、追い越す事などは絶対に出来ないという。

泣き虫美弥子なのになあと思うのだが、ひろこちゃんは、その時についた癖が強力で、抱き合ったものの、常にタメ言葉は使わず「後醍先輩」と美弥子を苗字で呼び一歩下がって接していた。

ひろこちゃんと同棲を始めても人の出入りは相変わらずだった。

道夫や杉田などの青学時代の同級や後輩、ゴリのような「ありんこ」時代の仲間も家に集まって来る。

バンドの三木さんは、もちろん麻雀仲間だが、最近では、弟の広次も家に寄り付き始め、ひろこちゃんと一緒にゲームをやったりしている。

薫ちゃんとも映画に行ったり海に行ったりしていたが、その後、やや疎遠になっている。理由は、僕が夜中に彼女を家から連れ出して遊びに行ったことで、両親にこっぴどく叱られたからである。

こっぴどくは彼女の言い方で、「夜中は無理よ」と反対する彼女に、

「出て来ちゃえば分からないよ」

と、強引に窓から抜け出させて海に連れて行った。

帰って来たら両親が心配して起きていて、こっぴどく叱られたあげくに、僕からの電話は一切つながないって事になったらしい。

それからはちょっと離れた状況ではあるが、たまに逢うと相変わらず僕の歌の話で「絶対に、いっちゃんの歌はレコードにすべきよ」と一方的に盛り上がった。

「いっちゃん」と呼ぶ人は、さすがに本名なので圧倒的に多い。薫ちゃんもいっちゃんだが、「ただいま11人」の番組を提供している森永乳業の菊池さんや作家の林さんもいっちゃんである。

菊池さんは、森乳の宣伝課長で常に三つ揃いを着ているおしゃれでやり手のサラリーマンだ。サラリーマンと言っても、サントリーの黒田、ナショナルの辺見、それに森永の菊池は、宣伝の三悪と呼ばれて、業界では権力を持ち、巾を利かせてるという意味で恐れられていた。

高校に通っていた時代から比べると、テレビの普及率は圧倒的で、今ではどんな家庭でもテレビを持っている。

そのゴールデンアワーのスポンサーがこの三社なのだから、三人共にテレビ局はもちろん、電通や博報堂を牛耳る実力と、それに伴う金の動きが半端ではないようだ。

噂では、菊池さんも銀座にクラブを一軒持っているらしいし、少なくとも一緒に銀座の通りを歩くと、有名なクラブはもちろん、どのクラブでもポーターたちが店の前に出て来て、

「菊池さんどうも」

と、声をかけて丁重な挨拶をする。

「ただいま11人」に出演するようになって、その菊池さんが家に来る回数が増した。理由は麻雀を一緒にやる他に僕の歌があった。菊池さんは、「空に星があるように」が、やたら気にいってて、来るたびにそれを所望する。

「いっちゃん、あれ、ちょっと聞かせてくれないか」

という調子だ。お世話になってるんだから、嫌とは言えない。

秋が深くなり、寒くなって来たせいか、体調を崩した。背中が痛くて、節々もなんとなく熱っぽく起きてられない。

ひろこちゃんが心配して背中をさすってくれるのだが、とにかく温める方がいいだろうと、湯たんぽを布団の中に入れて背中を温める事にした。

しかし、一向に背中の痛みは消えず、むしろ悪化してる感じもする。子供の時から主治医のようにして、何かあれば往診してくれていた長沢先生が来てくれるという。

もうかなり歳なのにありがたいことだ。

先生が来た。

黒い鞄を持って僕の寝ている二階の部屋に上がって来た姿を見ただけで、治りそうな気がした。子供の時からの、長沢先生が来れば治るという暗示が働いたのかもしれない、と、そう思っていたら、

「これは盲腸だよ」

と、先生が言った。

「温めたら、悪化するぞ」

大急ぎで湯たんぽが取り除かれ、外科医に入院して直ぐに手術するべきと、幡ヶ谷の黒木先生のところに車で運ばれることになった。

心配してひろこちゃんが、終始、傍らに付き添っている。

黒木外科に着くと、その場で手術の支度が始まった。背中に麻酔を打ち、数を数えさせられて行くうちに全身が麻痺して行く。

「痛くありませんから、大丈夫ですよ」

看護婦さんが耳元でやさしげにささやいている。全身麻酔と言っても、人の声は聞こえているのだ。

インターンが何人かいるみたいで、黒木先生は、その人たちに、

「ここは、こう切る」

とか、解説しながら僕の下腹をメスで切っている。その解説が僕にもしっかりと聞こえている。黒木先生は元軍医で荒っぽいところがあるみたいだが、まさか状況を説明されながら手術を受けるとは思わなかった。

メスで切るところまでは良かったが、そこからが地獄の苦しみになった。「痛くありません」どころではない。途中で、やめてくれと叫びたくなったが、体も口も動かない。胃が下にひっぱられ、気持ちは悪くなるし激痛は走るし、それでも、黒木先生は解説をやめず、

「ここは危ないから気をつけなきゃいけないところだ。かなり腫れ上がってるから気をつけて」

などとやっている。

「苦しい」

あまりの痛さに、ついに「やめて欲しい」と声を限りに訴えたが、実際にはわずかにうめいてるだけで声になってないようだ。職業柄、患者の気持ちが分かるのか看護婦さんが、

「もうすぐ終わりますよ」

と、やさしい声で耳元にささやいている。黒木先生も僕の心の声には動じず解説を続けている。

拷問のような手術が終わった。

温めたせいもあるのか盲腸が破裂する寸前だったみたいで、

「黒木先生でなければ出来なかった手術だったわよ」

と看護婦さんが教えてくれた。

しかし、頭がガンガンと痛み続けている。背中の麻酔の後遺症のせいだろう、退院もままならない。

毎日、ひろこちゃんが見舞いに来て心配そうにしているが、頭痛がひどいためにイライラするし会話はほとんど出来ない状態だった。

五日ほど経って、退院の許可が下りた。今日も、ひろこちゃんは早くから着替えの洋服を持って来て、看護婦さんに聞いたらしく、

「明日、退院だね」

と、言いながら洗濯物の整理とか退院の支度をしている。まだかなり残っている頭痛を抱えながら、手術が如何にひどかったかを話した。

翌日は、退院日和とは言わないだろうが、青空が広がる晴天だった。辻くんとおふくろが迎えに来てくれているが、ひろこちゃんの姿は見えない。家で待っているのかと思いながら、車に乗り家路についた。

家に帰ってみると、いつもと様子が違う。入院するまであったひろこちゃん用の三面鏡や小物入れなどが消えている。良く見ると洋服も無いし、玄関の棚にあった彼女の靴もすべて跡形もない。それだけじゃない。ガレージにあったシルバーグレーのフェアレディも消えていた。

「ひろこちゃんの事務所の人が来て、持って行ったよ」

と、おふくろが言った。事務所に電話して彼女を担当していた荒尾を呼び出すと、

「今、荒尾は日本テレビに行ってて、ここには居ないんです」

いつもの電話番の女の子が申し訳なさそうに応えてきた。

「社長は」

と、僕。

「鞠村は、荒尾と一緒ですので、すみません。連絡が付いたらお電話させましょうか」

「お願いします」

そう答えて電話を切った。一体、何が起こったのか。昨日までは、病院に来てそんな素振りも無く甲斐甲斐しくしていたのにだ。

フェアレディを荒尾が持って行ったのは、五日も前だという。それだと、手術後直ぐということだから、ひろこちゃんが家を出るのは、その前から決まっていた事になる。

辻くんが女の話を始めた。慰めてるつもりなのか、渋谷のミミ薬局にいい女がいるという。

「今夜、『虹の設計』のリハの前に下見に行こう。サブちゃん好みだから、こういう時にはそれが一番だよ」

そんな気にはとてもなれない。第一、頭痛でさえまだ完治してるわけではなかったし、僕は部屋に入って手紙でもないかと探してみたが、メモひとつ置かれてなかった。

「虹の設計」のリハが終わって帰って来て、しばらくすると電話が鳴った。荒尾からだった。

いつもの親しさは無かったが、冷たいわけでもなく、

「ひろみちゃんからの要請で、僕たちは彼女の持ち物を取りに行っただけで、理由は分からないですよ」

「実家に帰ったのか」

家に帰ったなら、大反対してる父親の許に戻るわけだから、完全に僕とは縁を切って戻って来ないという意味を持つ。

「いや、アパートを借りて、そこに居ますよ」

「どこだよ」

僕は、ちょっと声を荒らげた。

「今は言えません。ひろみちゃんから居場所は絶対に言わないでほしいと言われてますから」

荒尾は、もしなんなら鞠村と一緒にホテルのロビーか喫茶店かどこかで会わないかという。荒尾が、こっちに気を使ってる意味は、僕が頭に来てテレビ局に押し掛けたりしないかと心配してるからだ。

そういう事をしかねないヤツ、と彼らは僕の事を見ている。穏便に進めるのが彼らの戦略なのだろう。


赤坂にあるプリンスホテルの駐車場で車を停め、降りようとすると荒尾たちの乗った車が前を通過した。シルバーグレーのフェアレディだ。僕には気づかずに駐車場の奥に目立たないように車を停めた。運転してるのは荒尾だった。

ロビーで待ち合わせだが、気づかない振りを装って一人で先に行くなんて芝居はしたくない。駐車場の出口で立っていると、話をしながら前を通り過ぎようとした社長の鞠村が僕を見て荒尾の腰を肘でつついたのが見えた。

「あ、どうも、一郎さん」

荒尾が愛想の良い顔で言い、僕たちはロビーに向かって並んで歩き出した。

「ひろみさんとの事は、僕たちがなんとか話をして元に戻るようにしますから、それまでは、余計な詮索をしないで大人しくしていた方が、ひろみさんのためにも一郎さんのためにもいいと思いますよ」

荒尾は、フェアレディを見られたと思ったのか、変に雄弁になっていた。

「僕たちにも、ひろみさんが何で一郎さんから離れたのか、理由は聞いてませんし、ひろみさんの中でも葛藤とかね、色々とあるんでしょう。好きだと思いますよ、一郎さんのことは」

ロビーに着いても、話は同じことの繰り返しだった。

居場所は言えない。彼女の気持ちは分からない。自分たちは仕事でひろみさんに言われてやってるだけだから。

「うちのタレントですからね、手伝ってほしいと言われたら、そうしないわけに行かないでしょう。車の事も、売ってほしいって言われてるんで、その間だけ預かってるだけで」

気遣ってるのは、僕のことでも彼女のことでもなく、自分たちのことなのは見えすいている。軽挙妄動を慎めって事だ。

「一郎さんが何かすれば、ひろみさんが悲しみますからね。彼女のことは会社に任せてください。悪いようにはしませんから」

鞠村の言葉を最後に、僕は席を立った。

それにしても、なんで別れたのか。反省点を考えながら歩いていた。思いつく反省点はいくつもあったが、決め手になるものは考えつかなかった。いずれにせよ、彼女がそうしたくなる何かが僕の側にあったんだろう。

昼間手伝いに来てくれてるおばちゃんが、

「大阪の朝日放送からお電話ですよ」

と二階の僕の部屋に向かって下から声を掛けた。ベッドサイドの受話器を取ると井尻さんの元気な声が聞こえて来た。いつも大きな声を出さない人なのに珍しいと思ってたら、音楽をやろうと言い出した。

「ただいま11人」で、僕がギターを弾いて唄うのを見たと言われて以来だが、井尻さんが東京に来た時に、

「一度、生で聴かせてな」

と言い出したので、仕方なく家に招いて作った歌を唄って聴かせたのだ。

それから井尻さんは考えてたみたいで、今日は劇伴をやろうという電話だった。

「あんたは天才やからね、もっと音楽でも世の中に出んといかん。知的障害児の青春を描いた話やけど、どや」

金曜劇場の八時から全国放送だという。ゴールデンアワーである。

「ところで、いっちゃん、いくつになったんや」

「二十歳です」と答えると、

「二十歳でテレビや映画の劇伴なんぞ、誰もやっとらんからなあ、そやろ、やって世間に才能見せて、あっと言わせたらええねん」

井尻さんの興奮が受話器を通して伝わって来る。

「希望」の台本が送られて来た。社会批判が表に強く出た作品になっていて、演出は井尻さんと東野英治郎さんとの共同だ。主演は東野さんの息子の東野孝彦で、その他は俳優座のユニット出演と

なっている。

TBSが制作だから、音楽録りは東京で行うという。音楽の仕事に対して井尻さんが薦めてくれるようには思えなかったが、熱心に話してくれるのでテレビドラマの音楽を担当することにした。

それと機を同じくして、羽仁さんの脚本が出来上がったと小林さんから連絡があった。昭和三十九年度芸術祭参加作品の「ふたたび五月が……」である。

多美ちゃんが演じる高校生が、母親の電車事故による精神障害と死から、人間の運命について考え始める青春を描いた話だ。僕は、その先輩としての友達の役だが、かなり重要な役どころだった。

「希望」は音楽録りだけなので、あっと言う間に終わった。「ふたたび五月が……」は、気心しれた人たちとの仕事なので、これも楽しんでやってるうちに、いつの間にか終わっていた。

羽仁さんは、「ハローCQ」では役者としての僕をかなり買ってくれて、「私の秘蔵っ子」というグラビアで一緒に写真まで撮ってくれているが、本当に僕を評価してくれたのは、この作品だと思う。

「荒木くんの特色が一番はっきり出ているドラマだ」と人に嬉しそうに話していたり、放映されたあとに週刊誌を持って来て、ここに載ってると自慢げに教えてくれたりした。

週刊誌には、

〝芸術祭ドラマで、一番面白かったのは、「ふたたび五月が……」で、羽仁進の脚本も演出も面白いが、荒木一郎って若い俳優が一番すごい。こういう作品に賞がいっさい行かなかったことは、いかに芸術祭が駄目かっていう証拠だ〟

と書かれていた。

羽仁さんとは、グラビアの写真では兄弟のように見えると人に言われる。

実際に二人で一緒に写ってる写真はけっこう色々な雑誌に載っていて、どれも二人が似たような笑顔で写っている。

この作品によって、それが写真だけじゃなく、まるで一心同体のような、二人の間に阻害するものが何もなくなった気分になった。

この秋、日本にオリンピックが来た。テレビも新聞もその話題で日本中が沸き返り、かつて見た事も聞いた事も無いほどのお祭り騒ぎになった。

その東京オリンピックも芸術祭も終わって、年の瀬が迫っていた。

ひろこちゃんからも、事務所からも何の連絡も来ない。「ふたたび五月が……」は、観てくれたのだろうか。


年が明けて二十一歳になった。

誕生日にみんなが集まった席上で、「いいプレゼントがある」と、辻くんが嬉しそうに教えてくれた。

「東映の制作に通ったおかげで、ようやく、映画が決まったよ」

東映作品の「おゝい、雲!」である。

今までよりかは大きい役だが、東映作品としては珍しいホームドラマで、初の試みだという。役どころは三田佳子の兄の役だった。

三人兄弟で、弟が岡崎二朗である。東映としては、岡崎二朗を主役にして売り出すために企画したものだが、兄弟なので二朗との共演シーンも多い。

息が合わないと雰囲気が出ないと思って、一緒にやるのが少し慣れて来たところで、もっと力を抜いて兄弟の感じを出した方がいいよと二朗にアドバイスをした。

「なるほど、そうだね」と言うかと思ったら、「俺は思うようにやるから」と、主役をやってるんだと言わんばかりの舞い上がり方をした。

根が臆病なのか、芝居に対して臆病なのか、無理して体面を保とうとしてるようにも見える。言っても分からないだろうし、ここで喧嘩になってもと考え適当にあしらっていたら、監督の瀬川さんが、「荒木くんの言う通りにした方がいいよ」と、二朗にさりげなく声を掛けた。

東映がこの作品に力を入れてるのが出演者にスターが多い事でも分かる。

本間千代子や石坂浩二、それに僕の恋人役で樫山文枝などなどだが、結果として興行的には失敗したようだった。大東映のイメージと、テレビのようなホームドラマというギャップが東映ファンにはしっくり来なかったのだろう。

映画づいて来たのか、東映から続いて声が掛かり、「暗黒街仁義」に出演することになった。同時に大阪の朝日放送からも連続ドラマの仕事が入った。「かあちゃん結婚しろよ」である。

「虹の設計」は、この春で終わりになるが、映画が二本も入り、新しいレギュラー番組も決まり、一人前の役者の気分になって来たので家からさほど遠くない所にマンションを借りることにした。

辻くんと二人でやってるので事務所を借りるほどではないのだが、家から出てみるのも良いかと考えたからだ。

借りてみると、掃除をする手間とかが大変なのに気づいた。千賀子が、「私がやってあげるわよ」というので、暇な時には来てもらう事にした。毎日来てもらったのでは、また同棲とかややこしい事になりかねない。

女と暮らすための部屋ではない。家には相変わらず人がいつも溢れているので、あくまで役者として家から独立して一人前になった気分を味わいたいだけである。

「暗黒街仁義」には、大原麗子や緑魔子が出ていた。

麗子とは、彼女が野獣会だとか背が小さいのでビッチと言われてた十六歳くらいの頃からの知り合いだ。コケティッシュで奔放な性格な麗子とは、バラエティ番組で夫婦役のコントなどやった事はあったが、役者仲間というよりむしろプライベートでの付き合いが主だった。

横浜のブルースカイや品川の黒船ホテルとかビッグバンドが入ってる店はけっこうあったから、一緒に踊りに行ったりしていた。

麗子や僕はもちろん、ジルバやフォックストロットなどの社交ダンスは、遊んでるやつなら誰でも踊れた。

夜通し麗子と横浜で遊んだりして、表参道まで帰って来たら朝方になっていた。明るくなった青山通りで、

「足が痛いから」

と、パンプスを脱いだ麗子は、アスファルトの歩道を裸足で歩いてマンションまで帰った。つきあってる男は何人もいるようだったが、ある時、

「俺もつきあいたい」

と、言ったら、

「付き合ってるじゃない」

と言う。

「そうじゃなくて、正式にとか、ま、そんな感じだ」

「いいわよ、一郎ちゃんは十番目よ」

と言われた。付き合いたいの半分は冗談で言ったつもりだったが、そう言われて俄然闘志が沸いた。

一番目になるつもりで麗子のマンションに花束を届けたりしながら、

「今日は何番目だ?」

と訊くのが楽しみになった。

「五番目になったよ」と麗子が言い、次に逢った時は、「二番目よ」と言われたので、一番は誰だろうかと思った。

「一番目、気になるでしょう。今日、一郎ちゃんが京都から帰って来たとき、一緒だった人」

あれかあ、あれが一番目か。

確かに京都から帰って来る時に、久しぶりとか言って一緒に話しながら帰って来た俳優がいた。はっきり言ってびっくりした。もっとイケメンか人格的に優れたヤツか、さもなくばマッチョな男とかを想像してただけに、気が抜けた気がした。

相手は売れてる俳優だが、マッチョでもなくイケメンでもない。これはもう一日か二日で一番目を抜いてしまうなあと思えた。

それから数日たった日の夜。黒船ホテルに麗子と踊りに行った夜である。明らかに自分が一番目になってると感じた。

踊ってる時の僕を見る目とか、寄り添って来る雰囲気とか、色々な点で一位だと思える兆しがある。

次にテーブルに戻ったら、

「一郎ちゃん、一番目になったよ、おめでとう」

と言われる気がした。

麗子にそう言わせてはいけない、という気分になった。麗子とは良い友達だし、兄妹のような間柄でもある。

バンドの演奏が終わったのでテーブルまで手をつないでエスコートした。座って、麗子が口を開きそうになったので、それを制すように、

「麗子、今日で別れよう」

と言った。

麗子はニコリと笑った。


麗子と別れる事にして家に帰って一晩寝た翌日は、何か行動したくなるような上天気だった。伸びをしてベッドから降りたとき、別れを告げた時の麗子の顔を思い出した。そのとたん、何かもったいない事をした気がした。なんで別れなきゃいけなかったのかが分からなくなった。

急いでシャツを着て、車で原宿に向かった。麗子のマンションの近くまで行き、たばこ屋の店先にある赤電話から電話を掛けてみた。麗子は直ぐに出た。

「俺だけど、昨日さ、変な事言ったけど、やっぱり別れるのやめようと思うんだ」

言い終わる語尾に重ねるように麗子が言った。

「駄目よ。一郎ちゃんはね、物事に向かってる時を面白がる人なのよ。だから、ゴールまで行ったら、終わりなの」

振ったのか振られたのか。いや振られた気分が濃厚だった。

僕は電話を切って歩き出し、表参道の坂を下って駐車してる車に乗った。原宿の町の空は澄み渡

っている。エンジンをかけて走り出すと窓からの乾いた風が顔に当たって気持ちがいい。天気は異常なくらい良かった。ふと、頭の中に曲が浮かんで来た。ギターも無い、ピアノも無い。楽器は何もないけど、車のハンドルが楽器のようなものだ。浮かんで来た歌詞は、別れの歌ではなくラブソングだった。

家に帰るまでに、頭の中にある曲を覚えていれば良し、覚えていなければ駄作だからそれで良し。家に帰ると画用紙を出して来て、曲と歌詞を書いてみた。ワンフレーズも忘れてはいなかった。書かれた歌詞の頭に、「あなたといるだけで」とタイトルを書いた。

麗子とは、それからは友達として兄妹として付き合っている。女優として映画で一緒になるのは今回が初めてだった。

「暗黒街仁義」の撮影に入る前に、大阪の朝日放送から岡田茉莉子シリーズの話が来たので、大阪に飛んだ。演出は井尻さんだ。

「誰に告げん」というタイトルで、一時間ものである。岡田茉莉子さんとは、小学生の時におふくろに連れられて松竹の撮影所に行ったとき、紹介されたことがある。紹介といっても子供だから、「可愛いわね」と言われたくらいだ。

でも、女優さんというと新劇の人くらいしか知らなかったから、映画女優がこんなに美しいのかと、子供心に感動を覚えたのを記憶している。

井尻さんとは、ひさしぶりの気がしたが、会って話すと相変わらず一緒にやれる事を喜んでくれていて、昨日も一昨日も一緒だったような気分になった。

番組を録り終えて、東京に舞い戻り、いよいよ「暗黒街仁義」の撮影である。

緑魔子とは初対面だった。

魔子ちゃんは東映が売り出している大型の新人女優だ。

去年上映された「二匹の牝犬」では主役を演じてブルーリボン賞を獲得しているし、瞳が大きく、見た目は人を寄せ付けないような小悪魔的で強い女のイメージだった。が、会ってみると実際はナイーブで気さくな女優だった。

芝居の話でも音楽の話でも、話すと気心が通じるので心地よく、終わる頃には、魔子ちゃんとは親友のようになった。


「虹の設計」が終わると映画会社が解禁になったかの如く、日活、東映に続いて今度は松竹からの映画出演の依頼が来た。

「若いしぶき」は、松竹が力を入れているニューフェイス藤岡弘を主役にした作品で、松竹の大部屋の女の子や男の子、あるいは僕のような外部からの若手俳優、若手女優が、ごった煮のように出演している青春映画だった。

びっくりした事に、ガチャコも出ている。「バス通り裏」からは、あしかけ三年は経っているので、ガチャコも、もう十八歳だという。以前から美人ではあったが、さらに磨かれた女になっていた。

松竹の大部屋以外の女優では、ガチャコの他に、梓英子がいた。これは十八歳だというのに、芸者みたいな艶気のある女だった。

元童謡歌手の安田章子もいた。

おとなしい女だが、何を考えてるのか深い所が見えないヤツだ。その癖、みんなで連れ立って僕の車で遠乗りをすると、必ずと言っていいほど付いて来る。話しかけても、はっきりとは答えないのが、秘密めいていて面白い女だなあと思った。

僕のマンションに来たときも、自ら掃除を始めて甲斐甲斐しく働いたりしてて、

「俺と付き合いたいのか」と聞くと、曖昧な返事をする。

「はっきりしゃべれよ」

そういうと、いつも不思議な笑顔で僕を見たりする。おかしな女だ。

年齢ははっきりしなかったし、本人も言わなかったが、多分、十六歳くらいなんだろう。みんなに対する控えめな物腰からみてそんな風に思えた。

でも、すがた形は、十七歳か十八歳くらいに見える。この歳のギャップは本人にとって大きいはずだ。だから常に遠慮がちなのかもしれない。

あまりしゃべらないが、美人だし不思議な魅力もあるので「若いしぶき」の撮影中は、

「章子、来いよ」

と、食事の時とか休憩時間には声をかけ、章子はいつもおとなしい子犬のように付いて来た。

男の若い役者では、松竹の大部屋の檜垣と平尾がいた。大部屋の役者は、いつかスターになろうという夢があるから、今回の藤岡みたいな将来性のある若手スターにべったりくっ付いて行動する。この二人も本来はそうなのだが、平尾は、初日から僕に付いた。

平尾は、完璧に僕の御付きの状態だった。檜垣や藤岡に何か言われるらしいが、それにはおかまい無しで僕の側にいて、お茶汲みだろうと、女の世話だろうと、親身になって尽くしてくれる。

女の世話といっても、平尾に「あの女」とか言って世話をしてもらうわけではない。ガチャコや章子や英子なんかと食事に行くときなど、平尾も一緒だが、その時間の調整とかをやるわけだ。

僕ばっかりが持ててるのは平尾に可哀想なので、ガチャコに、

「平尾についてやってくれ」

と指示したりするのだから、むしろ、ほんとは僕の方が平尾に女の世話をしてるといっても過言ではない。

ガチャコは気さくな女だから、僕に懐いていても、

「平尾にキスしてやれよ」

というと、車の中でも平尾にけっこうディープなキスをしてくれたりする。あとは、平尾がその気にならない事だ。

倍賞千恵子も主役で出演していた。倍賞さんは、ひろこちゃんのSKDの先輩にあたる。格は、倍賞さんの方が上だが、榊ひろみも松竹では若手スターの代表である。もちろん、未だ連絡はないのだが。

ほとんどが大洗での泊まりがけのロケだったが、松竹の撮影所に居るときは、ふとひろこちゃんに出会ったりしないかと、無駄は承知で撮影所内のスタジオあたりをガチャコと散歩しながらキョロキョロと様子を窺ったりした。

平尾が、藤岡の機嫌が悪いと教えてくれた。

大部屋の子たちのほとんどが僕に付いてしまって、藤岡の周りにいるのは檜垣だけになってしまったからだ。檜垣が、うらやましそうにこっちを見てることがあるので、

「別に藤岡に雇われてるわけじゃないんだから、楽しくやりたかったら、こっちに来て遊んだらいいよ」

と、言ってやった。

大洗のロケ中は、毎日びっしりとスケジュールが詰まっていて、東京に戻る暇はない。撮影が終わって夜の海の音を聞きながら煮詰まっているとき、共演している高津住男さんが、僕の部屋に来た。

「退屈だから、女のとこに行こうかと思ってるんだ」

高津さんは、僕よりずっと年上だし見た目は実直なサラリーマンなんかが似合う役者さんなので、まさか女の話が出て来るとは思わなかった。

東京までこの時間から水戸街道を車で飛ばして行けば、向こうで数時間は遊んで、また帰って来られるという。

「じゃ、付き合うよ」

となって、僕は魔子ちゃんに電話をしてみた。

「その時間なら仕事も終わってるから逢えるわ」との返事だった。

高津さんと二人で、二台の車を並べて全速力で走る夜の水戸街道には、他に車の影はほとんど見当たらなかった。

東京に入って、高津さんとは窓から手を振って別れ、僕は待ち合わせの場所に向かった。

「明日、朝一番手で撮影があるけど、寝ないで行くわ」

と魔子ちゃん。

「俺も現場が大洗だからね、ラッシュにぶつからないよう早めに出なきゃだ」

僕のアパートに着いて、お互いのスケジュールを確認し、飲み物を用意すると、ギターを持って畳に魔子ちゃんと並んで座った。

魔子ちゃんとは、会ったときから直ぐに意気投合したが、その時から単なる男と女の関係とか感情とかは超越したものだった。

彼女は、僕を最初に見たとき、なんだか浮浪児みたいな子がいると思ったという。僕は、スタイルはいいけど生意気な女だと思った。でも、撮影所の近くで安いカレーライスをおごって食べ終わったとき、

「ああ、とっても美味しかったあ」

と、彼女は何のてらいも無く言った。

多分、カレーの美味しさではなく、それを食べさせようとした僕の気持ちに反応したんだろう。スター緑魔子の表面からは想像すら出来ない彼女だった。

僕は、部屋でリラックスしながら最近作った曲をいくつか唄って聞かせた。

「海」を唄ったときに、彼女の大きな瞳から涙が溢れて来た。安いカレーライスで美味しいと本気で感激する女なんだから当たり前の出来事なのかもしれないが、こいつとは一生友達をやるんだろうな、と流れる涙を見て思った。


高津さんと、電話でやりとりして、もうすぐ明ける水戸街道を並んで走り、大洗へと戻った。

翌日、平尾が来て、檜垣さんが藤岡から離れてこっちで一緒につるみたいって言ってます、という。大部屋の役者で、しかも手下のようにくっついていた檜垣が離れるとなると、藤岡の心境も複雑だろうと思いながらも、

「つれて来いよ」

と、平尾に言った。

平尾も檜垣も、それ以来、僕とつるむ人生になるのだが、檜垣は成人して松竹を離れ、僕が音楽

教室をやったときの生徒になった。

それからは歌手としての道を選び、ギターの弾き語りで仕事が取れるようになり、やがて自分の店を持って、そこの専属で唄うようになった。

結果、世の中がカラオケの時代になり弾き語りがお呼びでなくなるまでの人生を、檜垣は歌で、人を楽しませて過ごした。


笹原が結婚した。

それもおふくろが実質の仲人だ。おふくろは笹原の事を気にいっていて、僕と別れたあとも何かと面倒を見ていた。

ひろこちゃんと同棲を始めたときに、おふくろが気を使って近くにアパートを借りて暮らしていた時期がある。笹原も、おふくろに懐いてるから、ときどきそこに手伝いに来たり遊びに来たりしてて、彼を紹介してもらったようだ。

紹介された人物は文学座の関係者だった。以前から僕も知ってる人で、好感の持てる偉丈夫である。

僕にも結婚式の招待状が来ていたが、直前で行く気がなくなり、ベッドに寝転がっていた。

「待ってたわよ、来てあげれば良かったのに。式が終わっても来るかもしれないからって思ってるみたいで、他の人に分からないように、みんなで写真を撮るのを出来るだけ遅らせてたのよ」

おふくろの話を聞いていて、行けば良かったとは思わなかったが、ふと別れたときの言葉を思い出した。

「生理が遅れてただけみたい」

彼女が控え室で待っていた僕の耳元にささやいたのだが、笹原は、そんなうかつな女ではないから、もしかして、それは待ってる僕に対して軽い冗談のようなつもりで、あとで出来てる相談をするつもりだったんじゃないか。

それを医院から出て、急に別れようと言われたのだから、何も言い返せず、だとしたら……。

今となっては、確認する事も出来ないし、またする必要もない事である。

おふくろのアパートに笹原と彼が来た時、偶然、僕も行ってて会ったことがある。

僕と笹原が同窓生なことは彼も知ってるし、ただ、付き合ってた事は内緒にしてるようだった。

彼とも顔馴染みなので、軽い挨拶をしたくらいで、別段、これと言った話もせずにいたが、立とうとして腰を浮かした拍子に「プッ」と彼がオナラをした。

「いゃあね」と、そのとき笹原が返したのだが、その言い方になんとも風情があり、ほのかな温かさがあった。

これはいい夫婦になるんじゃないかと思って、なんだかほっとした気がした。

「若いしぶき」が終わり、京都の松竹テレビから連続物の話が来たと思ったら、大阪の読売テレビからも四話完結のドラマに出演してほしいと言って来た。

読売テレビの「祇園物語」は、祇園を描いた話だが、普通では撮れない内幕が暴かれているというので、撮る前から話題になっていた。

役どころが変わっていて、三田佳子の息子役だが、売れっ子芸者の隠し子で、足手まといになる知的障害児の役だった。ついこの間は、「おゝい、雲!」で三田さんの兄の役をやって、今回は息子である。

緑魔子も出演していた。四週は大阪に通わなければならないが、三田さんはともかく魔子ちゃんが一緒なら退屈はしないだろう。そう思ってるところに、

「東映が、けっこうサブちゃんの事を気にいって、村山組に入ってほしいって言ってるんだ。『祇園物語』と掛け持ちになるんだけど、大阪の行き来も頻繁になるしね、大丈夫かな、体」

大して心配してる顔でもなく、辻くんは持って来た台本をよこした。

「夜の悪女」とタイトルが大きく書かれている。

村山新治監督とは始めてで、梅宮辰夫と緑魔子主演の夜の青春シリーズというヤツだ。役どころは、田舎出の学生で梅宮さんのポン引きの助手をやったりの三枚目である。

魔子ちゃんとは余程縁があるのだろう、「祇園物語」でも一緒ということは、魔子ちゃんも一緒に掛け持ちになる筈だ。

オーケーすると、即日、撮影開始になった。僕たちが読売テレビの連続物に入る前に、詰めて撮ってしまおうという事みたいだった。

大原麗子も出ていた。スタジオに入って来た麗子に、

「また一緒かあ」

と言うと、

「また一緒よ」と、麗子が笑った。甘えるような独特の笑顔だ。

挨拶しながらも、妹のような麗子が女優として売れて行くのは自分ごとのように嬉しかった。

小林稔侍とは初めて一緒になった。稔侍はいい味を持った役者にもかかわらず、大部屋でうだつの上がらない状態だった。東映のニューフェイスとして入って三年近くになるらしい。

自分が出てない時でも、僕が出演していると稔侍はスタジオを探し出して必ず遊びに来てくれる。

今日も休憩時は、稔侍と食事に行った。

撮影は順調に進んでいる。


忙しくなって立ち寄る暇もなくなって来たのと、金銭的にももったいないと思い、アパートを解約する事にした。

バンドが解散して、渋谷の連中とも遊ばなくなったにもかかわらず、家は相変わらず人の出入りが激しい。そこで、家の庭の隅にある木造のガレージの上にほったて小屋のような二階を作って、道夫や広次とか、来た人間が泊まれるようにした。

そうした事で、道夫も広次も、ほとんど毎日のように寄りつくようになった。

そこに、「若いしぶき」の平尾も加わった。

道夫は高校三年になって麻雀の実力が上がって来たので、常打ちの一人に格上げになった。

ロケから帰った日に、ゴリが来ていた。陣場高原に行って来たという。

「もう脚が痛くてさ、思ったよりいっぱい歩いて、もう歩けない」

と、居間の畳にひっくり返っている。

「いっちゃん、俺のためにも歌書いてよ」

「いいよ、陣場高原で足が痛くて動けなくなったって歌なら、書いてやるよ」

偉そうにせがむので、冗談のつもりでギターを取り上げると、即席でラブソングの歌を作ってみた。

「陣場で動けなくなったんだから、コーラスが、後ろでジンバ、ティンバってハモるんだ。俺が唄うからお前バックコーラスやってみろよ」

ゴリが嬉しそうにジンバジンバとやっている。

「ジンバジンバじゃない、ジンバティンバだ」

いつものように画用紙を持って来ると、歌詞と音符をカタカナで書き、タイトルはジンバをディンバに替え「ディンバ、ティンバ」とした。

「祇園物語」は一話二話を終えて三話の録りに入っている。

僕は朝早くの新幹線に乗って大阪のロイヤルホテルに入った。チェックインは午後からなのと収録まで少し時間があるので、朝食を取ろうとカフェに入った。

こんな場所には珍しくジョンコルトレーンのバラードが小さな音で流れていた。

スクランブルエッグに紅茶とトーストを頼んで、ふと前方を見ると、知ってる雰囲気の背中が窓側の席に見えた。そうだった。この曲は、財布を忘れたとき、あの喫茶店でも流れていた「ナンシー」だ。

向こうを向いている彼女の背中にコルトレーンのサックスがBGMのように重なる。BGMのおかげで顔を見なくとも誰だかを当てられる気がした。

それが誰だかはっきり分かっていても自分は落ち着いていると思うのだが、おしぼりを持つ手がなぜか震えている。

視線を感じたのか、それとも音楽のせいか、彼女が、ゆっくり振り向いて誰かを探してるような顔をした。僕に気がついて、ひろこちゃんが「あっ」という目をしたが、別段逃げ出そうとする気配はなかった。

側に行くべきか迷っていると、彼女の方から立ち上がってこっちに向かって歩いて来た。

「座っていい」

返事を待たずにテーブルを挟んだ向かいの席に座ると、

「私も紅茶、頼んでいい」

また質問した。僕の頼んだ紅茶はまだテーブルに運ばれてはいない。

「俺がおごるよ」

と言うと、「分かってるわよ」と、笑った。

何で僕から離れたのか聞こうと思ったが、家を出たかったから出たんだろうし、聞けば野暮な質問になる気がして黙っていた。

紅茶とスクランブルエッグをウエイトレスが運んで来たので、もうひとつ紅茶を注文すると、

「なんで出たのかと思ってるんでしょう」

と、向こうから質問した。

「出たかったんだろう」

「そうね、出たかったんだと思うけど、私じゃ貴方の役に立たないと思って、苦しくなって鞠村さんに相談したら、出た方がいいって」

僕は、トーストにバターを塗ると、紅茶に浸してから口に運んだ。

「でも、出るってなったら、貴方が何をするか分からないから居場所は当分言わない方がいいって言われて、そうだなって思っちゃって」

コルトレーンが終わってサンバか何かの曲に変わり、紅茶のポットとカップが彼女の前に置かれた。

「どこに住んでるんだ」

と、僕。

「実家よ。それしかないでしょ、行く所は。そこならたとえいっちゃんに見つかっても、お父さんが放さないだろうって、鞠村さんが。結局、事務所は貴方が目障りだったのね。私から離したかっただけなのよ」

スクランブルエッグを食べ終わり、トーストの最後のかけらを口に入れた。

「俺は、これから読売テレビで本番だけど、終わったら逢わないか」

「いいわよ、私も仕事だからちょうどいいね。何時に終わるの」

僕は、時計を見て時間を告げると、ひろこちゃんのポットの下に一万円札を挟んで、立ち上がった。


読売テレビにギリギリ間に合って入ると、直ぐにリハになり、最初の予定のシーンは本番までスムースに進行した。このまま行けば、六時には終わりそうだ。

ひろこちゃんとの待ち合わせは、八時なので余裕である。

次のシーンは魔子ちゃんと三田さんのシーンなので、僕は一回休みだ。

こういう時は、大体睡眠を取ることにしている。家で寝る時間は二時間から三時間くらいなので、あとは、映画やテレビの待たされる時間とか飛行機や新幹線に乗ってるときとかに寝溜めをする。テレビ局などは、どこかに寝室のセットがあったりすると、そこで寝られたりするのでラッキーだが、今回は楽屋で寝ていた。

目が覚めて時計を見ると、なんと出番になる筈の時間をもう一時間も超過している。この後、ひろこちゃんとの待ち合わせがあるし、いくら時間に余裕があるといっても、この時点で一時間以上の遅れはまずい。

誰も迎えに来そうにないので、スタジオに見に行くと、リハも録りも何もしてないし、スタジオ自体に活気がない。

事情を聞いてみようとADの鶴さんを探したが見つからない。鶴さんは、みんなに僕に似ていると言われてるアシスタントディレクターで、けっこう頭の切れは良い。魔子ちゃんが居たので、鶴さんの居場所を聞くと、三田さんの楽屋に行ってる筈だという。

「何かあったの」

魔子ちゃんに聞くと、

「頼んでる櫛が届かないらしいの」

「くし？」

「何か由緒のある櫛を三田さんがどこからか取り寄せてるんだけど、それがまだ届かないから櫛待ちみたいよ」

早くしろ、と鶴さんに発破をかけるために、三田さんの楽屋に行くと、鶴さんが入り口に立っていた。

「鶴さん」

鶴さんは振り向いて、僕を見て困った顔をしている。

「櫛待ちって本当なの」

「祇園で使う櫛で、かなり凄いものらしいんだけどね、滋賀県にあるつげ櫛屋さんから取り寄せて て、それが到着しないと出来ないって、三田さんが」

鶴さんが、楽屋から少し離れたとこに僕を引っ張って行って小声で教えてくれた。

こだわる気持ちが分からない訳ではないが、なんせ、後が詰まってるし、たかがテレビなんだから、こだわるのも適当にして欲しいものである。

「俺が言ってやるよ」

「まあまあ」

と、鶴さんだって困ってるくせに僕を一応止めようとしたが、後が無いんだから行くしかない。

楽屋に入ると、三田さんが僕を見てニコリと笑った。

「櫛は大事かもしれないけど、スタッフや出てる役者の方が大事なんじゃないか」

思わぬ言葉だったのか、三田さんの笑顔がすっと消えた。

「こだわるのもいいけど、櫛なんか小道具が用意してるやつだって出来るだろう、役者なんだし。いい加減にしてスタジオに入れよ。みんな困ってんだから」

言い終わるや否や、三田さんが大声で泣き出した。鶴さんがあわてて飛んで来て、僕を楽屋から押し出すように外に出すと、三田さんの側に行って謝り出した。

僕の説教が効いたのか、櫛は届かなかったが本番が始まった。これが終われば、次のシーンは僕だから、それでとちったりしなければ、時間より五十分くらいの押しで解放されるはずだ。


七時過ぎに本番が無事に終わって、着替えて読売テレビの玄関に出ると、魔子ちゃんが居た。

「誰かと待ち合わせしてるのか？」

ぼんやりしてる魔子ちゃんに声を掛けると、振り向いて安心したように、

「一人なの」と、答えた。

「じゃ、俺と一緒に来るか」

魔子ちゃんはうなずくと、嬉しそうにして僕の腕に自分の腕を絡めた。

タクシーで国際ホテルに着き、フロアに入るとひろこちゃんが待っていた。

一緒にいる魔子ちゃんを見て、ちょっと驚いた顔をしたが、別段、嫌がってる感じではなかった。

「こちら、松竹の榊ひろみさん、こちらは知ってるだろう、東映の緑魔子さん」

と、二人を紹介してから、食事に行くことにしたがホテルのレストランでは能がない。ひろこちゃんに言うと、自分が名古屋で行きつけの店があるからと、そこに三人で行くことになった。

食事をしてる間、僕を含めて三人ともが楽しそうに話したりしてるが、なんかまずかったかなあ、という気もしないでもなかった。ただ、魔子ちゃんを一人にしてしまうのは、出来ない相談ではあった。

時々、沈黙もあったが、食べてる時だから気まずくなる事もなく、食事を終えた。

国際ホテルの玄関まで来て、

「じゃあ」

と、魔子ちゃんに挨拶すると、

「ほんとうに今日は楽しかった」

と、彼女がくったく無い表情で言った。

「よせよ、そんなこと」

思わず口に出たが、

「でも、ほんとうだもん」

と、魔子ちゃんが言った。

ずーっと後になって、雑誌の対談でこの話になったとき、

「だって、人と別れるときは、そういわなきゃいけないと思って」

と言われた。

が、それは雑誌社の人や、読む読者の手前、言ったことだと僕は理解している。

「あのとき、一郎ちゃん、私に知らん顔してりゃ良かったのに。自分のデートがあるのに、私が大阪で一人さびしいだろうと思って誘ってくれたのね。だから私、あ、嬉しいなって付いて行っちゃったのよ」

「ほんとうに今日は楽しかった」「でも、ほんとうだもん」

それが、いかにも魔子ちゃんらしいと思える、心に残る言葉なんだ。


ひろこちゃんとは完璧に仲直りが出来たが、前のように同棲するってわけにも行かない。

実家に帰ってしまった以上、事務所の思惑通り親父の監視が厳しいので、連れ出したりすれば勘当されてしまうだろう。とりあえずのところ大人しく電話でデートをするくらいだ。

ひろこちゃんも相変わらず忙しいのと、僕の方も「祇園物語」が終わると直ぐにNHKとフジテレビの仕事が立て続けに入った。それに東映テレビからも「乗っていたのは27人」の話が来た。

「乗っていたのは27人」とは、転落したバスに乗っていた乗客が二十七人居て、その中に殺人犯がいるというものだ。一人一人の乗客を追っての犯人探しをするので、一話目には全員が出るのだが、あとは一話一話が独立した形になっている。

バスの乗客の中に「バス通り裏」で一緒だった蔵悦子が居た。蔵さんはバス通り裏のドラマの中で五郎ちゃんの結婚相手として選ばれた女優だが、当時、NHKが、

「五郎ちゃんの結婚相手は誰になるか」

と、かなり宣伝していて、決まった時には「バス通り裏」としては異例の特別番組が組まれたくらいだ。

彼女はＮＨＫの車券でタクシーに乗って横浜に遠乗りした仲間である。

「あれからもう四年もたったんだね」

と、撮影中も話が弾んだが、四年もたつとさすがに五郎ちゃんの結婚相手に選ばれた時の初々しさは薄れている。

この撮影が始まって直ぐに、やっかいな問題が起こった。撮影の話ではなく、ひろこちゃんのドラマの企画の話だ。

「やりたくないんだけど、事務所がどんどん進めてしまってるの」

電話口の向こうで、彼女の困った顔が浮かぶ。

「断ればいいじゃないか、嫌だって言えないのか」

「言ったんだけど、やった方がいいし、榊ひろみで企画されてるんだから、今更、断れないって」

「俺だったら、台本ぶん投げて終わりだけどなあ」

「私の代わりにやってよ」

「かつらかぶってか。直ぐにばれるよ」

「どうしたらいい」

「断るしかないんじゃないか、やりたくないんだから」

長電話したところで解決する話じゃない。本人が断るしかないんだから。

「大体、本人が嫌だって言ってるのに、事務所が聞かない方がおかしいよ。ストライキでも何でもやって、やりたくない意思を強固に表明するしかないんじゃないか」

とりあえず、明日、もう一度ひろこちゃんが事務所に掛け合ってみるって事で、電話を切った。

辻くんからも電話があって、

「子供が生まれたんだよ」

だそうだ。

「台本もひとつ預かってるから、それ持って明日サブちゃんとこ行くよ」

台本を持って来たのはいいが、それより何より、子供のために曲を作ってくれという。よほど嬉しいんだろう。その気持ちは分からないが、ギターを持って来て、速攻で作ってみた。

「パパの手に、ママの手に、りんごのような、その頰を」

ギターを弾きながら唄ってやると、辻くんは満足気にうなずいて聴いている。子持ちの親の気持ちなんて、だが、本人が気に入ったんだから、そんなもんなのだろう。

歌詞を画用紙に書いてから台本に目をやると、二冊あった。

赤い字で「地獄の波止場」とタイトルが書かれているヤツと、特別機動捜査隊の第２１０話、「ペン・フレンド」の台本だ。

まず「地獄の波止場」の頁をめくった。「おゝい、雲！」の瀬川昌治さんが監督になっていて、梅宮辰夫と岡崎二朗が主役だった。

「また二朗かあ、やりにくいヤツだけど、少しは良くなってるのかなあ」

台本を見ながらぶつぶつ言ってると、

「瀬川さんは、サブちゃんを気に入ってるし、わざわざ忙しいの承知で言って来てるんだから、『おゝい雲！』の時とは待遇も違うだろうし、大丈夫じゃないか」

台本のことより、辻くんは僕の書いた歌詞の方が気になってるようで、画用紙を見ながら口ずさんだりしている。

「こっちは」

もう一本の台本を指さして、

「一緒に撮るのか」

と、僕。

「『ペン・フレンド』が先で、終わってから本編に入るようにしたよ。ありがとう」

「何が」

「パパの手に、ママの手に……」

辻くんが、ちょっとメロディを違えて唄い出した。


「地獄の波止場」はロケもあるようだったが、初日は大泉のスタジオで、二朗と麗子と一緒になった。稔侍も出ていた。

稔侍は「夜の悪女」以来だが、僕が坂下の仕事をしてる時でも、東映の撮影所に居ると出演者の香盤表を見てわざわざ訊ねて来てくれる仲になっている。

「ペン・フレンド」の時も、昼の休憩時間に入る寸前に現れたので、いつものように撮影所前の食事どころで一緒に昼飯を食べながら話した。

二朗は、人が変わったように柔らかくなっていて、人当たりも良く、僕に対する態度も卒業した学校時代の先輩に接するような雰囲気だった。

初日は、稔侍と二朗と麗子と僕とが絡むシーンだ。みんな仲間なので和気あいあいで進み、午前中の撮影は楽しくスムースに運んだ。

午後の一番手は、稔侍が麗子を突き飛ばすシーンからである。

稔侍は、真剣に芝居と取り組む男だから、突き飛ばすとなると手加減が出来ない。いや手加減はしたのだろうが、麗子の体がきゃしゃなため、稔侍の両手が麗子の胸めがけて勢い良く当たるや否や、吹っ飛ぶように彼女の体が壁にぶちあたった。

動けないでいる麗子に助監督が走り寄る。それ自体が、まるで映画のようだ。

僕はというと、倒れてる麗子に「大丈夫か」と声を掛けたり駆け寄ったりはしない。やれば、稔侍をとがめたことになるからだ。

後年のことだが、一人前のスターになった稔侍が、会うと必ず話し出す想い出話がある。

「お前の芝居はね、四角い画用紙いっぱいに墨を塗ってしまう芝居だけど、俺のは白いところを残した芝居なんだ」

「地獄の波止場」の時に僕にそう言われたと、稔侍は涙を浮かべて話す。何処かで偶然に会うと、会う度にそれを言って涙を浮かべる。何の涙なのかは聞いたことがないが、多分、その時代を懐かしんでなのだろう。


ひろこちゃんから二、三日連絡が無いので電話すると、

「何度か電話したんだけど誰も出なくて」

と前置きして、

「一応ね、鞠村さんたちは納得してくれて、私の意向を尊重するってことになったの。いっちゃんとも仲直りしたって言ったよ」

「そうか、それは気が楽になったね」

聞きたかった用件はそれだけなのだが、あとは、取り留めの無い話で一時間も話して電話を切った。一段落だ。

翌日は、朝から「地獄の波止場」のロケで、現場は横浜だった。天気は悪くない。

電車の線路の上を追われて逃げるシーンを撮るのだが、

二朗や稔侍と埠頭の防波堤に腰掛けて話しながら撮影開始を待っていると、

「荒木さん、ちょっと走ってみてくれますか」

と、助監督が僕を呼びに来た。

現場は、電車の車庫で線路が縦横に入り組んでる場所だ。

カメラの位置を決めるために、助監督の「ここから倉庫の陰に向かって」との指図に基づいて、カメラ脇から倉庫に向かって軽く走ってみた。

入り組んだ線路と砂利の上を斜めに横切りながらなので、軽く走ってみるだけでも意外に難しい。これを本番では追われてるシーンなので全速力で走る。つまずいたり転んだりしないための注意が必要だ。

「テスト、行きます」

助監督が、走って下さいという顔で僕を見る。

「用意、スタート」

瀬川さんの声が響いた。

テストなので、軽くで良いのだが、注意しながらもかなり速く走ってみた。

「オーケー、本番」

本番は、後ろを振り返りながら、追われてる雰囲気を出して全速力で走ってるように見せなければならない。ちょっとした緊張が走る。

「用意、スタート」

カチンコが鳴って、僕は倉庫に向かって走り出した。かなりの距離があるが、テストでどう走るかは摑んでいる。

中間地点まで来たとき、線路の縁に足が中途半端に乗っかったと思ったら、グキッと音がして足首に一瞬の痛みが走った。が、そのまま全速力で駆けて倉庫の裏に回った。

僕の姿はカメラから見えないので壁に寄りかかって「オーケー」の合図を待った。

「オーケーです。戻って下さい」

助監督の声が聞こえて来た。ほっとしてスタッフの居る方へ戻ろうとすると、足が倍にふくれあがった感じがして重くなっている。見た目は何の変化もないのだが、歩くとくるぶしの辺りにズキッとした痛みが走る。

走るシーンは、そこだけで、あとは二朗たちとの絡みがあるだけなので、なんとか頑張るしかない。しかし、撮影が進むに連れて足の痛みも増して来た。

早く終われ終われと念じながら、なんとか撮影を終わらせて車に乗ったが、アクセルを踏むと今度は痛みは無いが踏んでる感覚がない。

エンジンの音でどのくらいアクセルを踏んでるかを確認しながら車をスタートさせた。

家に戻って黒木外科に電話をかけて診てもらえるかを聞いたが、今日は、もう酒を飲んでしまってるから、明日にして欲しいと断られた。

翌日、足の裏が腫れて熱を持っているようで、平尾は免許が無いので道夫に運転させて黒木さんのところに連れて行ってもらった。痛みの原因は重度のねんざだった。

とりあえず処置をしてもらい、包帯を巻いて松葉杖を貸してくれた。そんなに大げさではないと思うのだが、杖なしでは平尾の肩をかりなければ歩けない。

辻くんから東映に連絡して、二日間、撮影を休める状態にして貰った。

医者から戻ると、ひろこちゃんから半泣きで電話が掛かって来た。事務所に裏切られたという。

「やっぱり、私の意向なんて無視して、あのまま進めてたみたいなの。さっき、日本テレビの高橋さんから連絡が来て、今回、楽しみにしてます、って言われたの」

どうやら、事務所が納得したように見せたのは、僕の名前を出したからだったみたいだ。鞠村たちは、僕が一緒に居るとなったら、自分たちでは対応出来ないと思ったんだろう。

彼らの作戦はみえみえだった。ひろこちゃんをいったん言いくるめておいて、準備台本なりを日本テレビ側に作らせるまで持って行き、事務所と僕らの問題ではなく、テレビ局対彼女という図式にしてしまう。テレビ局相手では後へは引けないだろうという作戦に違いない。

そうなれば自分たちの責任は逃れられる。あとはテレビ局対榊ひろみなので、そこに僕が介入すれば、今度はテレビ局と僕との問題になる。

進めさえしてしまえば、なし崩しで行けると思ったのだろう。

「どうしたらいいの」

どうやって、この急場を凌ぐのかだが、そんなに難しい問題だとは思わなかった。

「どうしても出たくないのか?」

「出たくない」

「じゃ、俺のところに来てろよ、荒尾たちが来たら、俺が交渉してやるから」

自分のところに来てくれてれば、僕の家なんだから荒尾たちは僕に交渉して来るしかない。それが解決としては一番早い気がした。ひろこちゃんでは甘く見られて自分の意思は通せないだろう。

「でも、事務所に言われてお父さんがずっと監視してるの。いっちゃんが来るかもしれないとか私が逃げ出さないかとか思ってるみたい。仕事以外は自分の部屋に監禁されてるみたいなものだからね、何かあれば直ぐ事務所に電話されるし、一歩も出られないのよ」

事務所も、ドル箱スターの榊ひろみに僕のようなチンピラがくっついてしまった事で、かなり迷惑に感じてるのだろう。迷惑と思いながらも対処しなきゃならない彼らの姿が目に浮かんだ。

しかし、事務所に同情するわけには行かない。夜までに考えるからとひろこちゃんに言って電話を切った。

辻くんから電話があった。「貸間あり」という一話完結の連続ものから話が来てるという。

「足が全治してからで大丈夫なんだけど、出てほしいって来てるよ」

辻くんには、ひろこちゃんと仲直りをした話もしてないし、まして、彼女がドラマを降りたい降ろさないの話は、まったく蚊帳《かや》の外だ。相談するわけにも行かないので、出演をオーケーするだけで電話を切ろうとした。

「あのさ、話は変わるけど渋谷のミミ薬局の女ね、サブちゃん覗いてみた」

失恋したままだと思って気を使ってくれてるのは分かるが、ひろこちゃんの話をすればややこしくなる。せっかくの辻くんの気遣いなので、

「時間のある時に、見とくよ」

と、適当に返事をして電話を切った。

さて、どうやったらひろこちゃんがドラマに入らないで済むかである。

日が暮れて夕食時に森永の菊池さんと電通の人たちが来る事になった。夕方、おふくろが舞台の

旅から帰って来たので、みんなで鍋を囲んで、そのあと、麻雀という通常のコースだ。

菊池さんが、

「今日ね、東京駅まで道子さんを迎えに行ってるときに、ちょっとひらめいたことがあってね、いっちゃん。それで、電通も一緒に連れて来たんだよ」

と、鍋の鳥をつまみながら言った。

「だからね、麻雀の前に、いっちゃん、あれ、頼むよ」

「空に星があるように」のリクエストだ。みんなの前で披露しろと言う事らしい。

ふと僕もひらめくものがあって、食事の途中だが二階の僕の部屋に行ってひろこちゃんに電話しようと箸を置いた。


菊池さんのおふくろを迎えに行った話から、来させるのではなく迎えに行けばいいと思った僕は、電話に出た彼女に、まず予定を聞いた。

「明日、予定どうなってる」

夕方までは空いてて、そのあと例の台本の事で日テレと会食するために事務所の人たちが迎えに来るという。

「ちょうどいいなあ。じゃ、明日の昼の一時にそっちに迎えに行くよ」

「え、出られないよ」

ひろこちゃんが慌てて言う。

「だから、出られるようにするんだよ」

ひろこちゃんの部屋は二階にあって窓が外に面している。

「俺がそっちに着いたら二階の窓に石でも投げるから、そしたら玄関まで降りてくればいい」

「お父さんは？　監視してるのよ」

「だから迎えに行くんだよ。お父さんは俺が玄関で押さえておくから、君はそのまま走って下の道路に出たらタクシーを拾って磯子の駅まで行って、そこで待っててほしいんだ」

「それからどうするの」

「俺のとこでまた同棲するしかないだろう。あとは、事務所が文句言って来るだろうから俺が交渉するよ」

出たくないドラマを降ろす作戦としてはそれしかないからだが、お父さんを裏切らせるわけだから、彼女の気持ちがどうかだ。

しかし、電話口での彼女の心配は、持って行く荷物の方にあった。

「どうしても必要な小物だけ持って来れば、あとは買えばいいよ」

そう話すと、僕が迎えに行くのをむしろ楽しみにしてるような返事をして彼女は電話を切った。

居間にもどり、水炊きを食べ終わったあと、菊池さんと電通の人たちの前でギターを弾きながら「空に星があるように」を唄った。


翌日の昼前、ねんざで膨らんだ足と松葉杖を一本持ってタクシーに乗り、富岡に向かった。

暑い夏も終わり、迎えに行くには風が爽やかな良い日和だ。ひろこちゃんの家は、国道沿いの横道からゆったりとした螺旋状の坂を上がった海の見える丘の上にある。

僕は味田家から少し手前の坂の途中でタクシーを降り、松葉杖をついて残りの坂を上がった。広い間口の玄関の向かって右側に太い電柱がある。それを通りこして見上げた二階に彼女の部屋の窓が見える。

松葉杖の先を持って窓の方に思い切り取手を伸ばし、窓枠の下の方を叩いた。

時間通りなので、ひろこちゃんは直ぐに窓からニコニコしながら顔を出した。ハイキングにでも行くつもりみたいだ。無言で玄関を指さすとうなずいて窓を閉める。

玄関側に回ってちょっとすると鍵の音がして両開きの玄関の扉が開いてひろこちゃんの姿が見えた。が、その直ぐうしろに追いすがって来るお父さんの姿も見えた。非常ベルが鳴り出した。

お母さんがどこかにあるベルのボタンを押したのだろう。

「ひろこーっ」

お父さんがひろこちゃんの背中に手を伸ばし、僕が二人の間に入りこんだ。お父さんは僕にはばまれて、一旦、手を引いた。その隙にひろこちゃんは玄関から飛び出し、表に向かって走った、はずだ。

はずだ、というのは、僕には向かって来るお父さんしか見えないからだ。

ここでお父さんに手をかけたりしたら、また不良呼ばわりされて飛んでもない事になる。

非常ベルが部屋の中にも、近所の四方八方にも鳴り響いている。僕は持っていた松葉杖を前に出した。お父さんは、僕から松葉杖をひったくろうと、それを摑んで引っ張った。

お父さんは、何としてでも僕から松葉杖をもぎとろうと必死だが、魚を釣るように、お父さんを松葉杖を餌に釣る。それが僕の咄嗟の作戦だった。

この状態なら、お父さんも僕に手がかからないし、僕もお父さんの体を摑んだり触ったりしないで済む。

釣れた後は、僕の体にお父さんの手が掛からないように引っ張られてる松葉杖を適当に引いたり押したりしながら、時間を待つだけだ。

遠くでパトカーのサイレンの音がする。非常ベルで出動したパトカーだろう。

それにしても、早いものだ。だんだんとサイレンの音が近づいて来る。ひろこちゃんは、もう下の道路に出てタクシーを拾って磯子の駅に向かってるだろうか。

そろそろ逃げないと、ここでパトカーに捕まってしまったんでは元も子もなくなる。ここが限度と思った瞬間、僕は松葉杖を手から離した。

お父さんは、勢い余って松葉杖を持ったまま玄関の上がりがまちにひっくり返った。大事になってない事を見届けて、僕は走りだした。

松葉杖はお父さんに渡したので、ねんざの足だけで走るしかない。不思議と痛みは感じなかった。坂を下って行ったのではパトカーに捕まると思い、丘の道路とは反対側の崖に向かった。そこから降りれば国道までは急な斜面だが一直線だ。

が、この足では植木が並んで生えている急斜面を歩くことも走ることも出来ない。サイレンが直ぐそこに聞こえて来る。

僕はホームベースに滑り込むかのように、斜面に向かって体を投げ出し、そのまま斜面を転がるように、いや、本当にごろごろと転がって落ちて行った。


その日は二人とも無事に家についた。ゴリたちも来て何事もなく団らんになった。さて、事務所がいつ交渉に来るかである。

それが、翌日の午後一番、思いもかけない形で来た。

「辻さんから電話です」

お手伝いのおばちゃんが知らせてくれた。この間の台本のことだろうと、電話を取ると、

「サブちゃん、大変な事になってるよ」

辻くんの開口一番は、

「荒木一郎は、本日をもって、如何なる理由があろうとも日本テレビのすべての番組に出演させない事」

そう印刷された回状が朝から日本テレビ内に回ってるという。発信したのは、制作部長の高橋信夫という人だそうだ。もちろん、面識もない。

「何かやったのか」

と、辻くん。

やったとしたら、昨日の件くらいしか思いつかない。そう思ったとき頭をよぎるものがあったので、辻くんの電話をひとまず切った。

「高橋信夫って人、ひろこちゃんと何か関係あるか」

聞くと案の定、昨日、すっぽかした日テレの会食の相手だという。しかも、今回の問題ドラマの企画者で、彼女をデビューした時から可愛がってくれてる制作部長らしい。

そこに電話が掛かった。

「そちらに榊ひろみさんがいらっしゃいますか」

週刊明星の人が、そう聞いて来てるとおばちゃんが言うので、持ってる電話を取ろうとすると、

「もう切りましたよ。今、お忙しいのでってお断りしようとしたら、これからそちらに伺いますって言って向こうが勝手に切ったんですよ。失礼な人ですねぇ」

ひろこちゃんの事務所が交渉しに来る筈どころか、それからが大変だった。

週刊誌とか雑誌社から次々と電話が入り、それぞれがこれからお伺いします、である。真っ先に来たのが電話の主、週刊明星だった。編集長の五味淵さんという人で、顔を合わせ名刺を僕に渡したとたんに、

「一郎さんね、榊ひろみさんをテレビ局には行かせたくなくて監禁してるって話だけど、事実なの」と、やけに慣れ慣れしい。玄関先で追い返すべきか、それとも「監禁してるなら警察が調べに来るだろう」とか、何か答えた方がいいのか。

迷ってる僕の耳に車のブレーキの音や、ざわめきが重なり、「週刊ポストです」「女性セブンです」「週刊女性です」と、次々に名乗りを上げる声が聞こえて来た。早くもカメラをこっちに向けてシャッターを切ったりフラッシュを焚《た》いてるやつもいる。

辻くんが雑誌社の間をぬって駆けこんで来た。

「お母さんから電話もらって、とにかく外でこの騒ぎはまずいから雑誌社の人には入ってもらった方がいいよ」

辻くんからの最初の電話で、僕がテレビ局から干されたのを知って、おふくろは直ぐに彼に電話したらしい。いつもこういう時は手際がいいので驚くのだが、感心してる時ではない。

雑誌社を部屋に通すと、全員での話し合いになった。といっても、雑誌社側が話し合ったものを週刊明星の五味淵さんが代表で僕たちに質問するという形式だ。こちら側は、ひろこちゃんと僕、それに辻くんとおふくろの四人である。

結論から言うと、僕たちの言い分は良く分かったが、雑誌社としての興味の対象は、二人が結婚するかどうかだという。

事務所とか榊ひろみがドラマを降りるとかの件は、彼らに取っての興味の対象外で、まったく話

にはならない。

結婚の話になるなんて思ってもいなかったので、答えの出しようがなかった。

すると、五味淵さんが、ほぼ脅迫的に、といっても内容がそうであって、表情とか喋り方は、あくまで同情的であり優し気なのだが、

「もし、結婚しないのであれば、我々雑誌社側は、略奪監禁ということで徹底的に一郎くんを叩きます。もし、結婚するのであれば、我々マスコミは全面的に貴方達を応援して祝福する側に回ろうと考えています」

これが、五味淵さんというか雑誌社側が出した結論だった。

「良く考えて、答えを出して下さい。急ぎませんけど、今日の入稿締め切りまでにはお願いします」

「二人で話したいので」

居並ぶ雑誌社に断って僕はひろこちゃんを庭に誘った。

コスモスが庭の隅に咲き始めていた。これからが自分たちの季節なのだろう。花は自由に咲き、風で花びらが揺れている。

結婚しなければ、僕は加害者とされ芸能界での自由は奪われるのだろう。でも、結婚しても自由は拘束されるだろうし、しなければ、それもまた自由ではなくなる。そう思ったが、結論は、どちらでも良かった。

榊ひろみはあくまで被害者なんだから、そうはならないはずだ。ひろこちゃんにとっては、結婚するもしないも、どちらも自分の意思であり、自由である。

彼女の意思を尊重して、結論を彼女に任せようと思った。

「どうしたい」

そういう意味で、優しく聞いてみた。

「私は、結婚したい」

ひろこちゃんは、ほとんど考えずに答えを出した。

決まりだ。僕の運命も決定した。

五味淵さんたちは、結論に納得し、口々に「おめでとう」とか「お幸せに」とかいいながら帰って行った。

翌日から、週刊明星をはじめどの雑誌社も「略奪結婚」というタイトルのもとに昨日の話を記事にし、一斉に報道して行った。

日本テレビの制作部長である高橋さんにひろこちゃんから連絡を取ってもらって、一緒に挨拶に行くことになった。

回状を撤回してもらうのがメインの目的になったため、肝心のドラマをひろこちゃんが降りる件に関しては、話も出来ず、御破算にするしかない。まったく、僕は何のために何をしたのかという気分だった。

雑誌社に結婚すると約束したので、式場やら仲人やらも決めなければならない。

式場は、母校である青学のチャペルにしようと思った。理由は、牧師の藤村先生というのが、とにかく親しみの持てる良い先生で、高校の時に好きだった教師を一人言えと言われたら、迷わずこの人を名指すだろう。

仲人は、頼むならこの人しか居ないと思った。羽仁進監督だ。羽仁さんには、最初にひろこちゃんと同棲を始めた時に、彼女を紹介している。その頃、羽仁さんはアパートに住んでいて、僕はひろこちゃんを連れて紹介がてら遊びに行った。

その時の事を羽仁さんが後で語ってくれたことがあるのだが、榊ひろみが如何にも映画会社やエージェントに作られたデコレーションケーキの上の美女のように見えたそうだ。ま、簡単に言うと、僕たちが付き合う事に懐疑的であったということである。

今回のいきさつを全く知らない羽仁さんは、僕があのあと、榊ひろみとは別れたと思っている筈である。

まずは、羽仁さんに報告がてら仲人を頼みに行かなければならない。羽仁さんは「アンデスの花嫁」のロケのために左さんと一緒に南米に行ってるはずだった。電話をして帰国の日時を聞いたところ、羽仁さんが怪我をしたので明日帰って来るという。

僕たちは、羽田空港に羽仁さんを迎えに行った。

立ち話しか出来なかったが、いきさつを話すと「荒木くんは、おかしな人だ」といいながら、仲人を喜んで引き受けてくれた。

ひろこちゃんの印象が悪かったのに、なぜ引き受けてくれたのかを羽仁さんに聞いたら、

「立ち話だったけど内側から光が輝いていたからね。前に会った時とは全く違っていて、あんな顔は見た事がないよ」

と、後日、感じてた印象とまったく違っていたと話してくれた。

「最初に会ったときは、塗り固められた美女みたいだったからね。その面影が消えてて、まったく生まれ変わったみたいだったからね、荒木くんの魔法かなあ」

新鮮な息吹をひろこちゃんに感じてくれたそうだ。

それから数日して、羽仁さんが家に訪ねて来てひろこちゃんと縁側で話している時、

「私は、中身はガランドウで、外ばかりペンキ塗り立てのポストみたいだった」

と、彼女が話してたと羽仁さんが教えてくれた。

ひろこちゃんは映画女優としてデビューする前、ＳＫＤからファイブフェザースとして売り出されようとしていたのだが、二十歳の誕生日に、それに空しさを感じて辞表を出し自ら女優の道を歩み出している。

その時、反対するＳＫＤ団長に対してのひろこちゃんの強情張りとも思える意思の強い姿勢とか、女優になる事が、単に箱庭の花を移すように移し替えられたのではなかったという話などが、羽仁さんの彼女に対する評価のポイントになったようだった。

羽仁さんは、結婚に反対してるひろこちゃんの両親にも話に行ってくれた。

結局、同意は取れなかったのだが、あくまで反対するお父さんの気持ちを羽仁さんは切々と感じながらも、

「何が、彼女にとっての幸福であるか、それしか最後に決めるものはないから」

と、結婚に賛同してくれたのである。

式場と牧師の役割をお願いする事で、藤村先生に連絡を取ると直ぐに引き受けてくれたのと同時に、チャペルの予約も進めてくれた。式の期日は、僕の誕生日の翌日、一月九日を選んだ。

本来ならふたつ年上なのだが、彼女の誕生日が二月なので、この日なら歳がひとつ違いになるからだ。期日の事は彼女の希望ではなく、僕の気持ちである。

僕はともかくとして榊ひろみはスターだ。その結婚式と考えると普通は事務所絡みとなって嫌でも派手な催し物となる。しかし、ひろこちゃん自身、結婚をきっかけに芸能界を引退する気持ちでいたので、内輪だけの質素なものにする事にした。

夜に、また菊池さんたちが来た。今日の話題は、やはり略奪結婚だった。

ひろこちゃんも家に一緒にいるので、菊池さんたちとも打ち解けて、今までずっと知り合いだったようにみんなが仲間になって行った。

「新婚旅行はどう考えてるんだ、いっちゃん」

菊池さんの結婚に対する最初の一言である。そんな事は考えてもいなかったし、行く気もなかったので、そう答えると、

「そりゃあ、ないだろう。ひろこさん連れてってあげなきゃダメだよ。費用は森永が持つから、九州一周ってのはどうだ」

自分ごとのように、菊池さんが新婚旅行を進めて行く。食事をして新婚旅行話も一段落したところで、

「ところで、いっちゃん、仕事の話」

と、菊池さんが改まって僕の顔を見て切り出した。

「あんた、歌手やらないか」

今日来たテーマは、実は結婚ではなく、その話だと言う。

「今まで、聴かせてもらった歌だけど、どれも名曲ばかりだからね。これを世に出さないのはもったいない」

薫ちゃんみたいな事を言っているが、菊池さんは実力もあるし、何も考えなしにこんな事を言うわけがない。そう思って聴いていたら、

「深夜近くの時間で、毎日のベルトでいっちゃんの歌をラジオで流そうと思うんだ」

菊池さんは、乗り出すようにして、「空に星があるように」をテーマ曲にして毎日十分間、その

日の出来事とか、僕が考えることなどをしゃべりながら、今週の歌として、毎週新しい歌をラストに流して行きたいと言う。

「番組は、来年の初めにスタートするとして、それまでに、今までいっちゃんが作って溜まってる曲があるだろう、そのうち何曲かをラジオ局で録音しよう」

僕は、トイレに立った。

「歌手かあ、ちょっとだけやってみるのも悪くないかなあ」

と、小便をしながら思い、便器から上がって来る湯気が目の前の小窓から外に出て行くのを見ていた。大分、夜が寒くなって来ていた。


麴町にある日本テレビの玄関を入ると、高橋さんが一人で立って待っていた。僕ではなくひろこちゃんに対しての気遣いだろう。

偉そうな態度ではないが、愛想がいいわけでもない。マスコミの目を気遣ってか喫茶店ではなく、二階にある応接室に僕たちを案内すると、松葉杖を傍らの椅子に立てかけてくれ、ソファに座るように促した。

僕たちが話をするに従って、だんだんと高橋さんの顔つきが柔らかくなって行った。

話し終わった時には軽い笑顔まで浮かべ、シャットアウトの回状に関しては、直ぐに取り消すと約束してくれた。

事務所の問題に関しては僕の思惑とは違う反応をした。驚いたことに、ひろこちゃんの意思を重んじて今回のキャストからは外してくれることになったのだ。思ってもいない展開だった。良い事、悪い事、まさにあざなえる縄のごとしである。

玄関までふたたび送りに来てくれた高橋さんに挨拶をして日本テレビを後にした。外は冬に向かっているのだが、肩や背中が緊張のせいか異常にこわばっていて、寒さは感じなかった。

二人で近くのこぢんまりして目立たない喫茶店に入り、僕はアールグレイの冷たい紅茶を頼んだ。高橋部長と話してるときから、体の中が火照っている感じがしていて、冷たいものが無性に飲みたくなっていた。

足も少し時間が掛かったが、撮影するのに障害はなくなり、「地獄の波止場」も、その後に来た「貸間あり」の録画も無事に終えることが出来た。

ひろこちゃんと結婚する事が決まったので、ひろこちゃん用のお手伝いさんを住み込みで雇うことにした。今まで通いで来てたおばちゃんも居るが、花本浩子さんが新しいお手伝いさんだ。おなじひろこなのでややこしいから、苗字の一字を取って花ちゃんと呼ぶ事になった。

十一月に入り、テレビの「ああ！夫婦」のシリーズで、また多美ちゃんと一緒になった。羽仁さんの芸術祭参加作品以来だ。

今回の「お世話しました・なりました」は、羽仁さんの奥さんでもあり仲人をお願いしてる左幸子さんが主役だ。多美ちゃんにはお姉さんに当たる。

役柄は多美ちゃんが非行少女役で、僕とは恋人同士である。オンエアは、来年の一月十二日だという。

録画の合間に多美ちゃんと話してたら、羽仁さんが、また来年もＮＨＫで芸術祭に出すものを撮るみたいで、その作品の出演者の候補に僕も上がっているという。

「ああ！夫婦」シリーズの本番が終わって、菊池さんが言ってたラジオの企画が確定したと電通の鶴田さんから電話があった。タイトルは「星に唄おう」になり、名古屋にある東海ラジオで月曜から金曜までのベルト番組である。

「今日の夜中に、そちらに菊池さんが行って話すそうです」

鶴田さんに言われた。

夜十時五十分から十分間、僕がディスクジョッキーみたいにしゃべり、途中で何か一曲外国のインストルメンタルな曲を流すんだそうだ。

「ひろこさん、出来れば牛乳をいっぱい頂けますか」

菊池さんは、来ると必ずひろこちゃんに気を使う。牛乳を飲むというのは、自社の牛乳をそのまま飲むわけではなく、ブランデーを牛乳で割ったものをくれという意味だ。

そもそも、この牛乳割りの歴史は、「ただいま11人」が始まって、番組を提供してる森永乳業の製品が家にいっぱい届くようになったことから始まる。

とくに牛乳は毎日配達されるので、それをブランデーで割って飲むことを菊池さんがおふくろに教え、家に来る大人たちの間で流行り出したのである。

「番組のラストに、毎日いっちゃんの自作の歌をね、今週の歌として流すんだよ」

同じ牛乳でも僕たちはミルクセーキを飲みながら聞き、菊池さんは共に掘炬燵に入ってブランデー割りを飲みながら話した。

名古屋地区だけのローカルな番組だそうだ。

時間帯も遅く、田舎では放送時間帯は真夜中である。遅くまで起きてる人も居ないだろうに、誰がそんな番組を聴くのかと思った。まあ、菊池さんの道楽のようなものだからと、付き合ってあげる程度の感覚で聞いていた。

「十二月にはね、そのための曲をいくつか録音したいんだよ」

曲のアレンジは海老原啓一郎さんが担当すると言われた。

海老原さんはジャズバンドの業界では巨匠だし高名である。僕の作る曲のイメージとは全然ちがう世界の人だ。

ロブスターズというジャズのビッグバンドを抱えたバンドリーダーでサックス奏者なのだが、そんな人と僕みたいな素人がとも思ったし、最初の段階で意見の違いから揉める事だって十分にありそうに思えた。


菊池さんと電通の人たちに連れられて赤坂のラテンクォーターの近くの喫茶店で海老原さんと初めてあった。

ロブスターズはニューラテンクォーターのハウスバンドとしてレギュラーで出演してるので、その近くの店が指定されたのだろう。ラテンクォーターは、海外の一流アーティストが毎晩のように出演している店だから、そのバックバンドの実力は、相当なものでなければ成り立たない。

海老原さんは地味に見えるツィードの上着を着てるわりには派手なネクタイと、サックスを吊るす紐を首にかけて、喫茶店に先に来て待っていた。

僕たちが入り口から入って行くのに気づいて、気さくに立ち上がって迎えてくれたが、背丈は思ったより小さく、小太りで黒ぶちの眼鏡の顔にはあばたがあった。

容姿で音楽をやるわけじゃないから、外身の印象は気にはならなかったが、一流であっても果たしてジャズのビッグバンドの感覚で、僕の音楽を理解して貰えるのだろうかと、やはり心配になった。

「空に星があるように」を含め四曲の譜面を渡すと、海老原さんは、それぞれに軽く目を通した。

「そのクリームソーダ飲んだらね、ピアノがいるから、ステージで打ち合わせよう」

海老原さんが気軽に言ったが、昼間なのでクラブにはバンドも客も入ってないって事なのだろう。

ぶくぶくと泡を立てながらクリームソーダを飲んでる僕の横で、電通の人が煙草を吸いながら番組内容と、「空に星があるように」を聴かされたときの印象を話している。海老原さんは、終始優しい顔つきで、譜面を見ながら僕を見たり、ときおり電通の人の顔を見ながら聞いていた。

ラテンクォーターに入ると、客席は薄暗く各テーブルにランプのようなものが置かれていて、台の金属が薄明かりにチカッと光った。

僕たちは、海老原さんについてステージに上がり、グランドピアノの側に行った。メンバーのピアニストだろう、立ち上がって電通の人が差し出した何枚かの譜面を受け取ったが、まず「海」の譜面を見て軽く弾き始めた。

「唄ってみてよ」

と、海老原さんが言うので、「じゃ、こんな感じで御願いします」と、ピアニストに軽いビギンの乗りでと頼んだ。ワンコーラス唄うと、いきなり間奏で海老原さんがサックスを吹き始めた。

メロを軽くフェイクして奏でているのだが、僕のイメージ通りの「海」のメロディが華麗に再現されて行った。

小太りの海老原さんの外面とはまるで違って、美しく繊細で感情豊かな音色だった。僕がなんとなく作った歌を一流の演奏家が表現しているのだ。口では言い表せない感動があったが、吹き終わっても何も言えなかった。

「いい曲だよ」

と海老原さんが言った。

この一曲の打ち合わせで、海老原さんとは打ち解けて仲良くなった。音楽面でも人間的にも尊敬出来るし、不安は払拭され一緒にやらせてもらえる事が嬉しくなった。

その夜、菊池さんは僕の家に寄って、牛乳割りを頼んだ。

「番組の記者会見だけどね、結婚式が終わって新婚旅行に行く前くらいのところでやろう」

話がどんどん進んで行く。記者にインタビューをされた事はあるが、単独の記者会見など初めてである。

「記者会見は名古屋の東海ラジオでやるからね。新婚なのにひろこさん一人東京に残すわけに行かないだろうから、一緒に来たらいいよ」

ひろこちゃんは嬉しそうに聞いている。しかし、この時点では、榊ひろみはスターであり、僕は単なる役者でしかない。一緒に行くとしたらどっちが主役なのか。

番組の話がひとしきり終わり、麻雀になった。今夜は、電通の人たちも来てるし、人数が多い。僕は抜けることにしたが、他に平尾とあゆみがあぶれている。

あゆみは僕と同い年だ。おふくろの弟子で、この何年か後に売れて来るシンガーソングライターと結婚するが、今は独身で麻雀も出来ない。

何かしようと思って、二階から8ミリの撮影機を持って来た。シングル8というフィルムを使った家庭用の小型のものだが、富士フイルムが発売したのをきっかけに、いくつかの会社がそれ用のフィルムを売り出して流行ってるヤツだ。

平尾を主役にして、あゆみにも付き合ってもらい、その場で台本を作って撮影に入った。ドキュメンタリーみたいな本だから、大体の筋書きを決めてその場で思った台詞を言ってもらう。

十分くらいの短編のつもりで撮り始めたが、部屋の中と庭とでは、抜けの良いショットにはならないので、次回、大々的に、と言っても三人でだが渋谷で野外ロケをやる事にして盛り上がった。

第四章 組曲

新しい年になり、二十二歳になった。

誕生日は、また去年より友達の数が増えて、これだけ人が集まると、家が小さく感じられる。

その誕生日の翌日、予定通り、僕は青山学院のチャペルで結婚式をあげた。

ひろこちゃんは、二月まで二十三歳なので、この期間はお互いが一歳違いになる。彼女は、着付けや化粧をしなければならないので、早くに出て新橋のサクラ美容院に行った。

僕の入り時間は寝坊するのも考えて午後一時となっていたが、案の定、それでも寝坊して現場到着は一時を三十分も回っていた。

仲人の羽仁さん夫妻、それに牧師の藤村先生とひろこちゃんがチャペルの玄関前で立って待っていた。

内輪の式の筈なのだが、列席者は八十名も居るという。中原ひとみさんや池内淳子さんなどが「ただいま11人」の関係でお祝いに来てくれている。

賛美歌が始まりチャペルに二人で並んで入場すると、誰がカメラで撮っているのかライトがまぶしく、僕は目を細めた。横を見るとひろこちゃんの持つ花束が小刻みに揺れてるのが目に入った。

式は簡単に済んだが、写真を撮る段になって、ちゃんとした用意をしてない事に気づいた。マスコミがいれば、嫌でも撮ったりするのだろうが、静かなものでどこの雑誌社も来ていない。

略奪結婚で各社が散々とりあげて、写真も嫌というほど撮ったもんだから、結婚式までは遠慮して撮らないという配慮なのか、それとも、もう話題として古いという事なのか。

いずれにせよ、週刊誌の煩わしさはこりごりである。

参加してくれた人たちにお礼を述べて内輪でなんとか写真を撮り、ヒルトンホテルで簡単な披露宴をし、「スター千一夜」に出るためにフジテレビに向かった。

ひろこちゃんは、出席しなかった父母のためにと花嫁衣裳のまま出演した。両親がテレビを見ている確信はないのだが。

その日はヒルトンに泊まる筈だったが、夕方過ぎに家に戻った。二人で居るより仲間と居る方が楽しめるし気楽だからだ。

結婚式から解放されたので、昨年の8ミリの続きを渋谷に行って撮ろうと思い、あゆみに電話するように平尾に言った。平尾は「若いしぶき」以来だが、もはや僕の分身のようになっていて、どこに行くのもほとんど一緒だった。あゆみは、まだ家に帰ってないというので、とりあえず夜の渋谷に出ることにした。

車を適当なところに駐車してから、まず道玄坂にある百軒店に入った。

アーチをくぐった右手に喫茶店「ふじやま」がある。「ふじやま」は稲川興業の溜まりと言われ、秋山がアジトにしてた店である。二十歳になった時に、秋山が「ゲソをぬぐかどうか迷ってるんだよ」と僕に言っていた。もう秋山とも会う事はないだろうが、その後、どうしたのだろうか。

「ふじやま」の脇にある細い道を突き当たりまで行くと、そこは高台になっていて、下に向かって直角に近い階段があり、真下には「恋文横丁」がある。

階段の出張った所に立つと東横の別館のてっぺんにある時計台が手前の建物の間から突き出して見えている。まずは渋谷の象徴として夜空に向かって光を発している東横の時計台をここから撮ることにした。

次は、別館の前の広場まで行き、時計台から下へとカメラをパンダウンする。するとハチ公の銅像が現れ、その横に平尾が歩いて来る。

「平尾、走れ」

と、僕が怒鳴ると彼が走り出し、光が飛び交う大通りを向かい側の天津甘栗の前まで車をよけながら横断する。

天津甘栗を曲がって左側にミミ薬局がある。辻くんの言ってる女が働いてるところだ。後で覗いてみようと思いながら、カメラを止めて平尾にもう一度あゆみに連絡するように言った。

渋谷の街は、六十四年の東京オリンピックのために都電の線路を排して通りを広げたにもかかわらず、相変わらず混雑している。

「あゆみは居ないみたいです。電話が鳴りっぱなしだから」

平尾が戻って来て告げた。相手役が居ないんじゃ、今日はこれで終わりかとつぶやきながらミミ薬局の方角に足を向けた。

女は、医者の上っ張りみたいなのを着て、薬の入ったガラスケースをはさみ、客と接していた。ガラス越しに見える女の顔は、細面で目にアクセントがあり思ったより上玉で、薬屋には似合わない雰囲気だ。どこかの高級サロンとか、ホテルや飛行場のカウンターに座ってる方が様になりそうな女だった。

平尾を道路に待たしておいて、客が出るのと入れ違いに僕は中に入った。

「いらっしゃいませ」

結婚式の衣裳というか背広を着たままの僕を見て女が言った。まるで喫茶店に入ったような気楽さだ。

「薬ありますか」

と、言うと、

「いっぱいありますよ」

と、女が愛想良く答えた。

「じゃ、ハイミナールは」

「ありますけど、署名が要りますからね、ナロンなら大丈夫ですよ」

頭の働きは悪くない。

僕は8ミリを見せて、趣味で撮影をしてるんだけど、相手役の女が行方不明なんで代わりを頼みたいんだけどと話した。

「私なんかで良ければ、嬉しい」

笑うと、八重歯が光った。ドラキュラほど出過ぎず、歯のバランスは悪くなかった。

「何時に終わるの」

「八時だから、半には出られます」

女の名はセリと言った。二十歳と答えたが、頭の回転はそのくらいだとしても、見た目とか雰囲気は十八歳くらいだ。

喫茶店に入って、平尾との会話を撮影してみたが、終始平尾がセリのアドリブでタジタジとなって押され気味だ。松竹の大部屋出身にしては、まるで形なしだった。

喫茶店から出ると、平尾が「いくらでした」と訊いて来た。何で、勘定の事なんか訊くのかおかしなヤツだ。しかも、九州の福岡出身だからイントネーションがおかしい。いくらの「い」にアクセントがつくのが普通だが、平尾は、「くら」の方にアクセントがつく。

「おまえね、いくらじゃなくて、いくらだよ」

分からない顔をしてるので、

「おまえのいくらは、寿司屋で食うヤツ。金を払う方は、いくらだ」

と解説する。役者のはしくれなんだから、イントネーションを標準語にしてやらなきゃだ。

「わかったかよ」

「はい」

「じゃ、言ってみろ、金を払う方は？」

「いくら……」

「そうそう、じゃ、もうひとつの方は？」

「もうひとつの方……？」

「そうだよ、金を払う方はいくらだろう、もうひとつの方」

「……金を払わない方ですか？」


あとで訊いたら、寿司屋にいくらってのがあるのを知らなかったという。

セリは、これから友達のところに泊まりに行く予定らしい。

「良かったら一緒に来ない。その子ね、凄く面白い子だから、お芝居好きだし撮影してみたらきっと気に入るよ」

結局、その子の部屋にみんなで行き、午前三時ごろまで撮影しながら騒いだ。


セリたちが作る雑炊を食べて雑魚寝して家に帰った時は朝の八時を回っていた。

結婚式の夜に家をあけた事について、誰も問いただそうとはしなかった。

ひろこちゃんに愛情がないわけではなかったし、結婚が嫌で出かけたわけでもないので、何で家をあけたのかを誰かが問いかけたとしても、多分、答えることは出来なかっただろう。

ただ、平尾は、お手伝いのおばちゃんと花ちゃんに廊下の隅に呼ばれて、どこに行ったのか詰問されていた。平尾が何を答えたのかは聞こえなかった。

結婚したと思ったら、相次いで仕事が入って来た。略奪結婚が宣伝になったわけではないだろうが、テレビや映画会社から次々と仕事の話が来た。

テレビはTBSの「ああ!夫婦」のシリーズと「おかあさん」のシリーズの二本、NHKからは「若い者」という単発が一本である。

映画は、日活からで西郷輝彦主演の「この虹の消える時にも」だったが、続いて東映からも「非行少女ヨーコ」の話が来た。これは緑魔子主演である。

そして、松竹映画からは「春一番」と、今年は麻雀でいうとバイオリズムが上がって流れが来てる感じがする。いよいよ役者として世間が認めてくれて来たって事なのか。

この三本の映画を撮ってる間にNHKとTBSのテレビに出演するのだが、「おかあさん」は五度目の依頼になる。

「この虹……」は、西郷輝彦主演の青春映画で、僕の役は少年院で一緒になった三人の中の一人だ。主役の西郷と山内賢の二人は出所してから更生して行くのだが、僕一人はやくざになって行き、真面目に働く西郷に何彼《なにか》と対立し脅しに行く役柄だった。

西郷とは、「虹の設計」でも一緒だった。とくに、この映画の後は、公私ともに付き合って行くことになる。

「この虹の消える時にも」の撮影で印象に残った話はと聞かれた西郷が、

「クランクアップして、最後に監督さんに〝荒木くんは貴重な人だ。彼にお礼をいってほしい〟と言われた」

　と、その後のファンクラブのインタビューで答えている。映画が封切りになる少し前に試写があって、そのとき撮影所で西郷と一緒になったが、「じゃあ、また」と握手して別れただけで、お礼を言われた記憶はない。

役者の仕事が立て込んで来てる中、名古屋に行くことになった。

例の「星に唄おう」が番組を開始するので、東海ラジオで番組の録音をするのと、その宣伝で記者発表をするのだ。

菊池さんが、ひろこちゃんも一緒に行けるように手配してくれたが、彼女は番組に出るわけではない。記者会見の時、僕一人では話題に乏しいと思ったのだろう、森乳の戦略である。

番組の録りは、この一回だけが名古屋で、あとは東京にある東海ラジオの支社で行われる。

東海ラジオの制作室に行くと、テーブルに緑やブルーのパステルカラーのはがきが山積みになっていた。今週の歌として僕の作った歌の譜面と歌詞が、そのはがきに印刷されている。応募して来た人には送るのだという。

ローカルだし、深夜だし、そんなに応募は来ないだろうと、はがきを手にとると、それなりに綺麗で魅力があった。欲しければ貰った人は嬉しいかもしれない。譜面をはがきに刷るアイディアは悪くないなと思った。

去年、東京で音楽の録音をしたときにディレクターの鈴木さんが来ていて、

「自分で歌詞と曲を一緒に作って唄ってる歌手は一人も居ないからね」

と言っていたが、アメリカではポールアンカとか、その手の歌手は居るし、日本ではそんなもん

なのかなあと思っただけで、そのときは別段珍しいとは思わなかった。

しかし、はがきを手に取って「作詞・作曲・歌・荒木一郎」と印刷された譜面を見たとき、なんとなくだが実感があった。

記者会見を終えて、第一回目の録音が始まる。一週間分を名古屋で録って帰るのである。

番組のテーマ曲は「空に星があるように」で、海老原さんがアレンジした。

「虹子と啓介の交換日記」で、毎週ラジオ番組をマイクの前でやっていたから、一人で話すのも曲を紹介するのも、別に緊張することもなくスムースに進行できた。

番組のラストに、はがきに印刷されている今週の歌「ただなんとなく」が流れたあと、森永乳業という言葉が一行も出て来ない詩のようなコマーシャルで終わって行く。


「いっちゃん、新婚旅行のスケジュール決まったからね。嫁さんとゆっくりする暇もないだろうから、ここはひろこさん孝行で九州一周を車で行ったらいいよ」

名古屋から帰ると直ぐに菊池さんから電話があった。

すべての手配を菊池さんがしてくれて、予定通り九州へ新婚旅行に行くことになった。

過密なスケジュールの合間だったが、辻くんが各社と交渉してくれ、正味五日間の休みが取れた。

しかし、その前に「ああ!夫婦」だけは録り終えなければならない。

「虚々実々」がサブタイトルで、現代社会を風刺した作品になっていて、中身は、「虚々実々」というよりは「奇々怪々」と言われそうな台本だった。

主役の森雅之さんは元どさ回りの俳優の役で、その息子の轟虎太というのが僕の役である。

その一家の話なのだが、妻のとらは便器のフタの専門メーカーの社長でもある。僕は作曲の才能のある役で、そのトイレのフタの歌「トイレフター」を作曲してコマーシャルソングとして唄うだけではなく、母の圧力で政界にも押し出されようとする。

そのトイレフターの曲を、僕に作曲してほしいと言われた。

「ただいま11人」で歌を唄う若者を演じたり、劇伴をやったりしたので、なんとなく曲を作るイメージがテレビの制作側にあるようだ。

〝フタ、フタ、トイレフタ〟という歌詞に曲をつけ、劇中のコマーシャルソングを作った。

「ああ！夫婦」を録り終わったら、九州一周の新婚旅行である。

乗ってみたかった車があった。それを向こうでレンタルする手続きをした。

ホンダのS８００である。どうせ二人で九州を走るなら2シーターのオープンカーがいい。


羽田から板付空港までジェット機で飛び、長崎で予定通りホンダのレンタカーを借りた。

空も澄み渡って、雲仙の仁田峠からは九州の紺碧の海と山が一望に見渡せる。僕は、ガードレール沿いに車を止め、持って来た8ミリでやたらに景色を撮りまくった。

雲仙にある九州ホテルに着いて食事を頼むと、都会風のメニューが用意されていた。郷土料理を期待したひろこちゃんは、箸に手がつかない。

大体が肉は嫌いだし魚も刺身はダメと来ているから、郷土料理も都会料理も変わらないとは思うのだが。

翌日は、フェリーボートで島原から熊本の三角に行き、さらに車で走って熊本市に入った。

「水前寺公園って素敵だから行こう」

ひろこちゃんがいかにも知ってるように言うので、問いただしたら全く知らなかった。

水前寺公園の近くで、面白いことがふたつ起こった。

ひとつは、土産を買う店を見つけて店の前に駐車して、買い物を終わって戻って来た時に起こった。

キーを車のドアに差し込んで回したら、なんとそれが飴のようにぐにゃっと捻じ切れてしまったのだ。

キーの半分は鍵穴の中に残ったまま、ドアを開けることも出来ないし、もちろん、キーが折れてたんでは運転も出来ない。

あわてて土産屋に戻って長崎のレンタカー屋に連絡しようと思って赤電話の前に立ったが、長距離なので十円玉が足りない。店の人に半分になったキーを示して、奥にある黒電話を借りれないかと聞いた。

「わたし、店員やけん、××××××」

自分は店員だから権限が無いと言ったのだろう、断られた。

仕方なく、駐車してる車を店の前に置かせてもらう事だけ頼むと、近くのレストランを探した。昼飯を食べるついでにでも電話を借りるしかない。

「食事処くまもと」と看板に書かれた店に入り、事情を話して食事もするからと言うと、

「いいですよ」

と、長いコードのついた黒電話を帳場まで持って来てくれた。

電話の向こうでは、レンタカー屋が今までそんな事故にあった事はないと、冷たく首をかしげる風である。が、事実なんだからしょうがない。

「店の前に駐車したまんまなんだから、なんとかしてよ」

電話口に主任が出て来て、別府に支社があるからというから、ここは熊本だと言ったのだが要領を得ない。

「分かり次第、とにかく電話を下さい」

レストランの番号を言って電話を切ったが、食事が終わっても一向に連絡が来ない。駐車違反になろうと何であろうと、このまま車を置き去りにして、一旦ホテルに行くしか無いと思ってたところに、男の人が二人店に入って来た。

二人は、僕らのテーブルをチラチラと見ながら帳場のお姉さんと話している。

レンタルカー関係の人か、それとも駐車違反の取り締まりかと思ったが、そのどっちでも無かった。お姉さんに連れられて来た二人の男のうち、年配の方の一人が話しかけて来た。

「あんたらか、この人んとこ車置き去りして、めずらしか車ばってん人だかりがしちょってからに早く動かさんと××××××」

熊本弁まるだしで、ほとんど言ってる事が分からないが、どうやらお土産屋の主人が店の前なので迷惑してるから車を動かせって事らしい。店の主人とタクシーの運転手みたいだ。

僕たちは、ねじ切れたキーを見せて、事情を標準語で説明したが分かってもらえず、帳場のお姉さんに熊本弁に通訳してもらった。とにかく来てくれと言うので、店の勘定を払って車の所まで戻った。

折れたキーを見せながら、店の主人に鍵穴をのぞかせたりしてたら、さらに人が集まって来た。略奪結婚で有名になってるのか、榊ひろみの人気なのか。

「東京から来たんじゃ大変だね。わしらが手伝ってやるから」

と、タクシーの運ちゃんが店の主人に言って電話を借りると、親切に事務所に連絡を取ったりしはじめた。別の運ちゃんは、キーの挿《さ》さってる鍵穴の具合を見たりしている。

しばらくすると、タクシー会社の配車の係りだという人が同じS800を持って来てくれた。が、エンジンをかけると、直ぐにエンストしてしまった。

熊本のホンダの人が二台目を持って来たが直ぐに故障。三台目も不調。四台目になって、ようやく動く気配になった。

タクシーの運ちゃんたちの努力には頭が下がるが、しかし、熊本だと言うのに良くまあ、同じ車がこんなにあるものだ。ホンダはよほど景気がいいのだろう。

手伝ってくれた運ちゃんたちに手を振って出発した途端、車に向かって手を振って走って来る人がいる。

「荒木さーん」

今、集まっていた野次馬の中には居なかった人だ。榊ひろみではなく、僕を名指しで走って来る。

ひろこちゃんは、さすがに顔に疲れが出ているが、仕方なく車を止めると、

「荒木さんでしょ、僕の家に荒木家の家系図があるんです」

走って来た彼がハーハーと息を切らせながら僕の顔を拝むような目で見た。

結局、今度は駐車場に車を停め、気を使いながらキーを外して彼と一緒に喫茶店に行くことにした。

荒木家は、熊本の荒木村が先祖の地だと母親から聞いたことがあった。

元々は、荒木村重という戦国時代の大名を先祖とするのだが、この人は、織田信長に明智光秀より早く謀反を起こした人で、最終的にはその家系の人たちが熊本まで落ち延びて村を作ったと言われている。

彼は、ニコニコしながら、嬉しそうにその事を語ってくれた。その子孫が荒木一郎と分かるところまで系図には書かれているんだという。

系図は見る気がしなかったので、話だけ聞いて彼とは別れ、この日は阿蘇ホテルまで行って泊まった。

翌日は、阿蘇山に上ったが、深い霧で何も見えない。

チケットを買ってロープウェイに乗ると、まるでミルクの中でぶくぶくと浮いてるようで、景色は見えず乗ってる意味もなかった。

車で別府に向かった。晴れていれば九州を横断してるこのハイウェイは素晴らしいと聞いていたが、ここも厚い霧に覆われていて、8ミリを取り出しても写す景色が無かった。

走りながら、ひろこちゃんが真剣に話しかけて来た。

「これからの生活方針みたいなのある？」

霧とは無関係の難しい話だ。

「別に無いよ」と答えた。

「でも何かあるでしょ」

「そうだな、あんまりぬかみそ臭くならない方がいいね。お互いにあまり束縛せず、自由にやろう。人生、小さく固まったら面白くないから」

「友人みたいにね。気になる事があったら、そのつど注意しましょうね」

お互いにまだ若い。にもかかわらず、結婚によって、車だけじゃなく自分たちの前途も霧の中に入るような気がしていた。

ひろこちゃんの結婚意思も、僕が芸能界から干されないための配慮が多分に入っていたのかもしれない。

もちろん、彼女に対する愛情は十分に持ってたから、あの箱根での今日と同じ深い霧に包まれた日の事を思い出しながら、「大事にしてやらなければ」と改めて思った。

霧は別府に着いても、なお車の周りを取り囲んでいて、それはそのまま夜のとばりに変わって行った。


旅行から帰って、ひろこちゃんが週刊女性から頼まれて新婚旅行のエッセイを書く事になった。

「わたし、あんまりうまく書けないから」

と、ひろこちゃんが言うから、

「手伝ってやるよ」

と、台本を直すように適当に添削してやった。

その雑誌が発売された翌日、二人のサラリーマンが家に訪ねて来た。

エッセイに鍵の事件が書かれていたので、それを読んだ東京のホンダの人たちが菓子折りを持って、その節はと謝りに来てくれたのだ。


新婚旅行から帰ると、今井正監督が初めてテレビの演出をやるというドラマの話が来た。「ガンかて笑って死ねるんや」という作品で、大阪のある医師がガンにかかり、自分を実験台にして死んで行く話だ。

僕の役どころは、医師夫妻の長男だった。

今井正さんは、日本の映画監督としては巨匠中の巨匠だし、大きな役で夢のような話だと思った。

中学生の時に見た、原爆症の女と不良少年の愛を描いた「純愛物語」は感動して涙が出たし、最近の「武士道残酷物語」も面白かった。

辻くんと大いに盛り上がって大泉の東映撮影所に向かった。

衣裳合わせとか助監督からの話があるという。

衣裳部の部屋に入ったが、監督の姿は見えなかった。

通常、映画やテレビの衣裳合わせには監督が立ち会うのだが、今日は助監督の指示によってすすめられるのだろうか。何人か、他にも役者さんたちが来ていた。

けっこう簡単に衣装合わせが終わり、別の部屋に集まるように言われた。監督の威光を笠に着てるのか、それとも、もともとそういう性格なのか、助監督の言い方が高圧的で強制収容所にでも来たような気分だ。

その助監督が最後に、

「台詞は全部覚えて来て下さい」

と言った。

今まで台詞を一字一句も直さないでそのままやれば芝居が出来るという台本に出会ったことがない。現場の状況によっては台本にこだわらず、台詞を変えた方が良い場合もあるし、台本には書かれていても、撮る前にそのシーンがカットになる事だってある。

言われたことに抵抗はあった。

かと言って「台詞は覚えません」と言っても反抗的に聞こえるだけだろう。気分が乗らないまま僕は一緒にいる辻くんの顔を見た。ずっと一緒にいるので、お互いの気持ちは顔を見ただけでも通じるところがある。この先、この状況だと助監督と必ず喧嘩になるのは目に見えている。

「降りようか」

僕が言うと、辻くんは、ごく普通にうなずいた。

翌日の新聞に、早くも、

「巨匠の作品を降りた荒木一郎・タレント失格」

と報道され、

「今後、荒木がNETの作品に出演するチャンスを失ってしまったことはたしかだと見ていいだろう」

そう締めくくっていた。


ひろこちゃんも結婚生活が板について来た。テレビタレントは完全に引退したのだが、家の事は花ちゃんがやるし、ここで文学座に入って改めて舞台の女優をやって行きたいと言う。

「研究所に入って、基礎から勉強したいの」

「まあな、辞めたくなったらいつでも辞めればいいよ」

「いっちゃんじゃあるまいし。舞台は大好きだし、いっちゃんみたいに私は私で気の合う仲間を作って行きたいし」

新婚旅行で、お互いに束縛せず、それぞれが自分の好きな道を行くと話した結果である。

もちろん、僕は大賛成。このままぬかみそ臭くなんてなってほしくはない。ひろこちゃんも、まだ二十四歳だ。

「非行少女ヨーコ」の監督、降旗さんは新人だが、東映が力を入れてるらしく「初めてメガホンを握る」と大きく宣伝されていた。

監督も若いし、出演者も魔子ちゃんや麗子を始め石橋蓮司だとか東野孝彦だとか若手が沢山出ている。稔侍も一緒だった。

撮影は、大泉の撮影所に合宿でもしてるような雰囲気で、昼飯や休憩時間には男連中が楽屋に集まってワイワイ騒いだりしていた。

そのうち、魔子ちゃんが東野孝彦のことを気に入って、それを男連中に言うもんだから、その話が中心になった。東野は本名を英心と言うので、撮影中はみんながエイシンと呼んでいた。エイシンも魔子ちゃんを気に入ってるはずだが、なんとも煮え切らない態度でいる。

魔子ちゃんがみんなと居るときに、

「エイシン」と、声をかけると、ニヤニヤとニヤけるだけなので、

「男らしくしろ」とかいいながら、エイシンの背中を蓮司と一緒に押すようにして二人の仲をとりもとうとした。

「非行少女ヨーコ」の撮影は、普段からそんな雰囲気なので、誰もが緊張せず自由な気分で進んで行った。

撮影中に、辻くんが凄い話を持って来た。

その日の撮影が終わるのも待たず、電話でも言わずに大泉撮影所まで飛んで来たのだ。

「サブちゃん、凄い話」

カットが掛かるまでスタジオの隅にいた辻くんが、立ち上がって僕を呼ぶと、興奮した顔で僕を見た。

「なんだ勿体ぶって、忙しいんだから早く言えよ」

「東映が、サブちゃんと年間三本契約を結びたいって。今日、銀座の本社で言われたんだよ」

東映映画に一年に最低三本は出してやるからその分スケジュールを確保しろという契約だ。しかも、もし東映側で提供する出演作が無かった場合は、撮らなかった分の出演料を保証してくれるという。

年間三本の保証は、ちょっと少ないとは思ったが、少なくとも大東映が僕の芝居を認めてくれたってことだ。

役者になろうと志を持った時から見れば、これは凄いことである。

映画会社との本数契約。考えるに従って、その夢のような出来事の価値がじわじわと体の中に溢れて来た。僕は辻くんの顔を見た。辻くんの目が赤くなってる。

「なんだ、涙出そうだぞ」

辻くんが笑った。握手をした。お互いに、まずは目指す目的まで漕ぎ着けたわけだ。

一本目の作品が何になるかはまだ分からないが、単なる出演交渉と契約してからのそれとでは、何か重みが違う気がした。

「非行少女ヨーコ」がクランクアップし、直ぐにTBSで、「おかあさん」のシリーズに入った。

この衣裳合わせのためにTBSに行くと、「ただいま11人」のスタジオに脚本家の林秀彦さんが来ている。秀ちゃんは、僕の姿を見て元々目が大きい人だが、びっくりしたような顔で近づいて来た。

秀ちゃんとは、最初の隣家のギターを弾く若者役を依頼されて以来、何度も家に遊びに行ったり来たりする仲になっている。僕よりも十歳年上だ。しかし、あまり歳の差を感じない。まあ、それは僕だけの感覚かもしれないのだが、とにかく僕の歌を気にいってくれていた。

「いっちゃん、ちょうどあんたんとこに電話しようと思ってたんだよ。だから、びっくりしたよ。あんたのマジックで予知したわけじゃないんだろう」

僕は秀ちゃんに将棋やマジックを教える師匠でもある。秀ちゃんの用件は日本テレビの昼の連続ドラマの話だった。

「ごめん、なんとかあなたに主役級の役をと思って日テレとも交渉したんだけどね、ダメだったんだ。その代わり、ＴＢＳドラマの主題曲を一緒にやりたいんだよ」

と、言う。

林秀彦作詞、僕の作曲で連続テレビドラマ「人生の並木道」のテーマ曲を作ることになった。役者としても、少しは出演させてくれるようだ。

出演者としてロケの現場に行ったらガチャコが居た。平尾を連れて行ったものだから、役は大した事なかったが現場は大いに盛り上がった。

ガチャコは主役の一人だ。「バス通り裏」での十五歳のガチャコから見ると、彼女もかなりの出世である。

秀ちゃんは、主役級でないことを謝ってくれたが、今や映画会社と本数契約を持つ身である。ごめんと言われても人ごとのようにしか思えなかった。

「おかあさん」の録りが終わって四月になると、いよいよ「星に唄おう」のオンエアが始まった。名古屋だけの番組なので東京では聴くことが出来ない。

録り溜めが無いので、二週目の放送分からを虎ノ門の東海ラジオの支局で録ることになった。今週の歌のアレンジ打ち合わせも海老原さんとしなければならない。

一日一日のスケジュールが過密になって来たと思ったら、NHKから羽仁さんのテレビの正式な出演依頼が来た。

脚本と演出を羽仁さんが受け持つ芸術祭参加作品の「石になるまで……」である。秋のオンエアだが、五月には撮り始めるそうだ。

台本が届いて、開いてみると主役はエイシンだ。魔子ちゃんの前で所在なげにしていた、如何にもエイシンらしい無口でもごもごするような役柄だった。

僕と多美ちゃんとエイシンの三人は田舎町に住む友達同士だが、将来に生き甲斐を見いだせないでいる。

僕はだんだんとグレて行く役で、その三人の閉鎖された青春が旧石器時代の骨を探すことに情熱を傾ける事によって、今後の生き方を発見して行くという内容である。多美ちゃんは、額村多美子から左時枝の芸名になっていた。

「星に唄おう」は、最初の週から高聴取率ではがき希望の電話や手紙が殺到しているとディレクターの鈴木さんから連絡があった。道楽が当たって、菊池さんは森永の社長に対して、かなり鼻を高くしていられるだろうなあと思った。

高校を卒業してAプロをやり出したあたりからだろうか、自分と友達になってくれたり応援してくれたりする人たちに恥をかかせたり失望させたりしたくないという気持ちが強くなった気がする。だから、完全とは言えないが映画の仕事をやっても、監督や共演した相手とかに、役者として一緒にやって良かったと思って貰えるような仕事をこなして来たつもりだった。

その点、ラジオの聴取率なんて水物だろうから、僕がどう頑張っても付き合ってくれてる人たちに完璧に応えられないのは分かっている。が、偶然にせよ、高聴取率を取れたことはそういう意味でありがたかった。

虎ノ門にある東海ラジオの支局に行き、五月の半ばまでの「星に唄おう」放送分をストックした。放送は名古屋地区だが、録音は東京で週に一回行けば良いだけなので時間はあまり取られない。

「石になるまで……」の撮影が開始された。撮影は、オールロケで、足利市を使って行われるという。

東京から電車で行く事にしたが、行き来の時間は掛かるし慣れない土地だし、思っていたより大変な仕事になった。

泊まる旅館は、駅の近くの「旅荘みさと」で、そこを定宿にしてるうちに、女中さんの一人と仲良くなった。というか、最初に会ったときにいきなり「サブちゃん」と抱きついて来て、サインをせがまれ、それからは泊まる度に世話女房のように何かと親切にしてくれ、足利周辺の食事どころや遊び場所に案内してくれたりするようになった。

奈美さんが教えてくれた店のひとつに、喫茶店「くるま」があった。

彼女は、そこに僕を連れて行き、歳が同じくらいだからとマスターを紹介してくれた。草間伸という男で、何度か通ううちに伸ちゃんとは親友のような間柄になった。

喫茶店のオーナーでもある草間の伸ちゃんは、この足利市だけじゃなく北関東一円のパチンコ店などを営業してるコンツェルンと言ってもいい志賀産業という大きな組織のボスの婿養子である。金はあっていい車を持っていたり羽振りはいいのだが、信じられないくらいの恐妻家でもあった。

まあ、金も奥さんのお父さんから出てるのだろうし、婿養子だから、そうなってもおかしくはない。

東京ぼん太みたいなコメディアン風の容姿と性格をしてるが、足利なまりがそれに輪をかけていて田舎っぽい。見た目はダンディだが、婿養子の肩身の狭さを隠さず、むしろ開き直っておどけて見せたりするのが、伸ちゃんらしく、一緒にいて楽しい男だった。

足利の町には大きな紡績工場があるため、女の人の数も多く、出勤と退社時は自転車が街に満ちていて、まるで日本とは思えない。ベトナムか中国に居るような錯覚に陥ったりする。

伸ちゃんは紡績工場とは関係ないらしいが、喫茶店の他にトルコ風呂も経営していた。撮影の合間に、そこのナンバーワンとかツーとかも紹介してくれ、彼女たちとも友達になった。

ナンバーワンは気さくで話してると楽しい。ツーは美人だが、それだけじゃなく僕とは何かにつけ気があった。

トルコ風呂には入らなかったが、彼女が休みの時には市内でデートをした。街のどこがどうなってるかを女中の奈美さんも教えてくれるが、ツーも商売がら奈美さんの知らない裏の場所へと僕を案内してくれる。

伸ちゃんは、店の名前でも分かるようにカーキチで、薄いグリーンのモーガンを乗り回してる。時々、ロケ現場に送ってくれたりするのだが、やはり市内を移動するには、自分の車があった方が便利だと思った。

そう思うと電車で通うのはかったるい。足利周辺も、ツーや奈美さんのおかげで、だんだんと自分の住んでる町のように詳しくなって来た。

撮影の半ばくらいからは、自分の車を運転して岩槻街道を走って足利まで来るようになった。

ロケ現場で多美ちゃんと話してる時に、予感があった。

「おととしは芸術祭の賞が取れなかったけどね、今年は取れるよ」

とにかく、今年は自分自身のラジオの番組がヒットしてるだけじゃなく、映画からもテレビからも引っ張りだこになっている。麻雀をやってると、こんな時には何をやっても振り込まないし、あげくは大三元をつもったりするものだ。

「今年の俺は流れが来てるし、ついてるからね。羽仁さんの作品も今回は芸術祭賞が取れるような気がするよ」

と、多美ちゃんに言った。

「それ、当たるといいわね」

多美ちゃんの声は、姉さんの喜美ちゃんの声にそっくりだし、しゃべり方も似ている。その上の姉さんの左さんとも、二人とも顔も声も似ていた。

「当たるよ。信用しないんなら、賭けるか」

「いいわよ」

僕たちは、芸術祭が取れるか取れないかで、百円賭けることにした。

「石になるまで……」を撮りながらも、連続物の「ただいま11人」や「人生の並木道」の出演があるし、週に一回は虎ノ門に行き「星に唄おう」の録音をしなければならない。

音楽も常に海老原さんとアレンジの打ち合わせをして、東海ラジオのスタジオで録るのだが、スタジオが小さいので、音楽だけはニッポン放送のスタジオで録ることになった。

ところが、始まって二ヶ月近くになって、視聴者からのはがきの応募が一日千件に達してるという。しかも、最初の一ヶ月で二万通になったと言われた。

「星に唄おう」の評判が高まったことにより、六月からキー局が、名古屋から東京のニッポン放送に移行する事になった。

単なるローカル局の番組ではなくなり、晴れてメジャーなラジオ番組となるわけだ。

東海ラジオから名古屋地域だけに流れてるのと、ニッポン放送から全国へと僕の曲が流れるのでは、録音してる時の気分も違うだろうと思ったが、やってみると、東海ラジオの支局からニッポン放送の本社へとスタジオが変わっただけで、気分は同じようなものだった。

六月の末だというのに、関東を大型の台風が襲った。台風四号である。

さすがにその日の足利ロケは無かった。翌日、台風が過ぎ去っても北関東は電車が動いてないというので、車で行く事にした。

赤羽から荒川を超えて川口市に入ると、なんと道路が水びたしである。

岩槻街道の中央はアスファルトで舗装され少し高くなっているが、その横の歩道側は溝のように土地が一段下がっている。

昨日の台風のせいで荒川が溢れ、そのため溝が川のようになっていて、小舟で行き来してる人がいるくらいだ。

車で走る街道沿いにある家は、どれも床まで水に浸かっていた。

川口を抜けると、しばらくは街道の両側が田んぼになる。

そこまで来たとき、引き返すか行くかどうしようかと迷った。なぜなら、いつも通って来た道の両側の田んぼに水が溢れているだけじゃなく、街道そのものも水の中に浸かっていたからだ。

田んぼ地域の全面が見渡す限り広い湖になってしまって、道が水の中のどこにあるのかも分からない。

田んぼの全面に出来た湖の端まで行って見ると、道路の真ん中の白線が汚れた水の中にうっすらと見えている。これを目安にして走ればなんとかなるだろうと、僕は、その白線を頼りに湖に車を乗り入れる事にした。

ゆっくりと走らせ田んぼに落ちないように、白線を見失わないようにして神経を集中して走った。湖をようやく抜け、大宮に入った。

もう道路は乾いて白線もはっきりと見えている。かなり時間が遅れているのでアクセルを思い切り踏んだ。

やがて道の先に商店街の信号があり、その手前に車が何台か並んで止まっているのが見えた。信号は赤である。並んだ車の最後部に着こうと軽くブレーキを踏むと、なんと、スコンという感じでブレーキが抜けて感触がない。踏んでも間の抜けたピストンポンプと化している。

車はブレーキが利かないため、そのままのスピードで直進してる。

このまま行けば、並んでいる車に激突し、玉突き状態の事故になるのは目に見えている。

あせって何度も右足でブレーキを踏むのだが、スコンスコンと抜けるだけで、なんの手応えもない。

フロントガラスに最後尾の車の後姿が迫って来た。あわやというところで、思い切って左にハンドルを切った。並んでいる車と歩道の間に、ようやっと僕の車が走れる巾が空いていた。そこに入ってほっとしたのもつかの間、スピードは変わらず車は直進している。ブレーキは相変わらず無力だ。

このまま行けば今度こそ交差点の赤信号にそのまま突っ込むことになる。ひたすらブレーキをバタバタと小刻みに踏んで、そうだエンジンブレーキをと思ったときには、もう車は赤信号の真ん前に来ていた。

が、不思議なことに、交差点ギリギリで車が止まった。ブレーキが利いたのだ。湖で水がブレーキに入り、それを踏んだり外したりの回数を重ねることによって、だんだんとドラムの水が乾いて、間一髪でブレーキが利いたという事なんだろう。

館林を抜けると、僕は、無事に足利のロケ現場に到着した。伸ちゃんも奈美さんも、心配して現場に来てくれていた。訊くと足利の被害は増水で用水路のトンネルが落盤して人が何人も死んだりと、思ったより酷かったみたいだった。

しかし、奈美さんの旅館や伸ちゃんの家は何事も無く無事だった。

この季節外れの大型台風と一緒にビートルズが来日した。

これは行くしかないと思い、七月の頭に東京に戻り、忙しい中、なんとかチケットを手にいれてひろこちゃんと観に行った。

武道館の近くまで行くと、何台もの機動隊のトラックが道に沿って並んでいて、荷台に積まれてると言った方がいいくらい山積みの機動隊員が武道館に行く人たちを見て、ヤジを飛ばしたりしている。人気タレントなんかが見に来てるので珍しいのだろう。

始まる前になると、客席の通路という通路に機動隊が並んで座り、ものものしい警戒態勢が敷かれた。武道館と警官隊、到底、音楽を聴く雰囲気ではない。

もともと武道館なんだから音楽の為の会場ではない。見るだけで満足するように、という噂もあって音の期待はしなかったが、それにしてもせっかくのビートルズ、機動隊でムードぶち壊しの中、体育館では音も聴けたものではなく、がっかりさせられた。

「石になるまで……」が終わると直ぐに、京都の東映から「893愚連隊」の話が来た。東映との本数契約の一本目である。

京都の東映撮影所で現代劇を撮るのは初めてなので、京都市街のオールロケだが、駅や街中での撮影は許可を取らずにすべて隠し撮りで行くという。撮影期間は一ヶ月。ほとんど京都で生活することになりそうだ。

しかも、役柄はチンピラだが、京都弁でしゃべらなければならない。

方言を役者が覚える場合、ハリウッドでは専門のインストラクターや役者専属のコーチが付くみたいだが、東映京都では、単に教えてくれる人でさえ付けてくれない。

にもかかわらず、ほぼ全編にわたるシーン全てが京都弁の台詞だ。おまけに長台詞もあるのだから、かなりの難関である。

もちろん、いい加減な関西弁でやる事は出来るかもしれないが、同じ関西弁でも大阪弁と京都弁とはまったく違う。

いや、違うと言われているだけで、その違いなど僕には全く分からないのが現状だ。

京都の撮影所に入ると、直ぐに中島貞夫監督に紹介され、衣裳合わせに入った。現代劇を初めて撮ると言われる京都撮影所だから、とうぜん、衣裳部に現代的で役にぴったりなんて衣裳があるわけもない。もちろん、予算も低いから買って来てくれるわけでもない。答えは、ひとつだ。

「自分の持ってる衣裳に、この役にぴったりだと思うのがあるので、それ持って来ました」

僕は監督に言った。テレビの仕事をしてると、とにかく多いのが学生役である。善良な役もあるし、不良っぽいのもあるが、ほとんどが学ランである。青学は制服が背広なので、学ランは着た事もないし持ってもいない。

が、やはり、自分の衣裳なのだから、自分にぴったり合うヤツの方がやりやすい。そう思ってある日、自分用の学ランを買う事にした。

以来、テレビドラマで学ランが必要な役はすべて自前でやって来ている。もちろん、役に合わせて着方を変える場合もある。

少しきざっぽい不良の場合は、学生服の胸ボタンを開いてそこに紅色のスカーフをちらつかせたりした。

今回は学生ではなく、チンピラ風の三つ揃いの背広だが、これは、「この虹の消える時にも」で使用した自前の衣裳で賄う事にした。

もちろん、中島監督はオーケーで、

「それで行こや」

ということになり、一旦、東京に戻った。


家には、ひろこちゃんの友達という連中が何人か来ていた。

「おはようございます」

「おじゃましてまーす」

にこやかに同年代くらいの役者仲間が挨拶する。

「木津くん、吉沢くん」

と、ひろこちゃんも嬉しそうに仲間を紹介してくれる。

いかにも新劇をやりそうな服装と雰囲気だ。続かなかった研究所時代に一緒にやってた連中を思い出す。

文学座に入ってひろこちゃんに仲間が出来たのはいいが、全員が男ばかりというのが気になった。異性にもてるのもいいが、やはり同性の友達をもつ事が大事だ。

「ああ、どうも」

と言いながら、軽く挨拶すると二階の部屋に着替えに上がった。

女ともだちと話してる時に、どんな男と付き合ったらいいかという話になる。

誰でも彼氏や彼女を持つときに考えることだが、そんなとき、男と付き合うなら男の友達に尊敬されてるヤツにしろ、と答える。

女の価値も、女の友達にどれだけ慕われていたり、尊敬されてたりするかが大事で、そういう女になるべきだ、なんて偉そうに話すこともしばしばあった。

もちろん、ひろこちゃんが男にもてることには異存はないが、ひろこちゃんほどの女なら男は嫌でもついて来る。しかし、女友達に認められるには、それなりの努力が必要だ。

やはり、ひろこちゃんには女性の友達に慕われたり、信頼されてほしいとは思った。そう生きた方が、歳をとったときの幸せ度が違うはずである。

その夜遅く、広次とか花ちゃんが寝たあと、ひろこちゃんが仲間のことについて話してくれた。

「みんなで学ぶって、凄く楽しいの。みんな勉強したくて研究所に入ってるでしょ。松竹では、学ばなきゃいけないと思って先生の言う事とか聞いてたからね。とにかく勉強するのって、こんな楽しいのかって思うのよ」

活き活きと語る彼女を見てるのは楽しい。僕の人生に付き合うばかりの生活はしてほしくないからだ。

文学座の帰りには、プールに行ったりボーリングに行ったりするんだという。

文学座の研究所は、遅くとも二時に終わる。帰宅のリミットは八時にしてあるから、その間、ひろこちゃんは何をしても自由である。

「それでね、この間、みんなに楽譜を配ったの。『星に唄おう』の譜面よ。菊池さんにいっぱいもらって持ってるから。それをね、ここはこう唄うのとかね、みんなに教えてあげたの。みんな曲が凄いって言ってたわよ」

ひろこちゃんには、通帳をすべて渡して収入のすべてを管理してもらっている。結婚してる責任というのをどう取っていいのか分からなかったが、やりくりは彼女の役目だ。僕は金の事で何か言いたくもないし、言われたくもなかった。

ただ、結婚してからは仕事が上り調子で、本数契約も成ったし、昔よりは収入が高くなってはいる。実力が認められればまだまだ増える筈だ。必要な分だけ貰い、あとはひろこちゃんの裁量で自由に使ってもらうようにした。

「893愚連隊」の撮影で京都に入る前に「石になるまで……」のロケが終わった。しかし、足利には伸ちゃんと奈美さん、それにツーという友達が出来た。足利の街に、この三人が居るために、その後、何度も遊びに行ったり仕事に行ったりすることになる。

「893愚連隊」では、背広は自前で行くことになったが、他にソロバンとサングラスを使うことにした。役柄が愚連隊の中での参謀役なので、常に仲間の賄いについて計算したりしなきゃならない立場である。

そこでソロバンをポケットチーフの代わりに胸ポケットに入れることにした。台本には無い設定だから、自分で使い方を考えて監督の演出の方針を邪魔せず、しかも、有効的に使用しなければならない。たとえば背広についた埃を払うのにブラシの代わりにソロバンを使ったりだ。

ソロバンとサングラスについては別に監督の許可を得る必要がないので、勝手に役の上で必要なものとして自前で用意した。

衣装合わせの時に広瀬義宣に会って紹介されていたので、最初の京都駅から入るロケの時には、もう意気投合していた。

広瀬とは台本上、ほとんどという程どのシーンにも一緒に出ている。なので、京都にいる間中、撮影はもちろんだがプライベートでもつるむ事になった。

この広瀬が、インストラクターのように僕の京都弁を指導した。というか、僕がしつこく台詞の細かいところまでを「これでいいのか」と喋り方を糺《ただ》してもらって、京都弁をものにして行ったのである。

ただ、しゃべってる当の本人は、京都弁のイントネーションが、これで正しいのか悪いのかはほとんど分からずの状態だった。広瀬がダメと言えばダメで、いいよと言えばいいわけである。

この映画を撮り終えたあと、京都映画祭で新人賞の候補になった。藤岡琢也さんと僕とどっちかと言う事になり琢さんの方に賞は行った。

琢さんは、僕のふるさとでもある「みたけプロ」の所属だ。きっと社長の望ちゃんとみんなで喜んでお祝いをしてるんだろうと、その姿が浮かんだ。それだけじゃなく、この関西弁ぺらぺらの藤岡さんと競えた事は嬉しかった。

なぜなら、京都映画祭なので、その候補になると言う事は鍛えた京都弁が京都の人に通用する証となっているはずだ。候補になる事の喜びは、芝居に対してはもちろんだが、京都弁に対する賞をもらったのと同じ結果と僕には思えたからだ。

ちなみに、この映画で、この年に新設された映画評論の新人賞を貰うことにはなった。

「893愚連隊」の撮影をしてる間も、「星に唄おう」の放送が全国的になった為もあって、さらに評判がアップしていた。番組のテーマ曲である「空に星があるように」にレコード会社が注目していると辻くんが言って来た。

ビクターレコードを始め、コロムビアとかいくつかのレコード会社から、自社のタレントに唄わせたいとの申し込みがあったようだ。

有力なのはビクターだった。ビクターでは、橋幸夫が候補に上がっていた。

辻くんは、それには反対していた。

「サブちゃんの歌は、やはりサブちゃんが唄うからいいんだよ」

菊池さんも、辻くんよりもさらに反対していた。

僕がギターを弾いて唄う「空に星があるように」で番組を作ってしまう程の入れ込みようだったのだから、当然と言えば当然だろう。

ビクターとの交渉時に菊池さんも同席する事になった。森永乳業は「星に唄おう」の番組提供者なのだから、発言権は大いにあるということである。


「893愚連隊」は、相変わらず広瀬とつるんで京都で遊びながらの撮影だが、ケンサンダースもほとんど京都に泊まりきりで旅館で煮詰まっている。なので、遊ぶ時は、

「いくか」

と声を掛けてやっていた。そのうち、声を掛けなくても僕が出かける時には、常に行動を共にす

るようになった。

雨の日に、撮影がなく東京に戻らなければならずで、旅館を出たときケンが外で待っていた。

「帰るんですか。俺も一緒に行きますよ」

大雨の中、京都駅まで送ってくれた。

大分経ってからだが、ケンが、あんな事は初めてだ、と言っていた。

髪が膝まであるような如何にも日本風の顔をした女とケンは付き合っていて、東京でも逢うようになってからは時々、彼女を連れて来た。

ケンサンダースは、黒人兵と日本人女性の間に生まれた子供だから親が居らずホームで育った。そのサンダースホームの名前を取って自分の名にしている。

そのためか人をあまり信用しないが、するとなったらトコトンの感じがある。「893」をきっかけにケンとは長い付き合いになって行った。

近藤正臣とも、京都に住んでて飲み屋をやってるので、そこにもつきあいで顔を出したりもした。が、近藤は映画の役柄と共通のところがあって、プライベートで一緒につるんでいても、仲間同士のはずなのだが、どこか他人のようなすきま風が吹く時がある。

クランクアップする頃に、東京で連続のテレビドラマが決まったらしく、女房とも別れ店も畳み、童顔なので年も若い設定にして東京で売り出すんだとやっていた。

ソロバンを使える、絶好のシーンが来た。

ここしか無いと思ったので監督には言わず勝手にやる事にした。ドヤの中でのシーンで、僕がケンサンダースに説教をする長台詞がある。これをソロバンを弄《もてあそ》びながら言い、台詞のラストでソロバンを片手でくるくるっと回して、それをガンマンのように背広の胸ポケットに放り込んで台詞を終わらせようと考えた。

もちろん、台詞は京都弁だ。しかもソロバンを回し損ねたり落としたりしたらアウトだ。NGを出せばフィルムの無駄遣いだけじゃなくケンはもちろん、広瀬や近藤、松方弘樹などに迷惑を掛けることになる。役者としての信用もがた落ちになるだろう。

かと言って、リハの時に「こうやりたい」と言い出しても、監督にいらないと言われたらそれ迄だ。危険を承知でリハではやらずぶっつけ本番でやる事にした。

ところが、本番になって長台詞の終わり近くでソロバンを回して、胸ポケットに放り込んだまではいいが、なんと、まだ台詞が残っている。

動きが終わったまま台詞だけをだらだらとしゃべったのでは、芝居が緩慢になり、却ってソロバンなんか使わない方が良かったって事になりかねない。

台詞を言いながら、とっさに背広を脱ぐことを考えた。

ポケットにソロバンが入ったと同時に背広を脱ぎ始め、これを軽く畳んで床にポンと放るのと台詞尻を一致させた。これで小道具と芝居と台詞が同期する形になったはず。

監督が「カット」と大声で言い、オーケーとなった。


京都の旅館に、辻くんから電話で、「空に星があるように」をビクターで発売する事が決定したと言って来た。橋幸夫ではなく、僕自身の歌で出すことになったらしい。

急遽レコード用のアレンジの打ち合わせを海老原さんとしてくれという。東京にトンボ返りで帰り、築地にあるビクターの本社に行った。

辻くんと「日本ビクター株式会社」と書かれた看板のある古びた木造建ての玄関に入ると、斉藤豊さんというディレクターを紹介された。

体が大きくのんびりした熊のような人だった。強い発言はしないのだが、優しげな雰囲気の中にはっきりとした主張が感じられる。ロビーでちょっと話しただけで、僕の曲への理解力も高く、信用出来そうな気がした。

玄関を入って左の廊下を行くと、その左側に十二、三人用の会議室がある。そこに通されアレンジの打ち合わせになった。

基本的には「星に唄おう」のテーマと同じ感じでのアレンジになるので、イントロは無しでそのまま歌に入る。

今時の歌謡曲でイントロが無い歌など存在しないのだが、ビクターの斉藤さんも、それでいいんじゃないかとなった。

裏面は、「夕焼けの丘」にしてほしいと、斉藤さんからの要請があったので、さらに信頼感が増した。この曲が良いというのではなく、「星に唄おう」をしっかりと聴いてるのが分かったからだ。

B面のアレンジは、ビクターのヒットメーカーと言われている寺岡真三さんで行きたいという。ヒットメーカーに頼む事によって験《げん》を担ぐ意味があるそうだ。

斉藤さんが帰りがけに僕の肩を叩いて、

「歌手になると、俳優の時とは周りがまったく違う世界になるよ」

と言った。

「893愚連隊」がクランクアップし、待っていたように、いや、待っていたのだろうが、直ぐに歌の録音である。

当日は、歌とオケの同時録音だった。オーケストラメンバーと一緒に一階にあるビクターの一番大きい第一スタジオに入った。

イントロが無いので、ピアノでGコードの音を鳴らしてもらってから、海老原さんが棒を振りワンツースリーで「そらに……」と、いきなり唄い出す。

スポニチのニュースのために撮影班が来ていて、歌の録りの時もスタジオのドアの丸い窓からカメラを回しているのが見える。

記者の人たちの数も、あの略奪結婚を決める時のマスコミと同じか、それ以上の人数が集まっていた。ただ、今回のマスコミの集いは、あの時のような脅迫感や圧迫感はなかった。

スタジオでの歌の吹き込みは「星に唄おう」で慣れている。自分の作った作品だし、歌とオーケストラの同録ではあるが緊張も無く軽く唄って終わった。

そのあと、ジャケット写真の打ち合わせになって、斉藤さんがアイディアを言ってくれたが、そんなに真剣に歌手をやるつもりはなかったので、表面のデザインはビクターまかせだ。

「いいんじゃないですか」

と言って、マスコミが居なくなり、夕暮れになった日本ビクター株式会社の玄関を出た。


続いて大映の仕事が来た。「殿方御用心」は、東京の大映がスターとして力を入れている安田道代が主演する青春ものである。

893では、不良のチンピラ役だったが、こっちはとぼけた三枚目役で、この役のために歯医者に頼んで出っ歯の入れ歯を新調する事にした。

眼鏡を掛けた出っ歯の落ちこぼれ風の人間を作ってみたかったからだ。

小学生時代から歯に関しては通常の人よりも劣っているようで、歯医者とのつながりを欠かした事がない。行きつけの歯医者が近くにあった。

あるとき歯医者の先生がブツブツ言いながら治療している。聞いてみると、僕の歯をきちっと治すためには、新しい歯科用の機器の導入が必要だという。

「それが入れば、俺の歯はもっと良くなるんですか」

と聞くと、そうだという。いくらするのか聞いたら、五十万円だと言った。金の問題じゃなく歯の問題だ。

「じゃ、金はなんとかするから、それ導入して治してよ」

歯医者は機械を導入した。

結果を先に話すと、それは何の投資にもならなかった。理由は、機材は良いらしいのだが、使い方が難しくて、それを習得するのに一年くらいは掛かると先生がいう。

そのかわりと言うわけではないだろうが、今回の役の事を話すと、

「それは簡単だから作りますよ」

と、料金は取られたが、注文通り前歯の入れ歯が作られた。

入れ歯への投資は、歯科用機器の投資よりは良かったようだが、自己満足の域をさほど超えたわけではなかった。

「殿方御用心」の撮影の合間を縫ってレコードのジャケット撮りが行われた。

そこに今度は京都の大映から出演依頼が来た。勝新太郎さんが主演する「続・酔いどれ博士」である。

今年は、どうなってるかと思うほど、次から次へと仕事が入る。

テレビと違って、ギャラはその都度の交渉なので、辻くんが頑張ってくれて収入にはなってるようだった。

東京の大映では悠木千帆も一緒だったが、京都も一緒だ。悠木千帆は文学座の座員なので内輪感覚で付き合える。

それにしても新劇女優の癖にテレビや映画向きみたいな芝居をして、最近売れ出している。とくに田舎っぺ風の演技が受けているようだ。

しかし、実際は、スマートで都会的なおしゃれな女だ。富ヶ谷にあるマンションで一度お茶をした事があるが、悠木千帆らしいシャレた部屋に住んでいる。

悠木千帆も、新劇出である以上、ギャランティは二千円出発のはずだ。その後、さらに人気が出て樹木希林と名前を変えたが、それだけ売れて来てるんだから、出演料を上げる別な方法があるのか聞いてみたいと思った。が、そのままにした。

「殿方御用心」の撮影がアップして、京都に入った。

「酔いどれ博士」は総天然色の映画なので、京都のスタジオに入ると、中に大きいライトがいくつも並んでいる。しかも、七月も終わりに近く京都特有の夏が始まっている。

盆地なので京都の夏の暑さは半端じゃない。まして、冷房の無いスタジオなのに、大きなライトを構えて役者たちに容赦なく光と熱を当てて来る。この暑さは例えようがない、という例えでしか言い表せない。

映画の内容も夏なので、多少の汗は許されるのだが、アップを撮る時は地獄だった。今まで、やや遠くにあったでっかいライトが、カメラの直ぐ近くにセットされる。

バチンと音がしてライトに電気《ひ》が入ると、顔が焼かれるように熱くなり、照らされた体は夏のサウナに入ったようになる。そこで顔に汗をかかず台詞をしっかり言えなければ役者とは言えない、と監督の井上さんに言われた。

撮影が始まったと同時に、大部屋の増淵という、里芋のようにずんぐりむっくりした役者が楽屋に挨拶に来た。京都に居る間は、自分が僕の身の回りの世話をするという。誰かに頼まれたのかと聞くと、僕の芝居が好きだからと答えた。

松竹の平尾のように、この撮影の期間中、要領も分からずのところを増淵が手足になってくれた。もうひとり、痩せ型で頬骨の目立つ安川という男とも仲良くなった。

安川も大映の大部屋役者なのだが、どちらかというと実業的な手腕の方が確かなヤツで、このあと、東京に戻っても友達としての関係を続けることになる。

京都での撮影が一日オフになったので、朝日テレビの井尻さんに電話をして大阪に行くことにした。

会って、歌を吹き込んだ報告をすると、新聞を見て知っていたという。

「音楽の才能も、あるんやから、どんどん売り出したらえええよ」

夕方までテレビ局の喫茶で談笑して、夕食を誘われたが、なんとなく一人で新阪急ホテルで食事をしたいと思った。

井尻さんに別れを告げて、ホテルに入り、レストランに行こうとしたら、偶然、幸代ちゃんがロビーにいるのが見えた。

後ろから忍びよって、背中をつつくと、落ち着いた仕草で後ろを振り返った。

痴漢が忍び寄ったかと慌てたりしない大女優の貫禄だ。いかにも十朱幸代らしい。

「サブちゃん」

と、僕の顔を見て、初めてびっくりしてみせた。

仕事が終わったところだったから、ホテルで食事をしようと思ってたというから、

「じゃ、一緒にしよう」

となった。

レストランよりラウンジの方が人目に付かないからと、地下まで降りて、その隠れ家的な入り口をくぐった。

ムードのあるテーブルのライトをはさんで、十六歳から一緒に仕事をしながらも憧れの十朱幸代と、運ばれて来た料理を食べる。贅沢な時間だ。

歌手になる話をすると、目を輝かせて、

「凄いね、サブちゃん。凄いじゃない」

と本気で言ってくれた。

いつもだと一緒にいても、どこか自分の方がチンピラなんだと気後れするところがあったが、何故か、今日は対等の雰囲気で相対している自分が居た。

僕が歌を作っていることは幸代ちゃんも知っていたが、それがレコードになるなんて事は、もちろん僕でさえ考えて無かった事だ。

大女優に成長してる幸代ちゃんだし、何年も役者として仲良く付き合って来た関係であっても、歌手となると役者とは一段違った煌びやかな世界の話と思ってくれたようだった。

今日一日の大阪でしかないし、彼女は彼女で忙しい身である。またいつ逢えるか分からないので、つもる話に時間を忘れて行った。

結局、朝方まで話して別れたのだが、明るくなったホテルを出るとき、もはやオツキの坊やでは

無く、十朱幸代と同じフロアを並んで歩ける男になった気がした。

朝方の大阪の街が今迄と違って見える。ホテルのエントランスを出ると、今日も晴れそうな空に向かって大きく伸びをした。

一睡もせずに京都に戻った。大映撮影所の門の脇に安川が立って待っていた。

朝方の撮影は勝さんと監督の井上昭さんが話をしてるので休憩になったらしい。安川が話があるから食堂に行こうという。

「来年東京に戻ってサロンみたいな、しゃれた食事処をやろうと思うんだよ」

安川は、これからの店は、来た人間たちが、店に来たのではなく、店に居るという気分が大事だという。

「家庭的というと語弊があるんだけど、もっと秘密の場所っていうか、それと家庭が一緒になったような、くつろげて、サロンのような、落ち着けそうで、やばい感じ」

安川が、そう言って笑った。

「どこか当てがあるのか」

「赤坂とか六本木あたりだろうな」

安川と話しているときに、増淵が呼びに来た。井上監督と勝さんが僕を呼んでるというのだ。

制作の部屋に入ると、二人が手招きして空いてる椅子をさして、掛けるように促した。

「巡査役をね、勝さんと褒めようって事になって呼んだんだよ」

腕組みをしながら監督が言った。

「あの役は、けっこう難航してね、誰にするか。いろいろと候補は居たんだけどね、あなたにして、最初あった時は間違ったかなと思ったんだ、正直。勝さんも笑ってるけど、当初は心配してたね」

監督の話を、勝さんは横でニヤニヤ笑いながら聞いている。

「そのくらい、この役は重要だと思ってたからね。でも、あなたは第一印象と芝居をした時では、その差が大きい。びっくりしたよ。ぴちっとその場にはまったからね」

井上監督の持論は、「映像は理解するものではなく、感じるもの」だそうだ。

「あなたの演技は、決しておしゃべりじゃないけど、見る人に、その存在を感じさせる。描写じゃなく実態って言葉が当てはまる芝居なんだよなあ」

「お前さんはな、貴重な役者だから、これからも使いたいって監督が言ってるし、何かあれば、大映に俺が居るから頼って来い」

と、勝さんが言った。


東京に戻ると、八月末に発売されるという「空に星があるように」のレコードの見本盤を辻くんが持って来た。

笹原と別れた時に作ったこの曲が、まさかレコードになるとは思ってもいなかった。が、だからと言って発売される事に対して、東映と本数契約が出来た時ほどの感動は無かった。

ジャケットを手にすると、森永乳業提供「星に唄おう」より、と書かれている。さすが菊池さんも抜け目がない。

「空に星があるように」の見本盤を、モダンジャズを聴くプレーヤーではなく、コンパクトな電蓄のターンテーブルに乗せた。

中学生の時に、宮益坂を下った渋谷の川端にあるレコード店にドーナツ盤が初めて顔を見せた。家にはレコードというとSP盤しかなかったから、しばらくは店のウィンドウに飾られたその小さな色のついた盤が、何なのかは見当も付かなかった。

高校生になって、この電蓄をおふくろが買って来て、初めてドーナツ盤は新しい形式のレコード盤なのだと分かった。

最初に買ったレコードは、「騎兵隊のマーチ」と「テキサスの黄色いバラ」がカップリングされたシングル盤だった。

特別、その曲が好きだったわけでもないのに、なぜだか、それが最初になった。多分、レコード盤の色と小ささに驚いてあわてて買おうとした為、吟味する余裕が無かったのだろう。

その電蓄で、自分が唄ってるレコードをかけるなんて、誰が想像出来ただろう。

曲が終わると、辻くんが「もうひとつ」と封筒に入ってる台本を取り出して来た。

「NETでね、暮れに放送になるドラマの依頼が来てるんだよ」

「恋人たち」というシリーズの十回目で、「櫛とハサミ」がタイトルの三十分ドラマだ。

田舎から集団就職をして来た男と女が、片方は美容師、もう片方は理髪師として働いているが、互いの休みの日が違ったり、給料が安かったりする。その中で、愛をはぐくみながら結婚にむかって努力して行く姿を描いた話である。

相手役は売れっ子の島かおりだった。「ハローCQ」でも恋人役をやった仲なので、気心は知れていてやりやすい。

京都に舞い戻って「酔いどれ博士」の残りを撮り終え、急いで東京に戻ると、「櫛とハサミ」のスタジオに入った。

島かおりは子役から芸能界入りしてたみたいだが、僕が知ったのはTBSの人気番組である「七人の孫」を観てからだ。お姉さんが付き人兼マネージャーだから、仕事中の食事は三人でつるんで食堂に行く。

テレビ局に行くときは、暇をもてあまさないように、たばこと別にトランプを持って行く。トランプは、ゲームや占いをするためではなく手品をするためだ。

かおりちゃんのお姉さんは、手品が好きなので、というか僕が見せたのが好きの始まりで、一緒になると良くせがんで来る。

小学四年生の時に、縁日で汚いトランプを売ってるおじさんがいた。

その人がマジックをやりながら、普通より小さく如何にも出来の悪いトランプを売っていたのだが、見せてくれるマジックが不思議で、その汚いトランプを二つ買って帰った。

それでタネが分かるわけではない。それから、おじさんのやった手品のタネが知りたくて、本を読んだり学校の帰りに東横の手品売り場に寄ったりしてるうちに、だんだんと手品にはまり、買えそうな安い道具を買って来たりしては、鞄にしまった。

引き出しとかタンスにしまわない理由は、火事になった時に、いつでも鞄ひとつで貴重な手品の道具を持ち出せるからだ。それが、高校二年生になったとき、すべての道具に封印をして、トランプひとつになった。

これなら煙草ケースの大きさだから、どこにでも持っていける。しかも色々ある手品のジャンルを、トランプはそれひとつで賄うことが出来る。

トランプは、小さくてもイリュージョンやサロンマジックと同等の現象を演じられる便利さがあるって事だ。まあ、それは表向きの理由で、色々なマジックをやるのが面倒臭くなったというのが本音かもしれない。

いずれにしろ、トランプひとつをポケットに入れておけば、どこで遭難しようと、直ぐに友達が出来る。そういう事が言えるほど、最近ではカードの扱いが身についていた。

かおりちゃんの姉さんにトランプ手品を見せてるうちに、いつのまにか休憩時間が過ぎ、ドラマの収録も終わった。


八月の終わり。「空に星があるように」のレコードが発売になった。

その日、みんなが一枚ずつレコードを手に入れて家に集まって来た。杉田に道夫、平尾、広次、ゴリ、辻くん、薫ちゃん、ひろこちゃんも花ちゃんも買って来たし、おふくろはあっちこっちのレコード屋を回って十枚も持っている。

菊池さんも、一ヶ月は優に過ごせる森永製品を箱いっぱいにお祝いだからと持って来てくれた。

ビクターの斉藤さんも、遅くに来て、イニシャルは五万枚だと教えてくれた。

「五万枚のレコードを初回にプレスするってのはね、野球で言ったらルーキーがいきなり一軍のレギュラーに抜擢されて、三番を打たされるくらいの重みがあるんだよ」

だそうだ。

ま、とにかく、ビクターも力を入れてるって事なんだろう。

「いっちゃん、売れたらおごってくれよ」

と、ゴリが言った。

「売れるでしょう。なんせ、番組で月に何万枚もはがきの応募が来てるんだぜ」

まるで、自分の自慢をするように、道夫がゴリに言った。

斉藤さんが、これからの歌手としてのスケジュールをビクターの宣伝部が決めて来るので、協力してほしいと辻くんに話している。

関東地方を主にしたレコード店回りや、ビクターの自主番組であるＴＢＳの「歌うバラエティ」などは、歌手としてすでに出演が決まってるみたいだった。

みんなが口々に、レコードや僕の歌の事で話し合っている。成り行きでそうなった寄り道ではあるが、二年くらいは歌手をやってみてもいいかなと思った。

第五章

間奏

レコード発売になった翌日からは、いったん役者に戻って「櫛とハサミ」の録画が全て終わると、いよいよ本格的な歌手としての活動に入った。

まずやらなきゃならないことは、斉藤さんに紹介されたビクターの宣伝の人たちと一緒に放送局や有線の挨拶回り、それにレコード店でのサイン会である。サインをしてしまえば返品が利かなくなるので、ビクターとしては出来るだけ沢山サインをしてほしいようだ。

小沢さんが宣伝部のチーフで、いつも海にでも行ってるような陽に焼けた顔と、愛嬌ある細めの目と、軽い乗りの人である。

「いっちゃん、次は有線だよ」

親しみやすいのだが、初めて会った時から慣れ慣れしい。レコード会社の宣伝部ってのは、こんなものなのかなあ、と思いながら、小沢さんの後について、次々と新聞社や雑誌社などの広報関係を渡り歩いた。

いっちゃんと呼ぶ人は何人も居るが、イントネーションの違いで二派に別れる。ひとつは、「いっ」にアクセントがあり、上から下へいっちゃんと呼ぶ。つまり、父ちゃんとか母ちゃんの発音だ。もう一派は、「い」が低く「ちゃん」にアクセントがあり、下から上に発音し、実験、冒険、曇天、いっちゃん、となる。

小沢さんは、後者のタイプで、他にも広次やゴリがそのタイプだ。菊池さんや斉藤さんは前者で、こっちの方が圧倒的に多い。

九月も中旬になり、レコードの売り上げも好調だった。「星に唄おう」のファンの人が買うのだろう、

「初日から順調に売れてるよ」

と斉藤さんが喜んでいた。

イニシャルの五万枚は瞬く間に売り切れて、歌の番組の仕事が俄然多くなった。どの番組でも、「空に星があるように」を唄うのだが、困ったことがひとつあった。

僕が困ったわけではなく、テレビ局のスタッフ側の問題だ。通常の歌謡曲と違って「空に星があるように」にはイントロ、つまり前奏が付いてない。

演歌なんかは司会が曲の紹介をしたあと、延々と前奏が続き、ゆったりと歌手が舞台に出て来て中央のマイクの前に立ったにもかかわらず、まだ唄わない。そのくらいの余裕がある。

「空に……」は、司会が紹介すると、いきなり歌だ。そのため、毎回どうするかという話になる。

特に、観客の入った公開録画のステージで唄う場合は、司会に紹介されてから中央のマイクのところに行くまで無音なので、手持ち無沙汰に歩いて行ったり、あるいは、いったん録画を止めて、マイクのところに行ってスタンバイしたりだ。

そこで、ステージ用として、レコードとは別のアレンジを海老原さんにお願いすることになった。イントロ付き「空に星があるように」である。

もうひとつ、歌手になって、傍から見てたんでは気がつかない事があった。

中学の頃にロカビリーが流行って、平尾昌晃とか山下敬二郎が唄ってる姿をテレビで見ていた。観客席から紙テープが飛んで来て、そのテープを何本も持ちながら連絡船みたいにして唄ってるのがカッコ良く見えた。これを、人生に一度くらいはやってみたいなあと思っていたのだが、それが実現した。

実現したのはいいが、思ってるものとは大違いだった。唄ってる時は、前から来る強い照明のために観客席が見えない。ぼーっと白く霞んでいるだけだ。

その向こうからテープが投げられると、寸前まで飛んで来たことが見えないのだ。見えてから顔をよけるのだが、テープの巻いてある芯がまともに当たったら、それこそ単純な怪我では済まないかもしれない。

これが何本も飛んで来るとなると、唄いながら避けて、しかもそのテープを床に落とさないようにして手に取るのだから曲芸でしかない。かなりの運動神経が必要である。

しばらくしてテープ投げは禁止になったが、始めの内は唄う事より、その恐怖の方が勝った。

「ロッテ 歌のアルバム」の録画を済ませて楽屋に戻ると、斉藤さんが待っていた。一瞬、僕を見た目がかがやいたように見えたが、それとは裏腹に重たい体を椅子から引き剝がすようにのっそりと立ち上がった。

「アルバムを出そうと思うんだ、いっちゃん」

斉藤さんと入れ替わるように、ジャケットを脱ぐと椅子に引っ掛け、足を投げ出して、座った。まだ歌手になって一ヶ月もしていない。日本のレコードアルバムと言ったらタレントの顔がどアップになって、中身はヒットしたシングル曲の両面を十二曲くらいまとめたモノと決まってる。現在、レコードになってるのは、「空に星があるように」と裏面の「夕焼けの丘」の二曲しかない。

僕が黙っていると、

「ヒット曲の羅列じゃなく、新しい曲をオーケストラで録りたいんだ。もちろん今まで作った曲でいいんだ。『星に唄おう』でやってるのでも、いっぱい素敵な曲があるだろう」

斉藤さんは、椅子を引っ張って来て僕の横に置いて座ると、顔を近づけて来て、そのアルバムを今年の芸術祭に出したいと言った。

ビクター内でも、新人に芸術祭をやらせるなんてと反対もあったらしいが、僕のように作詞と作曲を同時にやる歌手は今までに居ないし、だからこういうアルバムが作れるんだと情熱的に話して来る。

　歌手活動は二年くらいはやるつもりだから、シングルに値する作品を何曲か出さなければならない。そう思ったので、それにあてはまらない小品ばかりを選んでみてもいいかなあ、と何曲かが頭に浮かんだ。

「適当に選ぶけど、二番手くらいのやつでいいかな」

　斉藤さんは、餌に食いついたと思ったのか安心したのか、笑顔になって、

「大丈夫、いっちゃんの作品は、どれもいいから」

と、こっちの気分が変わらないうちにと、勢い込んで頷いている。

　人というのは、笑顔になると、通常の顔と大きく違う印象になる人がいる。

　斉藤さんも、その一人で、普段は敏腕プロデューサーと言われてもピンと来ない切れ味などまるで感じられない顔だし、体の動きにしても、熊のようにどちらかというとおっとりとしていて、鋭敏さは微塵もない。もっとも、ツキノワグマなどが人を襲うときは、走り方も動作も敏捷になるのかもしれないけど。斉藤さんが、人を襲ったところを見た事が無いので、非常時に敏捷になるかどうかは定かでは無い。

　しかし、斉藤さんが笑うと途端に人懐っこさがにじみ出て親しみが増すので、大抵の望みは叶えてあげたくなるから不思議だ。やり手のプロデューサーとしては、鋭敏さではなく、この辺が武器なのかもしれない。

「笑ってごらん」などの小品を十二曲選んだが、中に気にいってる曲を一曲だけ入れることにした。逗子の海岸で作った「海」である。

決まったとなると、斉藤さんの行動は体の動きとは違って、素早い。

オケを大編成のオーケストラで録るため、ビクターのスタジオでは人数が収容出来ないからと、録音部と打ち合わせて音響設計が良いとされている文京公会堂に機材を持ち込んで録ることになった。

アレンジャーも、海老原さんの他に曲に合わせる形でクラシックも出来る服部克久さんと小野崎孝輔さんにお願いする事になった。

服部さんとは森永の菊池さんとの関係もあり、直ぐに親しくなり、十歳は年上だが、みんなが呼んでるように「克っちゃん、いっちゃん」と呼び合う仲になった。「笑ってごらん」は、克ちゃんにお願いした。

芸術祭参加なので時間がないからと、直ぐにアレンジと録音の準備がなされ、全曲を一日で録音した。その文京公会堂から帰る車の中で、斉藤さんが、次のシングルの話をしだした。

「もう、空にも十万枚を超えてるからね、次の曲を出そうと思うんだ」

「空に星があるように」が、発売からまだ一ヶ月もたってない。そんなに早くレコードって次を出すものなのかと思って訊くと、

「十一月には『今夜は踊ろう』を発売したいんだよ」と斉藤さん。

「星に唄おう」で、以前に掛かってるから、斉藤さんは知っていて、それが良いという。

「あれは夏の歌だよ、斉藤さん。十一月じゃ冬になるけど」

「冬でも夏でも、いっちゃん、いい曲なら同じだよ」

斉藤さんはあくまで強気で、「今夜は踊ろう」を冬であろうと絶対に出したいという。シングルはもう決めたつもりで、次はアルバムの写真の話になった。

「タイトルは、『ある若者の歌』にしようと思うんだ。見開きのジャケットにして、横いっぱいにいっちゃんの体、頭から足までの写真を入れてね」

写真家は、誰々にして、ジャケットの紙質も通常より豪華な雰囲気を出したいと斉藤さんの夢は膨らんで行く。僕は斉藤さんの夢の対象である。

次にリリースする「今夜は踊ろう」のことで、文芸部長の滝井さんから文芸室に呼ばれた。滝井部長は、九割が白髪頭で、やや長髪。しゃべると歯の隙間が目立つ年齢だ。いや、あながち年齢のせいではない。

「荒木くんね、今夜も踊ろうの歌詞のことだけどなあ」

すでにタイトルを間違えて話して来る。近くに椅子がないのだから、立って話を聞くか、滝井さんのデスクの上に腰をおろすしかない。

僕は、滝井さんのデスクの上に尻を乗せて足を横からぶらりと下ろした。滝井さんは、デスクの前の椅子にふんぞり返って座っているが、僕からは見下ろす形になる。

滝井部長は、別段、怒るわけでもなく、ニヤニヤしながら話を続ける。

「あの歌は、荒木くん、夏の歌だろう。十一月に斉藤が出すって言ってるんだから、レコードが売れるとしたら、十二月、一月と冬場になるからね。夏の歌詞じゃなく、あれを冬の歌詞に変えてくれんかねぇ」

隙間のある歯の間から気の利いた言葉など出て来るわけもない。ニヤニヤしながらだが、本気で言ってるようでセンスも悪いが、始末も悪い。

「夜空のシャンデリアってとこを、部屋の中の電気みたいにするとか。どうかね」

「馬鹿なこと言うなよ、滝井さん。冬の歌詞にしたら成り立たないから、あの歌詞でダメならレコード出すのやめればいいよ」

話しても意味がないのでデスクから降りると、文芸室の出口に向かった。滝井部長は、僕が廊下に出るまでニヤニヤと笑っていた。

「今夜は踊ろう」のアレンジは、寺岡さんになった。イントロは、僕が作ったものだからそのままでいいのだが、寺岡さんは歌謡曲の人だから全体のアレンジが歌謡曲っぽくなる。いくつか直してもらったが、それ以上は難しい。適当に妥協する事にした。

B面は、麗子と別れた帰り道で作った「あなたといるだけで」である。

吹き込みをしてる時に、こっちの曲の方がいいという人が何人かいた。

ジャケットは、シングル盤なのに、やはり見開きのジャケットにしようと、斉藤さんが自慢げに言った。

続いてジャケット写真の撮影だが、「ある若者の歌」は、冬の服装でスタジオで撮り、「今夜は踊ろう」は、夏の感じで実際に海まで行って撮った。

「空に星があるように」は、二ヶ月が近づいて来て、売り上げは十五万枚になっているが、ちまたではこの作品をフォークソングのジャンルと規定していた。

フォークソングなど聴いたことが無かったので、ボブディランとかジョーンバエズとか、いくつか聴いてみた。日本人では、マイク真木の「バラが咲いた」がヒットしていて、これは浜口庫之介さんの作品だが、これもフォークソングと言われていた。

真木は、青学の一年後輩で、軽音楽部でクラリネットをやってた苫米地やベースの大塚などと同級で、自分でも曲を作っている。彼は自らの曲をフォークソングと称しているらしく、レコードにはなってないがギターで歌を作るフォークと称する一派がいるようだった。

「俺のは、フォークソングなんかじゃないよ」

撮影に立ち会ってる斉藤さんに抗議をすると、

「いっちゃんの曲は、ジャンルや流行とは無縁だとは分かってるよ。アレンジによっても、まるで違うものになるからね」

どの時代にでもフィットする普遍性があると、斉藤さんが言った。

フォークソングの影響などひとつも受けていなかった。しいて言えばシャンソンに近いかなと自分では思っていた。

もともと歌手になるつもりは無かったし、ヘンリーさんに習ったことで、ジャズの唄い方の影響を受けたのと、ドラムをやってたために付いたリズム感と、それにモダンジャズとジャズと、あとはエルビスプレスリーやポールアンカなどのアメリカンポップスが、曲を作るにあたって根底に流れてる気がする。

撮影を終えて、家までついて来た斉藤さんに上がってもらうと、ゴリたちが居た。

「ギターを持って来いよ」と道夫に言い、ひろこちゃんは斉藤さんに挨拶をし、紅茶を淹れるしたくを始めた。

「フォークソングってのを意識したことないけど、世間で言ってるのは、こんな感じだろう」

と、誰に言うでもなく、ギターを持ってアルペジオでコードを弾き始めた。Ａマイナーのありふれたコードから始めると、自然に口から歌が出て来た。

梅の実がなった、この小さな朝に
蒼く冷たい、朝もやの中に
「画用紙もって来てよ」

紅茶を淹れてるひろこちゃんに言うと、道夫が立って行って画用紙を持って来た。マジックで出て来た歌詞をそのまま書き、次のコードをFにして転調させ、歌詞とメロを書いた。タイトルを、「梅の実の唄」にした。

十月に入ると、歌のキャンペーンスケジュールが満載だ。テレビとラジオに出て、新聞や雑誌のインタビューに答えてるうちに過ぎ、売り上げ枚数も二十万枚を超していた。

歌手になって二ヶ月が過ぎ、翌十一月は、今までの人生の中で一番ホットな月になった。やって来た事柄がバラバラでも、その結果が積み重なっていっぺんに吹き出したと言う状況だった。

まず、「今夜は踊ろう」が発売になり、直ぐにベストテンに入った。

次に第21回、芸術祭参加作品として「ある若者の歌」のアルバムが発売になった。と同時に、羽仁さんのテレビドラマである、これも芸術祭参加作品の「石になるまで……」がオンエアされた。

そして驚いたことに、羽仁さんの「石になるまで……」は、僕の予想した通り、文部省芸術祭賞を受賞した。羽仁さんや貴美ちゃんに電話して盛り上がろうとも思ったが、どうせまた会うだろうし、お祝いなどもあるんだろう。その日を待つことにした。

続いて、「ある若者の歌」のアルバムが、芸術祭奨励賞を受賞した。

これはビクターの斉藤さんから電話が掛かって来て知ったんだが、ビクターからは表彰の盾をくれるらしい。

「あらためて受賞の日は連絡するよ」

声が弾んでいた。僕より、斉藤さんの方が嬉しかっただろう。そりゃあそうだ。日本の歌謡界で初めてのアルバム企画でもあるし、斉藤さんは、周囲の反対をしりぞけて芸術祭に持って行ったんだ。電話を切ってから、もっと喜んであげるべきだったかなと反省した。

それだけじゃなかった。

京都の市内をオールロケで撮影して、赤字を計上したということで京都撮影所からは二度と現代劇は撮らないと宣言させてしまった「893愚連隊」だが、それにもかかわらず、監督も賞を獲ったし、僕自身も今年から作られた映画評論賞の新人賞を授与された。

そして「空に星があるように」の事である。これがレコード大賞新人賞の候補に上げられていた。選考委員三十九名によって十一月三十日と十二月一日の二日間に渡って投票がなされるレコード大賞だが、二日目の一日の夕方から、僕は「歌のグランプリ」でTBSのGスタジオに入っていた。略奪結婚から知り合いになった雑誌記者の人たちが、次々に控え室にいる僕のところに来ては、

「いっちゃんに獲ってもらいたいんだよなあ」

と言ってくれる。

中には何人かだが、「マイク真木には絶対に獲らせたくない」なんて言ってる記者もいた。同じビクターの森進一や、スパイダース、ブルーコメッツなどのグループサウンズも新人賞の候補になっていたが、真木は、第一候補の噂が高かった。でも、マスコミに対しての姿勢が悪いのか、結構、雑誌社からは嫌われてるみたいだった。

日本レコード大賞は、日本の全テレビ局、全ラジオ局、全新聞社、雑誌社などが一体になって盛り上げる、文字通り日本の歌謡界の最大のイベントである。こんな時にマスコミに嫌われてるのは真木にとって損だと思えた。

僕自身は、マスコミに色目を使ったつもりは無かったが、不思議なことに、内輪でのマスコミ受けは真木より悪くないみたいだった。辻くんも落ち着かず、局内をうろうろしていた。

ＡＤが走って来て、「家から電話です」と教えてくれたので、控え室の電話を取った。

「新人賞、おめでとう」

ひろこちゃんの声だった。

「有吉佐和子さんからお母さんに電話があって、まだ発表しちゃいけないみたいなんだけど……」

あとは、声にならなかった。

「サンキュー」

言う言葉がなかったので、そう言って電話を切った。

電話を切って数分もしないうちに、ＴＢＳに居たマスコミの人たちが、僕や橋幸夫や加山雄三など、局内に居るレコード大賞の受賞者と思われる人たちに向かって走って行ったり、また来たり、凄い騒ぎになって行った。

「おめでとう」「おめでとう」と走って来ては僕に握手を求め、「獲ると思ってたよ」と言っては、慌ただしくまた走って行くマスコミの人たち。

他の受賞者のところに行ってお祝いを述べるのだろう。情報はどこも早くに摑んでいるようだった。

辻くんが走って来たので、無言で握手を交わした。

日本レコード大賞の新人賞を獲ったことで、俄然、忙しくなった。

十二月三日には、大賞の受賞者の全員が日生劇場の屋上に集まった。明星の五味淵さんが寄って来て、新人賞の投票のラストは、やはりマイク真木と僕の競り合いだったと教えてくれた。

「いっちゃんがね、三十二票で、真木は十六票だったよ。圧倒的な勝利だ。これから頑張ってほしいなあ」

一年前の自宅に押し掛けた五味淵さんとは、表情がまったく違っていた。群がるマスコミの人たちからの取材の中で、受賞者たちの写真が撮られ、記者会見が行われた。

空は晴れ渡っているが、十二月のビルの屋上は風が冷たい。誰もが写真撮影以外の時はコートを羽織っていた。

結果、三大紙を始めスポーツ紙など、あらゆる新聞のトップに、また雑誌にと大賞の写真や記事が溢れた。全員の記事はもちろんだが、新人賞としての個人のインタビューや写真撮りも跡を絶たずで、連日取材に追われた。

ラジオ番組でも、特集が組まれゲストに呼ばれたり、ラジオ関東などは自分で構成してほしいと「ある若者の歌」を中心に自分の曲で物語風に番組を作ったりもした。

色々な人から祝いを言われたが、薫ちゃんからも、「わたしの思った通り」とか言って電話が掛かって来た。今は、名古屋に居るそうだ。疎遠にしてる友達からも電話が来たが、取材やテレビ局に行って留守をしてるために、ほとんどが花ちゃんやひろこちゃんを通しての言づてになった。

「空に星があるように」がベストテンの上位を占めたと思ったら、新曲である「今夜は踊ろう」が台頭して来て、一気に二十万枚の売り上げを上げたと斉藤さんが言って来た。「空に星があるように」は、現在、六十万枚である。

レコード大賞というのは、こんなに大きな催し物だったのかと、それによって歌手になった実感をいやでも感じさせられる。

その報道でにぎわってる中、かおりちゃんと演った「櫛とハサミ」がオンエアになった。レコード大賞のおかげか、視聴率も良かったようだ。これでしばらくは役者の仕事を休憩しなければならないだろう。

歌手としてテレビに露出する頻度も増して、地方の興行の仕事もビクター芸能を通じて入って来るようになった。

ビクターの小沢さんが、「これからは、こいつがいっちゃんの営業の担当になるから、なんでも言ってよ」と、男の人を連れて来て営業についての心構えについて教えてくれた。僕は、事務所を持ってないので、歌手の仕事の依頼は、今までのようにビクターか、これからはビクター芸能を通じて入ってくることになるらしい。

「歌手の地方営業の仕事は、大抵がヤクザが絡んでるからね、この前も、橋さんが、ステージで暴漢に襲われて小指を刀で切られたんだよ」

と、親切に物騒な話もしてくれる。

「だから、俺たちは、楽器のケースにピストルを忍ばせて行くんだ、なあ、ドブ」

ドブと呼ばれた、小沢さんが連れて来た、背丈も巾も大柄な、顔は斉藤さんの二倍も熊に見えるような男が、真剣な顔をして頷いた。

「こいつはいっちゃんのボディガードの役も果たすし、俺たちが居れば、安心だから、ま、あまり心配しなくていいよ」

小沢さんが、僕の肩を撫でながら笑ったが、歌手の世界の怖さを感じてぶるっと来た。後になって、それが冗談だったのはわかったが、だからと言って、歌手の営業の仕事が決して安全なものではないって事は、橋さんの事件でも分かったし、後々、僕自身が思い知らされることになった。

地方の仕事は、ステージがある劇場のようなものは少なく、人が集まる場所としては体育館でやる場合が多かった。

そうなるとマイクが舞台の中央にあるだけで、音楽を聴かせるシステムは存在しない。床にござを敷いてそこに客が座ってたり、幕も無く、あとは教員とか事務の人が生徒に何かを知らせるためのスピーカーが二つくらい付いてるだけである。安いパイプ椅子が並べられてるなら良い方だ。

そんな舞台で、カラオケを鳴らして歌を唄うのが日本の歌謡曲の世界である。

バンドをやっていた経験から、いくら田舎だからと言っていい加減にはやりたくない、付いて来たビクター芸能のドブって人にそう言うと、

「橋さんだって、この条件でやるんだからね。文句言わないでよ」

と、ギョロッとした目つきを僕に向け、半分は威嚇、半分は目元に笑みを持って答えて来た。

新人賞を獲ったので、さらに地方の仕事は多くなるはずである。たとえ体育館であっても良い音で聴かせたいし、田舎の人にも自分の歌をちゃんと聴いてもらいたいと思って、斉藤さんに相談をしてみた。

「いっちゃんは、バンドをやってたんだから、メンバーを募って、その時と同じように生演奏でやったらいいいんじゃないか」

確かにカラオケでやるよりは、生演奏の方が音楽を聴いてる感覚にはなるだろう。しかし、ダンスを踊るパーティのためのジャズバンドと、僕自身の作った歌を聴かせられるようなバンドとでは条件が違う。

菊池さんや海老原さんにも相談したりしてるうちに、フォークではないんだから、バンドはエレキバンドにして、マイクもスピーカーも自分たちで管理して、それを旅にもって行ったらどうかということになった。

確かに、それなら会場にコンセントさえあれば自分の責任で音楽を客に聴かせることが出来る。

ビクターレコードやビクター芸能を通してバックバンドの募集をかけることになった。その結果、僕と同じ年齢の人たちでやってる素人バンドに巡りあった。

彼らの経歴は、学園祭などを中心に活動していて、「世界へとび出せ、ニューエレキサウンド」というテレビの番組では五週間勝ち抜いてチャンピオンになったという。リーダーの他は、すべて大学生だった。

早速、紹介してもらって、リーダーの小原重彦と会って話してみたところ、斉藤さんも推薦するし、宣伝の小沢さんも、

「品もいいし、いっちゃんにぴったりのバンドじゃないか」

という。

小原くんとメンバーにそれぞれの意思を聴くと、

「やらせてくれたら嬉しいです」

と一致したので、その場で決定した。

小原はベースだが、ビッグバンドで人気のあるブルーコーツの小原重徳の息子なので、毛並みは良さそうだ。

しかし、僕はプロダクションにも所属してないし、周りにマネージャーとか事務員とかの大人がいるわけではない。バンドの管理やスケジュールなどをどうやって行くのかだ。

当分は、Aプロ時代と同じように僕の家に集まって来る遊び仲間を使ってしのがなければならないだろう。

僕自身のスケジュール管理は今まで通り辻くんがやるとして、青学の大学に入ってる道夫に話し

て、小原たちのバンドの面倒を見させるようにした。

広次も高校を卒業してるので、楽器を揃える役割と、地方に行ったときに、その管理をする役を与えた。

それにリーダーの小原は電気機械類の組み立てが趣味だから、マイクやアンプを扱うのには最適で頼もしい。

バンドの練習をするために、D&Jで使っていたガレージの二階の練習部屋を改築する事にした。といってもプロを使っての大工事ではなく、集まって来る連中を使っての簡単な工事だ。

なにしろアナログのバンドとエレキのバンドでは音の出る大きさが違う。

防音だとか吸音のボードを壁に貼ったり、床にはラバーの下張りの上に厚めの絨毯を敷いたりと、近所から苦情が出ないようにとの配慮だが、完璧なものは無理なので昼間を中心に稽古をして苦情が出ない程度の防音工事にした。

そのガレージの二階に小原たちを連れて来て、これからの仕事をして行くための打ち合わせと軽い音合わせをした。そのあと、居間に移ってのティータイムでバンド名を何にするかという話になった。

もともとの彼らのバンド名は、「ヤングフェローズ」だ。「荒木一郎とヤングフェローズ」では、似合わない。

「何にしようか？」

と小原がみんなに問いかけたとき、タイミング良く庭で犬が吠えた。

家で飼ってる柴犬の名前は、マックという。そこで、五人編成なのでマグマックスファイブと僕が言い、みんなが賛成して名前がついた。それ以上の意味のある名前ではない。

マグマックスファイブと一緒の最初の仕事は、TBSの「歌うバラエティ」である。この番組はビクターの自社番組なので宣伝部の顔がきく、というか、ビクターもレコードを売る為に僕を出演させたいわけだし、バンドを出演させることに否やはない。

「今夜は踊ろう」は、エレキギターを弾いて、バンドをバックにやった方が雰囲気が出る。ところがディレクターの青柳さんがバンドの演奏する「今夜は踊ろう」を聴いて、

「この音じゃダメだ。荒木くんの格が落ちるよ」

と言われ、メンバーは僕の歌の後ろに並んで弾いてる振りだけする事になった。

いつか、こいつらだけの曲を作ってデビューさせてやる、と、くやしい思いを持ったが、リーダーの小原は、のほほんとしていた。欲が無いというか学生気分が抜けないのだろう。

テレビでは音出しを断られたが、実際の興行のステージでは彼らが頼りだ。自分でもギターを弾いてサウンドを強化しなければならない。

バンドを編成することによって、僕もフェンダーのギターとアンプを購入する事にした。「ギリシャの唄」を作った時のようなポンコツエレキではなく、フェンダーのジャズマスターという極上の新品である。

「足利にね、とにかく〝今夜は踊ろう〟を凄く気に入ってて、自分だけで十万枚は売ってみせるって言ってる営業マンがいるんだけど、会ってみないか」

宣伝の小沢さんが言って来た。足利には伸ちゃんが居るし、そのバックに志賀産業もある。バンドを連れて行ってキャンペーンが出来るかもしれない、と僕は思って、まずは伸ちゃんに連絡してみた。

伸ちゃんは、僕が歌手になった事でやたらと自慢をしてるみたいだ。僕がバンドと足利に行った

ら何が出来るかを訊いてみた。

「サイン会やってくれんなら、みんな喜ぶよォ」

バンドがあるならステージも、キャンペーンも自分が仕切りたいと言ってくれた。

小原たちマグマックスファイブを連れて、久しぶりに足利に行くことになった。ビクターの営業所のやる気満々の営業マンの名は、石島くんと言った。

「凄くいい曲だから、大ヒットになりますよ。少なくとも僕だけで十万枚は固い。北関東全部だったら、五十万枚は出せるかな」

意気込みは凄く、握手して意気投合したが、ニコニコ顔と、並みより広いおでこが光ってつやつやしてるのが印象的だった。

キャンペーンは栃木地域を仕切っている志賀産業と、兄弟のような安田産業も加わって盛大に行われた。もちろん、「旅荘みさと」の奈美さんはもちろん、トルコ風呂のナンバーワン、ツーも来て若い者同士で大にぎわいになった。

小原と僕は二十二歳。伸ちゃんも奈美さんも石島くんもバンドの連中も、ワンもツーも、みんな二十代の前半の前半だ。

一日目のステージが終わったあと、

「こいつら頼むね」

と、小原たちバンドの面倒をワンに託した。

「まかしといて」と、ワン。

トルコ風呂に行ったバンドの連中とは、その間、僕は別行動。休みを取ったツーと久しぶりにデートを楽しんだ。

十二月半ばになって、また新曲がビクターから発売された。

突貫工事と言ってもいいくらいの乗りで、十一月半ばに吹き込んだ「ギリシャの唄」と「梅の実」のカップリングである。

「梅の実」は、斉藤さんたちと居るときに、「俺のはフォークじゃないよ。フォークはこんなもんだろう」と、その場で作った「梅の実の唄」である。

斉藤さんが、その場で、

「それ、いっちゃん、レコードにしよう」

とタイトルを「梅の実」に変えてリリースする事になった。

ギリシャは、大分前のことになるが、安い中古の、しかもポンコツになってるエレキギターを買って来て弾いてみたときに、その安い音色を鳴らしていて浮かんだ唄だ。

ポンコツだって、この世に存在した意味がある。そのギターのためのオマージュと言っていいだろう。「ギリシャの唄」を作って、意味を作ってやったが、それから後ポンコツギターは一度も弾いていない。

「梅の実」と「ギリシャの唄」は両A面のジャケットになっている。どちらをA面としても良いように作られてるので、テレビ局では、どちらも同じように扱われた。

今年のクリスマス、十二月二十五日は武道館における公開番組だ。

七月にひろこちゃんとビートルズを見に行ってから、まだ六ヶ月も経っていない。そのステージに自分がスターになって出演するなんて、誰が想像出来ただろう。

「ロッテ 歌のアルバム」のクリスマス特集は、その年に活躍した十二人の歌手が出演する祭典になっている。一万二千人の会場は、当然のごとく超満員だ。

この番組を制作してる田中敦は、それこそ独断と偏見をポリシーにしてると自負するくらいのディレクターで、その歌手が気に入らないとなったら、とことん番組にも出さない。新人賞の候補にもなって大人気のグループサウンズ、スパイダースもブルーコメッツも長髪だという理由で出演させなかった。

それが、出演交渉してるビクターの宣伝の小沢さんに言わせると、

「何故だかね、いっちゃんは敦さんに気に入られてんだよねぇ」

だそうで、今年だけで今回の武道館を含め「ロッテ歌のアルバム」は四回目の出演になる。

十二月の前半から「今夜は踊ろう」が、レコード売り上げのベストテン情報では毎週連続でトップになっていた。

大映の東京撮影所から、この歌のタイトルで映画を撮りたいとの話が持ち上がっている。まだ歌手としてデビューしてから四ヶ月も経っていないのに、どこに行ってもスター扱いだ。

しかし、「ロッテ」で唄う歌は、新人賞を獲ったばかりでもあるし、まだ「空に星があるように」である。

この番組では、控え室にいると色紙を一人につき何百枚か束で渡される。それに一枚ずつサインをしなければならない。毎回のことだが、これは苦痛だった。

が、歌番組から声が掛かることに関しては、別の思惑があった。

ドラマに出る役者と、歌謡番組に出る歌手の出演料は別扱いだ。通常、歌謡番組のギャラは宣伝を兼ねるので、役者として出演するギャラよりも安くなる。

そのルールに従い、僕の民放公認の出演料二千円をベースにして歌手の出演料を計算したら、そ

れこそ百円か二百円の雀の涙にしかならない。そこでビクター芸能と局との間で交渉がなされ、その結果、役者では到底貰えなかった額になった。

文学座出身のベースではない、歌手として改めて決まった出演料である。この時点で千賀子の五万円を優に抜いたわけだ。

だが、ドラマにおける役者としての出演料が上がったわけではない。またいつか、態度が悪いとか喧嘩したりして干される可能性は大いにある。干された後にドラマに出れば出演料二千円に逆戻りである。

このチャンスを使ってドラマの出演料も上げておかなければと辻くんと話しあった。来年からは、歌番組に出る度に交渉して行くという作戦だ。

現在は歌手活動で忙しく、テレビドラマに出る予定も、つもりも無いが、今ある人気を元に役者としての出演料二千円を、来年はいくらまで上げられるかである。

これはビクターは手伝ってくれないから、辻くんと僕とでやるしかないが、ベストテン番組はレコードが売れているので、嫌でも毎週のようにテレビ局の方から依頼して来る。

「空に星があるように」も「今夜は踊ろう」も共に歌謡曲番組のベストテンに入ってるし、「今夜は踊ろう」は、すでにトップの座に文字通り躍り出ている。


年末は、新宿の音楽喫茶である「ラ・セーヌ」のステージの仕事を、バンドの音を強化するためにとビクター芸能が持って来てくれた。

足利では、キャンペーンのみだったから「今夜は踊ろう」と「空に星があるように」のバックだけで成り立ったのだが、今回は、バンドと僕で四回ステージをこなさなきゃならない。

他の曲の練習をするように言っておいたのだが、やはり小原達は学生気分から抜けておらず、レパートリーは少ないし、リハをやってみると音は不安定だった。

イントロのギターが出遅れたりドラムが走ったり、練習の成果がまるで見えない。今更、出ないと断るわけにも行かず、重い気分で現場に臨んだ。楽屋には、小沢さんが雑誌の記者とカメラマンを連れて来ていた。

「いっちゃん、ジュニア文芸の高橋さん。ラ・セーヌの取材だけじゃなく、いっちゃんのインタビューもしたいんで、よろしく」

「〝スターインタビュー〟というコーナーで、荒木さんの特集を四頁で組むんで、よろしくお願いします」

「バンドは、まだ駆け出しだから、僕の事だけなら」

一応、釘をさしておいてのスタートだったが、イライラしてバンドに怒鳴ってる状況なども全てメモしてるみたいだった。

取り立ててステージ上での大失敗はなかったが、マグマックスファイブの出来が良い訳でもなかった。

午後十時十分、ラストステージに出て行く僕に、

「バンドじゃなく、荒木さんが素敵だから大丈夫ですよ」

少し親しくなって来た記者の高橋さんが、意味の分からない励ましの声をかけてくれた。

年が明けて二十三歳になった。まずは、「今夜は踊ろう」がどの地方においても売り上げのベストテンの一位になっている。

ただし、誕生日を過ぎて困ったことがあった。「おめでとう」とテレビ局や色々な場所で云われる時に、その「おめでとう」の意味が何を指すかである。

誕生日のおめでとうなのか、新年のおめでとうなのか、それともレコード大賞新人賞のおめでとうなのか。他にも芸術祭奨励賞などもあるが、少なくとも先の三つの内のひとつが濃厚である。「おめでとう」と云われた時、状況とかその人の顔の感じとかで判断するのだが、下手に「ありがとう」などと答えると、相手は新年の挨拶だったりする場合がある。

新年の番組は、すでに十二月に録画されているので、年明けの最初の仕事は日本ビクターの表彰式である。

築地川の川沿いにあるビクタースタジオに着いたのは、定刻を二十分過ぎたくらいだった。辻くんが来てないので、僕は廊下の掲示板に貼り出してる催し物の記事を読んでいた。

背後で誰かが「先生」と言っている。小さな声なので、誰に言ってるのかなと周りを見たが、それらしき人物は居ない。後ろを振り返ると見知らぬ若い男の人が僕を見てる。

他の誰でもなく僕の事を「先生」と呼んでるようだ。

作曲家だし作詞家でもある。そういう場合、通常は先生と呼ぶ習慣になってるのだろう。しかし、僕は歌手でもあるから、小さい声で呼んだのは、そのとまどいがあったからみたいだ。

「あのう、みなさんはもう第一スタジオに入っていますから」

名前も知らない社員に案内されて、僕は、表彰のためのセットが作られているスタジオに入った。

スタジオの後方からドアを開けて入ると、集まってる人たちが前を向いて椅子に座ってるので、全員の背中と後頭部が見えている。去年ヒット曲を出した作家の先生と歌手全員が表彰されるらしい。そこに辻くんが慌てて入って来た。

僕を案内した社員は役目は終わったらしくスタジオを出て行き、スタジオに居た社員が、立っている僕の横に来て、

「こちらは作曲家の方が座る列です。こちらは作詞家、こちらは歌手の方の席になっています」

と大きく三つに分かれた座席群について解説した。

「僕は、どこに座ったらいいんですか」

「歌手の方でしたら、こちらの席に座っていただいて、お名前を呼ばれたら壇上に上がっていただいて、表彰状と盾をいただいたら元のお席に戻っていただければ」

「体はひとつしかないんで」

皮肉を云ったわけではないが、社員は、僕の顔をじっと見た。

「すいません、ちょっとお待ち下さい」

社員は慌てたようにスタジオを出て行った。僕は辻くんと顔を見合わせた。

社員は、慌てて出て行き、しばらくして出て行った時と同じように慌てて戻って来た。

「あの、作曲家の方が最初に表彰を受けて、すべての方が表彰されたあと、作詞家、そして歌手の方という順になりますので、まず、作曲家の方のお席にお着きになって表彰を受けられて、戻って来られる時に作詞家の方のお席に座って、また表彰を受けていただき、再度、戻って来られたときに、次は歌手の方のお席についてと、それぞれのお席から表彰を受けていただければよろしいかと思います」

云われた通り、それぞれのお席に着いては、「空に星があるように」と「今夜は踊ろう」の作曲の表彰状と作詞の表彰状、それに歌手の表彰状、それにそれぞれの賞の副賞として犬の像の付いた盾を貰った。盾も表彰状も全部で六つ貰い両手がいっぱいになった。

自分で曲を作り、歌詞を作り、唄うという人たちが日本の歌謡界には今までは居なかったんだって事が良く分かった。

翌日からビクターの営業が通常通り開始された。

辻くんが、面白いシノプシスを持って来た。短編の私小説的な読み物になっていて、タイトルに「日本春歌考」とタイプされている。

「大島渚がね、この映画の主役をサブちゃんにやってほしいって言って来てるんだ」

辻くんが言うには、書いたのは大学生で、軽い青春ものになっているという。読んでみていかにも僕たちの時代を描いていて面白く、これはやってみたいと思った。

大島渚は、日本のヌーベルバーグ監督として独特の映画作りをしてる人だが、その映画の主役をやらせて貰えることは役者として大いなる名誉である。

ところが、ビクター側からの猛反対にあった。

滝井部長は、相変わらずニヤニヤしながら「やめなさいよ」と言ってるだけだが、斉藤さんは真剣である。本気で僕をいさめようと思っている。

「いっちゃん、せっかくスターになった矢先に、こんなピンク映画に出たら、いっぺんで潰されちゃうよ。空に星が、で、新人賞を獲った歌手が、春歌なんか唄ってみなさい。どうなるか分かるだろう」

廊下を歩きながら、とにかくやめてくれの一点張りだ。歌の世界から見れば、大島渚など、売れないアレンジャーほどの評価もない。春歌とタイトルに付いてるだけで、歌謡界ではピンク映画としか思えないようだ。

宣伝の小沢さんも含め、周りでワイワイと反対を唱えてるのを聞いてるうちに、何かとてつもなく悪い映画に出るような気になって来た。そういう気分になってる僕に対して極めつけの一発は斉藤さんだった。

　いきなりビクターの廊下に両手をついて、

「いっちゃん、この通り、頼む。やめてくれ」

と、頭を床にすりつけるようにして懇願しはじめたのだ。自分が育てた歌手が、この作品に出ることによってマスコミから散々叩かれて消えて行く姿が斉藤さんには見えるのだろう。

「分かったよ」

と斉藤さんに声をかけ、ビクターの玄関を出て冷たい風を頬に浴びた僕は、

「オーケーしていいよ」と辻くんに言った。

　僕自身、本来は役者なのだから、この作品に出ることが役者人生においての最高のプレゼントに思える。

　斉藤さんたちが心配する歌手生命の危機になるとは思わなかったが、その理由を斉藤さんに話して説得する必要は全く無いと思った。

　なぜなら、話しても理解出来ないだろうし、出演した結果でしか納得させられないからである。余計な討論を繰り返してお互い嫌な気分になっても意味がない。歌手の世界を知る斉藤さんであっても、役者の世界のことを知らないのは当たり前だ。

　家に帰ると、小原たちバンドの連中や広次が来ていた。地方の興行に行くときに列車だけじゃなくて楽器を載せるバスがあったらと話していたらしい。

　秀ちゃんの家に出入りしてる丸山くんという男が居る。彼は日産の目黒営業所でセールスナンバーワンを誇ってる男だ。誇ってると言っても彼自身は謙虚な人間で、秀ちゃんが自慢してるやり手

のセールスマンである。

早速、丸山くんに連絡をして、小型のバスを購入する手はずを整えた。ＭＵＧ－ＭＡＸＦＩＶＥと横に文字をデザインして入れる事にした。僕の名前を入れない理由は、彼らが独立して活躍出来る日を考えたからだ。

記者会見は一月十四日、監督の大島渚さん、それに僕を始め伊丹十三、吉田日出子、宮本信子などの俳優連が参加した。

この映画の制作の仕方は、台本を作らず、田島くんのシノプシスを基本にして出演者の意見で作って行き、それを三人の脚本家が纏めるとなっている。

脚本家の一人、田村孟さんとは、この作品を通して仲良くなって行き、その後、いくつかの仕事を孟さんから振られる事になる。他のスタッフで、仲良く出来そうなのは、このシノプシスを書いた大学生の田島くんだった。

この映画は松竹作品だが、制作は大島さんを筆頭に仲間で作ったプロダクション「創造社」だ。予算は通常の映画より低く、スタジオでセットを組むと高額になるのでお寺や大学などを借りて全てロケセットで賄うという。

地方から受験のために上京した四人の高校生を中心とした話だ。

出演者のギャラも安く、押し並べて十万円だそうだが、僕の出演料は、百万円だと言われた。新劇出の役者が貰える料金ではないが、歌手で売れたために、単発でのギャラはそのクラスまで上って来たという事だ。ひろこちゃんの家計も、かなり楽になるはずである。

記者会見の翌日から、「日本春歌考」のロケが始まった。

歌手としてのスケジュールが詰まってるせいもあり、予定表を見ると早朝からの撮影がほとんどだが、初日は受験が終わったあとの夜間ロケだった。

まずは、ロケバスの中で台詞の検討だ。それぞれが台詞を作るわけだが、これが思ったより時間が掛かる。

その日、予《あらかじ》め田村孟さんや佐々木さんたち脚本家によって用意されたシノプシスを次々と役者連中に回して行き、そこに簡易に書かれている台詞に目を通す。

大抵の俳優さんはシノプシスを受け取ると、台詞を自分流にアレンジしたりする。しかし、僕のやることはひとつ、自分に与えられた台詞をカットするだけである。

書かれている事を芝居でやって見せればいいのだから、台詞は出来るだけ少ない方がニュアンスが出る。なので説明台詞だけじゃなく台詞は徹底的に省こうと思った。

途中、吉田日出子と話していて、台詞で決めて行くのではなく、俺たちで作品に情感を加えようとなった。

「わたしは、あなたの事、好きって思ってやって行くから」

「了解」

台本に、そんなシーンも設定も書かれてはいないが、情感の出せる役者がやれば、その雰囲気が自然と漂うはずだ。

大島組の撮影の合間に歌の仕事がある。いや、歌の番組や興行の仕事の合間に撮影があると言っていい。

歌手としての現状は、「梅の実」も売れ出したが「今夜は踊ろう」が、スポニチや日刊スポーツ、東京タイムズなどの各新聞社の調査や、各地のレコード店の売り上げなどで毎週一位のランクから落ちず、大ヒットを続けている。

要するにレコードが売れに売れているわけで、「歌のグランプリ」「歌うバラエティ」「今週のヒット速報」などの高視聴率の歌番組には、毎週、まるでレギュラーのように出演が決まっている。それに加えて「ひる休みの音楽」や「歌謡フェスティバル」「ロッテ歌のアルバム」などが単発で入って来る。もちろん、「星に唄おう」もニッポン放送で毎週の録りは続いている。

TBSには決まって毎週来るので玄関の守衛とも仲良くなった。

仲良くなっただけではなく、毎回、僕の車だけは駐車場まで行かず玄関前に駐車するようになった。

ただし、守衛との最初の出会いは、喧嘩ごしの話からだった。

僕は、常にサングラスをかけているが、テレビ局では禁止条項である。タレントでも誰でも、サングラスをかけたまま局内に入ることは出来ないし、楽屋でも許されない。まして、テレビに出るなんて事は全く考えられない。

愚連隊防止条例という都の条例が出来たために、テレビ局だけではなく、街の喫茶店でもサングラスとかサンダル履きの客は入れてもらえなくなっているのだ。

週刊誌でさえ、サングラスをかけて写真を撮ろうとすると、「すみません、取ってくれますか」と言われる。

それでも、かけたままで居たら、「傍若無人」というタイトルでサングラス姿のグラビアが週刊誌に載った。そういう時代だ。

だから、サングラスでTBSの玄関を入ったら、とたんに守衛が飛んで来て有無を言わさず、「外して下さい」の一点張りになる。当然、僕も同じ目にあった。ただし、僕のサングラスには近眼の度が入っている。

その時も、守衛は玄関から廊下までしつっこく付いて来て、「外して下さい」と注意を促した。

「なんで外すんだよ」

と、僕。

「規則ですから」

と、守衛。

「俺の眼鏡には度が入ってるんだよ、もし、サングラス外したら、何も見えなくなるから、俺が壁に当たって怪我をしたり、階段から落ちたりするかもしれないいんだよ。その責任をお前が取ってくれるのか」

優しく言ったのか、怖く言ったのか、自分ではサングラスを外す理由が無かったのと、理不尽な規則に従いたくなかっただけなのだが、守衛はちょっと困った顔をしたあと、「分かりました」と素直に玄関に戻って行った。

それからＴＢＳの玄関の前に車をつけると、

「ダメだよ、そこに停めちゃあ」

と言いながら、同じように守衛が出て来るのだが、僕の顔を見ると態度を急変させ、ニコニコしながら「オスッ」と言うようになった。

「停めていい」

と聞くと、「俺が見てるから、いいよ。いってらっしゃい」

と、サングラスをかけた僕を見送ってくれる。規則が緩和されるのは、ずっと後の事になるが、それまでテレビ局でサングラスをかけて廊下を歩いているタレントは、僕しかいなかった。不思議な話ではある。

辻くんは、去年、計画した通り、俳優としての出演料のアップを、ＴＢＳの歌謡番組に出る度に先方のプロデューサーと話している。

テレビドラマの仕事をしたいわけではないが、とにかく人生、好景気が続くとは限らないんだから、降ろされた時の事を考えて準備しておく事が肝要だ。

「日本春歌考」の撮影も順調に進んでいた。

渋谷にある寺の境内で撮影が行われている時に、日産の丸山くんが車を持って来た。マグマックス用の小型バスである。

明星が取材に来ていて、大島組から休憩の許可を取ってのグラビア撮影である。真新しいバスの横に、臨時に「空に星があるように、荒木一郎」と手書きで記者が書いている。僕とバンドの連中は、売れっ子のタレントらしくギターを持ってポーズをとる。

明星が終わると、今度は各新聞社が大島組の宣伝のために、このバスを使った。

歌手になったり役者になったりだが、「日本春歌考」の写真のためにギターではなく学ランとコートを着て屋根に上がる。新聞社側は、歌手で使った「空に星があるように」が書かれてる面ではなく、バスの反対側に回り、書かれてない別の面を使って撮影している。バスも二役である。

結局、昼飯を食えずで、次の撮影が開始された。

丸山くんの事にちょっと触れておこうと思う。目黒営業所のトップセールスマンである彼の特徴は、頭は五分刈りで、顔は四角く、背は高からず、ずんぐりの体を持っている。

そして、とにかく腰が低いことである。何か問題があると、どんな時でもまず謝る。深く頭を下げて謝るのだ。これは特技と言っていい。

このあと、マグマックスのバスの事で、僕が丸山くんを怒鳴った事があるが、はっきりと僕の勘違いで、丸山くんが悪いわけでは無かった。ところが、丸山くんは、直ぐに謝った。この深くお辞儀するかっこよさというのは、菊池さんにも共通していた。

僕は、この二人から謝る時のかっこよさというのを学んでいる。と言っても、まず謝る状況になった事はないのだが。

丸山くんは、その後、僕がタレントプロダクションをやり出した時期、女優たちのブッキングがダブってしまった時などの謝り役として、臨時の名刺を片手に京都の東映に行ってお得意の腰の低い姿勢で話をまとめたり、免許証の切り換え時には、裏で手を回してくれて、数十分で事が済むようにしてくれたり、日産をやめた後は、故郷の山形県の代議士の秘書になって国会勤務になるのだが、丸山くんが死ぬまで彼との友情は続いた。


「日本春歌考」の撮影中に、「今夜は踊ろう」が、田宮二郎さんとの二枚看板で決定して、台本が出来上がったと、辻くんが言って来た。

「何も田宮さんと組ませなくても、荒木の一枚看板で客は入るって言ったんだけどね。大映も古くて頭が固いからね」

大島さんの事を歌の世界では理解出来ないように、歌の世界のことを映画の世界では理解出来ない。直ぐ近くにいる同士でありながらも、お互いの事が分からない夫婦のようなものだ。

撮影日の合間を縫って、一月の末に芸術祭とレコード大賞のためのパーティが催された。ビクターでの第一人者である橋幸夫と新人の僕のためのパーティと言ってもいいが、そこで僕には芸術祭奨励賞の盾をくれるらしい。

ここでもマスコミが群がり、フラッシュがあっちこっちから花火のように焚かれる。

「今や、橋くんよりレコード売り上げはいっちゃんの方が上だからね」

盾をもらって壇上から降りて来た僕に、斉藤さんが、近寄って来てささやいた。


二月に入って関東地方に大雪が降った。

十日に東京に降った大雪で「日本春歌考」の撮影がストップした。雪が降るような設定にはなってないが、その場でシーンを作って行くと言ってるのだから、何か考えたらいいのにと思った。が、いきなりの雪ではそうも行かないようだった。

一日撮影を中止して日程を延ばしたが、次の日も大雪で東京の町に雪は降り積もるばかりである。三日目になっても雪がやまないのを見て、大島組は台本の設定を変えず強引に撮影を開始した。このまま延ばす事は予算にもかかわって来るし、封切りにも間に合わなくなる。前後のつながりも考えないまま、雪の東京をバックに撮影は開始された。

十二日の僕のシーンは、学習院大学の構内を使っての撮影である。前後のつながりさえ考慮しなければ、もともとの設定より雪の中の方が何倍も効果がある。

今日の出演者は僕と清水宏と、その他の学生たちだが、先輩役をやる俳優が居ない。居ないというより、その場で誰かを起用するのも大島さんというか、予算の無い独立プロである創造社の意向でもある。

先輩役に、僕は、くっ付いて来ていたゴリを推薦した。

渋谷で遊んでいるだけの人間だが、もともと役者をやりたいミーハー的な希望はあったし、ちゃらんぽらんなところはあっても、僕に対しては常に親身で心配してくれる。

「いっちゃんのやる事じゃないよ。俺が何でもするから止めてくれよ」

ハイミナールを飲み始めた時に一番嫌がったのもゴリだった。

僕がゴリを推薦すると、

「面白そうだ」

と、大島さんが言ってくれたので、雪の中を走って行ってゴリに伝えた。

「先輩役、お前に決まったよ」

それを聞いて、とうぜんだが、小便をもらすほどにゴリは喜んだ。

ところが、台詞を言い出すと、雰囲気はいいのだが、最後まで言えずにトチり始めた。
二、三度で乗り越えると思ったのだが、そうは行かず、見てると余計に緊張してくのが分かる。
フィルムの事もあるし、周囲の俳優さんを待たせてる事もある。推薦した手前もあるので、こっちも自分の事より緊張するし、気が気ではない。

「大丈夫、気楽に行こう。NGは何回出してもいいからね」

大島監督は、やさしくゴリの緊張をほぐし、演技指導をしている。

雪も、さらに積もって来る。ようやく十一回目の用意スタートで、オーケーになり、次のカットに移った。

この日の大雪で、東京競馬が中止になったとテレビのニュースでやっていた。中央競馬会が発足して初めての事だそうだ。

春歌考には、ゴリだけじゃなく、マグマックスファイブも全員出演した。道夫や広次も出た。これは、大島さんの方から「フォークソングをやってる連中がほしいんだ」と、出演を頼んで来た結果だ。

道夫たちが出たのは麻布の有栖川公園のロケで、これは夜間撮影だった。しかも池があるため凍るような寒さである。その寒さの中で撮影がなかなか始まらない。池の真ん中に浮かべた祭壇みたいなものに火がつかないとスタッフが走り回っている。

いつになるのだろうか。夜が深くなるに連れて寒さも一段と増して来る。

池のほとりで凍えそうにして出番を待っている僕のところに大島さんが近寄ってきた。

「君のお父さんに、僕はかなりの影響を受けてるんだよ」

気を使って言ってくれてるのか、「新日本文学」という章ちゃんが編集や評論をやっていた雑誌について大島さんは語ってくれた。当時、その雑誌は、文学を志す人たちに大きな示唆を与えたという。

大島さんと、しばらく話していたが、それで待ち時間が縮まるわけではない。一向に撮影が開始される気配はなかった。

十二時を回った時点で、僕は自宅に戻ろうと思った。ただでさえ寝る暇もないくらいに忙しいのに、この寒さの中で待たされていたら体がもたなくなるからだ。

そこで、読みの利かないスタッフに話したのでは、大島さんに気を使って反対されるに決まってるから、助監督の田島くんをこっそり呼んだ。

「悪いけど、帰るからさ、始まりそうになったら電話くれよ」

そう言って、反論を待たずに辻くんと二人で抜けた。

自宅から麻布まで、この時間なら飛ばして十分で来られる自信があった。

家で温かくして仮眠を取り、朝方近くなって読み通り田島くんから電話をもらい、僕は凍えることもなく撮影は無事終了した。

僕の撮影予定の日に雨が降るという問題と、雪の日の災難が加わり、撮影は予定を大幅に遅れてるようだった。

台本の終わりに向けては、今までの出演者とのディスカッションで決めるという制度も無視され、脚本家と監督とで勝手に決められて行く。

「なんだか、分からない話になって来たなあ」

ラストに近い大学の講堂のシーンでは、同じ学生役の串田和美と二人で顔を見合わせていた。

二月の十五日、なんとか「日本春歌考」がクランクアップしたが、この日、「紅の渚」と「ディンバ・ティンバ」のカップリングで新曲が発売になった。

依然として、「今夜は踊ろう」もヒットしていて、売り上げが九十万枚を超している。

新曲の「ディンバ・ティンバ」は、ゴリの陣場高原の話から作られた曲で、「紅の渚」は、フェンダーを手にいれた事で、このギターを使って曲を作りたくなって出来たものだ。なので、多分にエレキ的な要素が入っている。

このジャケットは、二度にわたって作り直しされた。当初、通常の一枚カバーだったが、直ぐに「今夜は踊ろう」のジャケットと同じく見開きになった。斉藤さんは、最初から見開きのつもりが、売れないと思ってビクターは一枚で出したと話していた。

「春歌考」がクランクアップしたこの日の夜には、僕はもう東京には居なかった。労音の公演で、福島、仙台と東北地方を中心にマグマックスファイブと一緒に旅をしなければならない。

東北が終われば、次は大阪に飛んで福岡に行き、北から南までをトニーズを従えての巡業が待っている。トニーズは、最近、吉永小百合とのデュエットで売れて来ているコーラスだ。

ようやく旅から戻って来ると、翌日には武道館である。

今回は、日本ビクターの創立四十周年記念行事として、僕の他にはスパイダースとサベージのグループサウンズが出演し、スリースターショーというタイトルになっている。

この忙しさの中、日活から新しく映画出演の話が来た。

「君が青春のとき」というタイトルで、吉永小百合が主演だが、その相手役に選ばれたのだ。やりたいのはやまやまだが、これ以上、映画を撮る日程などあるわけもなく、残念ながら辻くんを通してスケジュール的に無理だと返事をした。

ところが、日活も諦めない。

「余程、サブちゃんが欲しいんだろう。なんとしてでもやりたいって言って来てるんだよ」

辻くんが笑いながら言ってる後ろに、同じように笑ってるプロデューサーの顔が見えた。わざわざ「歌謡グランプリ」の楽屋に訪ねて来て僕にじかの交渉である。

出たくないわけではないから、その場で三月の予定を辻くんに見てもらうと、なんとか空けられるのは四日だという。

「四日で撮れますか」

主役なんだから撮れる訳はないと思いながら訊くと、

「なんとか調整してみます」

と応えて、プロデューサーが喜んで帰って行った。

「荒木さん、御願いします」

ＡＤが呼びに来た。去年の十二月まで、衣裳と言っても他の歌手のようにタキシードや特別の上着を着たりはしなかった。普段のままなので、「ロッテ 歌のアルバム」で楽屋に居るとき、久保宏に、

「そのまま出るんですか」

と驚かれたこともある。

しかし、マグマックスファイブがバックでグループサウンズ風に衣裳を揃えたり、単独の出演であっても衣裳は作った方がいいよと斉藤さんから言われ、それなりの雰囲気の上着やタキシードを用意するようにした。

西武デパートの五階にある紳士服売り場の古屋敷くんと仲良くなったので、海外のパターンなどを研究して、あまり人が作らないようなジャケットにした。今日の「今夜は踊ろう」は、そこでオーダーしたオリジナルの初物である。

といっても派手なものではない。パターンに少し工夫を凝らしたり、裏地を女性ものにしたり、あとはボタンの付け方などだ。

翌日に日活から映画撮影に関する返事が来た。四日で撮れる予定を作ったから会ってほしいという。

「星に唄おう」の録りが終わって、ニッポン放送のロビーでの話になった。

「四日間二十四時間体制でやれば撮れると結論が出たので、お願いしたいと思って。我々スタッフは昼組と夜組と二班に別れて撮ります」

って事は、スタッフは昼組と夜組だから、それぞれ寝る時間はあるけど、僕は二十四時間眠る時間が無い、つまり四日間は不眠不休、寝られないってことだ。

「そういう事だよね」と念を押すと、

「そういう事です」と、プロデューサーが応えた。


「君が青春のとき」の出演は、いくら小百合ちゃんと一緒でも寝ずの四日間ではと断念したが、今度はビクターの方から話があって、同じ吉永小百合主演で遠藤周作原作の「協奏曲」という映画の主題歌を作ってほしいという。

まだ台本は出来てないみたいだが、出演じゃなければ時間の問題が無いので引き受けられる。

「原作者の遠藤さんが作詞して、いっちゃんが曲を書いたらって話もあるんだけど、私は、やっぱりすべて貴方でやった方がいいと思うのよ」

斉藤さんから紹介された武田京子ディレクターが言った。ビクターでは、吉永小百合を担当していて、敏腕プロデューサーとしても名を馳せている。

「どっちでもいいですよ」

「良くないわよ。貴方でやりましょう。それで考えたんだけど、小百合ちゃんとデュエットでやったら、いいと思うんだ。どう思う」

「僕のうた、小百合ちゃんに難しくないですか」

「だから書いてほしいのよ。それと、取材旅行ってことで、ヨーロッパに行ってみたら」

曲は十分もあれば出来るんだから、わざわざヨーロッパに行く必要は無い。そんな事はお京さんも十分知ってるはずで、話を聞くと、菊池さんが絡んだ話だった。

「協奏曲は、森永が少し出資もするからね、いっちゃんは日活に遠慮なく遊びに行ったらいいよ。

あんたの才能はヨーロッパを見ることで、また何か膨らんだりする筈だしね」

家に来た菊池さんが、ブランデーの牛乳割りを飲みながら語り出した。同じ小百合ちゃんの去年の映画「風車のある街」でも、森永乳業はオランダロケに出資している。今回も海外ロケがあるので、そのスポンサーになるらしい。ついでに僕の旅行の費用は出すという事みたいだった。

「四月なら、忙しくても今からなら予定はたてられるだろう」

小原を始め、バンドの連中も道夫もゴリも、みかんを食べたりお茶を飲みながら、うらやましそうに菊池さんの旅行の話を聞いている。

マグマックスファイブは、ガレージの二階が第二の住処《すみか》となり、遠慮なく出入りし練習をしている。ひろこちゃんとも家族のように仲良くなり、練習する時間より茶の間で勝手に団らんしてる時間の方が多い。

最も家族的になっているのはドラムの平野で、彼女まで連れて来て自分の家のように楽しくやってる。もっとも他の連中は、彼女みたいな存在がいないのかもしれないが。

「バンドも行けるんですか」と平野が言うと、

「行けるわけないだろう。曲の取材旅行だぞ、分かってねぇなあ、おまえ」

と、道夫がとぼけた平野の頭をはたいた。ホームドラマに出て来るようなシーンだ。

それにしても、菊池さんは本当に面倒見がいい。

僕だけじゃなく、文学座の若手で生活が苦しい人などの支援をしている。それこそ新劇はギャラが安いから、そういう役者が沢山いる。

「日本春歌考」に出演していた田島和子の彼氏も文学座で、この面倒も見てるし、「星に唄おう」のCMの詩を読んでるのも文学座の若手の女性で、この面倒も見ている。

ヨーロッパでの予定やホテルなどを、菊池さんの手足のように動いてる電通のスタッフが手配してくれ、四月にヨーロッパに行くことになった。

小百合ちゃんとは、毎週TBSの「歌謡ベストテン」で一緒になっている。まだ二月だというのに、早速、宣伝の小沢さんから、

「いっちゃん、TBSで小百合ちゃんと一緒の時に、少し時間もらうから取材やってよ」

と言って来た。

曲のことは何も決まってないが、まあ逢ってるついでだからいいだろうと曖昧に応えた。

スタジオで小百合ちゃんに逢うと、

「今年は映画より歌に重点を置こうと思ってるの」

と綺麗な目をいっそうキラキラさせて言った。

明星のカメラマンがシャッターを切る中で、小沢さんが「どんな曲が好きなの」と小百合ちゃんに訊く。

「荒木さんの曲はどれも好きだから」

と小百合ちゃんが応える。

「とくにギリシャの唄は好きで、レコード買ったのよ」

レコードはビクターなんだから、小百合ちゃんはお京さんに言えば見本版が貰える立場だ。半信半疑だが悪い気はしない。

写真とインタビューだけで、対談ではないので適当に切り上げて、お互い、歌の仕事に戻った。

明星のインタビューと「歌謡ベストテン」が終わって家に帰って来ると、小原も居たしバンドの

連中もいた。ギターの原田は、こたつに入ってギターを弾いている。まるで居候だ。僕もギターを持ち出し、こたつに入って、

「お前達バンドの曲だけど」

と、何気なく曲を弾き始めた。

庭で遊んでいたマックが、音に反応してガラス戸をひっかき始めた。仲間に入ろうとしてるマックに、

「うるさいぞ」と言ったとき、ふと閃いて、

「ヘヘイ、マックス」と歌詞が出て来て、そこから一気に曲になった。

「こんな感じのイントロで、真っ赤なドレスを君に、と入って来て、途中、ダンダダーン、ダンダダーンと来たとこで、手をかざしてゴーって叫ぶんだ」

ものの十分と掛からなかった。

グループサウンズだから、派手にやればいいからと小原たちに譜面を書かせた。

タイトルを何にしようか、と思った時にマックが吠えた。吠えただけじゃなく、またガラス戸をガリガリと足で引っ掻いている。

「マックス・ア・ゴーゴーにしよう」

と小原に言った。


二月も終わり、三月になったが、二十九日から四月二日までの五日間、大阪の大劇でワンマンショーをやる事になっている。

労音などの団体のツアーはやって来たが、大劇場の舞台でのショーは初めてだ。しかも、客がど

のくらい入るかは、自分の人気の責任になる。出演者も構成も僕に任せると言われてるので、マグマックスファイブに加え、ケンサンダースにも声をかけた。

「三月の二十九日から五日間だぞ、スケジュール大丈夫なら一緒に行こう」

ケンを呼んで話すと、まつげの長い瞳の大きい目を見開いて喜んだ。

小原たちにも、和気あいあいはいいが、いまだテレビで音を出せないくらいだし、プロになるんなら学生気分を抜いて練習に励むよう釘を刺しておいた。

大劇の準備もしなければだが、もうじき映画「今夜は踊ろう」のクランクインだ。相手役は梓英子に決まった。英子とは、「若いしぶき」で一緒になっている。

あの時は、若いのに芸者の娘みたいな不思議な色気のある子だと思っていたが、あれから三年だ。英子も二十二歳、大人っぽくなってる事だろう。

撮影が始まって弓削《ゆげ》監督に会ったが、勢いのある人ではなく、なんとなくもたーっとした雰囲気でモノをしゃべる。

昼休みの休憩時に、早めにスタジオに行くと監督が一人で煙草を吸っていた。

「息子にね」

僕が弓削監督の近くに座ると、いきなり息子の話をしだした。

「朝起きて撮影所に来る前に新聞読んでると、おい、おまえって言われたんだよ。新聞なんか読んでるんじゃないよってね」

僕も煙草に火をつけて、独り言のように話している弓削さんの顔を見た。

「黙って新聞読んでるとね、いきなり新聞を乱暴に取り上げて、おまえ、ヒットラーに似てるなって言うんだ」

言われて見れば、似てないわけでもないが、弓削さんの話は冗談でも笑い話でもない。もっと深刻そうだった。

「鼻の下に二本指をあててみろ、って言うんで、こうやって当ててみせたんだよ」

弓削さんは、人差し指と中指をまっすぐにして、その指先を自分の鼻の下にあててみせた。ヒットラーの髭のようだった。

息子は、その姿を見て笑って、「おまえ、馬鹿だなあ」と言ったという。弓削さんは、なんでそんな話を僕にしたんだろうか。

撮影中の昼飯時は、いつもはそんなに暇ではなく、常にどこかの新聞社や雑誌社が取材に来ていた。英子とも、常に一緒に写真を撮られたりで、「二人は撮影の合間でも仲がいい」と書かれた。

しかし、マスコミに「御願いします」と乞われて撮影の合間に仲の良さそうな写真を撮られてるだけで、二人だけで居たりするわけではない。

英子は、フジテレビの近くの荒木町に住んでいて、早く撮影が終わったあとに寄って無駄話をしたりする。無駄話をすることはあるが、それだけの仲で、忙しい日々に憩いを与えてくれる英子の存在には感謝している。

海岸の砂浜で、英子と一緒に踊って愛を育むみたいなシーンが台本にある。

そのシーンのロケで神奈川県の由比ヶ浜に行った。早朝からだというのに人だかりが凄く、昼になると三百人くらいの群衆になった。

しかも、風が強い。風速二十メートルはあるとスタッフが言っている。

音楽をスピーカーで流して、それに合わせて砂浜で踊るのだが、風がひどくて音楽が途切れ途切れにしか聴こえて来ない。髪はぼうぼうになるし、英子のスカートはめくれるし、砂で目も開けてられない。

「風に踊らされてるみたいだよな、俺たち」

と、英子に言うと、

「風に舞ってるみたいで、いいじゃない」

と嬉しそう。

「口の中がジャリジャリしないか」

「でも、楽しいから、私はいいわ」

「そうか、このあとキスシーンだけど、このままじゃ、ジャリジャリが行くぞ」

三百人の由比ヶ浜に集まった人たちとカメラの前でのキスシーンだが、それ以外にマスコミのカメラも二人に向けられている。テストでのキスシーンでは、カメラのシャッター音が風の音にも負けないくらいの迫力でカチャカチャと鳴り響く。

が、群衆の歓声は、さらにそれを上回っていた。英子とキスをした途端、悲鳴ともつかない何十人かの合唱が風に乗って聞こえて来た。

「役者と歌手とでは、回りの反応がまったく違うよ」

と、あのとき斉藤さんが言った台詞が聞こえて来るようだった。

実際に色々な催し物での客の反応、レコード店回りで外に出て来た時のファンと野次馬の反応は、もちろん非日常的な現象ではあるが、役者に対するそれとは全く違うものである。狂気に近いとも言えた。

地方の体育館などの催し物では、楽屋までの距離があるためにファンに取り囲まれる恐れがある。

恐れというより危険と言った方がいいくらいで、群がる人たちに一度でも囲まれると、まるでピラニアに襲われたみたいな現象が起きる。

洋服のボタンはちぎられるし、ポケットに入ってる物やアクセサリーは奪われるし、手当たり次第どこでもファンの人たちは触ろうとして来る。もし誰かが刃物でも持っていたら、それこそ大変な事になる。

以前からボディガードのように付いていたビクター芸能でドブと呼ばれている中村さんは、ツキノワグマのように大きく背が高かった。実際は、熊というより優しいたぬきに近い雰囲気で、人も良く、小百合ちゃんとは家族のように仲が良い、と本人が言っている。

由比ヶ浜の一回目では撮りきれなかったカットを、その三日後に撮ることになった。今度は快晴で、風速も普通で気持ちの良い日和だったが、二月の海岸は相変わらず寒かった。

歌のシーンを含めて、いくつかのカットを撮ったが、カメラの位置が気に入らなかったり、いつもの癖で台詞の弱い所を直したりした為、時間が押し気味になった。

役者が、台詞やカメラ位置に対して文句を言う事も少ないだろうが、まして歌手がそれを調整させるなど、東京大映のスタッフには初めての経験だったろう。

でも、カメラマンも監督も一致して僕の意見を取り入れようとしてくれた。撮影が終わって戻ろうとしたら、田宮さんが寄って来て、

「この映画は、俺が主役なんだよ」

と怒りを含んだ声で言った。きっと、我が物顔に振る舞ってると思ったのだろう。

意味が無いと思ったので、田宮さんの顔をちらっと見ただけで返事はせず、前に歩いている英子に声を掛け、小走りで行って肩を抱き駐車場に向かった。

「送ってくよ」

と英子に言って後ろを振り返ったが、誰もついて来てはいなかった。

その後、田宮さんとは何事もなかったように、冗談を言い合いながら撮影を続けた。基本的には気持ちの優しい人だから、あの時は、余程、僕の俳優としての節操の無い振る舞いが気に障ったのだろう。

クランクアップの翌日、小百合ちゃんと「近代映画」の対談で一緒になった。「協奏曲」の主題歌の宣伝を含め、小沢さんが組んだ仕事だ。まだ曲も決まってないので、宣伝としては余り意味のない対談だが、小百合ちゃんと話すのは楽しい。

内容は、小百合ちゃんがスターになってから一人で海外から帰って来た事がある話とか、僕は四月にヨーロッパ旅行に初めて行くんだとか、そんな話だ。

撮影スケジュールが四日と言われて出演出来なかった「君が青春のとき」についての話にもなった。

「あれは、台本を読んだけど、民芸あたりの作るテレビ映画、そんな気がしたよ」

僕が生意気な批評をすると、小百合ちゃんは、

「それが一番決定的なんですよね。強い何かが足りないような」

現在、その撮影に入ってるのに、雑誌の対談で言っていいのかなあ、とこっちが気を使ったが、結構、一緒に居ると僕に釣られるのか小百合ちゃんはいいたい事を言う。これもそういう対談になった。

もし、僕が出演していて台本などに筆を入れる事が出来たら、少しは小百合ちゃんの不満分を埋められたんではないかと、断らざるを得なかった仕事だけに後悔を含んだ役者気質が頭をもたげた。

小百合ちゃんとは、その後、何度も一緒になった。

このすぐ後の明星の対談を始め、インタビュー、グラビアなどだ。どのマスコミも二人の仲の良さを強調してる。仕事が一緒だから、終わった後に食事をしたり、お茶をしたりもする。時には、別々の仕事をしてても、連絡を取り合って料理屋に行く事もあった。

「ほんと、小百合ちゃんと荒木さんはぴったりの感じよ。似合いな二人だとわたしはおもうんだ」

ディレクターのお京さんなどは、週刊誌の人たちの前でそんな発言をして、むしろ煽ってるような気さえする。レコード宣伝としては常識的な事なのかもだが、僕が結婚してるせいか変な噂になることはなかった。


榊ひろみが新劇で再出発と、いくつかの新聞にひろこちゃんの記事が載った。

今まで研究所に通っていたのを、二十五日から正式に文学座の研究生として登録されたのだ。

「新劇俳優の人が、私の数分の一の出演料と知ってびっくり。それなのに皆、一生懸命仕事に打ち込んでいる。それが新劇でやり直したいと思った一番の理由です」

と、新聞のインタビュー記事には書かれている。

亭主がそうだった事をどう思ってるのかなあ。その点で、ひろこちゃんと話したことは一度も無かったから、僕が新劇のギャラ扱いを受けていた事など知らなかったかも知れない。

辻くんが、毎回、番組プロデューサーと奮闘した結果、現在は、その差別待遇の新劇ランクを遥かに凌駕することが出来ている。通常では一年で一回の値上げと言われていたが、当初の作戦通り、「歌のベストテン」などの歌謡番組に出るたびに番組のプロデューサーにドラマ料金の値上げ交渉をするわけだが、歌がヒットしてるのだから嫌でも向こうは僕を出演させなければならない。

その都度の交渉の結果、一年足らずで五十倍まで上げる事が出来た。もちろんテレビドラマに出演する予定は無い。あったとしても、むしろ今の状況なら、その十万円の出演料すら上回るに違いない。物事はあきらめずに、やってみようとする事が大事だ。

「サブちゃん、民放のドラマの出演料が十万円になったよ」

と、辻くんが僕に報告した夜、意味なく二人だけで乾杯した。干された時のことを目標に立てた計画だから、他の人を巻き込んで祝ってもらってもしょうがない。今は何の効果も持たない事柄なのだから。

その辻くんが、僕とのコンビを解消したいと言い出した。

「僕はね、サブちゃん。歌のマネージャーをやるより、やっぱりドラマが好きだからね。そっちの仕事をしたいんだ。このまま、サブちゃんは、どんどん歌手として成功して行くだろうしね」

確かに歌手としての今の過密スケジュールは尋常じゃない。いくら映画を撮ってるといっても、歌手活動の合間を縫っての話である。

辻くんが言ったことが本心かどうかは分からないが、とりあえず、それが僕とのコンビを解消する理由だった。彼を中心にビクターとビクター芸能を動かして歌手活動をやって来たのだから、バンドの事もあるし、いずれ事務所を持たなければやっていけないだろう。

菊池さんやおふくろが、事務所を作ってそこの専務になったらとか、そんな話を辻くんにしたようだが、そのとき辻くんは、あまり嬉しい顔をしてなかったという。

理由はいくつかあるかもしれないが、僕のわがまま、身勝手さに付き合うのが億劫になったっていうのが、案外、一番の原因かもしれない。

そんなわけで、三月の末から四月二日にかけての大劇の五日間公演では、辻くんの姿はもう無かった。

代わりにビクター芸能のドブと呼ばれる中村さんが、なんとなく全体を仕切っている形になった。もちろん、荒木一郎というスターを動かす実際の責任は、道夫だったりバンドの小原だったり、広次だったりに掛かっている。

平均年齢二十一歳という素人チームである。もっとも辻くんが居たときも、平均年齢は二十二歳でやって来たのだから、今とあまり変わりはない。

大阪のバンドの旅館の手配とかは、十八歳の広次が中村さんに相談して行い、全体のスケジュールなど重要なことは、僕とビクター芸能とで話し合う事になった。これからは、僕自身が歌手であり作詞家作曲家であり、またバンドも含めたトータルマネージャーでもある。すべての交渉は僕がやらなければならない。

三月二十七日、小原たちマグマックスファイブと一緒に新幹線に乗って大阪に向かった。

二日間のリハーサルだが、原トシハルとB&B7やダンサーにケンサンダースなど出演者の数も多く、基本的な構成はすべて僕がやるので内容をしっかりと固めなければならない。唄うだけのショーではなく、観ていてドラマチックで楽しいステージにしようと思った。

スタッフについては、広次も道夫も、地方のイベントの現場には加わって働いていたので、辻くんが居ないからといって改めて困るようなこともなかった。

「あんたのショー、ごっつうオモロかったよ」

大劇の人だろう。初日が終わった時に舞台から降りたとたん、いきなり寄って来て肩を叩かれて言われた。

新人の歌手が、初のワンマンショーで、連日補助席を出したのは、今までにないそうだが、初日から五日間、大入り満員だった。一階から三階まで、ぎっしりとつまり、補助席はもちろんだが、立ち見の観客も相当な数に上ったという。

最終日を除いて、連日晴天に恵まれたが、最終日は小雨模様となった。

「開演三時間前くらいから、傘をさしたお客さんが長蛇の列になってましたよ」

最終日の打ち上げで、広次が嬉しそうに言った。

道夫には、途中からマグマックスファイブのメンバーとしてだけじゃなく、司会までやらせてみたが評判も上々だった。

荒木一郎にとっての初の大舞台でのワンマンショーだが、僕にとっては、辻くんの居ない、未成年の素人集団で仕切った初の舞台でもあり、やり終えた感は今までのどんな舞台よりも強く心に残った。

第六章

カプリチョーソ

大劇から帰ると、斉藤さんが二つの頼みごとを持ってビクターで待っていた。

ビクター芸能に寄って、五月に労音で一週間やる荒木一郎ショーのことで打ち合わせしてから制作の部屋に行った。斉藤さんが葬式があったような深刻な顔をして近づいて来た。

「いっちゃん、ヨーロッパに僕も連れてってほしいんだ」

誰か一緒に連れて行っていいと菊池さんは言っていたし、それがひろこちゃんかなあ、とは思っていたが、斉藤さんの顔を見て、僕やひろこちゃんの歳では、またいつでも海外に行けるが、斉藤さんの歳では、と考えた。

「いいよ」

僕は間を置かずに答えた。斉藤さんの顔がスタンドの電気を点けたように明るくなった。

今度のヨーロッパ旅行は菊池さんの好意に対する返礼と思っていて、ちょっと億劫なところがあったが、斉藤さんの喜ぶ顔を見て目的が出来た気がした。

もうひとつの斉藤さんの頼みは、マックス・ア・ゴーゴーの事だった。

「あの歌を、どうしてもいっちゃんに唄ってもらって、レコード化したいんだ」

いつだったか、斉藤さんが家に来たときに、冗談で唄ったことがあった。「梅の実の歌」の時と同じで、最近のグループサウンズ風だとこんな感じだ、とか言ってだ。

「あれは、小原たちに作った唄だからダメだよ」

と僕は断った。

「分かってるけど、あの曲は、マグマックスにはもったいないよ、いっちゃん。彼らは、まだそこまでの実力はないし、あれはいっちゃんが唄ってこそ生きる歌だよ」

「あの歌はね、斉藤さん、ゴーって叫ぶんだよ。俺が出来るわけないだろう。やつらだから恥も外聞もなくステージで叫べるって思って作ったんだからね」

斉藤さんは、反対してる僕の顔を思い詰めたようにして見てから、いきなりビクターの廊下に土下座した。

「またかよ、斉藤さん」

「いっちゃん、頼む、この通りだ」

斉藤さんこそ恥も外聞もなく、廊下に額を押し付けている。今年、二度目である。大の大人なのに、と思うが、その下げた頭の後頭部と背中に、なんとも言えない哀愁がある。

「分かったよ」

と僕は言った。


ヨーロッパに行く前に、「マックス・ア・ゴーゴー」の録音をする事になった。小原に事情を話して、

「お前も、少しだけだけど、参加しろ」

とスタジオに連れて行った。

しかし、問題の「ゴー」の部分は解決されてない。そこだけ小原に言わせるわけにも行かない。

調整室に入ると、テープが絡んでるような機械があった。

「これ、何するもの」

と、ミキサーの鈴木くんに訊いた。

「テープエコーで、通常のエコーだと単にリバーブ効果があるだけだけど、これを回して声を録ると、ワンワンワンって音が何重かになって響くんだよ」

歌謡界では、まだ誰も使ってないという。これで唄えば、ゴーはいけるかもしれないと僕の頭にひらめきがあった。ゴーだけではなく、歌全体をこのテープエコーを活かして唄ってみたら、さらに面白い効果があるんじゃないか。

そんな話をしてたら、スタジオに「マックス・ア・ゴーゴー」のオケを録るためのミュージシャンたちが入って来た。弦の人たちもだ。

「じゃ、音撮りするから、こっちでいっちゃんたちは聴いててよ」

斉藤さんが言い、僕と小原は隣の調整室に入った。

アレンジャーの寺岡真三さんがスタジオに入って来たのがガラス越しに見える。

寺岡さんは指揮台に立つと指揮棒を取り出し、大オーケストラと言えるほどのミュージシャン達に向かって、それを振った。

スピーカーから聞こえて来た音を聴いてびっくりした。

弦はこの曲に似合わないとは思ったが、それどころではなかった。ロック風なサウンドは消え、タンゴ百年みたいな音楽になっている。さびの部分は、バイオリンやビオラの弦が華麗に入って来て、完璧にこの音楽をぶち壊している。

「ダメだ、ダメだ。こんな歌じゃないよう、斉藤さん」

僕が怒鳴り出し、斉藤さんが困ったように僕を見た。

「弦は要らないから帰ってもらおう」

と、スタジオへのトークバックのボタンを押そうとしたとたん、斉藤さんが立ち上がって僕の手を押さえた。

「いっちゃん、分かった、分かったから、これだけ録らしてよ。録ったら弦の人たちには帰ってもらうから、録るだけ、録るだけやらせてよ、いっちゃん」

ミュージシャンを呼んで何も録らずに帰せば、僕の評判も悪くなると必死で僕を押さえている。

スタジオの中では寺岡さんが棒を振り、音録りのリハは進行している。

小原と僕は調整室から廊下に出て、喫茶の方で待つことにした。木造のスタジオなので、かすか
に中でやってるタンゴの音が聞こえて来る。

二十分ほどして、弦の人たちが帰り、アレンジャーの寺岡真三さんも帰った。スタジオには、リズムセクションとギターとサックスだけが残っている。

「みんな帰ったから、いっちゃんの好きなようにやっていいよ」

斉藤さんに言われて、スタジオに入り、イントロから寺岡さんのアレンジした譜面とは関係なく、その場で口と楽器で説明して「マックス」のオケを作って行った。いわゆるヘッドアレンジである。

歌謡曲の世界での初めてのヘッドアレンジだろう。それでもメンバーがジャズの人たちなので、若手のグループサウンズ風とかロックの雰囲気を醸し出すのは難しい。

かと言って、小原たちマグマックスでは、力不足である。

集まってくれてる人たちはジャズとしては最強のメンバーであり、しかも楽しんで協力してくれているのだから適当なところで妥協するしかない。

音録りが終わり、唄録りになった。

「斉藤さん、このテープエコーを使おう。それで、僕の歌を二重にして録ってくれない」

唄った音が、タンタンタンと後を引く事を考えて、唄い方も、それに合わせることにした。

「一度、録ってみてよ」

テープエコーと自分の歌を同期させないと面白くない。その加減を探ろうと思ったが、一度、録ってみただけで雰囲気はつかめた。

ゴーのところでテープエコーの深さと細かさを調整してみて、その目盛りのまま、歌を吹き込み、さらにそれにプラスして唄をダブらせた。二重にした唄の部分には、あまりテープエコーを効かせず抑えぎみにした。

聴いてみると、いい感じにはなった。

そして小原の登場である。

「曲の最後にドラムロールを長めに入れてあるからね、で、トンとバスドラムが鳴るから、そこで直ぐにウォウと軽く声を出してほしいんだ。終わったって感じで、いかにも自分が演奏してたみたいにやるんだぞ」

ここが、僕から小原へのプレゼントである。小原にあげた唄だから、小原の声で終わらせたかった。

しかし、小原のラストの声を何度も録ったのだが、どれもウォウではなく、犬が吠えたようなワンでしかない。

「いいよ、小原。俺がやるよ」

あきらめた僕は、小原に声をかけた。小原は、単にダメ出しを食って外されたと思っただろうが、僕はプレゼントが出来なかった事が悔やまれた。小原たちマグマックスファイブに作った歌だったのだから。

菊池さんからの報告で、「星に唄おう」の聴取率が午後七時以降のラジオ番組でトップになってるという。

「いっちゃん、愛知と北海道と関東と九州で、毎週千五百万人が、この番組を聴いてるんだよ。凄い数だろう。だからさ、そろそろファンクラブを作った方がいいんじゃないか」

ニッポン放送の録りの時に、菊池さんが来ていて、局員がいくつかの段ボールの箱を持って来ていた。中にハガキがいっぱい詰まっているのを見せてくれた。

確かに家に来るファンレターやビクター宛のその数も増してるのは分かっていたが、ファンクラブを作る事など考えもしなかった。

「ファンの人たちを何らかの形で纏めておいた方がいいし、会員宛に毎月会報を出したらいいよ」

「やってもいいけど、誰がやるんだ。やるとしても、俺より若いヤツしかいないよ」

ファンクラブなんだから、会長とかも、それなりの人を持って来なければならない。

菊池さんに相談すると、

「それだけは、いっちゃんが、やったらいいよ。今までの付き合いで誰か居るんじゃないか」

他の面倒なところ、たとえば、会報なんかは電通が手伝ってくれるというし、あとの作業は菊池さんを相談役として、広次に任せる事にした。


畳替えしたのだろうか、青光りのする十畳の和室は、あの時と寸分も変わっていない。強いて言えば、節のある床の間の柱に年季が入り、一層、貫禄を増してる事くらいだった。

北條先生は、同じような雰囲気の着物を着て、あの時と同じように、ふすまを開けて入って来た。

「久しぶりに顔を出したなあ」

と、立ったまま見下ろすようにして正座してる僕の顔を見てから、重い体をもてあますように籐の座椅子に寄りかかった。

「すいません、ご無沙汰して」とか普通は答えるのだろうが、僕は直ぐに来た用件を告げた。

「ファンクラブを作ることになったんですが」

「ああ、そうだってなあ。お母さんに聞いたよ」

余計な事を、とは思わなかったが、ここは自分の力で説得したかった。それを察知したのか、北條先生の方から、

「だからと言って、君のお母さんに頼まれたからという気はないから安心しろ。自分で説得したいんだろう」

と言われた。

「その会長役を御願いしに来ました」

「『虹の設計』の時は、君のお母さんに不肖の不良息子を叩いてくれ、って事で御願いされてNHKに入れたけどな。あれから後は、自分の力で人気歌手になったみたいじゃないか。さすがに、そこまで親の七光りは届かなかっただろう」

北條先生は、僕の出したレコードを全部持ってるという。ただし、本人が買ったわけじゃなく、これも母親が送りつけていたらしい。

「ま、息子思いの、いいお母さんを持ったんだから、君も感謝しなけりゃだ」

「北條先生しかないんで、引き受けていただけるでしょうか」

僕は、北條先生の顔を見つめて念力をかけるような気持ちで頼んでみた。

「俺は、音楽の世界には大して顔もきかないし、君に取っては、今はただの一ファンに過ぎないからなあ」

この部屋も北條先生も、あまり変わってないと思っていたが、僕の状況が変化した事によって、北條先生の僕に対する言葉つきや、態度が変わってるのに気がついた。

接してる相手の形は、自分の置かれた位置や環境によって変化するものだとは、歌手やスターになって理解した事だが、何も変わっていないように見えた北條先生さえも、僕に合わせて変化しているのだ。

会見は二時間にわたった。始めのうちは、

「こういう会の会長は、その世界の権威とか、何らかの形で君を支える力のあるやつがなるもんだよ。おれは音楽畑じゃないからね」

と断っていた北條さんだったが、長い時間の中で根負けしたのか、

「まったく、君は喧嘩はするし、手の付けられない暴れん坊だったりするけど、君の純粋さと愛情と若さは貴重だしな。これは、俺も色んな若者と接して来たけど、戦後の日本が失ってるものだからね。日本にとっては貴重な存在ではあるよ」

と言って笑いながら、

「じゃ、俺はファンの代表ってことで引き受けるか」

この日、北條誠先生が、僕の後援会の会長を引き受けてくれる事になった。

名古屋に行ってる薫ちゃんから電話が掛かって来た。来月に結婚するそうだ。

「イタリアン料理の店なんだけどね、そこのオーナーをやってるの」

「誰が」

「結婚相手よ。だから、遊びに来てよ。歓待するわよ」

「五月は、労音とか週単位で予定が入ってるからね」

「結婚式に来てなんて言ってないわよ。苦手なの知ってるし。自分の結婚式だって遅れて行くんだから。いつでも、こっちに来たら電話して。美味しいピザ食べさせたいから」

「ああ、じゃ、名古屋での公演はあるはずだから、その時、寄るよ。明日からヨーロッパだからね、電話、タイミング良かったよ」

気をつけて行って来てと本気で注意され、電話を切った。

羽田には、ひろこちゃんや平尾たちが見送りに来た。南回りで行くので時間が北回りの倍近く掛かるようだ。

旅慣れない斉藤さんと僕は、飛行機に乗りさえすればとりあえずヨーロッパまで連れて行ってくれるのだろうと高をくって、みんなと別れて、午後六時三十分、ゲートをくぐった。

香港には直ぐに着いたが、窓から見える香港の夜景はどこかの賞に入賞した写真のように綺麗だった。一旦、乗客は飛行機を降りるようにと指示されたが、タラップから降りてからが分からなかった。

「この飛行機は、ここで終わりなんじゃないか」

斉藤さんに訊いたが、モゴモゴ言うだけで要領を得ない。飛行機から降りたままここに居たのでは取り残されそうだ。

暗い空港だが、少し離れたところに二台のバスが止まっていて、窓の中が明るく見えている。乗客たちは、そのふたつのバスに適当に乗り込んだみたいだが、二台のバスに違いがあるのか同じ目的なのか。あるいは何か仕掛けがあるのか。

また斉藤さんに聞いてみたが、もちろん、曖昧でしかない。年上だからといって、何の頼りにもならない。

まだ四月だというのに、空港は蒸し暑くむーっとする湿気の多い空気に包まれている。日本とは偉い違いだった。

はっきりしないまま、多分、これだろうと、手前のバスに乗り込んでみた。これが正解だったから良いようなものの、もう一台のバスに乗っていたら、控え室に連れて行かれ、ヨーロッパには行けないまま意味不明に待たされていただろう。

バスの横にTransit Passengerと書かれていて、その意味を知らずに乗ったのだから酷いものだ。しかし、それで正解で首がつながった。

次の飛行機に乗ってすぐに食事が出た。腹が減っていたので、斉藤さんも僕も思い切り食べた。ところが、次にタイの空港に飛行機が降りて、そこの乗客を乗せて飛び立つと、また夕食が出た。さっきと同じものだ。

その次、その次と、まるで各駅停車の電車に乗っているように、南回りの飛行機は各国で下りては乗客を乗せ、その度に同じ夕食が出るしかけになっている。

つまり、時間を追いかけて飛行機が地球を回っているので、中継地点に着く度に、同じ夕食の時間になり、同じ夕食が出るのだ。

違うメニューが出るのなら食べる気もするが、同じそれでは寝るしかない。僕はトランプを取り出して手品の技を練習したり、眠ったり、時には降りる客と一緒に一度表に出て、また上がって来たりしながら時間を潰し、やがてベイルートに着いた。

空港に入ると武装した兵隊が何人も出口と入り口に立っていて、物騒な物腰で乗客を監視している。斉藤さんも僕も国際情勢には疎いので、何が起こってるのか、まったく見当もつかない。

とりあえず旅行のしおりを見ると、ここで一泊することになっていて、ホテルの名前が書かれている。

飛行機に二十三時間乗っていた結果、僕の時計は夕方の五時をさしているが、空港の時計は朝の九時である。まずは朝なんだから、レバノンの首都であるベイルートの街を見学しようと斉藤さんを誘い、空港の外に出て英語が出来るタクシーの運ちゃんを探した。

探すと言っても、斉藤さんも僕も英語はほとんど出来ないに等しい。

「スピークイングリッシュ、スピークイングリッシュ」

と手を上げて叫ぶだけである。

一台のタクシーが寄って来て、運ちゃんが「アイ・キャン・スピーク・イングリッシュ」と窓から手を出して自分の顔を指差している。なまりが酷いが、むしろ流暢《りゅうちょう》な英語をしゃべられるより、訥々と喋るので分かりやすい。

僕らは、そのタクシーに乗って「ビブロス」と指示した。古代遺跡のあるところで、運ちゃんは直ぐにそれを理解した。途中、腹が減ったのでレストランというか、休憩所のような所によって、運ちゃんが推薦する土地の良くわからない食べ物を食べた。パンとオリーブ油だけは分かったが、あとは不明である。臭みがあり、後まで口の中に臭いが残った。

「遺跡に着いた」

と、運ちゃんに言われて指差す方向を見ると、古代ギリシアの絵とかに出て来そうな柱のある壊れかかった建物が遠くに見えた。

ロマンなんとかとか、なんとかモスクとか運ちゃんは解説してくれてるようだが、斉藤さんも僕も、なまりのある英語を根気よく聞く気分ではない。

斉藤さんは、週刊誌から頼まれていて、旅行中の僕のスナップを撮らなければならない。神殿みたいな所まで行って撮ろうというから、面倒くさいと拒否して、

「土地の人と一緒にって感じで、これでいいんじゃない」

タクシーの運ちゃんと並んでるところを撮った。運ちゃんは意味が分からないのだろうが、嬉しそうに肩を組んでピースをしていた。

夜になって街に戻り、乾いた空気の繁華街をうろついていたら、女が寄って来て、土地の言葉で話しかけて来た。斉藤さんは、嬉しそうに英語で答えている。

「いっちゃん、悪いけど、先、ホテルに帰っててくんないか」

夜の十時である。明日の朝は九時出発でパリに向かう予定だ。

「いいよ」と言って、僕はホテルに戻った。

一時頃、寝入ったところを、ドアをドンドンと激しく叩く音で目が覚めた。

「いっちゃん、開けてよ。ちょっと頼むよ」

ドアをドンドン激しく叩いてるくせに、声のトーンは内緒話のように小さい。ドアを開けると、斉藤さんが追われた牝鹿のように素早く飛び込んで来た。

「追いかけて来るかもしれないから、しばらくここに居させてよ、いっちゃん」

暗闇では、けっこう綺麗に見えたんだという。あの十時ごろに街で寄って来た女のことだ。ところが、家まで着いて行って女が裸になったら、

「それが三段腹でね、それで抱きつかれそうになったから、逃げたら追って来たんだよ」

支払いもしないで逃げたというから、追いかけられても仕方がない。

しばらく斉藤さんは僕の部屋に居たみたいだが、朝になって起きたときにはもう部屋には居なかった。

ベイルートの空港に行くと、昨日よりも兵隊の数が増えている。戦争でも始まりそうな物々しい光景の中に見知った顔があった。こっちに気がついてニコニコしてるのは青島幸男さん夫妻だった。

ローマを経由してパリに行く飛行機だが、青島さんたちはローマで降りる予定だ。

飛行機の中では、隣同士で団欒を楽しんでいたが、ローマに着いたときに問題が起こった。パンナムの手違いで青島さんたちがローマの空港で降りることが出来ないという。みんな英語があまり得意でないため、係員に話しても通じない。

青島さんは、そのうち怒り出したので、僕も一緒にと思ったが、乗り継ぎの時間が迫っている。不便な英語で怒っている青島さんをあとに、

「じゃ、二、三日したらローマに行くので、そのときに」

と言いながら、その場を離れて、つぎの飛行機に向かった。

パリのクラリッジホテルに着いてまずやったことは、クリーニングだった。下着やワイシャツの洗濯ものが溜まっている。

ホテルに頼もうとしたら、着いたのが夕方だったので、

「本日は終了しました」

とメイドにフランス語で言われた。

翌日は日曜日、月曜日は洗濯屋が休みらしい。フランス語など僕の知識の中には全くないので、旅のしおりフランス編なる小冊子を頼りに話すしかない。メイドの言う街のクリーニング屋を探し

て、そこに衣類を持って行った。

ここでもフランス語で話さなきゃと不安を抱きながら入り口に向かうと、ポンと肩を叩かれた。なんと見慣れた麻雀仲間が立ってるではないか。

「今夜、みんな集まって卓を囲むけど、来ないか」

日本語で喋るものだから、なんだかパリに居る気がしないし、第一、ここまで来て麻雀をしてたんでは、来た意味がなくなる。

日本でやろう、と断ってから、

「ちょうどいいとこで会ったよ。これからクリーニング屋にシャツとかさ、頼まなきゃなんで、手伝ってくれよ」

協力をあおぐと、慣れたもので、店の親父との呪文めいたフランス語のやり取りの結果、クリーニングの手順は簡単に終了した。

シャンゼリゼの道路を車に乗って去って行く彼らが、

「じゃあ、またな、帰ったら麻雀やろう」

と窓から首を出して手を振り、大声で叫んでいる。

シャンゼリゼの街角に日本語が飛び交ってるのは、なんとも不思議な気分だった。

彼らが街角に消え、斉藤さんと二人になって、まずはリドのショーを見る事にした。

ショーの舞台は、流石に本場で素晴らしかったが、それは今回の前座のようなもので本当のショーは、むしろその後に展開された。

まだ、パリの夜は始まったばかりである。

「どこか、裏通りで、それらしきショーを観てみたいね」

斉藤さんは、目を鷹のようにしてキョロキョロ辺りを見回し、それらしき看板を漁っている。

ストリップをやってる店はいくつもあるが、ひとつの店に引きつけられるようにして、斉藤さんが向かって行った。そのまま中に入って行くと、裸のお姉さんが踊ってるのだが、客席は日本のように男ばかりではなく、家族ぐるみで来てる客もいる。

僕らが席に着くと、隣の席の若い女の子たちがこっちを見て、愛想良く笑いかけて来た。女の子ばかりが四人、こっちを見てるので、手をあげて、「アベック　ヌウ」と言ってみたところ、彼女達はうなずいて立ち上がると、お互いに何か言いながら僕と斉藤さんの間に、斉藤さんを押しのけるようにして入って来た。

「ボンジュール」

ま、挨拶はそんなもんで後は続かない。四人が珍しそうに僕らを見てる。

「ジャポニーズ」とか言ってるみたいなので、「そうだよ」と日本語で返した。海外旅行の栞を見ながら話してるのはまどろっこしい。

一番近くの女に栞そのものを見せて質疑応答をしてみたところ、彼女達は大学生で、色々な国から留学して来ていてフランス人ではないみたいだった。

ここで何をしてるのかと訊くと、何やら長々と説明されたが、さっぱり分からない。斉藤さんが、

「いっちゃん、この子たちは売春をしてるんじゃないか」

と大きな声で言う。日本語は分からないから、彼女たちは大きな目をあけて斉藤さんと僕の会話を見ている。

娼婦かと聞くのもはばかりがあるが、この際、旅の恥はかきすてとばかりに、栞に書かれた「ピュタン」の文字を指差してみた。

一瞬、四人ともが驚いた顔をしたが、直ぐに笑い出して、拍手して来た。「ピュタン」というと、「ピュタン」と返してくる。

つまり売春婦なのだ。

学生なのだが、売春をアルバイトにしていて、この店で客を引いているらしい。そういう事をしてる後ろめたさも暗さもなく、四人共にあっけらかんとしていて、売春をバイトにするのを恥とも何とも思ってないようだ。

しかし、売春婦でもあるが留学生でもある。僕は同じ若者同士として付き合う事にして、というか勝手にそう考えて、

「日本から来たんだけど、どこかあまり一般の観光客が行かないようなパリらしいとこに連れてってくれよ」

と、栞と手真似と日本語を使って頼んでみた。

四人の留学生たちとは、それで意気投合した。

パリの夜中の街をみんなで肩組みながら歩き、彼女達が案内してくれたのは、薄汚いシャンソン喫茶だった。

店に入ると、やはりストリップをやってるが、前の店よりも明るく家族連れも相変わらず見受けられる。

僕たちが席に着くと、裸の女の人が袖に引っ込み、代わって宝塚の年増女優みたいなおばさんが出て来た。とたんに唄い出したが、客がそれに合わせて合いの手を入れ始めた。

彼女が唄う歌の合間に「それから、どうした」みたいな掛け声を入れるのだ。その雰囲気が日本の酔客がやるのとは大違いで、客との掛け合いは歌を盛り上げてなんとも素晴らしいものだった。

彼女たちは、それを僕たちに見せたかったらしく、おばさんの歌が終わると直ぐに店を出ようと言って、次の酒場に行った。ここもシャンソン酒場なのだが、若者が多く、シェークというダンスをみんなが踊っている。

「このダンスが、今、パリでは流行ってるのよ」

というような事を四人の一人が教えてくれた。

ミニのスカートをはいた若い綺麗な女の子達もカウンターの上などで踊っているのだが、その子達がはいてるのが見た事もない形のストッキングだった。

それがパンティストッキングだと分かったのは大分たってからのことで、日本に上陸するのは、かなり後の事になる。

この店に居る間に、彼女達の仲間の人数が多くなった。いつの間にか、四人が七人になっている。シェークは簡単なステップなので、僕も直ぐに覚え、彼女たちに誘われてフロアの一区画を独占するような状態で、ワイワイ踊り始めた。

その間、斉藤さんはみんなと仲良く踊るというのではなく、席に座ったまま一人の女の子に釘付けになって話し込んでいた。

翌日のパリも、彼女達が迎えに来て始まった。

彼女たちの母国語はもちろん、相変わらずフランス語もしゃべれないまま、仲間としてのつながりはドンドン強くなっていた。それこそ、単純なツーリストでは行けない場所や、催し物巡りをさせてくれる。

中でも、僕のマネージャーのようになって面倒を見てくれてるアネタは、チェコスロバキアからの留学生で、かなり太っているが良く気の利く女だった。どこに行っても僕の横に座って、甲斐甲斐しく面倒をみようとする。

斉藤さんは、初日以降、写真を撮らなければならないため昼間だけは、僕と行動を共にするのだが、パリの街に夜が訪れると、

「じゃあ、僕はここで」

と夕闇に消えて行く。仲間の中からレジナと呼ばれてる小柄でコケティッシュな女も消えているので、多分、その子と示し合わせて適当にやってるのだろう。

斉藤さんと別れて、食事をするためビストロに入り、テーブルをはさんで僕たち六人は二列にならんで席についた。食事を頼んだあと、昨日、来てて今日来てない女のことをアネタに訊いてみた。

「あのさ、昨日、俺のところから見ると左側二番目に座ってた可愛い女がいるだろう。あれ、呼んでくれよ」

アネタは、立ち上がると電話を掛けに行った。フランス語ではなく、すべて日本語で喋ったのだが、アネタは電話を切ってニコニコしながら戻って来た。

十五分としないうちに入り口からその女が入って来たのにはびっくりした。それから朝までは、その女が僕の横に座るようにアネタがしむけ、すべてそんな調子で、食事から観光まで、パリではフランス語の栞を使わず太っちょのアネタを使って過ごした。

明日は出発という三日目の夜。アネタが今夜は一緒に居たいという。何もしなくていいから、

「今夜だけは、ベッドであなたの隣りで寝かせてほしい」

と、多分、そう言ってるのだろう。半分泣きそうな顔で僕に訴えた。

「いいよ」と答えて、午前三時ごろにホテルの部屋に戻って来た。一緒にベッドに入ったのはいい

が、大きな縫いぐるみと一緒にいる感じだ。

アネタの心根は可愛く抱きしめたい気分だが、肉体の方はどうもだ。抱いてやった方が喜ぶだろうと思いながらも迷ってるうちに、いつの間にか寝てしまった。

起きると、すでにアネタは起きて荷物の整理をしてくれている。僕が起きたのが分かると、ニコニコしながら何か言ったが、何を言ってるのかは分からない。

一階のビュッフェで、斉藤さんとレジナ、僕とアネタの四人で早めの朝食を取り、空港に向かった。


ローマの空港に着くと、若い男が寄って来た。

「石井音楽事務所の鶴田です」

男は、愛想良く話しかけて来て僕の荷物を持とうとした。鶴田に並んでイタリア人らしいが背の低い男が一緒にいる。

「マイネイムイズ・エンゾ」

片言の英語で、僕に手を差し出したので握手をした。

「彼はイタリアの大学生で、英語を勉強してるんですよ。こっちの学生はほとんど英語をとる事はないんだけど」

エンゾは、英語のポケット辞書を見せて笑いかけた。

「よろしく」

鶴田くんに、青島さんの泊まってるホテルの名を言って電話をかけたいと話すと、空港の電話ボックスに案内してくれた。

青島さんは、すでにローマを発ったらしく、電話はつながらなかった。

ふと考えたんだが、青島さんと僕は何か仕事を一緒にした事があったのだろうか。記憶にはないが、多分、旅の空で出会ったことで、急に親しくなれたんだろうと思った。

鶴田くんに斉藤さんを紹介して、駐車場に向かい彼の車に乗った。空港からホテルまで三十キロ以上あるという。

大きな道路の両側は土手になっていて、その向こうにまばらに民家がある。土手の手前の歩道に、百メーター置きくらいに、女の人が立っている。

主婦のようだが、何をしてるのかけっこう目立つので、鶴田くんに訊くと、

「あれは、売春をやってるんですよ」

亭主はトラックの運ちゃんとかやっていて昼間居ないので、バイトで道ばたに立つんだという。パリもそうだが、日本とは性的な常識がまったく違う感じだ。

運転しながら、鶴田くんが、

「日本では最高の人気スターなんだ」

と、エンゾに紹介してる。エンゾが辞書を開いてから僕の顔を見て、

「アイノウ・イタリアンスターシンガー、ツー」

と言った。その後は、イタリア語で、鶴田くんと何かしゃべっている。

「エンゾは、ボビーソロの妹と友達なんですよ。彼の家に今から行かないかって言ってますけど」

ボビーソロは、今日本で洋楽のベストテンのトップになってる「ほほにかかる涙」を唄ってる人だ。そんな事があるのかと思いながら、エンゾに親指と人差し指でオーケーのサインを出した。

大きな門が目立つボビーソロの家につくと、妹が友達の女の子と出て来た。中学生くらいの年頃

に見える。

「彼は、日本の大スターで、ボビーと同じ歌手なんだよ」

とエンゾが妹にイタリア語で僕を紹介してくれた。鶴田くんが同時通訳のように訳してくれるので会話はスムースだ。ボビーは、今、婚約中なので週刊誌の記者を逃れるために家には居ないそうだ。

「それは残念」

と、僕。鶴田くんがすかさず訳す。週刊誌の煩わしさは世界共通だ。

妹が、僕のサインが欲しいというので、バッグから「ある若者の歌」のアルバムを取り出して、サインして渡した。彼女はサインしたアルバムを両手で抱くと、友達と飛び跳ねるようにして喜んでくれた。

鶴田くんは、石井音楽事務所でシャンソンを勉強してるらしく、斉藤さんも含めてみんなで歌の話になった。シャンソンとカンツォーネと日本の歌だ。

しばらく家の前で話していたら、いつのまにか、ボビーソロとフィアンセらしい、いかにもイタリア人ぽい美しい女性が門の際に立ってこっちを見ている。週刊誌を偽って家に隠れてたみたいだ。ボビーと握手を交わし、妹の持ってる僕のアルバムを見たボビーは、家に飛んで帰り、自分のアルバムを持って来てサインしてくれた。斉藤さんは、この機を逃さず、ボビーソロとのツーショットを撮りまくっている。

ボビー宅を辞し、夕方になると、もうひとりイタリアの若い女性を鶴田くんが呼んで、僕たちの仲間に加わった。アレッサンドラは、小柄で日本人的な顔をした女性で、僕よりひとつ年下みたいだ。

「いっちゃん、僕は疲れたから先にホテルに戻ってるよ」

と斉藤さんは、若者のパワーには敵わないと思ったのだろう、この時点で退散した。

イタリアの看板は、ローマ字読みなので、そのまま読めば良いと鶴田くんに言われ、看板やネオンの表示を声に出して読み上げてみたら、急にイタリア語がうまくなった気がした。

面白かったのは、僕が煙草を吸って半分くらいで捨てたときだ、エンゾが悲鳴を上げるようにして、それを取り上げた。イタリアでは、煙草は高価なものらしく、一本売りをしてるんだと、鶴田くんが解説してくれた。

コーさんという中国人の女性が、高校の同級に居たのだが、なんと、彼女が今、イタリアに住んでると鶴田くんが言う。

僕が来ることで事前に示し合わせていたのだろう、コーさんもしばらくして来て、若者軍団は、古い観光地風のローマの街を、その夜、我が物顔で闊歩したのである。

コモドールホテルに泊まり、翌日は、トレビの泉とか、昼間は観光旅行のように行動した。斉藤さんはカメラを撮りまくっている。しかし、昨日と同じく夕方になると、疲れたからと先にホテルに戻って行った。

アレッサンドラは、かなり前から鶴田くんを好きだと思ってるらしく、昨日もずっとそんな感じでいるので、訊いてみた。

「どのくらい前から好きだったんだ」

とか、どんな風に好きかとかアレッサンドラに確認してるのを、鶴田くんが横で通訳してくれてる。鶴田くんの事を聞いてるのだから、それが、なんとも可笑しい。

結果、結婚したいという。鶴田くんの意向を訊くとはっきりしない。

「なんだよ、こんなに好きだって言ってるんだから、付き合ったらいいじゃないか」

と、強引に鶴田くんを説得する。

渋々承知した鶴田くんと嬉しげなアレッサンドラを寄り添わせながら、大広間のようにだだっ広いレストランに入った。

バイオリンとピアノとベースとアコーディオンが、カンツォーネを奏でていて、いかにもローマに居ると思わせる雰囲気の良い店だった。アレッサンドラが、なぜか綺麗に見える。女は好きな気持ちを表に出して良いとなると、途端に美しくなるものらしい。

「この二人が、婚約したんだ」

イタリア語でどう言うのかをエンゾに訊いて、その通りバイオリン弾きに声を掛けると、彼はバイオリンを奏でながら近寄って来て、ムードたっぷりに二人の後ろで弾き始めた。


翌日の朝方、みんながホテルに迎えに来る前に、

「いっちゃん、ローマでは、ずっと若者同士でやってたんだから、今夜くらい僕に付き合ってよ」

斉藤さんが真剣に僕の顔を見ながら言った。夕食までは、みんなと一緒でいいという。

明日の昼には、ローマを出発する。夕食をみんなで済ませたあと、約束通り、斉藤さんと二人になった。タクシーに乗って斉藤さんの行きたい先に向かった。

そこは駅前のような広場で、何人もの女の人が群れた熱帯魚のように、目立つ衣裳を着て立っている。タクシーが近づくと、何人もの女性が窓から覗いて来て、さえずるように何か話しかけて来る。言葉は分からないが、目的はひとつなので、見当違いな事は起こらないのだろう。

タクシーを降りると、争うように見えるが、良く見てると自然の摂理のように、女性たちは客ら

しき男に近づいて行き、品定めをした後、二人には二人、一人には一人が寄り添い消えて行く。顔も容姿も十人並みで、どれを選んでも外れはないみたいだ。

僕たちに寄って来た二人の女性のうち一人を斉藤さんが選び、僕は残った一人と一緒に彼女達のあとについて、バラックのような建物の外階段を上がった。

僕たちは二階、斉藤さんたちは三階に向かっている。僕と女は斉藤さんたちが上がって行く後ろ姿をあとにドアを閉めて部屋に入った。

女は、入ると直ぐに料金を請求したので、日本円で三千円くらいをリラで払った。紙幣を受け取った女は、ビデがあるドアを開いて、スカートをめくり腰掛けて洗っているところを見せている。綺麗にしてるからという、後で聞いたのだが、これがエチケットらしい。

女が立ち上がって、僕のそばに来たとき、天井の上でゴトンゴトンと大きな音がした。女が上を見て、レイとかアミーコとか言っている。

不審な顔をしている僕の腕を引っ張って、女はドアの外に出た。どうやら、貴方の友達が揉めてる、と言ってるようだ。三階を見上げると、なるほど、斉藤さんが扉から出て来て大声で何か言って、そのまま階段を降りて来た。

「何かあったの」

と、僕が訊くと、

「部屋に入ったとたんに、下で言ってたのとは倍の金額を言って来たんだよ。だから、それはないだろう、って言ったんだけど、まるでこっちの言う事を聞かないんだ」

女たちは、話してる僕たちを無視して、階段を降りてどこかに行ってしまった。

付き合いで来ただけだから、僕はそれで良かったが、斉藤さんには気の毒な気がした。折角のローマの最後の日だったのに。

翌日の出発は午後だったが、エンゾが早めにホテルに迎えに来たのでローマでの土産を買うのに付いて来てもらう事にした。エンゾとはこの三日間で親友のように親しくなっていて、まるでイタリアの平尾のように僕に懐いてくれていた。

イタリアだから、やはり革の製品をと思い、いい店を紹介してもらおうと話しかけたが、僕とエンゾと二人だけになると言葉が俄然不自由になる事が分かった。

鶴田通訳が居ない僕たち二人は親友の筈なのに、お互いにエンゾの持ってるローマ・英語辞書に頼るしか言葉を交わせない。顔を見合わせて笑い合うだけが親友の証拠でしかなく、四苦八苦しながら、それでもエンゾは僕を革の靴屋さんに連れて行った。

そこで靴を一足と革の小銭入れを数個買って、ホテルに戻り斉藤さんを連れて空港に向かった。空港には、鶴田くん、アレッサンドラ、コーさんたちが来ていたので、出発までの一時間を喫茶で騒いで過ごした。

鶴田くんとコーさんは、日本でまた会えるかもしれないが、アレッサンドラとエンゾは、これで終了だ。エンゾもアレッサンドラも、目に涙をためて送ってくれた。

香港には、午後三時に着いた。ここで一泊して日本に帰るのだが、遊ぶ時間があまり無い。四時過ぎにパークホテルに入ると旅行会社の人とホテルの支配人らしき人が部屋に来た。

「あまり時間がないから、何が面白いのか教えてよ」

訊くと、二人が顔を見合わせてから、カタログのようなものを鞄から取り出して、広げてみせてくれた。若い女性のプロマイドが載ってるノートで、すべて香港の若手の女優だと言う。

「指定して頂ければ、こちらまで呼びますが」

本当に女優なのかどうかは分からないが、どの女性もそれなりに魅力的である。それが香港の夜を案内もしてくれるし、料金を支払えば、一緒に寝てもくれるらしい。気だてのいい子はどれか訊いて、その女優さんを呼んでもらう事にした。

「ステラ・シューです。よろしくおねがいします」

片言の日本語で挨拶したステラは、二十一歳で、香港の映画には三本出演してる新人だそうだ。

二人でフロアに降りると、斉藤さんも居たが、菊池さんや渡哲也のマネージャーの浅井さんも居た。浅井さんは、今回のチケットを届けてくれた時に会っているので、二度目である。大人は大人、若者は若者とステラの案内で食事に行って来ると断り、みんなと別れてホテルのエントランスを出た。

街へ出ると、小学生くらいの男の子たちが寄って来た。ステラが何か言うと、詰まらなそうな顔をして離れて行った。

「あの子たち、ガイドしてお金稼ぐの。わたしがアラキさんと一緒のお嫁さんと思ったの」

この街はとても貧乏だから観光客相手のガイドをしたり、あらゆる事をして子供達は金を稼ぐんだとステラが教えてくれた。ステラが僕の案内係を務める中国人だと知って子供たちは離れて行ったようだ。

「香港で、ショーをやってるような一流のクラブっていうと、どこなんだ」

ステラは、難しい顔をして、

「あまり良くない」

と言いながらも、クラブに案内してくれた。中に入ると、バンドが演奏してるのだが、お客は僕たちの他に一組しか居なかった。

「ここ食事すると高い」

とステラが言い、そこを出て裏通りにある店に僕を案内した。そこにはステラの友達も居て、すぐにみんなと仲間になった。食事をしたりダンスをしたりしてるうちに十一時になった。

ステラたちが、今夜はママの誕生日のパーティがあるという。この店のさらに裏に絶対に日本人が入れない裏街があるらしい。そこのボスと言ってもいいほど人望のあるママが居て、ステラも世話になってるらしく、その人の誕生日だという。

「アラキさんも一緒に行こう。朝までパーティやるの」

「よーし、行こう」

菊池さん達が心配するといけないので、ステラとは一旦ハグして別れ、タクシーでホテルに戻る事にした。

ホテルに戻りフロントに訊くと、大人たちは地下のバーに居るというので、急いで階段を下りた。

僕が事情を説明してステラのところに戻ろうとしたら、開口一番、菊池さんが、

「それはダメだよ、いっちゃん。香港の裏社会なんて、一歩踏み込んだら麻薬はあるわ人は殺されるわで、二度と日本には帰れなくなるよ」

ステラと行った店だって裏と言えば裏の繁華街だ。菊池さんが心配するほどの事は無いと思うので、せっかくの香港での一日だから無駄にしたくないと、戻る事を主張した。

が、浅井さんも同じ反対意見だし、斉藤さんに至っては、もうすぐにでも土下座をしそうな雰囲気だ。

「頼むよ、いっちゃん。もう、あなたは普通の人じゃないんだから、日本には沢山のファンもいるし、スターの責任てのもあるし」

危険なんかないのになあ、とステラたちの顔を思い出しながらも、世話になってる菊池さんの言う事を聞かないわけにも行かない。残念だが、香港の裏街のママの誕生日に行くのは断念せざるを得なかった。


四月の末に香港から日本に戻ると、空港に着いたその足で月刊明星の対談へと向かった。吉永小百合とで、「協奏曲」の話題でビクターの宣伝が仕掛けたものだが、まだ作っていない曲なので、話題は、小学校の時から家が近いという話や、最初の出会いである日活映画「風と樹と空と」の印象などに広がって行った。

その夜に出発して二日間、地方巡業の仕事が入っていた。

マグマックスと一緒に彼らのバスと僕の車とで行動を共にするのだが、夜中の到着なので現地のプロモーターにバンドの食事を頼んでおいた。

ここは一番、旅館として豪勢な料理にして貰おうと思い、交渉した。結果、夜中にもかかわらず疲れて現場入りする小原たちを狂喜させせられるメニューを出してもらえる事になった。スターのバックバンドなんだから、その位は当たり前だ。

長い道のりを車で走り、長野への到着は午前二時を過ぎていた。

ところが、旅館に着いてみると迎えのスタッフも居ない。旅館の女中さんが眠そうにして部屋に案内してくれただけだ。しかも、豪勢な料理がテーブルに並んでると思ったら、ただの握り飯が大きな皿の上に山盛りに載っている。

小原たちは、それでも何も言わずに握り飯を取って食べようとした。

「やめろ、お前達は誇りが無いのか」

一番、食い意地の張ってるサイドギターの真栄は、握り飯を摑んだまま、それでも食べようかどうしようか迷っている。

「捨てろよ、真栄。お前、悲しい性格してるよな。俺たちが馬鹿にされてるのが分からないのか。その握り飯を壁に向かって投げつけてみろ。バカヤローとか何とか言って投げるんだよ、真栄」

真栄は、悲しそうな顔をして、持った握り飯を壁に向かって仕方なく投げた。

「もっと怒りを示せよ、真栄。もっと投げろ、頭に来て投げるんだよ」

真栄は、皿に盛ってある握り飯を、またひとつ取って投げ、バンドの連中もそれに続いて壁に向かって皿の握り飯を投げ始めた。

バンドの誰もが怒りよりも、腹を満たしたい気分の方が大きいのは分かっていたが、土地のプロモーターとこれをブッキングした東京のプロダクションにも、怒りをぶつけたかった。

事務所も無く、マネージャーも居ない平均年齢二十二歳の集団では、この程度の扱いしかされないって事に、どうしようもない腹立たしさがあった。


長野から帰って来た日の夕方は「今夜は踊ろう」の百万枚突破記念と、映画の試写を兼ねたイベントである。

高輪プリンスホテルのプールサイドに千五百人ものファンが詰めかける中での日刊スポーツ主催の行事だ。

田宮さんも出演していて、僕とデュエットで「今夜は踊ろう」を唄った。

翌日からは、ストックがなくなってる「星に唄おう」の録音とか、「歌謡グランプリ」などの歌謡番組の出演と、海外に行ってた分だけスケジュールがびっしり詰まっている。帰りが常に深夜で、ひろこちゃんともヨーロッパから帰ってから、ろくに言葉も交わしていない。

そして、ふたたび地方巡業。東北を三カ所回って帰って来る旅だが、一日目が終わって、小原たちを呼んだ。バンドの音がアマチュアのままで、これではテレビにいつまでたっても出られないと思ったからだ。

「お前達さ、プロを目指す気があるのか。俺がヨーロッパに行ってるあいだ、一度も家に来て練習しなかったたって花ちゃんが言ってたぞ。そうなんだろう、真栄」

「そうです。すみません」

真栄がすかさず頭を下げた。真栄はへつらってるのか、素直なのか、いつもこの調子だ。

「甘すぎるんだよ、とにかく。もっと誇りの持てるバンドにしようって思わないのか、小原。マグマックスは俺のバンドじゃないんだよ。お前のバンドなんだからな」

それにバンドの問題は音のことだけじゃなかった。電気楽器なので、楽器のつなぎ方によってか、マイクとギターとの間に電気が走ることがある。ギターを持って唄っている時に、くちびるがマイクに触れた瞬間、ビリッと電気が走り、一瞬歌えなくなるようなショックがあるのだ。

小原は、趣味で電気関係にも長けているわけだから、アースを取るとか何とか注意すべきと言ってるのだが、相変わらずそれが直らない。

被害者は僕だけだが、今日の公演でもその事故が多発したので、注意を促した。

三日目は、福島のいわき市の公演だった。昼夜の二回ステージだが、荒木一郎ショーだから、マグマックスと僕しか出演しない。

「バンドに対する意識も高く持って、電気問題の処理もきちっとやります」

始まる前に小原が誓って、一回目を迎えた。

やはりバンドの音にばらつきがあったのと、電気問題がまた出た。さらに注意するように小原に厳重に言い渡し二回目のステージになった。

幕開けの第一曲目のイントロで原田のギターの出が遅れた。何度もやって、演り慣れてるはずの「今夜は踊ろう」で、しかも僕のギターとのユニゾンで始まる、その出が遅れるなんてあり得ないことだった。

ギターを弾いてる原田よりも、リーダーである小原の怠慢と思った。メンバーを率いてる意識が低いから、こうなるんだと言ってやりたかった。

一曲目は、なんとか終わって、二曲目になった。また原田の弾いてるコードが違ってる。ここで止めるべきか。ひどい音楽を観客に聴かせて良いわけがない。

自分の作った歌は、こういう曲なんだと観客に伝えるためにわざわざ生で演奏してるわけだし、その気持ちを無視して演奏するなんて事はあり得ない。

僕が唄うのを邪魔してるんじゃなく、僕の歌の価値を邪魔されてるんだ。作った歌は、自分の子供のようなもので、その子供が冒瀆されたとき、親はどんな気持ちになるかだ。

思いが頭の中を駆け巡ってる時に、唇に電気が走った。ビーンと頭の中に電気の音が響いたとたん、僕は歌を中止していた。

「原田っ」

バンドが音をやめた。

「甘えるのもいい加減にしろよ。甘えもそこまで来ると、悪意としか思えない。お前は、この舞台でギターを弾く資格はないから帰れ」

原田はじっと下を向いている。観客がざわめいてるのが分かるが、もう止めようがない。

「小原っ、電気が通ってるのが分かってるのか。お前、ここに来て唄ってみろ。これで歌が唄えるか。何度言っても直さないんなら一緒にはもう出来ない。お前も帰れ」

バンドがみんな舞台から降りて帰ったら、一人でギターを弾いて唄うしかない。

しかし、小原も下を向いたまま、謝りもしないし帰る気配もない。

殴りはしなかったが、小原はリーダーなんだから自分のバンドが僕や客に迷惑を掛けたことを謝らせたいと思った。

小原と原田の腕を掴み「謝れよ」と小声だが強く言ってマイクの前に立たせようとすると、マイクに当たったのか、それとも怖がったのか、原田が腕を振り払って後ろに下がった。途端、観客の誰かが悲鳴をあげた。

僕は、二人から離れてマイクの前に立った。

「このバンドの実力では唄えないので、申し訳ありませんが、今日のショーは、これで終わります。ありがとうございました」

観客の何人かが、「金を返せ」と叫んだ。

「私は、このチケットを一ヶ月半も前に買って楽しみにしてたんです」

客電が点いているので、手をあげて訴えてる女性の顔が良く見える。

「みなさんが見たものが荒木一郎ですから、そのショーの代金と思って下さい。納得出来ない人は、今日のチケット代を僕がすべて払い戻しますから、裏口に来て下さい」

バンドを残して僕は舞台を下りた。

楽屋までの廊下を歩いて行くと、日本刀を廊下に突き刺してその前で座禅を組んでいる人がいた。

観客の何人かが裏口に回ったが、支払いを要求するのではなく、石を拾って窓に向かって投げ始めた。

会館の人が警察を呼び、警官が来て会館の周りを取り囲んだ。

翌日のいわき市のどの新聞にも、石を投げてる客の写真が第一面に大きく載って、「荒木一郎がバンドにリンチ」と書かれていた。

帰る列車の中で東京のプロモーションの新入りみたいな若い人が隣りに座った。

「一週間前に、やくざ連合の話し合いがあったみたいで、その席上で、当分、暴力沙汰は起こさないようにってなったみたいですよ。危なかったですね」

地方の催し物では、労音とか民音でない限り、その土地の興行にはやくざが必ず関連している。僕には大人のマネージャーが居ないので、交渉となると、そういう人とも話さなければならない。

若い男の話を聞きながら、廊下で座禅を組んでた人の事を思い出した。きっと腹に据えかねてたのに我慢をしてたのだろう。


東京に戻ると、早速、斉藤さんや菊池さんから電話が掛かった。福島だけじゃなく、今度は東京でも、この事件に対するインタビューや報道が始まっている。ほとんどが舞台でバンドにリンチとかギロチンとか言う言葉を使って、読み手の興味を煽るような記事を書いていた。非難囂々《ひなんごうごう》である。

原田はインタビューに答えて、「たしかにリンチはありました。ミスもありました。でも、ステージが始まる前に曲目の変更をされたんで、あわててしまったんです」となっていた。

中には、バンドの甘さに対して書いて僕に同情を寄せるみたいなのもあったが、それは大きな非難記事の中のほんの数行で、締めは、「荒木君、こんな事を繰り返してるとあなたがリンチをされますよ」だった。

斉藤さんが、バンドと一緒に話したいと言ってるので、小原に来る気があるなら来いと連絡をした。原田を抜かして、全員が集まった。

十五日には、マックス・ア・ゴーゴーが、「いとしのマックス」というタイトルで発売される。このタイトルは、斉藤さんが付けたもので、僕は賛成では無かったが、あえて反対もしなかった。それに十七日には、その発売記念のチャリティショーが神田の共立講堂で催される。これにマグマックスが出演するかという問題もあった。

「君たちは、はっきり言って歌謡界をなめてるし、荒木一郎に甘え過ぎてるよ」

斉藤さんにしては、かなり強い口調だった。

斉藤さんに対して僕は友達のように接してるが、もちろん、十歳以上年上だしビクターでは経験豊富な大ディレクターだ。

「君たちが、ちゃんとした目的を持ってグループサウンズとして一人前になる努力をするなら、僕もディレクターとして応援するつもりはあるけど、今のままではビクターや荒木一郎に迷惑をかけるだけでしかないよ。第一、テレビ局が君たちの音を認めてないのは、小原くんが一番分かってるんだろう。なのに、なぜ努力をしないのかが分からない」

やる気がないのかを斉藤さんが確認すると、小原は、「やる気はあります」と答えた。

「今度のことも、自分たちが悪いのは分かっていますし、原田にも謝って一緒にやろうと話もしました。でも、原田は根に持ってるようで、無理なら別のギターを入れてでも、僕は荒木さんと一緒にやらせてもらいたいと思っています」

「いっちゃんはね、君たちが好きだし一人前にさせたいから怒るんだよ。いとしのマックスも君たちのために作ってくれたんだし。僕が頼んだときも、小原くんに作ったものだからって、直ぐにうんと言ってくれたわけじゃないんだ。人の好意や愛情を感じて、それに報いようって気持ちがないようでは音楽をやっても大成はしないよ。第一、あんな凄い曲を自分たちのために作ってくれる人が他にいると思うか」

小原は、十七日の発売記念の催しものには、全力でのぞむのでよろしく御願いしますと、斉藤さんと僕に頭を下げ、マグマックスファイブは、メンバーに新しいギターを探して続行することになった。

小原がやる気があるのなら、曲目は「いとしのマックス」だけだから、ギターはトラでも何とかなりそうだ。

安川から電話があり、赤坂に店をオープンするという。

開店祝いに駆けつけると、京都大映の休憩時間に安川が話した通りの店で、サロンのような応接間のようなスナックだった。入り口から奥まで空間が広く、部屋数もあり、使いやすい間取りになっていた。

以後、しょっちゅう、夜の時間があくと安川とつるむようになるのだが、今日も面白い店があるから行こうという。

「広島の大きい歯医者の娘でね、それが六本木で店をオープンしてるんだ。まだ二十歳の娘なんだけど、面白い店だよ」

店は「千秋」という名で表に看板があり、地下への階段を降りると、カウンターだけの小さい店だった。隅でギターを抱いた青年が弾き語りをやっている。

「いらっしゃいませ」

ママは、店の名とおなじ千秋で、二十歳にしてはコケティッシュな色気のある女だった。他にタレントの女が客として来ていた。ギターの男に惚れてるらしく、男が休憩に入るとカウンターの隅でべたべたと寄り添って話したりしていた。たしか、TBSで去年までやっていた「七人の孫」に出ていた女優だが、お互いに知らない仲なので挨拶もしなかった。

数日して「歌謡ベストテン」が終わったあと、TBSから「千秋」までは目と鼻の先なので、平尾と広次を連れて寄ってみると、最近ラジオで売り出しているDJの木崎義二が、カウンターでビールを飲んでいた。千秋がさりげなく甘えた目つきを木崎に向けたりしている。どうやら付き合ってるらしい。

わざと、千秋を呼んで狭いフロアで抱き締めるようにしてダンスを踊ってやった。

仕事の息抜きには、安川の店も、「千秋」も悪くない。それにTBSからも近いが、新しく借りる事になっている事務所からも目と鼻の先だった。週刊誌の連中に、千秋の店を紹介してやると、けっこう気に入ったようで囲みの記事なんかを出してくれた。

「いとしのマックス」の発売記念チャリティフォークショーとタイトルされた十七日のイベントは、森山良子や原トシハルとB&B7、トニーズがゲストに出て、大盛り上がりで繰り広げられた。この日は晴天、開場の二時間前には長蛇の列が出来て、共立講堂が通路までいっぱいになった。

「いとしのマックス」の踊り方指導があり、原さんたちもゴーゴーガールたちと一緒に踊り、新メンバーを加えたマグマックスファイブも踊った。

小原も真面目に踊ったが、真栄が踊ると、まるで食あたりを起こした人が救いを求めてるように見え、開場は大爆笑の渦になった。演奏は今一だが、こういう事で真栄は役に立つ。

バックで二人のミニスカートのゴーゴーガールが踊っていたが、一人は細身で肌をこんがり焼いたボーイッシュな娘で、もう一人は、大柄の割には瞳が大きく、愛嬌のある顔をしていた。ショーが終わって楽屋に戻ろうとすると、廊下の壁に寄り掛かるようにして立っていた二人のうちの一人が、

「これから、まだお仕事ですか」と声をかけてきた。

ともこは、この日から僕の追っかけのような存在になり、やがて歌手になるのだが、取り立てて歌が上手い訳でも、タレントとしての魅力がある訳でもなかった。成り行きのようなもので、彼女は、日活の太田雅子という女優の妹だった。

雅子も、その縁で僕の事務所に入り、梶芽衣子と芸名を変えて売り出すのだが、それは、もっとずっと後の話である。

「いとしのマックス・発売記念チャリティショー」の売り上げは、日刊スポーツを通して知的障害児の施設に全額寄付された。

翌日からは、労音の主催するワンマンショーが一週間のスケジュールで厚生年金ホールで催される。東京の催し物だったので、テレビ番組の収録や本番はあるが、その合間を縫って菊池さんを中心に事務所を構えるための打ち合わせをすすめた。

その結果、六月から六本木の防衛庁の隣のビルの五階に事務所を借りて、まずはファンクラブの

業務を、今まで仮の住所だった広次の家からそこに移す事になった。

ファンクラブの業務担当は、今まで通り広次がやるのだが、金銭的な事は、広次の姉さんの節子さんが計理士の免許を持っているので頼む事にした。

節子さんは、僕よりひとつ上の二十四歳。バンドの三木さんと組んで以来、これで三人目の三木家のスタッフだ。三木ブラザースプラスワンである。

新メンバーが加わった小原たちマグマックスファイブとのグラビアも、月刊平凡や美しい十代など、次々と依頼が来た。厚生年金ホールが終わると、もう翌日から地方公演で秋田から山形と回るので、ほとんど東京には戻って来られない。東京に居るうちに彼らとの取材を済ませた。

東京公演の間、一日だけ大阪まで下って、羽仁さんと組んで大阪労音での「詩と音楽」の公演を行い、京都によって京都支部のファンクラブを作り、その集いをやった。夕方、とんぼ返りに東京に戻って来て「ロッテ 歌のアルバム」の収録だ。

ロッテでは、いつものように大量の色紙が楽屋に持ち込まれた。久保宏と一緒の楽屋だったので、化粧をたんねんにやってる彼の分も山積みされている。

「俺がやっといてやろうか」

久保宏は怪訝な顔をしたが、逆らう訳に行かないと思ったのか「はい」と答えた。

他人が自分のサインをするのに、「はい」は無いだろうと思ったが、サインなんて字だか絵だか分からないようなのが多く、ほとんどは誰が誰なのか分からない。

ロッテは公開番組だから、会場は客でいっぱいになる。いわゆる客がチケットを買って入る通常のイベントとおなじだ。にもかかわらずギャランティに関してはテレビ枠のそれでしかない。

という事は誰かが金銭的に得してなければおかしい。もちろん、客はロッテの製品を買って何かしらのキャンペーンで招待された人たちだ。ロッテとテレビ局と田中敦さんと、どんな風に金が流れているのだろうと考えてると大量のサインがばかばかしく見えて来る。

久保宏の分も僕の分もデタラメな文字で書いてやった。

書き終わったところに、お掃除のおばさんが入って来た。入り口のところに置いてある色紙の山をじっと見ている。

「これ、一枚頂いていいでしょうか」

「いいよ」

おばさんは、うれしそうに色紙を一枚取ると丁寧にお辞儀をして持って行った。僕の書いたヤツか、久保宏のか、どっちにしろ同じデタラメのサインである。

出番になって呼ばれたので、唄って帰って来て楽屋のドアをあけると、なんと、久保宏が自分のサインを新しい色紙に必死で書き直していた。真面目なやつだ。

ロッテの収録を終えて夜のうちに東北に戻り、秋田と山形の県民会館でのショーをこなすと、ふたたび東京に戻って「唄うバラエティ」の収録。その夜のうちに、今度は長野に行き、長野市と松本市の市民会館での「荒木一郎ショー」。

マグマックスファイブも、そのすべてに付き合っている。

長野では信越放送の「ヤングスターパレード」の公開録画も予定に入っていて、六月の半ばまでは強行スケジュールである。

十八日には、その間に作った吉永小百合とのデュエットの曲「ひとりの時も」と「こんなに愛してるのに」を吹き込まなければならない。小百合ちゃんから「練習お願いね」と頼まれていたのに、お互いのスケジュールが合わない。

無理だと分かったので、

「スタジオでやるしかないね」

と、電話で話して、当日、録音の前に築地のビクターでやる事になった。

ところが、地方巡業の最後の松本市民会館でのショーの時に、またやくざ絡みの問題が起こった。


この日は日曜日なので昼のみの公演だった。小原達がマイクや電気関係の問題を処理しながら、アンプの設置などをしてたが、公演時間が過ぎてるにもかかわらず、なかなか音が出ない。広次も小原に付き合って舞台裏で頑張ってるのだが、なかなか埒《らち》が明かない。そこに、道夫が飛び込んで来た。


「早く始めないなら、アンプもギターもぶちこわすぞって言ってます」

道夫の後ろに坊主刈りの腕っ節には自信がありそうな若衆が立っている。

会館の音を使わず自分たちで音響のセッティングをやるので、これがちゃんと出来ないとバンドの音が出ないんだから唄うわけにも行かない。そう思ったとたん、道夫を押しのけて、坊主刈りの男が僕を睨んですごみを利かした。

「バンドの道具なんかいらねぇだろう。お前が出て唄えばいいんだ。客はお前の顔が見たいんでバンドなんかどうでもいいんだよ。楽器なんか、ぶっ壊してやるって言ってんだろう、このヤロー」

ぶっ壊されたらたまらない。どのアンプがダメで、どの楽器が鳴らないのかを小原達に聞いて、とりあえず音の出るアンプにすべての楽器をつなげるように指示し、

「今、やるから舞台から出て下さい」

と男に言った。

男は不満そうにしていたが、ひとつのアンプにギターとベースをつなぐと、マグマックスファイブと僕は、舞台に並んだ。「今夜は踊ろう」から始める。

イントロが鳴り、広次の指示で幕が上がり始めた。男は腕を組んで袖から舞台を見ている。開始時間を十五分超過していた。

通常通り、滞りなく演奏が終わった。

楽屋に戻り、東京に戻るための準備を始めていると、やはりやくざだろう、スーツを着てて、さっきの男より上のクラスに見える男が入って来た。楽屋で帰り支度をしてるみんなを見回してから、

「荒木さん、今日は泊まってってもらいます」

と言った。

そう言うと、やくざ映画でいうところの、その代貸し風の男は二人の手下を楽屋の入り口に立たせた。

こんな時に役に立つのがビクター芸能のドブと言われる中村さんの筈だった。

しかし、手下が楽屋の入り口に立つと、

「みんな早く楽器を運んで」

と言いながら、中村さんは真っ先に楽屋を出て行った。

僕は道夫や小原たちバンドの連中に、

「とにかく駅に行ってろ。汽車が来たら、俺を待たなくていいから、お前達だけ楽器を乗せて東京に戻ってろ」

と指示した。広次が横に居るので、「早く支度しろよ」と言い、代貸し風の男と楽屋を出ようとした。

「僕は一郎さんと残ります」

広次が言った。

「なんでお前が残るんだよ。残っても何の役にも立たないから俺だけでいいよ」

「いや、役に立たなくても、残ります」

広次がムキになって言うので、役に立たない事は分かっていたが、「分かった」と承知した。すると、入り口に居た手下の一人が、

「指を詰めることになるぞ」

と広次に声を掛けた。広次は黙っている。

「お前、詰めるのはどっちの指にするのか考えとけよ」

男が言うと、すかさず、

「右手でお願いします」

と広次が言った。

後で聴いた話だが、広次は、言われたとたん、とっさにギターを弾く事を考えたという。

「左手の小指を取られたら、ギターの弦が押さえられないし、右手ならピックを持つだけだからと思って、あん時は、もう指詰められてもしょうがないって覚悟して右手って言ったんですよ」

手下のやくざは、右手と聞いて、

「おまえ、左利きか」

と広次に聞いた。

「社長室だよ」

代貸し風の男が言い、ドアを開けると僕に入るように促した。

応接間のような部屋で奥に大きなデスクが置いてある。その後ろに、シワだか傷だかによって顔に渋みを加えた男が座っていた。僕が部屋に入るなり、

「荒木さん、あんた、わしに恥をかかせるつもりかい。泊まってけっちゅう意味は分かっとるだろうなあ」

僕が黙ってると、

「なんか言ったらどうだ。舞台では客を笑わせてしゃべっとったのに、ここでは黙んまりかい」

「聴いてくれるんなら話しますけど」

「おー、上等じゃ。話してみぃ」

男の顔には皺が多いので判別しにくいが、少し笑ったように見えた。

僕は自分の音楽について話した。

自分の作った歌は、出来るだけ良い音で客に聴いてもらいたいんだ。でも、どの地方に行っても音楽を聴かせる環境が酷くて、歌を聴かせる装置、バンドのアンプとかマイクとか全てを自分たちで負担して持って行かなければならない。そのセッティングに時間が掛かったのは申し訳が無かったけど、あなたに恥をかかせる気持ちなんかあるわけがない。

と、そんな感じの話をした。

自分でも、話に説得力があるとは思わなかったが、何を言っても聴く気がないヤツなら仕方がないと思いながら、言いたい事だけは言ったつもりだった。

男は立ち上がって、僕に近づいて来た。そして軽く肩を叩いて、

「帰っていいよ。早く行きなさい」

と言った。

息子のような歳だと思ったのだろうか。僕をいためつけても、週刊誌の記者とは違って一銭にもならないと思ったのか。とにかく、頭を下げると広次と一緒にそこを出て、一目散に駅に向かった。

松本駅の改札口前の道路に、マグマックスの連中や道夫や中村さんが並んで待っていた。

まだ汽車は来ていないようだった。


この日、夕方東京に戻り築地のビクターに急行した。

この日の夜は、小百合ちゃんとの吹き込みだが、結局、吹き込み前の練習の成果はあまりなかった。一緒に唄って録音したものを聴いてみると、まるでデュエットになってない。

どうしようかと思っていたら、小百合ちゃんが僕の唄い方を何度か聴いて、それに合わせると言い出した。

「大丈夫、この歌、好きだから何度でも聴けるわ」

およそ、一時間ほどして、小百合ちゃんが呼ぶので、合わせてみると断然良くなっている。僕はなんの努力もしなかったが、吉永小百合は驚くべき努力の人なんだと思った。

しかし、やくざに言われた通り松本に泊まらせられていたら、この吹き込みはどうなってたんだろう。自分が一匹オオカミで活動してる限り、責任問題は常に自分で処理しなければならない。今の歌謡界で、大手のプロダクションに入ってないヒット歌手など一人もいないし。やはり、こういう問題を抱えられる器量と若さとは、同じ袋には入れられない気がした。

第七章

合奏

ふたたび「ラ・セーヌ」のステージをマグマックスとやったが、メンバーの腕やバンド全体の音に関しても、さほど上達したようには見えなかった。

「TBSの青柳さんもロッテの田中さんも言ってるけど、このままじゃ、テレビには永遠に出られないし、いっちゃんがこの音でやってるのは損だよ。練習に立ち会って、もっと厳しくやるとか」

宣伝の小沢さんの意見だが、残り少ない今月も「歌謡ヒットアルバム」や「歌のグランプリ」など、テレビの仕事は詰まってるし、月末には九州に飛んで福岡と北九州の戸畑文化ホールで森永乳業が主催する「荒木一郎ショー」がある。

その構成はすべて僕がやるし、この忙しさの中でバンドの練習日を別に取ってそこに立ち会う程の余裕はない。

それに、斉藤さんにも言われてる正式な会社の立ち上げもある。バンドだけではなく、スケジュール調整や雑誌の応対、興行主との交渉、楽器その他の運搬など、今の人員では賄いきれない。ファンクラブに使用している六本木の事務所を正式なプロダクションにして、広次やバンドの経費や、僕の収入や支出に関する経理上の問題もちゃんとさせないとだ。とても人手が足りない状況だった。

「いっちゃん、週刊誌の応対にしても交渉するプロモーターにしても、相手は大人のプロだからね、あなたの才能がマルチなのは分かるけど、なんせ平均年齢が低すぎるよ。大人を入れてスタッフの平均年齢を上げないと。あなた一人で背負うのはいくらなんでも無理だよ」

斉藤さんの心配はもっともで、現場で交渉してる僕でさえ、大人相手に馬鹿にされてると思う事は一度や二度ではなかった。

そこで、ファンクラブをやって来た広次や節子さん、それに平尾を加え「現代企画」と名前をつ

け、やくざっぽいロゴを作り会社組織にした。菊池さんのような大人が欲しかったが、おふくろがその事を話すと、

「僕は森乳あっての菊池だし、だからいっちゃんにも色々としてあげられるけど、看板を外したら何もない、ただの人になっちゃいますよ」

まったくその通りである。人間は、他人から見られてるとき、その人というより、その環境と合わせて、その人を評価して来るものだ。だからこそ、僕のような若造には、そのバックとなる環境を作る必要がある。ただのヒットソングシンガーでは、先が知れる。

しかし、菊池さんや斉藤さん、それに小沢さんや秀ちゃんとか、周りで僕を支えてくれる大人は多いが、僕のような小僧っこと一緒に会社をやってくれる人はいない。

大人のスタッフは直ぐには見つからないだろうが、とにかくスタッフの募集をかける事にした。何人かの応募があった。しかし、履歴書はどれもいかがわしく、僕の人気とか金目当てなのがあからさまだったりした。

中で、一人だけ面白そうなのが居たので、彼をバンドや僕の身の回りで雑用をこなす〝坊や〟という扱いで雇った。鈴木卓三という集団就職で東京に来た少年だった。会社の平均年齢は上がらないどころか、むしろ下がった。彼はまだ十七歳だった。

その坊やの卓三を外して、スタッフ全員に常時スーツにネクタイの着用を定めた。二十歳以下の連中ばかりなので、大人に甘くみられないための一歩だった。

僕自身は、それまでのサングラスをレイバンに変え、西武の海外セクションで仕立てた紺のスーツの内ポケットには、今までのロングピースの代わりに、ブルーの箱に金と赤で飾られた紋章が中央に付いて、周囲には金のラインが入っているロスマンズというタバコを入れ、吸う時には、カル

ティエの本銀製の長めのライターを使用するようになった。

そんな会社創立の大変な時期に、菊池さんがひろこちゃんと香港旅行に行って来いという。

「ときにはね、忙しがってばかりじゃなく、お嫁さん孝行をしないとだよ、いっちゃん」

何も、自分から忙しくしようとしてるわけではない。一日に事務所に掛かって来る出演依頼の電話だけで、大変な量だ。節子さんがデスクをやってくれているが、依頼を断ったり引き受けたり、仕分けして交渉するのは僕しか居ない。

雑誌や興行主との折衝もある。歌を作ったり唄ったりしてるだけでは、この環境を支える事は出来ない。

ファンクラブの時からだが、事務所が忙しい時は夜中まで居て、家に帰れない時など、ソファベッドを倒して泊まったりもしていた。

夕方過ぎは節子さんが帰ってしまうので、広次や道夫や平尾の出金伝票を切る時もある。

「一郎さん、出金伝票出したいんですけど」

と、広次が遠慮がちに言うので、

「しょうがねぇなあ、やってやるから出せよ、いくらだ」

と言うと、嬉しそうにして広次が出して来た出金伝票は三十円だった。三カ所にかけた電話代だ。

「おまえねぇ」

言ってもしょうがない。ほんとに広次は生真面目な性格で、何かの報告も、言わなくてもいいとこまで細かく話す癖がある。

会社になって広次たちの僕に対する姿勢や呼び方も、いっちゃんから一郎さんに代わり敬語になった。節子さんは社長と呼ぶ。二十三歳の社長だが、これだってやりたくてやってるわけではなかった。

そんな事とは関係なく、「いとしのマックス」が各社のベストテンで急上昇していた。

その忙しい時期の、三日間の香港旅行である。


森永乳業が主催する九州での二日間の公演を終え、七月四日、東京に戻って来たところで、荷造りをしてくれてたひろこちゃんと羽田で会い二人で香港に発った。

香港は日照りだった。道路は至るところひび割れが出来ていて、車の走る状況を悪くしていた。四月に僕はここに来ていたので、この貧しい国を経験するひろこちゃんの気持ちが良く分かった。昼飯をたべるのに飲茶《ヤムチャ》のレストランに入ったが、食べ終わるまでに数時間かかった。日本とは国民性が違うからか、ここの人たちのように、ゆっくり食事を楽しむなんて事は出来ない。

町外れの山腹にあるバラックも、この国を象徴している。山腹の斜面には、中国から逃げて来た人たちが、簡易なバラックを建てて群がって暮らしている。

誰かが火をつけたら、一気に燃え尽きてしまうだろう。

高校生の時に観て感動した「スージー・ウォンの世界」というアメリカ映画があるが、このスージーウォンが、このバラックに住んでいて、その身分を隠し高級売春婦をしてる話だ。

映画のラストで、このバラックに火が掛かり、スージーが自分の生んだ隠し子を必死で助けようとするのだが、その願いは叶わない。子供を失い、何もかも失ったスージーが子供の墓の前で、彼女を守り愛を送り続けて来たウィリアムホールデンに言う台詞がある。

「〝スージー、もう行っていいよ〟と貴方に言われるまでついて行きます」

このラストシーンに痺れた。

ひろこちゃんとは、なかなか二人で過ごす時間はない。

彼女は文学座の秋の公演では初舞台を踏むという。その稽古も始まっているようだし、菊池さんの言う通り、無理して来て良かったかもしれない。

ホテルに戻って「楽しいか」と訊くと、

「うん、幸せ」と答えた。

文字通り嫁さん孝行になった気がした。

翌日は、朝起きてすぐに背広を作った。テーラーがホテルまで来て採寸してくれる。それに香港は安いと聞いていたし、一日で仕上がるので明日帰る時には持って帰れる。

昼飯を食った後は、九龍半島に行って海水浴だ。海は、あまり綺麗では無かったが、半島の南側に行けば、もっと魅力的なところがあるとホテルの人が言っていた。

夜の香港は、世界三大夜景に数えられると言われるだけあって、宝石をちりばめたような景観を堪能した。この景色を見ていて、ふと歌が浮かんだが、翌日、帰るまでには消えていた。


東京に帰ると直ぐに、「アフタヌーンショー」に出演だが、今年二回目になる。プロデューサーである田川一郎さんとは、田川さんがテレビ朝日の局長になり定年になったあとまで長い付き合いになるのだが、この時は、ただのタレントと反骨プロデューサーの仲でしかない。

ビクター宣伝の小沢さんが「アフタヌーンショー」のスタジオに来てて、終わったとたんに話しかけて来た。

「いっちゃん、ダイビングやろうよ。夏に大島に行くんだよ」

唐突な話だ。昔、ビクターに勤務してた須賀川さんという人がダイビングショップをやってて、みんな仲間だという。面白そうだと思い、直ぐに話に乗り、早速、ウェットスーツを作ることにした。

取材と歌の番組の合間を縫ってダイビングクラブに行くと、みんなウェットスーツの胸にマークを付けている。僕もAプロ時代のロゴをつけることにした。あの時の深田が作ったロゴもなかなかなので、そのまま風化させるのももったいない。ダイビングは、広次も平尾もやるというので同じマークをつけて作ってやった。

「いとしのマックス・発売記念チャリティショー」以来、ともこも事務所に遊びに来てて、一緒に行きたいというので、ショップに連れて行った。

「お前もスーツ作るか」

と聞くと、そんなの水着が見えないから嫌だと尻込みした。このくらいの歳下の女を見ると兄弟無しで育ったせいか、妹みたいな気になる事がある。ともこは十八歳、そんな気分にフィットする女だった。

夜はみんなと、「千秋」に行った。ほとんど常連になりつつある。ともこは千秋と直ぐに仲良くなった。千秋も広島の良家に生まれたが、一人っ子なので僕と同じように、ともこを妹みたいに扱っていた。

「ひとりの時も」が発売になるので、今日は小百合ちゃんと二人でフジテレビの「スター千一夜」に出演する。広次も来てたので、ファンクラブの会報の対談を小百合ちゃんに頼み、スタ千の間にやらせてもらう事になった。

広次も道夫も平尾もあらゆるところで活躍する。バンドの面倒を見たり、ファンクラブもやったりと、一人に何足ものわらじを履かせるのが「現代企画」である。今月の頭に、大阪でもファンクラブの支部を作り、広次は写真を撮りまくっていた。

翌日は、宮崎だ。これは、歌手でも役者でもなく変わった仕事で、東京から宮崎まで車を運転する「グリーンドライブ」に出場するのだ。

この日刊スポーツが主催するラリーは、僕の運転する車がモデルカーになっていて、僕が宮崎にゴールインする時間に一番近いタイムの車が優勝するというルールである。

といっても、実際に僕が参加するのは大分からで、東京を出発して走り抜いて来た車と合流して残りの、〝大分から宮崎間〟を走ればいいだけだ。

当然、安全運転が基本なので、僕の走行タイムは最初から決められていて、その時間ぴったりに走らなければならない。これを裏で知っていれば、何も僕に合わせる必要はない。その時間通りに走れば優勝するってわけだ。

出場者の大半は、やはり、その事実に気がついているらしく、僕というより、その安全運転の時間に目安を付けて走ろうとしている情報が入った。

そんなカンニング的な状況の中では、僕の役割は、出場者から見ればピエロのようなものだ。なので、その思惑を外してやろうと思った。

参加者の車が大分まで走って来たところで、それに合流した途端に、あきらかに違反と思えるほど僕はスピードを上げた。自分のペースで走って来た連中は、それに攪乱されて大慌てを始めた。

そうなるとル・マンさながらのスピードレースの展開である。参加者の車をすべて抜き切りトップになり、僕はさらにスピードを上げた。

他の車を大きく離して、ゴールインの寸前まで来たとき、後ろを振り返ると一台の車も付いて来ていない。このままゴールしたのでは、ラリーのルールを逸脱する事になってしまう。そこで、裏通りの喫茶店の駐車場に車を停めると、店に入って紅茶を頼み、疲れているので、そのまま眠ってしまった。

そんな事とも知らずに参加車は次々と突進して来てゴールインしたのだが、会場には僕の車が存在していない。

前もって決めておいた時間になると、平尾が僕をゆり起こし、残りの冷えた紅茶を飲んでゴールに向かった。

悠然とゴールインしたら、関係者たちは事故発生とか、大騒ぎの真っ最中だったが、時間通りにインした僕に日刊スポーツの関係者も文句が言えないようだった。

ただし、参加者たちは賛否両論。ブーブーと文句をスタッフに言ってる人も居たし、面白がって僕の肩を叩く人もいた。

その表彰式で時間を正確に測りながらゴールした車が優勝した。シャレが分かるヤツは分かる。笑いかける優勝者と僕は握手を交わした。その拍手の中から、

「一郎ちゃん、一郎ちゃん」

と呼んでる声が聞こえた。

観客席には、子供たちが多いので、同じ名前の子がいるんだなと思っていたら、ずっと後ろの方で、魔子ちゃんが手を振っている。

宮崎は彼女の実家がある。最近、自律神経を病んでこっちで療養してるとは、なんとなくマスコミの記事で知っていた。舞台を下りると彼女のいる側に向かった。

「大丈夫か」

と訊くと、

「色々あってねぇ」と、やけにしんみりと魔子ちゃんが答えた。

これから取材と打ち上げがあるので時間が無く、今夜は夜行で東京に帰らなければならない。魔子ちゃんとは立ち話しか出来なかった。


東京に戻って「星に唄おう」の録音を済ますと、斉藤さんが、副調整室の金魚鉢の窓から嬉しそうに目を細めて手を振っている。斉藤さんは、笑ってる時と、普通の顔をしてる時とでは、二重人格のように性格が違って見える。

笑顔のいい奴は、より人間ぽい。虫も鳥も魚も、人間以外は笑わないからだ。

スタジオを出ると、「すぐ近くだから」と、僕の腕を取るようにして斉藤さんはエレベーターに乗った。ニッポン放送の近くの喫茶店まで、その人が来てるというので面通しをする事になった。

紹介された大人は、大山昭雲という坊さんのような名前の人だった。

現代企画に大人が居ないことを心配した斉藤さんが、自分の周りで会社を解雇された人が出たらしく、

「いっちゃんの事務所に、かっこうな人物」

という事になり、今日の会見になったわけだ。

「大山は、僕の古い知り合いで、朝日ソノラマに居たんだけどね、それが、ほんとに偶然なんだけど、最近やめて仕事探してたとこなんだ」

斉藤さんの紹介なので、早速、雇うことにした。

だが、マネージャーとか芸能界には全く関係ない仕事をしてたので、務まるのかどうかの保証はなかった。大山さんは、どう見ても斉藤さんと同じ歳には見えず、しかし、むしろ年寄りに見える方が、今の事務所としては好都合である。二日後に富山行きの仕事があるので、その日から「現代企画」の社員として同行してもらう事になった。早速、大山さんを連れて事務所に戻り、広次や節子さんに紹介して給料を決め、富山での段取りを話した。

大人が入ったことで、ちょっと気分が楽になった。交渉時に僕が直接やらなくても、相手に対して大山さんという壁が一枚あるだけで余裕が持てる。

当日、いつものように少し遅れて目覚め、自宅から平尾と卓三を連れて急いで東京駅に向かった。バンドとは駐車場で待ち合わせだ。大山さんも早めに来ていた。

旅の時は、いつも遅れがちになる。それも常に時間ギリギリで、もちろん、寝坊する僕のせいだが、その都度、社長も社員も、みんなして駅の構内を全速力で走ってプラットホームに向かわなければならない。

卓三の走り方は、常に被害者的だ。荷物などが肩からずり落ち、走ってる姿に、いじめられ、しいたげられてる雰囲気を醸し出す。なんとも滑稽なのだが、人が見たら、社長が、かなり厳しく扱ってるようにしか見えない。

「卓三、おまえ、ベルトを肩にちゃんとかけて走れよ」

駆けながら叱咤し、マグマックスも広次も平尾も大山さんも、とにかく走る。

列車の入り口までようやくたどりついて、アンプなどの荷物を急いで列車の中に運び込むのだが、出発のベルが鳴り響いている。

最後のフェンダーのアンプを入れ終わったところでドアが閉まった。

が、卓三がドアに挟まれている。尻だけホームの外に出して、体は列車内にある。卓三は一緒に行くわけではないから、急いでホームに降りなければならない。駅員が飛んで来て、ドアから出ている卓三の尻を車内に入れようと押しはじめた。駅員は、卓三が乗車するものだと思ってるから無理矢理に押してくるし、卓三はホームに出ようとしてるから、それに逆らって必死である。

「出るんです、出るんです」

と、悲しげに叫んでいる卓三の姿は、やはり哀れだが滑稽でみんなで大笑いだ。

会場に着くと、ビクターの四十周年記念の看板があり、荒木一郎、原トシハルとB&B7、それにザ・サベージの名が並んでいる。マグマックスたちが自分たちのアンプを設置しようとすると、サベージのアンプが中央に並んでいて、原さんたちのアンプは上手側になっている。これだとマグマックスは下手側になり、サベージが中央で演奏することになる。

本来、ビクターの催し物としては僕が目玉なのだから中央はマグマックスのアンプが並べられてなければならない。

大山さんを呼んで、本来はこうだけどと説明した後、

「でも、今回は三つのバンドのアンプを、ひとつずつ交互に並べるようにしたらいいよ。それなら平等だからサベージもB&Bもアンプを動かす事に協力してくれるだろう」

大山さんも、催し物はもとよりアンプの事など初めてである。アンプがギターを鳴らすためのスピーカーであり、ギターとアンプはコードで繋げられている事など、丁寧に解説しておかなければ

ならない。

「サベージのアンプ、マグマックス、B＆B、サベージのアンプ、マグマックスのアンプ、B＆Bのアンプ。分かった、大山さん。交互に並べるんだからね」

そう言い渡して、楽屋に入った。

しばらくして演奏が始まった。最初はB＆B7みたいだ。僕たちはトリなので、ゆっくり支度をすれば良さそうだった。

北日本放送の人と、富山のビクター営業所の人が挨拶に来た。大山さんを紹介すると、大山さんは作ったばかりの簡易名刺を出して丁寧に挨拶していた。知らない人が見れば、歳もそれなりだし素人には見えない。

僕たちの出番になってマグマックスとステージに向かった。ステージではサベージが演奏している。袖から見て、びっくりして大山さんを呼んだ。

「どうなってるんだよ、大山さん、言っただろう、アンプは交互に並べるって。サベージのアンプが中央に並んでるじゃないか。あれじゃ、最初とおんなじ位置だよ。まったく役に立たねぇなあ」

大山さんは、いきなり怒られて目を白黒させながら言い訳を始めた。

「いや、わしは社長の言う通りに言ったんだけど、サベージのマネージャーに、サベージのギターのコードは短いから、中央にアンプを置かないと届かないって言われて」

「そんなこと言われたからって、俺が言ったことを変更するんなら、まず俺に言えよ、大山さん。話が違ったら俺に言えばいいいんだ。なんで、今まで黙ってたんだ。とにかくサベージのマネージャーを呼んで来いよ、大山さん」

サベージのマネージャーは、若い男だったが、僕よりはずっと年上のようだった。大山さんに付き添われ、不貞た顔をして近寄って来た。

「おまえ、汚ねぇヤツだな。素人を騙したりして、そこまでして中央に立ちたいのかサベージは。俺が中央になるって言ったんじゃないんだぞ、わざわざみんなのアンプを交互に置いて平等にしろって言ったのに、何、考えてるんだ」

「サベージのコードは短いんで……」

言ってる言葉も馬鹿にしてると思ったが、その不貞た顔に頭に来ていた。マネージャーの言い訳が終わらないうちに、僕の拳が男の顔面に当たっていた。男は頰を押さえて恨めしそうな目で僕を睨んだ。大山さんが、小さい背格好ながら両手で僕の体を抱きしめて、止めに掛かった。

「すまん、わしが悪かったから、この場は」

大山さんの手をふりほどき、

「大山さん、話が逆だよ。こういう時は、マネージャーがこういうヤツを殴らなきゃダメなんだよ。でないとタレントを守れない、覚えておけよ」

言い放ってマグマックスと一緒にステージに上がった。入れ違いにサベージのメンバーが挨拶をしながら舞台を降りて行った。
二、三日して、この日の出来事がいくつかの新聞や週刊誌に載った。
「また荒木一郎が暴力！」

というタイトルだ。記事の中に大きく、今殴られたみたいな顔をしたマネージャーの写真が載っている。

記事の内容に関しては、事実とまったく逆の事が書かれていた。

サベージのマネージャーが、アンプを交互に置こうと提案したら、荒木が怒って中央じゃなければダメだと言い出し、いきなりなぐって来たと。

よくまあ、白々しく嘘がいえるものだ。それが事実なら、僕たちのアンプが真ん中にあるか、あるいはアンプは交互に並んでるはずだ。

唄っている写真を見れば分かるように、サベージのアンプが中央に並んでる。「サベージのコードは短いです」と大山さんに言って騙しておいて、これか。

それほど事実と食い違ってるにもかかわらず、週刊誌の記者はサベージのマネージャーの言い分に同情を寄せ、ひたすら僕を非難している。しかも、どこかの女優と失踪したとか、前の事件を引き出してマグマックスのバンドも怒ってるとか、ひろこちゃんのお父さんにまでインタビューして、ある事ない事、おまけ付きの悪口三昧で何頁も費やしていた。

事実を報道することより、面白く記事を書いて雑誌が売れればと思ってるのだろう。終始一貫、僕のわがままさと暴力に焦点をあて、

「荒木も、いい加減にしないと！」

と、どの記事も決まり文句で終わっていた。


いよいよ、初のダイビングで大島に行くことになった。上天気に恵まれた竹芝桟橋には、小学生の少女を含み総勢十二人のダイバーたちが集まっている。見送りに千秋が来ていた。出発の知らせがあり、乗船しようとすると千秋が行きたそうな顔をしている。

これだけのにぎわいの中で、一人で残すのは可哀想と思ったので、

「乗れよ、千秋」

と、腕を取って船に乗せた。もちろん、千秋は冗談だと思ってるから、「ダメよ」とか言いながらも嬉しそうにしている。

「天気がいいのに東京に居てもしょうがないだろう」

みんなもはやし立てている。やいやい言ってるうちに船は動き出した。チケットも持たず、少し青くなって慌てる千秋を乗せての出航だ。

あっと言う間に桟橋を離れた船は、岸まで戻るとしても、もう飛び込むしか方法は無い。千秋と同い年くらいの女性も二人乗ってるし、広次も平尾も居る。大島まで三時間もある。その間、話してれば、みんなとも仲良くなるだろう。

「二十歳だけど、六本木で店を経営してる遣り手のママだよ」

と紹介してやった。


大島に着くと、「電話、どこにあるの」と、千秋が騒いでいる。

「旅館に行くから、そこからすればいいよ」と僕。

「わたし、水着も持ってないし」

「裸でも俺は構わないし、みんなも構わないんじゃないか」

漁業組合との話も付けてあるから、「今夜は美味い石鯛が食べられるよ」と、須賀川さんが、不安そうな千秋に話してくれた。僕たちは、千秋と違って期待感いっぱいだ。

丘の上にある旅館に着くと、玄関の横あいから海に向かって広い庭があり、その入り口に赤電話があった。千秋は、見つけると一目散で赤電話に飛びついてダイヤルしている。

荷物を下ろしながら、聞くとは無しに千秋の話に耳をかたむけると、ＤＪの木崎に掛けてるようだ。

「今、大島に居るの。違うわよ、いっちゃんに船に乗せられちゃって連れて来られちゃったのよ。ううん、わたしはダメだからって言ったんだけど」

「木崎が、うるさくいうんなら別れちゃえ、千秋」

笑いながら声をかけると、千秋は、あわてて送話口を押さえて、こっちを睨んだ。


みんなで獲った石鯛を旅館でさばいてもらって、夜の食卓にそれが並んだ時は壮観だった。味も抜群で、時間をかけて来ただけあったし、千秋も、まな板の鯉になっていて、刺身を美味そうにつまんでいる。

二日目は、珍しく早く起きた。小沢さんも広次もびっくりしている。夜はどんなに遅くとも平気だが、朝は高校生の時から大の苦手だからだ。

新人賞を獲った歌手は、まず絶対に過労で倒れるって斉藤さんが言ってた。そこまでハードにはならなかったのは、よほどの問題が無い限り朝から起きたりしないからだろう。それに、大手のプロダクションのタレントだったら、きっと会社の商品みたいに、物として、こき使われるに違いない。

日本に何台かしかないと言われるオート三輪に乗って、晴天の夏の空の下を、さらに石鯛が獲れると言われてる目的の海に向かった。

二日目は、スキューバダイビングも経験した。

リーダーの須賀川さんが、

「みんな若いから上達が早い。中でもいっちゃんは抜群だ」

と、言ってくれたが、ま、お世辞半分以上だ。しかし、海はもぐってみないと表面だけでは、どんな表情を持ってるかが分からない。

「海と女は同じようなもんだと思わないか。女も付き合ってみないと、本性は分からないからな」

と、広次に言ったが、丸い目をきょとんとさせるだけだった。それにしても、完璧に広次はダイビングにはまったようだ。

週刊平凡の伊東くんも付いて来てて、カメラマンはグラビア用の僕の写真を海に入ってまで撮りまくっている。千秋は、旅館で買った田舎風の水着を着てるが、ほとんど浜に居て伊東くんと話したり、獲れた魚や動いてるタコをつっついたりして、結構、楽しんでいる。

「どうした、千秋、木崎は納得したのか」

「するわけないでしょ。怒って別れるって言ってたわよ」

「なら、別れちゃえ、あんなのお前に似合わないよ」

「じゃ、別れたら、いっちゃん、付き合ってくれる?」

千秋は、時々、僕の夢を見るという。

「でもね、見ると、一人じゃ出て来てくれないのよ。必ず広次くんとかね、みんなも一緒に出て来るの」

晴天に恵まれた二日目も、終わってみると大漁で、夕食の石鯛の刺身は誰もが舌鼓をうち、大満足だった。

三日目は台風が近づいてるらしく、海がやや荒れ模様。もぐるのをやめてる人が多いが、僕も広次も雨が降り出した海に入った。

ウェットスーツを着てるし、雨は海の水と一緒になってるから気にならない。だが、海の中は昨日とは違う。砂の嵐のようになっていて見通しが悪く、そこにウミウシが何匹も浮いている。少しもぐってみたら前方にでかい潜水艦みたいな物体がぼーっと見えて来た。

なんだろうと思って須賀川さんに聞くと、ぼらだという。水中銃を構えたが、撃たない方がいいと、須賀川さんが手振りで合図した。

雨は上がったが、石鯛の刺身の予定はなくなり、雲で閉ざされたような空の下で土産を買ったりして過ごし、あとは夜行の船で東京に帰るだけだ。

ところが、帰りの船の揺れ方は台風のせいで半端じゃなかった。八時間にわたり、船は大揺れに揺れた。千秋はぐったりして萎れた花のようだ。平尾も広次も体から骨を抜いてるような状態。須賀川さんたちは慣れているのか、通常の顔。僕も、不思議なくらいに平常通りで、ほとんどは寝台で熟睡して帰って来た。

帰るとすぐに「プラチナゴールデンショー」が待っている。その他のテレビも目白押しだ。終わればバンドと一緒に新幹線に乗って、名鉄ホールでの「荒木一郎ショー」。月末の二日間は名古屋である。

マグマックスを名鉄ホールの公演に連れて行くかで、マグマックスを含めた話し合いが持たれた。場所は築地のビクター本社で、宣伝の小沢さんを中心に斉藤さんも意見を出した。

「前から言ってるけど、とにかく練習不足だよね。このままじゃあ、いっちゃんの足を引っ張っちゃうばかりだ。学生気分でいつまでもやってるのは、ビクターとしても迷惑だよ」

と、かなり手厳しい。小沢さんも、しかつめらしく、

「テレビ局の評判が悪すぎるしね、マグマックスが居ない方が、いっちゃんは活き活きとしてる

よ」という。

小原はしゅんとして下を向いていたが、

「原田も言っていた事なんですが」

と、上目使いに僕を見てしゃべり出した。

「原田がって、原田がやめる時に話した事か」

と僕。

「ええ。僕たちも色々と話し合って来たんですが、荒木さんは天才なのは認めますけど、やはり、付いていけない所があるし。今日は、荒木さんのバックバンドを辞退する話をしようと思って来ました」

斉藤さんが、小原の発言にびっくりしたように反応した。

「とりあえず、期間を置いて練習に励んでみたらどうだ。小原くんだってプロになりたくてこの道を選んでるんだろう」

結論として、今回の名鉄ホールには出演しない事になったが、

「夏場は休まず猛特訓をし、十月、あるいは遅くとも十一月には、それを活かした新しいマグマックスファイブになります」

と、小原が最後に宣言してお開きになった。

ビクター本社の玄関をマグマックスのメンバーと一緒に出た時、真栄がきょとんとした目をして僕を見た。小原たちが十一月に戻るつもりはなく、斉藤さんの優しい言葉に気圧され、辞める決意は変わらずで発言だけ変えたのは分かっていた。

「真栄。頑張ってやれよ」

馬鹿な真栄は嬉しそうな顔をして、手を振っている。この日で、小原のマグマックスファイブとは決別した。小原や真栄が再び僕のバックを務めたのは、それから三十年後の事である。

菊池さんに、小原たちがバックバンドを辞めた話をすると、

「もともと、僕は、いっちゃんがギター一本で唄うだけで痺れたんだからね、レコードにだって色々な音が入らなくてもいいいと思ってるんだよ」

と言われた。

名鉄ホールの二日間の公演は、いつも通り、構成は僕にまかされている。出演は、原トシハルとB＆B7にケンサンダースも連れて行くし、あとはマグマックスの代わりに僕のバックをやってくれるバンドとして、ラテンバンドであるリオアルマに頼むことにした。

リオアルマは平均年齢二十二歳、リーダーの横田年昭は僕と同じ二十三歳だ。九州の公演の時にバックを担当してくれてるので気心は知れている。

オープニングは、僕のドラムソロからにした。久しぶりにドラムを叩くが、演奏はB＆B7。今までのどの公演においても司会はいれず、全体の進行役は僕がやり、道夫や真栄を道化のようにして使って来た。しかし、今回は、マグマックスが居ないので原さんを使って面白く構成する事にした。

当分、リオアルマと一緒にやって行くつもりだ。彼らはラテンが主だが、民謡からボサノバまで、広いレパートリーを持ってる実力派なので安心である。

ビクターのスタジオを借りて、その準備とリハをやってる時に、大山さんが近づいて来て図々しく作曲の注文をした。

「わしの年齢に相応しいような古い言葉使いで、ラブソングってのをいっちゃん、作ってくれんかなあ」

最近、大山さんは音楽業界の段取りにも少し慣れて来たが、それだけじゃなく、僕を呼ぶのも社長からいっちゃんに変わっている。

リハの途中休憩の時に、そこにあったギターをとって、

「大山さんの年齢だと、こんなんじゃないか」

と、大山さんの顔を見ながら、半分冗談のつもりで作ってみた。何度か歌って聞かせると、大山さんは気にいったらしく、歌詞をまじめにノートに書き、早速、自分でもくちずさんでいる。

「タイトルは、あるかね」

と聞くので、歌詞の一行目、「君に捧げん」をそのままタイトルにした。

斉藤さんが大山さんのつぶやいてる歌を聴いて、九月発売のシングル盤にしたいと言い出したのは、それから十日後くらいの事だった。

毎日、忙しい日が続くが、仕事だけで終わる一日はなかった。遊びが無い日が一日でもあれば、人生を損した気がするからだ。

夜中に千秋の店に行ったり、安川とつるんだりする事もあるし、ゲームや麻雀をやる日もある。

歌手になって初めて大金を手にしたとき、百万円を内ポケットに入れて歩いてみた。不思議な安心感があった。

歌手にならない前、まだ金回りが良くないころだが、渋谷にシャツとか買い物に行く時は、三万円か四万円、持ち金の全額をすべて千円札にして財布に入れて歩いたもんだ。少し金持ちになった

気がするからだが、同じ札束でも、その時とはまったく違う気分だった。

新宿の雑踏とか、混雑してる時に高下駄を履いて歩くのも楽しい。頭ひとつ上に出るだけで街が違って見えるし、別人になった気もする。圧迫感が消えてしまう。

他にも、何か思いつくと直ぐに実行した。今回の名古屋行きでも、東京駅に着く前に顔中に包帯を巻いてみた。

包帯を巻いてサングラスを掛けると透明人間のようになる。常に人の目があって、「荒木一郎」と指さされたり言われたりするのがうざったくもある。これで見た目には誰だか分からない。その包帯顔に帽子をかぶりサングラスを掛け、紺のスーツを着て東京駅に入った。

構内を過ぎて、階段を降りてホームに入ったとたん、通りすがりの男がこっちを見て、

「あっ、荒木一郎だ」

と、当たり前のように言った。

どこで分かるんだ。

新幹線に乗ると乗客がちらちらとこっちを見てる。包帯を取るきっかけを失って、その姿のまま大山さんや広次たちと話していたら名古屋に着いた。

名鉄ホールには、薫ちゃんも観に来ていた。公演が終わった翌日、薫ちゃんの店に行き、盛んに薦める自慢のスパゲッティを食べた。そこで薫ちゃんの親友で僕のファンだという貝原さんという女性を紹介された。

「彼女はね、色々な事をやってるの。変わってるけどいっちゃんとは気が合うと思うから、何かに使ってあげてよ」

若いのにおばさん顔をしている。信頼出来そうな女性なので、広次に会わせてファンクラブの名古屋支部の支部長になってもらうことにした。

名鉄ホールの公演の批評が、新聞にいくつか載った。悪い批評は無くて、どれも僕のドラムで始まるオープニングと原さんとの掛け合いを、

「ショーの中で、原が何度も出て来ては、荒木とやる掛け合いは面白く、アイディアに富んでいて楽しめた」

と褒めてくれていた。

「星に唄おう」が、午後七時以降の番組として、ネットワークのどの放送局でも最高の聴取率を上げていると、菊池さんが教えてくれた。

「北海道とか、九州とかでね、毎週、千五百万人の人が、この放送を聴いてるんだよ、いっちゃん。これは、凄い影響力だよ」

影響力というのは、森永の牛乳が売れるという事なのだろう。

「いとしのマックス」も八月で六十万枚を突破している。

大橋巨泉が、週刊誌に「いとしのマックス」について書いていた。

「日本の歌謡曲に初めてマイナーセブンのコードを使った歌が登場した」という小見出しだが、褒めてくれる記事が最近は続いている。

巨泉さんは、もともとジャズ評論家だから、音楽に関しての愛情や実力を持ってる人だ。わけの分からない人に褒められても的外れだったりして嬉しくはないが、この記事は、ジャズ評論家としての立場で書いていたものだったから、理解してくれる人が居てくれて嬉しいと素直に感じた。

マイナーセブンのコード使いは、ジャズが好きだった影響が大きいのだが、ドラムを叩いてたことで、この歌の持つシンコペーションも多分にジャズ的になっている。

作ったときは、もう少し難しかったものを、これではマグマックスが唄えないだろうと軽くして仕上げたのだが、それでも、マイナーセブンどころか、さびの五小節目のコードはマイナーシックスのコードを使ってて一般的ではない。

このマイナーシックスを二小節にわたって使った歌謡曲こそ、日本には後にも先にも存在しないだろう。

ちなみに、楽器屋さんで販売してる「いとしのマックス」の譜面では、Fm7のところをCマイナーという単純なコードに置き変えてしまい、続いて大事なFm6をGセブンスとしている。

楽譜屋さんが、とまどって単純なコードにしたのは分からなくも無いが、それではこの曲の良さが分からない。だが、日本の歌謡界のお粗末なところと諦めて、クレームをつけるつもりはなかった。

この歌は、他にも通常の感覚では唄いにくい箇所がいくつかあり、B&B7の原さんも、

「これ、聴いてると簡単に思うけど、実際に唄うのは相当難しいですよ」

と一緒に演奏してる時に言っていた。

その後、この曲は何十人もの人に歌われるのだが、どの人の歌も正確さを欠いていて、原曲通り歌った人は一人もいない。

名古屋から帰って、名鉄のメンバーで九州の旅が始まった。別府から八幡、熊本を回り、広島に入る。

広次も僕もウェットスーツを荷物の中に入れていて、時間さえあれば公演の合間を縫って、どこの海でもダイビングをした。どの海も、表面とは違っていて潜るとまったく別の顔を持っていた。石鯛は獲らなかったが、一見、何の変哲もないような景色なのに、海の中はどこもドラマチックで、岩の間に海藻が茂って森のようになっていたり、砂丘が永遠に続く砂漠のようだったり、見たこともない魚が泳いでいたりする。

広島から一気に北海道に飛んで、苫小牧のスケートリンクで北海道放送の公開録音を録り、翌日から九月二日までの十日間、サンケイホール、渋谷公会堂、日比谷公会堂、厚生年金ホールと、連日、東京労音のスケジュールが入っている。

その合間を縫って、「歌うバラエティ」「歌謡ヒット速報」などのテレビがあり、もちろん、「星に唄おう」の録音もある。

ヒットが連続してるのでTBSのベストテン番組である「歌のグランプリ」は、スケジュールの定番になっている。スタジオに入ってしばらくすると、ロス・プリモスが入って来た。最近、「ラブユー東京」がヒットしている。僕は、キョロキョロとスタジオを見回してみた。作曲家の中川さんが来てるかもしれない。

中川さんは、薫ちゃんに連れられて環七通りを入ったところのアパートで、ねんねこ半纏を着て階段から降りて来たあの頼りなげに見えた作曲家だ。「ラブユー東京」がヒットしたとき、そこに作曲の中川博之の名を見つけて、嬉しいような懐かしいような、会いたい気持ちになった。

スタジオの入り口付近に中川さんの背中を見つけた。忍び足でそばにより、後ろから肩を叩くと、中川さんは振り向いて、知ってたような顔で嬉しそうに僕を見た。そうか、僕の歌がヒットしてるんだから、中川さんの方が、今日、スタジオで僕に会えると思っていたに違いない。まさか、こんな未来がお互いにあるなんて、である。

フロアディレクターが呼びにきて、「いとしのマックス」のリハを始めるという。中川さんと握手をした。言葉数は少なかったが懐かしさに溢れる気持ちは通じていた。

TBSのあとは、労音の仕事だ。労音は、基本的にビクター芸能が仕切っているので、ドブこと中村さんが担当で付いている。

この労音の構成も任せられているので、いつも通り司会は無し、僕が客席に語りかける形で進行する。バックはリオアルマ、ゲストは、いつも通り原トシハルとB&B7にケンサンダースだ。最近は、いずみたくさんの事務所から大山さんが頼まれて来て、十五歳の新人歌手、今陽子が前歌で入ることが多い。

ドブの中村さんはあの松本の「泊まっていけ」事件以来、僕を認めたらしく、興行の人に紹介する時も、「人一倍、頭脳が優れた」とか、「正確な計算機みたいな」とか、あるいは「全身に脳神経が行き届いてる男」などと言うようになった。

その中村さんが大山さんに対して、男のやきもちみたいな行動をとったのが、日比谷公会堂での公演の時だった。

中村さんは、地方興行になると付いて来る事が多かったが、大山さんが入ってからは自分の出番が少なく感じたのか、なんとなく対抗意識を持ち始めたようだった。

中村さんは酒屋にある狸の置物のように図体が大きく、押し出しが利く。地方のレコード店などを回ってると、ファンが気づいて店の表に群衆になって押し掛けてしまう事があるが、そうなると、そこから脱出するのはなかなか難しい。

そこで、中村さんの出番になる。相撲取りのような大きな体で、店から出ると、露払いのように右手を右に、バァーンという感じで振るのだが、この右手の一振りで、右側に居た観衆が海の波が割れるようにザアッと退くのである。

次は、左手が振られ、左に居る群衆が退き、そこに人が居なくなる。

出来た空間を、悠然と歩いて行って僕は車に乗る事が出来る。中村さんの特技と言っていいだろう。吉永小百合の時もこうするんだと、中村さんが自慢している。

それを大山さんに、

「いいか、大山さん、俺のようにやってみなさい」

と言ったのである。

この日比谷公会堂は裏側の出口がひとつしかない。ショーが終わるとタレントが必ず裏口から出るのをファンが知ってて、舞台が終わったとたんに駆けつける。

しかも、裏口は二階なので、そこから出ても直ぐに車に乗れるわけではない。裏口から出ると長い石段を下まで降りて、ようやく車に到達するのである。

裏の出口の前に十畳くらいのスペースがあり、そこから下に向かって広めの石段が続くのだが、その長い距離と階段の巾いっぱいに、ぎっしりとファンが詰めかけるのだ。

「じゃ、大山さん、これから裏口をあけるからね。いつも俺がやるように、いっちゃんを安全に車のところまで誘導するんだよ」

大山さんは、中村さんとは対照的に少しの風でも飛びそうな小柄な風体をしていて、頭には大正時代のような中折れ帽をちょこんと載せている。

どう考えても、大山さんが群衆に向かって手を振ったとしても、彼らがそれを恐れて退いたりするとは思えない。僕から見ても中村さんの嫌みとしか思えないのだが、大山さんは、「おう」と返事をして、やる気になって僕の前に出た。

裏口の扉を開けたとたん、ファンが覆い被さるようにして僕たちに殺到した。

大山さんは、台風に向かうように左手で自分の帽子をしっかり押さえると、右手を中村さんがやるように思い切って右に振った。すると、どうした事か、右側にいたファンの固まりが海が割れるように右に退いたのだ。

続いて、右手で帽子を押さえ左手を振る。左の群衆が退く。また右手を振り、群衆が退くと、大山さんは一歩一歩前に進み始めた。

気持ちがいいように群衆が右左と退くので、大山さんも自分の実力に満足して、右手、左手と強く交互に手を振りながら階段を降り、ついに階段下に到達した。

が、行ったのは大山さんだけだった。ファンは大山さんが悠然と歩いて行く直ぐ後から、僕の方へと殺到していたのだ。

裏口の前には相変わらずファンの集団の厚い壁が出来ていて、僕は身動きが取れない状態だった。階段下の大山さんが、帽子を押さえながらこっちを振り返って驚いてる姿が小さく見えていた。


九月になったが東京労音の公演は、まだ残っている。先月の終わりで、「いとしのマックス」が、七十五万枚を突破していた。

東京労音の合間を縫って、九月九日、一日だけ京都音響の公演で京都を訪れた。内容は東京と同じ構成だが、今陽子に代わって高橋みず子が出演した。

終わって、広次がスタンバイしてる京都ファンクラブの会合に立ち会ったが、忙しいせいか風邪をひいてしまった。そのため近況は、広次が大声で話した。

翌日は、名古屋のファンクラブだ。薫ちゃんの友達の貝原さんが支部長になって、初めての会合だ。朝からカンカン照りの上天気だが、風邪をひいてる目や体には鬱陶しい。それでも、幼稚園生から中年のファンまで、沢山の人が参加してくれている。サインをし、写真を撮り、軽く会話を交わし、握手をする。

東京に帰ると翌日は朝十時から「月刊明星」の取材と写真撮りだ。終わって昼からは、新宿の厚生年金ホールで東京労音のショー。今日は、昼間のマチネだけなので終わってから、夕方にはフジテレビ「今週のヒット速報」に出演する事になっている。

「今週のヒット速報」は、毎週金曜日の八時から九時までのゴールデンアワーにオンエアされている。「いとしのマックス」が、今日で十週連続で登場している為にゴールデンレコード賞をくれるという。

作詞、作曲、歌唱部門と三つの賞を一人のタレントが一度に獲得したのは初めてだそうだ。

これを終了させて、築地のビクター本社に向かった。去年の九月に歌手になって、丁度一年だ。が、たった一年しか経ってないとは思えない。

前歯に隙間がある滝井部長と会い、契約更新の話し合いだが、いつものニヤニヤ顔がさすがに登場しない。これは大山さんには任せられないので、僕が直接交渉しなければならない。

お互いが納得する形で話を終わらせ、歌手として作曲家として、作詞家として三枚の契約書にサインをした。ハンコをしまうと、安心したのか滝井さんがニヤニヤして僕の顔を見た。

「よろしくな、いっちゃん、お手柔らかに頼むよ」

それからは定番の行動で、平尾たちと千秋の店により、家に帰ったのは、午前三時半を過ぎていた。

翌日、午前中は、新しいマグマックスのメンバー全員の衣裳の仮縫いである。

やはり唄うときにバンドがバックに居た方がいいという意見が多く、とくに「いとしのマックス」は、エレキバンドの雰囲気が必要だ。

労音の期間中にビクター宣伝部の小沢さんが八方に声を掛けてくれていて、小原たちではなく新メンバーを募集した。

集まったメンバーの数は六人だったが、バンド名は同じマグマックスファイブで契約することになった。

そして、今、世間で流行り始めた音楽出版の会社のことだ。

時代が変わろうとしている。今まで作曲家はレコード会社の所属で、レコード会社に直結する出版会社、ビクターならビクター音楽出版社が曲の管理をするのが当たり前になっていた。

ところが、これから作曲家はレコード会社から独立して、自分の曲をどの音楽出版に委託しても良い制度になるのだ。つまり、曲や作曲家はレコード会社に従属することなく、どのレコード会社でも使えるようになるわけである。

曲を管理する音楽出版会社が雨後のたけのこのように生まれて来て、日本の音楽業界を大きく変えようとしている。

「若い女性」のインタビューと東京新聞のインタビューを終えたあと、僕も、その波に乗るべく帝国ホテルのロビーでビクター出版の橋本さんと会った。斉藤さんも同席して、話し合った結果、僕の曲はすべて自分の出版会社で管理する事になった。

「現代企画音楽出版」の開設である。

会社の登記を済ますと、日本で五十番目の音楽出版会社だと言われた。この事で、広次に引導を手渡した。

「おまえさ、明日から現代企画に出社しなくていいよ。まず、ビクター出版に出社しろ。そこで音楽出版の業務を覚えるんだ」

「給料は、橋本部長から貰うんですか」

「バカいうな。俺が払うんだよ。教えてもらうために、しばらくはビクター出版の社員として行動するんだ。橋本さんとは話がついてるから、明日からだ、広次」

いきなり言われたので、広次も面食らってるようだ。

「時代の波に乗るんだよ、世の中はゲームみたいなものなんだから、流れに乗って楽しまなきゃだ、広次」

ゲームって言葉に弱い広次だ。意味も分からず明日からビクター出版に出社する事だけは納得したようだった。

「じゃ、新しいマグマックスの事は、やらなくていいんですか」

「道夫にやらせるから、いいよ。でも、ビクター勤務が終わったら、すぐにこっちに戻って来い」

広次も僕も、仕事は遊びの延長線上だから、二十四時間体制でも文句は言わない。

さて、仕事の話が終わったら、広次と遅めの昼食だ。最近、事務所のビルの向かいに「ふそう」という天ぷら屋が出来た。このランチの天丼が美味い。

単にエビが載ってる天丼ではなく、野菜の天ぷらがいい感じにミックスされていて、この素材を上手にフィットさせるたれの味が抜群なのだ。

節子さんも一緒に出前を取るが、ともこも来ていたので、同じ天丼を奢ってやった。

食後のデザート代わりに、大山さんが日活の映画の台本を持って来た。

浜田光夫の病気が快復して、再起第一作として企画された「君は恋人」である。映画は「日本春歌考」以来、半年ぶりだが、あれから随分たっている気がする。今回は、友情出演の名目だが、浜田光夫とは友達ではなかった。

プロデューサーの水の江瀧子さんと、その件で原宿の中華料理屋で会う事になった。「南国酒家」は、なんとも雰囲気のある料理屋さんだった。白い壁で囲われた隠れ家風の作りは、打ち合わせには持って来いのムードである。水の江さんの経営してる店という噂もあるが、本当みたいだ。

挨拶して席に座ったとたん、このおばさんと仕事をしたいと思った。そう思わせる貫禄というか、頼り甲斐のようなものがある。

自分が、一人で会社を運営してる重荷がどこかにあるのだろう、このおばさんを見てると、僕のマネージャーでもやってもらえたら大山さんよりもずっと安心出来るだろうし、疲れも癒されそうな気分になる。

水の江さんは、石原裕次郎を発掘して磨き上げた人だ。

「会いたかったわよ、あなたと。あなたの才能は、ほんとに凄いと思ってたからね」

水の江さんは、のっけから親しげに話して来る。しかも、終始、二十三歳の僕を年下として扱わず、尊重してる態度を変えなかった。とにかく、何の仕事でも良かったし、条件は、全て飲むつもりだった。そんな気分になるおばさんだった。

翌日は、透き通った秋空で、庭には足の踏み場も無いくらいに枯れ葉が舞い落ちている。朝から「植木等ショー」のリハーサルに行って、終わったら西銀座のサテライトスタジオに向かう。ニッポン放送の「西銀座で歌謡曲」の録りだが、会場前の道路は黒山の人だかりで、通行人が歩けないほどになっている。

出番までかなり時間があるみたいなので、そこで待つのではもったいない。渋谷まで出て洋服の生地を探し、四谷の靴屋で舞台用のブーツを作った。一旦、六本木の事務所に戻って十月後半の大阪新歌舞伎座でのスケジュール調整をして戻った。

時間はぴったり。放送を終え、厚生年金ホールに向かう。延べ十二日間にわたった東京労音のショーの千秋楽である。

ラストの挨拶が終わったとたん、盛大な拍手が起こり、ここまではいつものように当たり前なのだが、そのあと、舞台から去ろうとしても拍手は大きくなるばかりで鳴り止まず、かと言って話す言葉も思いつかずアンコールも用意してない。珍しいくらいに、ステージ上で呆然とした状態になってしまった。

後で聞いたら、周りに居たスタッフたちも、一体、いつ終わるのだろうと思ったという。とにかく拍手と観客の熱気をたっぷりと浴びたまま、楽屋に戻って来て椅子にひっくり返った。衣裳のジャケットを脱ぎ捨てて、大山さんに渡したとき、歌手としての実感と責任の重さを初めて感じた。

この満員の観客の大拍手に応えるには、またステージで歌を唄うしかない。

十月十五日、もう十月の半ばだというのに、岡山は夏のようだった。タラップを降りて迎えの車に乗るまでの、ほんの短い間なのに額には汗がにじんでいる。道路に出ると、まばらに走る車がのんびりとしていて、いかにも田舎の日曜日の早朝であることを物語っている。

岡山では、第一級と言われる旅館に入り、一息入れる間もなく、原さんがＢ＆Ｂ７と一緒に部屋に入って来て、今日のステージの打ち合わせが始まった。

「また、楽しいステージが出来ますね」

と、嬉しそうにテーブルを囲んでメンバーが座った。

会場は、岡山市体育館で観客は三千五百人、満席である。第一部は、サベージと徳永芽里、第二部が「荒木一郎ショー」だ。

満員の観客の中、初めての岡山でのショーの幕が上がった。B&B7の演奏から始まり、それが「空に星があるように」に変わって、僕をステージに誘う。

最新のヒット曲「君に捧げん」から「いとしのマックス」「今夜は踊ろう」までを原さんと一緒に唄い、次の曲からは、いつも通り合間に冗談を言いながら進行して行くうち、ショーは観客の大拍手と共に終了した。

夜間に飛ぶ「ムーンライト」に乗り、席について目をつぶると、なぜか、リハの合間に訪ねた岡山城の真新しい木の香りが思い出された。

深夜の羽田空港に降りると、空気が違う。岡山とうってかわって肌寒かった。

東京にいる時間は、今日から四日間しかない。その間にこなすテレビの数は半端じゃない。並べて見ればレギュラーとも言える「歌のグランプリ」、それにフジテレビの「今週のヒット速報」、NHKの「ひる休みの音楽」、毎週金曜日に流れるビクターの自社番組で、これもレギュラー扱いの「ビクター・ゴー・ゴー!ゴー!!」。それに「星に唄おう」の録音を合間を縫ってこなさなければならない。

もちろん、それだけじゃなく雑誌のグラビアや取材の数も、東京に居るときは目一杯入って来る。場合によっては、週刊誌の車が、次の現場に向かう僕の車と並行して走ったりする。

そんな忙しい時でも夜中になれば時間が出来るので、「千秋」や安川の店には常に出入りしている。今回、東京にいる間も、新しい店が六本木に出来たと安川が言うので一緒に行ってみた。

最近は、店に入るのに靴を脱ぐ裸足のスナックみたいなところが何軒か出来ていて、行ってみると、ここもそのひとつだった。入り口からすでに穴蔵のような作りになっていて、裸足になって狭い階段を上がり切ると、穴蔵にはふかふかの絨毯が敷かれていて気持ちがいい。

店内は薄暗いが、白い塗り壁でいくつかの房に分かれている。房には窓のような大き目の穴が開いているので、隣りや、かなり先の房の中の客の顔やスタンドライトが見える。

一番奥の角の房に、小川知子がいた。今、噂になっている松山英太郎と一緒にいて、その横には店専属の弾き語りだろう、マイクがあり、その後ろにギターを抱えた男が座っている。

知子とは同じビクターだが、口を利いたことがないし、いくつかの番組で一緒になったりするが、挨拶をした事はない。向こうがしないのだから、する必要もなかったし、元々、挨拶は一々する必要があるものとは思ってなかったから、余程の仲でなければ誰に対してもした事がない。

九州を仕切っている興行社の社長に小林さんという、「現代企画」が、かなり世話になっている人がいる。年寄りで人は良さそうだが、やくざ風なおじさんでもある。

その小林さんと、ある興行で付き合ったとき、

「荒木が挨拶した」

と周りの人たちを相手に小躍りして喜んでた事があった。何度も顔は合わせていたのだが、挨拶はしてなかったのかなあ、と思ったが、挨拶しただけで、そんなに喜んでくれるのか、とも思った。

「セックスは、挨拶みたいなものだ」

「日本春歌考」の撮影をしてる時に、インタビューに来た週刊誌の記者がセックスについて質問し

たので、そう答えた。それが大見出しになって、荒木一郎は、セックスを挨拶と言っていると書かれた。

挨拶は、誰にでもするものではない、という意味で言ったのだが、常識が違う人たちには通じなかったようだ。

店の隅で弾き語りの男が、ギターを弾き始めた。

英太郎とは、初対面だ。ＴＢＳの「七人の孫」で売れていたので顔は知っていたが、それまで一緒に仕事をした事はなかった。と言っても、今も同じ店に居るというだけで、別に挨拶するわけではない。

区切られた房の中には、敷かれた絨毯の上に低いテーブルが置かれ、その周りに座布団がある。注文したスロージンフィーズをウェイターが運んで来てテーブルに置いた。

座布団に座ってふかふかの床に足を伸ばすと、気分は安川の店よりも、さらにリラックスする。安川に紹介されたこの店のオーナーと三人で話していたが、トイレの場所を聞いて立ち上がった。トイレの小さな空間も、ピンク色の照明がついていて、棚の上には小物が置いてあり、雰囲気のある女の子の部屋みたいだった。

トイレから出ると、正面から知子と英太郎が細い廊下をこっちに向かって手を繋いで歩いて来る。もう会計を済ませたのだろう、トイレの近くの出口に向かっているようだった。狭い廊下なので、お互いに身をよけながらすれ違おうとしたが、その瞬間に、知子が僕の手を握った。

話したことも挨拶したこともないのに、しかも英太郎と知子は婚約してる噂さえあるのにだ。僕と知子が手をつないだ状態になったので、手を放された英太郎は、そのまま行き過ぎる形になって、振り返った。

「どうしたの、行くよ」

英太郎は催促しているが、知子は僕と手をつないだままだ。

「わたし、ここに残るから」

知子が言うと、ちょっと間を置いてから、

「じゃ、先に行くから」

と、英太郎だけが出口に向かった。

知子に手を取られる形で、弾き語りの近くの英太郎が元居た席に戻った。

知子と、お互いに挨拶のないまま、いきなり歌の話になった。僕の歌が好きだという。

適当に合わせてるんじゃないかと思ったら、

「信用してないんでしょう」

と、楽しげに切り返して来た。信用してない訳ではないが、面食らった状態ではある。

安川が来て「帰るけど、イチ、どうする」と聞いた。

「まあ、こんな感じだから」

と、知子を目で紹介すると、それに合わせて安川が軽く知子に挨拶した。

「じゃ、先に帰るよ」

オーナーと握手した安川は、笑顔を残して出口に向かった。

安川が消えると、知子がいきなり立ち上がってマイクを持ち、弾き語りの男がためらう事なくコードを鳴らした。そこから一気にイントロ無しの「空に星があるように」が始まった。唄ったのは僕ではない。知子が唄い出したんだ。それも一字一句間違えずにだ。

知子は、花から花へと飛び交う、魅力を持った蝶々のような女らしい。通常の常識で物事を測る人間からすると、好き勝手に飛んでて始末に負えないように思えるが、ちゃんと己のテリトリーをわきまえてて、嫌いなものには近づかない。

ただし、面白いとなると、途端に常識の壁は消え失せる。

似たもの同士みたいなので、昨日までは挨拶もしない仲だったのに、お互い理解したとなると十年来の知己のように気兼ねする必要もなくなる。

この日は、朝まで楽しく付き合って、あっちこっちを練り歩き、明るくなってから家に帰った。


翌日はTBSラジオの「歌謡スター・うわさの花かご」の録りがあり、夜は虎ノ門にある東海ラジオで「星に唄おう」の録りである。

「いっちゃん、今日、菊池さん、来るの」

と、担当の進藤さんが訊いて来た。朝でも夜中でも、菊池さんが来るとなると、支社長から部長、課長までが居残る。マスコミの業界では、大手の宣伝課長の威力は半端じゃない。かと言って菊池さんが偉そうに振る舞うわけではない。力のある人間は、その必要が無いからだ。

録音の始まる前に、菊池さんが来た。

「いっちゃん、強行スケジュールもいいけど、たまには息抜きしようよ」

いきなり誘いがかかった。アメリカ旅行である。

「社長なんだから、スケジュールはなんとか出来るだろう。十一月の一日のチケットを取るからね、そこから六日間」

強引な誘いだが、否とは言えない。オーケーしてスタジオに入った。

東京の三日間の強行スケジュールが終わると、五日目の十月二十日から二十五日までの六日間は、ぶっ続けで大阪の新歌舞伎座での「荒木一郎ショー」が催される。ゲストも盛り沢山で、ショーの成否の責任が肩に重くのしかかる。

この六日間のステージの幕開けは、真紅のジャケットを着た僕のドラムソロから常に始まる。真っ暗な中にスポットライトが集中してステージに僕の姿が浮かび上がる。見てるわけではないが、それが、ドラムの縁に当たって反射するライトのまぶしさで分かる。ドラムを支えるバックは、途中から入ってくるB&B7の華やかな演奏である。

ドラム演奏のために作った曲「赤い夜光虫」が終わると、原さんが僕を紹介する。

そこからは、僕自身がステージを進行させて行く。おなじみのケンサンダース、今陽子、そして新編成のマグマックスファイブ。

ラストの「今夜は踊ろう」では、共演してくれた田代美代子、森山良子、大木康子、それに黒沢明とロス・プリモスなど、全員での大合唱となった。

六日間の新歌舞伎座だが、三日目が終わってホテルに帰ると、宣伝の小沢さんから電話が入った。

「十日から三日間、伊豆に行くよ。ダイビングで」

そんな時間があるわけがない。無理だと話すと、

「大丈夫、大山さんとも話がついてるし、俺がテレビのスケジュールは仕切ってあるし」

これも強引だ。まあ、ダイビングだから広次は喜ぶに違いない。

十月も末近くになると、今年の紅白歌合戦と、レコード大賞のことで世間が忙しくなっている。

レコード大賞は、昨年のグランプリの投票時に不正があったらしく、新聞社が全社降りてしまった

ようだ。

日本人は公共性に弱いとされている。確かに、みんなの協力によって作られた最大の行事が、個人の利益のために破壊されてしまうなんて、これからの歌謡界にとって大きな痛手であり、とても残念なことである。

不正の結果は翌年にも波及し、続いてテレビ・ラジオ局がすべて降りてしまう。マスコミが一丸となって催していた日本の歌謡界のための一大イベント「日本レコード大賞」は、昭和四十三年をもって事実上消えてしまうのである。

結果、TBS一社が権利を買い取ったらしく、その後は、一テレビ局の単なる宣伝のための催しモノになり下がってしまった。

音楽業界とか社会とか全体を考えずに、あくまで自社や個人の利益のためにしか物事を考えないのは、日本人の大きな問題点のひとつである。

一九六七年のレコード大賞と同時に、紅白歌合戦の下馬評の記事も、新聞や週刊誌に出始めていて、僕も候補者の中に入っていた。


さて、アメリカ旅行である。

十一月一日の朝の九時に羽田を出発して十五時間。ようやくロスアンゼルスに着いたと思ったら、そこで三時間待ちだ。ボナンザ航空というローカル線に乗り換えて、僕たちはラスベガスに向かった。菊池さんの意図としては、本場のショーを見て、勉強しろという事らしい。

飛行機の中でトマトジュースが出た。

窓の下は一面の砂漠である。そこに見え隠れする一本の国道がいかにも頼りなく、どこまでも続いてるように見える。この国道の両側は、昔、マフィアが何人も殺されて秘かに埋められたところだと思いながらジュースを飲むと、これが飲んだ事がない辛みの利いた味で、なんとも言えない美味さだった。おかげで、この味をその後日本で探し歩くことになった。

ホテルは、サハラに泊まったが、ホテル中がルーレットやスロットマシーンだらけのカジノだから、連日、朝から真夜中まで一日中ギャンブルが出来る。レストランやロビーなどのいたる所に、キノとかビンゴみたいなカードが色々と揃えてあって、回って来るバニーガールの女の子に、そのカードに賭け金を付けて渡せば、食事をしながらでも勝負に参加出来る。

ショーも、トリニロペスのショーを始め、いくつか回ってみたが、あまり有名なタレントがこの時期出ていなかった。

表に出てベガスの通りを歩き、やりたかったことはトランプ探しだ。

「シンシナティ・キッド」はスティーブマックイーン主演のギャンブラーの話だが、この作品の中で、どのシーンでも使われているトランプがある。

ホイールというブランドで、映画を見終わったあとに欲しくなって探したが、日本では売ってる所がなかった。

通常のトランプの表面は白い背景にハートのAとか、スペードのQとかのマークや絵が描かれている。が、ホイールは文字の背景が薄いグリーンになっている。長い時間、ギャンブルなどで使用しても、目が疲れないためらしい。

ラスベガスなら売ってるだろうと思って、ホイールを探すために通りを歩いたが、なかなか見つからない。トランプを売ってる店が意外に少ないのだ。

ゲームを売ってる玩具屋みたいな店はいくつかあるので入って見た。

ホイールは無かったが、「リスク」というゲームと「アクワイア」というゲームを買った。ふたつともまだ日本には無い。「リスク」は世界地図を盤にして世界制覇を目的にしたものだが、日本に帰ってから、広次がはまったゲームだ。

麻雀だけじゃなく、ゲーム類も時間のある時には、集まって来た友達だけじゃなく、ひろこちゃんやおふくろまでが参加して騒いだ。

花札でも百人一首でも、そこらにあるゲーム類は一応やってみる。

ファンクラブに上品で可愛い姉妹が居て、正月にその家に広次と行き四人で百人一首をやったのだが、その試合の日になるまで、巡業の間中、百人一首の和歌を暗唱する競争を広次とやったりしていた。なので、姉妹と対戦する正月の試合には本番の緊張感があった。広次は妹と組んでいて、結果、負けるのだがやたらに悔しがって、妹にくどくどと言い訳をしていた。

どんなゲームでも、広次が僕に勝つ事はないのに、いつも悔しがる。今回は、可愛い妹の手前、余計、悔しかったのだろう。

「アクワイア」は、株券を扱い、ホテルを建てたり乗っ取ったりする如何にもアメリカらしいゲームで、これは秀ちゃんの家でやった事があったが、やはり日本には無く、「見つけた」感があった。

玩具屋の数件先に小物屋さんがあって、ラスベガスのお土産を売っていた。意識することもなく通り過ぎたのだが、トランプの残像が頭の中に残った。引き返してみると、ショーウィンドウの奥の方に「ホイール」が置かれてあった。

急いで店に入り、そこにあるありったけの「ホイール」を買った。これで、ラスベガスに来た甲斐はあったし、やる事は終わった。あとは菊池さんたちと一緒に適当にギャンブルをして、ショーを見て、次の予定はハワイである。

四日目の朝、ロスに向かってラスベガスを後にした。ハワイは、ホノルルを経由して太陽と神秘の島と言われているマウイ島が目的地だ。

空港から海岸沿いの舗装された道路を、レンタカーの白いマスタングで走って行くと、スコールのあとに七色の虹が、青い海原から森林地帯へとかかり、その美しさに息をのんだ。マウイでは、こういう虹が良く見られるそうだが、運転してるのは僕一人。一人で見るにはもったいない、ひろこちゃんにも見せたかった。

一時間ほど走ると、ラハイナという街に入った。小さなスラム街という雰囲気だ。僕が泊まるホテルは、ラハイナホテル。平屋の大きな藁葺き屋根の下がフロアになっていて、そこにフロントがある。各ルームは一戸建ての、やはり藁葺き屋根の家になっている。見た目は、現地の人の家に見えてパッとしないが、中に入るとゴージャスな高級ホテルの一室である。

しかし、歓楽街的な遊び場所がホテルの周囲にほとんどない。紺碧の空と白い砂浜があるだけだ。青く広がる海の水平線近くに、ハワイ列島の島々が霞んで見える。そして、山の緑にかかる美しい七色の虹。大自然の魅力を、そのまま絵に描いたようだ。

自転車を借りてサイクリングで島中を回っていたら、木陰に座っていた女の子二人が手を振った。まさか、娼婦ではないだろうと思いながら、自転車を止めると、一人は、どこから来てるのかアングロサクソン系の若い美人の女性で、ひとりは日本人の若い女性、と思った。

親しみを感じて、日本語で話しかけると、首をかしげて英語で答えた。外見はハーフでもなく、まったくの日本人なのに日本語がしゃべれない。

話を聞くと、どうも三世くらいみたいだ。彼女達にマウイを案内されてるうちにこの島の歴史が見えて来た。

ずっと昔に日本人がサトウキビの労働者として大量にハワイに移住したらしく、日本人のお墓があちらこちらにある。家並みの表札も、ほとんどが日本名なのに、びっくりする。ただし、島田でも、新井でも、全てローマ字で綴られている。

長い時の流れに、日本語は忘れられハワイ語と英語の会話の中に、日本の苗字だけが残ったようだ。日本人に見える彼女の名は、ジュディ・ヤマグチという。

ミルクホールのような喫茶店に入ると、そこの店長らしい人が、やけに嬉しそうな顔をして、ジャパニーズと聞きながら近づいて来た。僕がうなずくと、

「日本人が店の奥で働いてる。連れて来るから話してみろ」

と英語で言う。ジュディたちも興味深げに成り行きを見守っている。日本から日本人がマウイに来ることが、みんなには珍しいのだろう。

痩せた年寄りの女性が、店長に連れられてやって来た。テーブルの前に立つと、困ったようなはにかんだような表情で、彼女は僕を見ている。確かに日本人のようだった。

店長が促して、早くしゃべれと彼女の肩をつついている。前のめりになったおばあさんは、仕方なさそうに喋り出した。

「○×△□×○○＋」

「おばさん、何言ってるのか分からないよ」

おばあさんは、れっきとした日本人なんだろうが、長い年月の間に日本語を忘れてしまったようだ。

「日本語、忘れちゃったのか」

僕がおばあさんに話しかけると、おばあさんがモグモグと意味不明な言葉を発する。店長は、お互いが懐かしげに日本語で会話してると思ったのだろう、感動して拍手しだした。ジュディたちも、それに釣られて歓声を上げ、拍手をした。

それ以上、話すこともなく、僕はおばあさんと握手を交わしジュディたちの席に座った。おばあさんは、はにかんだ顔のまま帳場に戻って行った。おばあさんは、日本語で何が言いたかったんだろう。

翌日は、ジュディたちが起こしに来て、果物満載の朝食を済ませると、三人で浜に行って泳いだ。せっかく知り合ったのに、時間がない。夕方にはマウイを離れ、オアフ島に行かなければならない。事情を話すと、ジュディが泣き出した。自分も一緒に日本に行きたいという。ジョアンも、それがいいとジュディにけしかけている。

「おい、ジョアン、お前ね」

僕が困ったのを見て、ジュディが笑い出した。可笑しかったわけでは無く、笑顔を見せた方がいいと思ったみたいだ。ジュディたちは空港まで送って来て、三人で思い切りハグしてから、僕はオアフ島に向かった。

ホノルルの空港にも、日本人のような外人が沢山歩いていた。ここについてびっくりしたのは、空港のあらゆる所に設置されてるジュースの機械だ。観光客を歓迎するために、グアバジュースをどこでも、いつでも何杯でも飲めるようにしてある。

しかも、無料である。しかも、味わったことが無い特別な味、日本には無い味だ。あっちこっちで飲んでみるが、いくらでも飲めそうだし、出来れば瓶に詰めて日本に持って帰りたくなった。

ホノルルはハワイの中心の観光地だけあって、マウイと違い大人の遊び場所がきりなくある。大人たちに付き合いショーパブを何軒も回って歩いた。

夜中の三時ごろに、くたくたに疲れてホテルに帰ると、フロントにジュディからのメッセージが残されていた。

「マテイマシタガ オソイナノデカエリマス Ｊｕｄｙ」

ローマ字で綴ってあって、日本語出来たんだ、と考えたが、そんなわけがない。積極的で機転の利く子だから、誰か日本語が分かる従業員とかに訳させたに違いない。ジュディが、従業員に頼んでる姿が想像出来て、笑いがこみ上げて来た。


日本に帰った翌日は、「歌のグランプリ」。すでに歌謡界の自分が居る。斉藤さんがＴＢＳの最大のスタジオ、Ｇスタに来てて、十二月に新譜を出したいと言っている。

「賀正って入れてね、ビクターの本社の前に写真入りで大きな看板を出すんだ。いっちゃんは、ビクターを代表する歌手になってるからね。社長も納得してるし」

垂れ幕などを銀座の目立つ所に下ろして、新曲の宣伝を派手にやる事が決定してるという。

「だから、今回、そのつもりで新しい曲を作ってほしいんだよ」

といっても、明日はフジテレビの「歌の響宴」の生放送から始まり、ニッポン放送の「二時ですコンニチハ」の録りもあり、夜は東京音協の主催する日比谷公会堂での「荒木一郎ショー」がある。それに明後日からの三日間は小沢さんのブッキングで伊豆にダイビングだ。

時間の空きを考えてるより、覚悟を決めて作った方が早いと、「歌のグランプリ」が終わったあと、平尾にギブソンのギターを事務所に運んでもらった。

「今夜は踊ろう」が、今年の初めに長い間トップに居て、それが二位三位と下がって来たときに、周囲の誰もに「いっちゃん、下がって来てる」と言われ、初めは何とも思ってなかったものが、何度も言われてるうちに、まずい事が起きてるような気がしたのを体が覚えている。

上がった凧は落ちるものだ。ベストテンにいつまでも君臨するような曲など世の中にあるわけがない。そう、人には言うのだが、「いっちゃん、順位が……」と言われれば言われるほど、なんとも落ち着かない気分にさせられる。

事務所のソファに寄りかかってギターを持つと、その気持ちが蘇って来た。ヒットさせなきゃいけない気分だ。

その結果、生まれて初めて商業的な世界にはまって、売るための曲を作ってしまった。「ブルー・レター」である。

僕の作る歌は、誰かの人生のためのバックミュージックだ。悲しいときや、苦しい時、楽しい時にも、必要に応じて僕の曲をピックアップして聴いてほしい。気持ちの無い歌を人の人生のBGMとして流す訳にはいかない。と、発売された時にそう思ったが、もう後の祭りだ。

この曲を聴くと気分が滅入り、恥ずかしい気持ちになる。二度とそういう犯罪的な行為には手を出さないようにしようと誓うだけだが、今さらだが、やれない事ではない。

裏面には「水色の星」を選んだ。これはボサノバの曲で、アドリブは歌謡曲から一線を引いて、もろジャズ的なサウンドである。しかも、歌詞はワンコーラスしかない。

多分、商業的なものを作った反動で、まったく歌謡曲の常識にはない世界を潜在的に作ろうとしたのだろう。

さて、レコードの発売は決定したが、その夜、事件が起こった。

ここのところ催されている音協主催の舞台の構成の中に、星を取りに行くシーンがある。これは多分にマジック的な要素があって、舞台でやりたい事のひとつだった。

夜空にある星の話をしながら、僕は、ひとつ大きく光っている星をみつけて、それを取りに行こうとする。そのためにはホリゾントにある塀に上り、さらにその上へと手を伸ばさなければならない。

そうして一際輝いている星を取ろうとするのだが、手をいっぱいに伸ばしたところで星は摑めず、誤って塀から向こう側へと落ちてしまう。もがいて塀につかまってよじ上ろうとしてる手が客には良く見えている。しかし、上がるのは難しく、何度か挑戦するが、手は壁からずるっと滑って離れ、ドーンという音とともに壁の向こうに落ちてしまう。

と思った途端に、下手の袖から、今度は別の衣裳に着替えた僕が登場し、唄い出す、というものだ。

開演前に、塀から落ちるために、下の台を入念にチェックする。

何度かやっているので、いつも通り、台と厚さ二十センチのマットレスをクッションとして定位置に用意すれば良いだけなのだが、今日に限って条件がいつもと違っている。

まず台の高さが十センチくらい低めなのだ。しかも、クッションが二十センチのマットレスではなく、ただの座布団四枚になっている。

「これじゃあ、危険だから出来ないよ、大山さん」

本番が迫っているので、周りも緊張している。大山さんに台の高さをいつもと同じにするよう指示したり、マットレスも同じものを用意するようにと指示していたら、

「早くしていただけませんか、もう開演ですから」

と、遠慮がちだが舞台監督から文句が出た。

「ここは大事なとこだから、ちゃんとするまで待ってくれよ」

危険なのが分からないのか、と、やや怒り気味に舞台監督に言うと、

「そんなもんで怖がってるんじゃ、しょうがねぇな」

と、裏方の誰かのつぶやく声が聞こえた。

業を煮やしたのか、次は別の裏方が塀の上から座布団の敷かれた台の上にこれ見よがしに飛び降りてみせた。

「ただ飛び降りるんなら誰だって出来る、俺は上を向いて落ちるんだ、落ちる芝居をして落ちるんだよ、やってみろ」

と言いたかったが、また「荒木は」とか「いい加減にしろ」とか言われる言葉が聞こえて来る気がした。

「やめた、帰る」

と言って舞台を放棄して帰ってしまっても、結局は、「また荒木が」と週刊誌に載るのがオチだろう。

僕は黙って、楽屋に戻って化粧と衣裳をつけ始めた。

本番が始まった。星を掴みに行くシーンになったが、台の事はまったく忘れていた。

星を掴みに塀に上がって手を伸ばし、星を掴もうとし、いつも通りに足を滑らせて塀の向こうに落ちたとたん、わずかの距離が致命的なのが分かった。足が台に突いた時にパキンと乾いた音がした。

代役の広次が、僕の上着を脱がせて、それを着て手を伸ばし、塀の裏側からよじ上ろうとしてる。

僕はというと舞台の袖に走らなければならないのに、足が動かない。それどころか、誰かが台に触

っただけでも、足に激痛が走る。何かが起きてる。

「広次、無理だからやめろ」

僕の影武者を果たすために塀に手をかけてる広次に向かって叫んだが、聞こえないのか、真面目だからか、必死で塀をよじ上り始めた。

「大山さん、足が折れてるみたいだ。台に触るな」

走って来た大山さんに言うと、あわてて救急車を呼びに行った。平尾が僕の体を抱きかかえようとする。

「やめろ、平尾、触るな」

大声を出したので、みんなが一歩下がる状態になった。観客の笑い声が聞こえる。このシーンを何度も見てるファンがいるから笑いが起こるのだ。

音響担当が、裏で起こってる事故に気がつかないため、ドジャーンという僕が落ちる派手なＳＥを出した。

その後、直ぐに場内アナウンスが入った。

「荒木一郎さんが、今、負傷したため、しばらくお待ち下さい」

危機を伝えるアナウンスが入ることで、ファンは余計に笑い出した。今夜は千秋楽なので、真に迫った演出が追加されたと思われたようだ。

ようやく救急車のサイレンが聞こえて来た。しかし、それも、観客にとっては、ただの効果音で、演出の一部にしか聞こえないのだろう。笑い声がさらに大きくなった。

観客の笑い声が聞こえる中、近くの日比谷病院に運ばれ応急手当を受けたのだが、右下腿骨骨折と言われ、そのまま幡ヶ谷の黒木外科に運ばれた。

日比谷公会堂では、僕が運ばれ舞台が空になったあと、観客が事情を納得するまでに三十分も掛かったそうだ。

麻酔をすると回復が遅くなるという配慮で、軽くしか麻酔をしていない。そのため痛みは壮絶になった。ひろこちゃんも駆けつけてくれたのだが、あまりに僕が痛がるのと、体を動かすには男手が必要という事で、平尾や道夫たちに任せて彼女は家に戻った。ただし、ギターを持って来てくれるように頼んだ。

その夜は、高熱を発してギプスも嵌められない状態だった。

全治三週間の骨折と言われたが、アメリカ旅行のしわ寄せで、スケジュールはびっしりと詰まっている。

「車椅子で出るよ」と大山さんに言ったが、

「まず、ここで三日間は入院して、それから自宅で最低二週間は療養に努めないと、かえって長引くぞ」

と、黒木先生に言われた。

その間のスケジュールに関してはキャンセルするしかない。三日間は、入院中で無理としても、自宅療養になったらテレビなどは車椅子で出演出来るのではないかと思い、大山さんにテレビ局と検討するように話した。

斉藤さんも見舞いに来て、「紅白歌合戦」の候補になってると教えてくれた。

「でもね、いっちゃん、骨折した事が、もうＮＨＫに伝わっててね、『歌のグランド・ショー』と『紅白歌合戦』、車椅子に乗って出る交渉をしたんだけど、ＮＨＫの規則で怪我人は出せないって言われちゃってね。なんとかなんないかなあ」

なんとかって言われても、ギプスが取れるまで少なくとも三週間は掛かると言われている。黒木さんに斉藤さんが交渉したところ、

「ありえない」

と、一言で終わった。

十一月十五日に録りがある「歌のグランド・ショー」は、紅白の選考にも影響があるんだと言われても、三日後だから、これは仕方がない。

「降りるしか無いけど、紅白の方は、まだ時間があるから、それまでに治ればいいんだろう」

と、斉藤さんをなぐさめた。

見舞い客が毎日のように来ている。ケンサンダースも、もう二回目だ。

「いっちゃん、俺、連続テレビドラマの話が来たんだ。連ドラは初めてだからね、頑張るよ」

NETのドラマで、元特攻隊の兵隊だった男の養子になるハーフの役で、戦後を生き抜いた人間愛と一途な情熱を描いた作品だそうだ。ケンは、僕より二つ下で、ずっと僕のショーのゲストに出ているが、今年の九月で二十一歳になったばかりだ。

「お前、十二月二日からの日劇、出るだろう」

「出るよ、出るに決まってるけど、足、大丈夫なの」

ケンは、世の中で一番信頼出来るのが僕だと言ってくれていて、孤児であるだけに一度信頼したら絆は強力みたいだ。日劇のショーは、連ドラの録りの真最中だが、所属しているプロダクションに言って、公演時の一週間は完全に僕のために空けてくれるという。

日劇は、ワンマンショーで、三部に分かれる形でやる事になった。

演出の松尾さんも毎日病室に見舞いに来てて、ショーの構成の話が進んでいる。

基本的には、今回も僕の構成アイディアに従って松尾さんが演出する形になるが、日劇の商業的な旧体制というのがある。これを一気に破るわけには行かないので、それをふまえてやる約束をした。

一部は、マグマックス6やリオアルマ、それにザ・ダイナマイツなどのグループサウンズを使って構成する。二部は、NDTのホープである三浦恭子を使って考えてくれと言われたので、僕が歌を教える形で進行する事にした。三部は、日劇始まって以来という、四十七人のオーケストラを使って、僕のヒットソングを中心にした構成である。

打ち合わせが完璧に出来て、演出の松尾さんに取っては僕が入院してることがラッキーになったようだ。

怪我をしてから五日目の十一月十三日までは、何があっても安静と黒木先生に釘をさされたので、まず小沢さんと約束した伊豆のダイビングは残念ながら中止。

九日の「ビクター・ゴー・ゴー!ゴー!!」と十三日の「アフタヌーンショー」も降りざるを得なかった。現在決まっている労音などの地方興行はすべてキャンセル。また、NHKの「歌のグランド・ショー」は、十五日のビデオ撮りだが、これも車椅子ではダメと言われて断念。

十四日は、「この虹の消える時にも」以来、親友でもある西郷輝彦がヨーロッパから帰って来てのリサイタルで、たった一人のゲストとして呼ばれている。西郷が日活と揉めたりして大変な時期でもあるし、このゲストは降りるわけには行かない。

ギプスの足はむくんだままだったが、黒木先生も僕の情熱に負けて、このリサイタルへの出演許可を出してくれた。西郷が、見舞いがてら自宅まで来てくれての打ち合わせだ。

僕が歌手になる前のことだが、お互いが別々の仕事で京都にいて、空き時間が一緒になったので西郷と先斗町に遊びに行ったことがある。

通りを歩いてるときに、彼が右手を口元に持って行って、何となく口を隠すようにして歩いているので、面白い癖のあるヤツだと思った。

が、ある時、自分が歌手になってからだが、博多の街を歩いていて、ふと気がつくと右手を口元にあてて歩いている。

芸能人である事が露見して人だかりがしないとも限らない、その用心のためなんだろう。西郷と同じように、周囲を気にするようなスターになったのか、いつの間にか僕も自然と口元を隠すのが癖になってる事に気がついた。

西郷のリサイタルの第一部は、軽いマフィアの話みたいなストーリーをつけて、

「車椅子だから、雰囲気もその方が、らしくていいよね」

という事で、そのまま車椅子に乗って葉巻をくわえたりして出ることにした。二部は、西郷のワンマンショーだ。

九月に西郷が舞台でぎっくり腰になりかかったのを、ファンが心配してたのか、第二部が終わった時、サンケイホールを満席にした観客が、西郷に大歓声、大拍手を送っていた。

続いて翌日の日本テレビ。小百合ちゃんと一緒の「プラチナゴールデンショー」だが、これも何がなんでも出たかった。しかし、こっちはテレビなので舞台とは違って制約がある。かといって、日本テレビとしても僕を出したい意向が強い。

結局、車椅子で出るのはオーケーになり、その代わりに膝掛けを使用しカメラが足下を撮らないことで出演許可が下りた。さすが民放だけあって、ＮＨＫよりも制約が弱く、融通が利いた。

小百合ちゃんは、終始一貫、僕の看護人のように車椅子に付き添ってくれて、

「痛くない、大丈夫ですか」

と何度も聞く。

「痛くないわけないだろう」

というと、

「偉いわねぇ」

と僕の顔を見る。まるで子供扱いだ。

「男として扱えよ」

「扱ってますよ。尊敬してるし。そう、この間、詩を書いたの」

「尊敬してるなんて、馬鹿にしてんじゃないの」

「ちがうわよ。ママ子みたいね、ひがんだりして」

「詩、見せてよ」

「ダメ。それが、やっぱりダメなのよ。信じられないような甘い詩になっちゃって」

「書いてないんだろう」

僕が笑いながら返すと、小百合ちゃんは真剣な顔して、

「ほんとに書いたのよ。バッチリ書いたんだけど、でもダメなの」

「じゃ、甘いか辛いか見てやるから、尊敬してる先生に見せなさい」

「あっ、本番だって」

ＡＤが呼びに来たので、急いで僕の後ろに回ると、小百合ちゃんはスタジオに向かって車椅子を押し始めた。「ひとりの時も」のデュエットだ。

番組が終わったときに、

「足が治ってからでいいんだけど、わたしのファンクラブの会報で対談して下さいね」

と頼まれた。


仕事はキャンセルして時間は出来たが、足が不自由なので遊びにも行けない。

といって、暇なわけではなく新マグマックスの練習もあるし、雑誌、新聞が取材に来てギプスの足を投げ出した写真がいくつも紹介されたり、家に居るので友達もやたらに集まって来る。

夜遅くになると、いつものごとく、ひろこちゃんもおふくろもみんなに混じって参加してゲームが始まる。麻雀はもちろん、ラスベガスで買って来た「リスク」や「アクワイアー」も大活躍だ。

「リスク」は七人まで遊べるが、世界地図上に兵隊を配置して隣国との戦争をしながら、最後に世界を制覇した一人が勝利するゲームだ。

一回の勝負で七時間も掛かる。しかも、早いうちに国を滅ぼされた人はゲームから外されてしまうので、負けたヤツは風呂に入ったり寝てしまったり、かなりシビアなところがある。

このゲームで僕は一度も負けたことがない。広次の悔しがり方は、いつも通りだ。

卓三は、ゲームに参加しないが、起きてから寝るまでずっと付き添ってる。僕がたまたま手持ち無沙汰にしてた時に、

「一郎さん、僕にも歌を作って下さいよ」

と、独特の卓三スマイルで僕の前に立った。卓三とは、時々ボクシングをやる。ボクサーのファ

ンがグローブをプレゼントしてくれたので、それをお互いの手に片方ずつ嵌めてリング代わりに掘りごたつの上に乗って闘うのだ。

一方的に、僕が卓三を殴るだけなのだが、殴られても嬉しそうに笑ってるのが卓三スマイルだ。

卓三が少し出世して新幹線に乗って旅に参加した日のことだ。

「次の駅で列車が停止してる間に、昼飯のそばを人数分、買って来い」

と、卓三に指令を出した。バンドも居るしスタッフも居る。かなりの人数だ。

「そばは、かけそばでいいぞ。一番安いヤツ」

卓三が笑っているので、

「分かってるのか、お前。列車が走ったら、おしまいだからな。その前に買って持って来るんだぞ」

卓三は相変わらずの卓三スマイルでうなずいて列車から降りて売店まで走って行った。

しばらくして、卓三が平尾に手伝ってもらって、大きな盆にそばの丼をいっぱい載せて持って帰って来た。

見ると、かけそばの筈が、すべての丼に天ぷらが載っている。

「お前、天ぷらそばじゃないか。かけそばって言っただろう。金はどうしたんだ」

卓三は、ニコニコしながら、

「かけそばって言ったんですけど、おじさんが、いいから天ぷら持って行けって言って」

嘘か本当か、卓三と居ると、おかしな事が良く起こるし、おかしな話も多い。

ある時の話は、

「一郎さん、僕の家はすごく貧乏で、朝のおかずに豆腐を買いに行くんですけど、買った帰りに水たまりにそれを落としちゃったんです」

卓三の身の上話は色々あるが、この続きが凄い。

「それで、落としちゃったら、みんなのおかずがなくなってしまうので、泥水と一緒にバラバラになった豆腐をすくってお椀に戻して帰りました」

「それ、みんなで食べたのか」

「えー、みんなで食べました」

嘘か本当か。こんな話もある。

「一郎さん、僕の家は貧乏で」

「知ってるよ」

「朝、出かけるときにお米が無くて、何も食べられないまま学校に行くんですけど、あまりお腹がすいているので、地べたに倒れて、目の前に土があったんでそれを舌でなめたんです」

嘘か本当かだ。

その卓三が、僕に歌を作ってくれという。

「いいよ、お前は別府出身だからな、お前の歌はこんな感じだ」

と、僕はギターを取り上げて、弦を鳴らすと、直ぐに歌が出て来た。

熱海、湯の町、別府も湯の町♪

「湯の町怨歌」とタイトルを付けてアルバムに入れたが、その後、朝日新聞に「人生哲学の歌」と評価されたのと、勝さんが、なぜか凄く気に入って唄ってくれていた。

二十八日には、いよいよギプスが取れる。その二日前に埃にまみれた田舎道を走り、佐野市民会館に向かった。恵まれず、しかも身体障害がある子供たちのためのチャリティショーだ。

この仕事もキャンセルせずに車椅子に乗ったまま唄ったが、足を折ったことで、五体満足である事を本当にありがたいと思っていた。その感謝の気持ちが通じるのか、子供達は椅子にちょこんと腰掛け歌が終わるたびに瞳をクルクルさせながら一生懸命拍手をしてくれた。

十一月も末になり、二十八日にギプスが取れた。その日、NHKの「紅白歌合戦」についても、

「出場出来ることになったよ」

と、斉藤さんが電話で嬉しそうに知らせて来た。

ギプスは取れたのだが、翌二十九日と一日の舞台稽古は、体のことを考え車椅子を使った。日劇のワンマンショーのリハである。

四十七人のオーケストラとの合わせも、思った以上に上手く行ったが、細部にわたっての問題点を演出の松尾さんと詰め、初日は朝の六時から舞台稽古をやる事になった。

そして、まる一週間、一日三回ステージを、靴が履けないのでスリッパで通した。松尾さんが心配して、ステッキを使うようにすすめたが、途中、ケンサンダースとの掛け合いの時に、わざと車椅子を使っただけで、あとは立ったままだった。

全二十一回のステージをこなし、「さらば友よ」のエンディングと共に緞帳が降り切った時、松尾さんが駆け寄って来た。

「良かったよ、凄いよ。あなたがね、客に対して無責任だとか噂と違うのは良く分かったよ。今度何かあったら、俺がマスコミに言ってやるよ」

「もう、そんな事は無いですよ、いや、あるかな。そん時は、よろしく御願いします」

「とにかく、一回も足のことで愚痴も言わなかったしね」

今だから言えると、松尾さんは、打ち上げの時に色々と話してくれた。

リハの時に僕がスタッフやキャストに「ダメだよ、そんなの」とか言う度にヒヤヒヤしたという。でも、時間がたつに連れて、それは観客に良いショーを見せるために言うべき事、主張すべき事を言ったに過ぎないと思ったらしい。

とにかく、痛みも再発することなく、このショーに関わった人たちみんなに迷惑をかけずに、評判も良く、無事に終わった。感謝しかない。

日劇が終わると、足が治ったのが報道され、次々とテレビや興行の話が来た。

年末までは、毎週の「歌のグランプリ」などびっしりとスケジュールが詰まっている。

その間を縫って、「千秋」に行ったり、「歌のバラエティ」の録画が終わると、一緒に出演してる小川知子を連れてそのまま遊びに行ったりしたが、もうひとりのともこが心配だった。

常にフラフラと遊んでいて、家からも問題児として扱われ、姉さんからは「わたしの女優の仕事に差し障りがあるから」と縁切りを宣言されている。

「わたしも歌が唄いたいわ、聴いてよ」

と、事務所に来ては、唄ってみせたりするので、来年は歌手デビューさせる事で、まともな道を歩かせようかなとも考えていた。

「明日、広島に行って帰って来たら、その話をするからな。夜の十時くらいに待ち合わせしよう」

広島は、テレビの公開録音だから、客も居るし、そんなに時間は押さないと思っていたのが、大間違いだった。

「大山さん、あと三十分で終わらないと最終便の飛行機に乗れないぞ」

こっちが焦っても、広島テレビの都合だからどうしようもない。

「今夜のホテルを用意しますからって言われてるんだよ、いっちゃん。豪華なホテルを交渉するから、どうかね」

「ダメだよ、大山さん、約束があるんだから」

東京の事務所に電話して、平尾に、ともこと一緒に六本木の「ロッシェ」で待ってるように指示した。

ショーは、結局、三十分後には終わらず、東京行きの最終便には間に合わない。

「なんでだよ、大山さん、約束があるって言っただろう」

怒ってもしょうがないことだが、怒るしかない。

「大阪までの飛行機なら、今から出れば間に合いますよ」

と、広次が言う。それに乗ろうという事で、ひとまず大阪まで飛び立った。が、次の東京行きが無い。ロッシェに電話して、平尾を呼び出し、

「必ず行くからな、ともこに、そこで待ってるように言って、お前が相手してろ」

いらいらしてる僕を見て、気を使って近づいて来た広次が、

「明日にしてもらったらどうですか、相手はともこなんだから、今日は大阪に泊まりましょうよ」

「バカヤロー、広次、ともこだからこそ約束を守らなきゃなんないんだよ。相手がフラフラしてるヤツなんだから。こっちの予定が違ったからって明日にしろとか適当にしたら、俺しか信用してないんだぞ、あいつは。約束を破るわけには行かないんだよ」

大山さんが、ムーンライトなら、午前二時まで待てば乗って東京に帰れるという。

「ダメダメ、大山さん。それじゃ遅すぎる。セスナとか、何でもいいから東京に飛ぶ飛行機、探してみてくれよ」

しばらくして、大山さんが帽子を押さえて笑顔で走って来た。

「いっちゃん、セスナ、飛んでくれるそうだよ」

大枚三十万円だというが、背に腹は代えられない。平尾に電話をした。

「五時にはセスナで羽田に着くからな、空港に直接車で入っていいから、ともこを連れて来いよ」

僕と大山さんと広次は、四人乗りの狭いセスナ機に乗って東京に向かった。周りは夜なので何も見えないだけじゃなく、深い霧に包まれている。

「大丈夫かなあ」と、広次は緊張の面持ちだ。僕もセスナは初めてだったから不安が無いわけではないが、それより約束で気が焦っていた。

五時間、何も見えない霧の中を飛び、「もうじき羽田ですよ」とパイロットのおじさんが言った。

窓から下を見ると、霧が晴れて来た海の向こうに空港が見えていて、それがだんだんと近づいて来る。平尾の運転するセドリックが見えた。黒いセドリックが滑走路に向かってゆっくりと走って来る姿をセスナの窓から見るなんて、まるで映画のようだ。

セスナが滑走路に入り、セドリックのすぐ近くに止まり、平尾が運転席から降りて来た。僕は急いで、セスナのドアを開けるとタラップを踏み、飛行場へと降り立った。

まるでハンフリーボガートのような気分だ。

ともこが車から降りて来て、僕に思い切り飛びつくかと思ったのに、セドリックのドアも窓も閉まったままだ。

車のそばまで行くと、平尾がドアを開けた。その途端に、

「何で待たすのよォ、明日にしてくれればいいのに」

と、ともこが不貞腐れ顔で、後部座席にひっくり返ったまま言った。

同時に、セドリックの頭上で轟音がして、大阪二時発のムーンライト機が空港に到着した。

一九六七年がようやく終わる。今年もいろいろとあったが、締めとしての「紅白歌合戦」参加は悪くない。「いとしのマックス」を唄えということだった。

エレキのサウンドではなく、テープエコーもビンソンのエコーチェンバーもなく、オーケストラで唄わなければならない。文句を言っても大海の雑魚でしかないのは分かっている。

色々な歌手の人たちが、僕が言いたい事を言う珍しいタレントだと評していた。西郷も対談の時に、「自分より長い芸能生活をしてるのに、言いたい事を言い、全然この世界にすれてない」と、記者に話していた。評価なのか、注意なのか。

小百合ちゃんも後輩の歌手に「荒木さんを見習って、もっと自分を強く押し出した方がいいわよ」とアドバイスしていたが、全部見習うのは危険だとも言っていた。

紅白歌合戦が終わって、家に帰るころには一九六八年になっていた。帰ると、いつも通り皆が集まって、紅白を見てたらしく、あーだこーだと批評がうるさい。

「おまえ、緊張してたろう。歌詞、間違えて唄ってたぞ」

杉田が、本気で言っている。

「間違えるわけないだろう、モニターに歌詞が出てんだから。緊張もしてないし、お前だろう、緊張してたのは」

多分、そういうことだ。

自分の家族がテレビで、しかも生番組の紅白なんかに出てるんだから、子供の学芸会を親が見守るみたいに杉田は緊張して見てたはずだ。出るヤツは、親よりずっと気楽にやってるのに。

第八章

転調

年が明けて、昭和四十三年が始まった。まずは、一月八日の誕生日で二十四歳になる。この夜は、友達が集まるが、昼は築地のビクター本社で表彰式である。

ビクターの本社の玄関の前に立つと、新曲「ブルー・レター」の鮮やかなブルーのポスターだけではなく、斉藤さんが言った通り、正面の右側に等身大の四倍くらいの看板が飾られている。右上に赤い文字で「賀正」と印刷されていて、左側には「本年もビクターレコードをよろしく御願いします」となっていた。看板全体は僕の写真であり、下には大きくブルーレター・荒木一郎の文字が入っている。

初めてのレコードが出てまだ一年と四ヶ月しか経っていないのに、まさにビクターを代表する歌手のようだ。

ヒット賞の表彰式は、去年と違って、僕の席は決められていた。そこで作詞も作曲も歌の賞も同時に受ければ良いことになっている。

ヒット曲の対象になるのは、五万枚以上レコードが売れた場合である。

昨年発売になったレコード、その全曲が対象になっている。しかも、「今夜は踊ろう」と「いとしのマックス」は、いずれも百万枚を突破した大ヒットになっていた。

大山さんの「君に捧げん」、小百合ちゃんとの「ひとりの時も」、それに「ギリシャの唄」と「紅の渚」の五枚が、それぞれ作詞部門、作曲部門、歌唱部門でヒット賞を授与された。あと、もうひとつが「いとしのマックス」の編曲賞だった。

歌手としては最多数のヒット賞受賞者になったのだが、全部門で十六タイトルの受賞というのもビクター始まって以来と言われた。

表彰を受けて席に戻る時に、ふと視線を感じたので、その方角を見ると、ビクターの作曲家の大御所である吉田正さんが怖い顔で僕を見ていた。　栄冠を手にすることは、その反動も大きいに違いない。

夜は、例年通り、誕生日にみんなが集まってくれたのだが、とにかく部屋に入りきれないくらいに人が増えている。この分で行くと、来年はどうなるのか。家の経済を握っているひろこちゃんに、家を新築しないと、これでは人が入れないと要請した。

さて、現代企画音楽出版の初仕事である。プロダクションは、とりあえず進んでいるが、音楽出版となると広次にその勉強はさせたものの素人もいいとこだ。

以前に作ってあった「あなたのおもかげ」というマイナーコードの歌謡曲を大山さんが推薦し、この出版権を現代企画が持ってレコード会社三社で競作することにした。

今回、僕は歌手ではなく、作家として実業家としての仕事である。ビクターからは「マハロ・エコーズ」、グラモフォンからは「加藤登紀子」。それにコロムビアからは「沢知美」だ。

加藤登紀子は、昨年の新人賞を一緒に獲った同士だから、何度もマスコミやテレビで会っていて話も早い。ただ、録音に立ち会ったときに、

「これって、随分、調子がいい歌詞ね」

と言われた。女性の立場から言うと、男の身勝手だという。元東大生だからか、やはり物事をはっきり言うヤツだ。

それとは別に、一月中に僕自身も歌を吹き込まなければならない。斉藤さんから、やんやの催促が来てる。ひとつは、クラシックの大御所である武満徹さんからのオファーで、東宝映画の主題曲をやらないかという。武満さんの曲に僕が詩を付ける話だ。

武満さん曰く、武満さんが芸術祭賞、荒木が芸術祭奨励賞を受賞してるので、芸術祭コンビでや

ろうという事らしい。

「娘にね、わたしに唄える歌をお父さん作ってよって言われててね。前から君の歌は聴いてて詩も曲もいいと思ってたんだよ。だから、君が作って唄ってくれるなら書くよって周囲には言ったんだ」

大作曲家の武満さんが、ご自分が芸術祭をとったレコードをわざわざプレゼントしてくれた。

映画は、恩地監督で、酒井和歌子と黒沢年男の「めぐりあい」という作品だ。

これは、オーケーするしかないので、その旨を、後日、斉藤さんに伝えた。

カップリングは、「朝まで待とう」にした。ザ・モップスの曲で「朝まで待てない」がある。それを聴いた時に、何となく冗談で応えたくなってタイトルが直ぐに浮かんだ。曲想は全くちがうものだが、それで行こう、と斉藤さんに言うと、

「タイトルは変えた方がいいよ」

と反対されたが、そのまま通すことにした。


そんな時にRCAビクターの長野社長から制作の部屋に電話が掛かった。

滝井さんが取り次いでくれて、「会わないか」と言うのでRCAの社長室に行った。

長野さんは、ビクターの人たちからカポネと呼ばれて恐れられていて、いつも脚を大きく組んで、組んだ脚を揺らしている。

貧乏ゆすりなのだが、右足のくるぶしから上を左の膝の上に載せて、これをゆらしているので通常の貧乏ゆすりよりダイナミックだ。

僕が行ったときも、それをやっていた。

顔は、頰が引っ込んでいて彫りが深く、映画で出て来るようなやくざ仕様で、葉巻をくわえたら

完璧なマフィアになる。

長野さんの話は、RCAレコードがビクターの一部門から独立して一レコード会社になるにあたっての相談だった。RCAでプロデューサーをやらないかというのである。

現在の日本の音楽界にプロデューサーシステムは皆無である。海外にはあるらしいが、会社に代わってタレントを発掘し、作品を作ってレコードにするという職業だ。長野さんは、それを僕にやったらどうかというのである。

やれば日本で初めてのプロデューサーシステムによる独立したプロデューサーの誕生である。歌手としてはビクターとの契約があるが、プロデューサーとしてなら自由のはずだ。

音楽界が変化してるのが感じられる。

今までは、作詞家も作曲家も、単一のレコード会社の専属として縛られていたが、これからは独立した形になり、どのレコード会社でも曲を発表出来る状態になる。

それに伴い、レコード制作も、従来のようにレコード会社にまかせず、プロダクションが自主的にやれる体制になって来る。RCAで僕がプロデュースするって事になれば、自動的に「現代企画音楽出版」で制作をする形にもなる。

「やらせてくれるなら、やりますよ」

と、返事をすると、それなら年間契約をするから、タレントを誰か連れて来いと言われた。

六本木の事務所に戻り、

「ともこをRCAで歌手にする」

と、広次に言うと、

「大丈夫ですか」

と、驚いた顔で広次が応えた。

夕方、ともこが事務所に来たので、ＲＣＡの件は言わず、行動を慎むように説教した。

「おまえ、ルックスは悪くないけど、性格に問題があるよ。家だって勘当同然だし、とくに男と遊ぶのは控えろよ」

「なんでよ、自由でしょ。いっちゃんの女でもないし」

「お前はね、自分が遊んで男を相手にしてるつもりかもしれないけどな、俺から見たら単に男に遊ばれてるだけにしか見えない。馬鹿にされるのを見てられないんだよ」

「じゃ、いっちゃんの女にしてよ」

ともこは十七歳、今年十八歳になる。アイドル歌手にするなら適した年齢だ。

「アイドルですか」

と、広次は笑いながら言うが、他にともこをまともにさせる手だてがない。

「ともこ、今夜、これから俺と食事しよう。ちょっと話があるから」

「ダメよ、今日はデートだから」

「誰とだよ」

「いっちゃんに関係ないでしょ。プライベートに一々干渉しないでよ」

ともこが事務所から出た後、広次がともこの今夜の相手を教えてくれた。

「タイガースの森本太郎ですよ。別に深い仲ってわけじゃなくて、ただ、ともこが追っかけやってる一人みたいですけどね」

飯倉の「キャンティ」で食事するんだと、広次に自慢したらしい。タイガースは、去年デビューしたナベプロ所属のグループサウンズだ。

一時間後、いつものように紺のスーツにサングラスをかけ、平尾に運転させてキャンティに向かった。

平尾を車で待たせて、キャンティの入り口を入ると、中は適度に暗く、サングラスをかけた目では、それがさらに暗くなる。通常、昼間でも夜でもサングラスをかけてる事が多く、かなりの暗さでも目が慣れている。

ともこの座ってるテーブルは、直ぐに分かった。テーブルをはさんで太郎が座っている。先に太郎の方が僕に気がついて、はっとした顔をしたが、テレビ局で会っても話した事はないので無視して、ともこの隣に立った。

ともこがびっくりした顔で僕を見上げた。

「ここの支払いは、お前がしておけ」

内ポケットから黒革の長財布を出して、ともこの前のテーブルにポンと置いた。ともこが慌てるような仕草をしたが、それも無視してきびすを返すと、出口に向かった。

平尾と食事をして事務所に戻ると、広次が大山さんと石打のスキー場でのイベントの準備をしていたが、僕に気がついて、

「ともこから電話がありましたよ」

と、わざわざ立ち上がって言った。

「あれじゃあ、デートも出来ないって言って、さんざん僕に文句を言って切りましたけどね。もう直ぐ戻って来るんじゃないですか。こっちへ帰るからいっちゃんに言っといてって言ってましたよ」

笑って僕がソファに身を沈めると、大山さんが台本を取り出した。

「今日、フジテレビで貰って来たんだけどな、いっちゃん。名指しで来とるんだよ」

パラパラと台本に目を通すと、「日本春歌考」で脚本担当だった田村孟さんの名がある。孟さんが書き下ろす連続もののテレビの仕事だ。

岩下志麻が主演だった。石立鉄男や「春歌考」で一緒だった佐藤ガンや、川崎敬三、河原崎長一郎などが兄弟役で、男ばかりの家族を中心にした異色のホームドラマだ。孟さんだから、流石に台本は面白そうだ。

「岩下志麻さんが初めての連続ドラマだからって、稽古日を週に四日取りたいって言ってるそうだよ。付き合えるかなあ、そんなに」

大山さんが、スケジュール表を見ながら心配顔で僕を見る。

岩下さんとは、「バス通り裏」の打ち上げの時に顔を合わせているが、あまり話した事はない。孟さんが、僕をあて込んで台本を書いてるのが分かるので、これも断るわけには行かない。

「なんとかなるだろうから、オーケーしていいよ、大山さん」


しばらくして、ともこが不貞た顔をして小さいバッグをブラブラさせながら事務所に入って来た。

「なんでよ、十万円も入ってる財布なんか置いてったら、返すしかないじゃないの」

「ちゃんと払ったのか、食事代」

「払ったわよ、太郎くんがよろしくって」

「隣に座れ」

不満顔のともこだが、文句を言いながら隣に座った。

「お前を歌手にする事にしたよ」

ともこがいきなり立ち上がって、踊りながら唄い出した。

「ダンダダーン、ダンダダーン、ダンダダーン、ゴーーッ」

「石打のポップスノー大会ってのに参加して来るから、帰ったら、ＲＣＡに挨拶に行くからな。その代わり、俺の言う事は絶対に守れよ」


雪に囲まれた石打のスキー場では、ビクターと報知新聞と僕のファンクラブが組んで、二日間、「ブルー・レター」の発表も兼ねてのイベントだ。

午前中に出発したにもかかわらず、途中の道が泥道でひどかったのと、混んでいるのとで着いた時には、すっかり暗くなっていた。夕食を済ませ、ロッジに特別に設けられているステージで、まずは発表会。

翌日は、一面の雪景色に太陽が反射してまぶしいのだが、ゲレンデは風で吹雪いている。カメラマンに追われながら、レジャー用のボブスノーを担いでゲレンデのてっぺんまで昇った。

下から見たのと違って、かなり高い。

「ここから滑るのかよ」

と、一緒に上がって来た広次に言うと、ファンの女の子たちが、キャーキャー言いながら、下から手を振っている。上がった以上、歩いて降りるわけにも行かない。百五十メートルのスロープを滑り出すと、歓声と拍手がさらに高くなった。広次は二回も大げさに転んでいた。

一回滑ったら面白くなって来た。ゲレンデでウロウロしてた子犬が懐いて来たので、

「上まで持って来いよ」

と、平尾に言い、犬を連れて来てもらった。広次はファンの女の子と二人乗りのボブスノー、僕

は子犬を抱いて一人乗りのボブスノーで一緒に滑った。カメラのフラッシュが一斉に焚かれた。

夜は、ファンクラブの集いを行い、沢山の人を満足させたようだ。

石打から帰るとすぐに「週刊明星」の表紙撮影だ。西郷と伊東ゆかり、それに僕だが、西郷はブルーのタキシード、僕は赤のタキシードジャケットにした。


昼過ぎに沢知美のレコーディングに付き合い、夕方四時にともこをＲＣＡに連れて行った。長野社長は気にいってくれたようで、あまり笑顔を見せないマフィアだが、この日は渋みのあるニコニコ顔で応対してくれた。

ともこを歌手にするための基本的な話を終えて、

「よろしく御願いします」

と、挨拶をして社長室のドアを閉め、エレベーターに乗ったとたんに、ともこが「信じられない」と言った。

「何がだよ」

「頭下げるなんて、かっこ悪い」

「どういう感覚してるんだ、お前のために頭下げてやったんじゃないか」

「だって、頭下げたのなんて見たことないもん」

「そういう俺が好きなのか、頭下げない俺が」

とにかく、ＲＣＡからはオーケーが出たが、これでは、先が思いやられる。

ともこを連れて近くの喫茶店に入って、なぜ僕がともこのレコードを作るのかを話した。

「俺はね、お前で金儲けをしようとしてんじゃないんだ。お前がまともになる気がないんだったら、やる意味がないから、今、直ぐ行って長野さんに契約をキャンセルしてもらうよ」

ともこは、レモンスカッシュのストローを水面すれすれの氷にあてて、チューチューと音をたてて吸っている。これで可愛い顔をしてなかったら、脚がスマートに伸びてなかったら、席を立って出て行くところだ。

自分の天から授かった魅力や能力を活かそうとしない奴らはゆるしがたい。

「やめろよ、まともに俺の話を聞けよ」

「なんでよ、怒ることないでしょ。いっちゃんがやってる癖を真似ただけじゃない」

自分しか出来ない事となると、仕事でもなんでも無性にやりたくなるが、芝居とか曲のことでも、自分じゃない誰かがやれると思うモノには食指が動かない。僕じゃない誰かがやれば良いと思って断ってしまう。

ともこをまともにさせるなんて、他の誰にも出来ないことだと思えた。これが出来なければ生きてる資格がないみたいな気分になる。やってみろと試されてる感じだった。

「とにかく、お前が歌手になりたいんだったら、俺がダメってものはダメ、これをやれって事はやる。そう約束が出来ないんなら、俺は降りるよ」

ともこは、しばらくレモンスカッシュの氷とストローを動かして格闘していたが、座り直して「分かりました」と言って僕を見て笑った。

「いっちゃんが曲を作ってくれるなら、歌手やりたいから、やらして下さい。何でも言う事を聞きます」

「じゃ、ちゃんとして、俺の言う事、聞くんだな」

「聞くわよ、何でも聞くって言ってるじゃない。分かったから何でも言ってよ、何すればいいの」

「今日から、いっちゃんじゃなく社長って呼べ。周りの人たちが勘違いするからな。態度も社長に接するようにすること。口答えはするな、常に俺は正しい事しかいわないから」

ともこが黙っているので、

「はい、だろう！」

と注意すると、

「はい、わかりました、しゃっちょう‼」

と、ともこが言った。

家の設計が進んでいる。誕生日に友達の数が多くて家が狭いという話をひろこちゃんにしたが、それより前におふくろとひろこちゃんは、土地を探していたらしい。

誕生日の時点では、土地は見つかっていたのだが、詐欺師に引っかかって僕には言えない状態だったのだ。

ところが、面白いことに、詐欺師が売ろうとしていた土地を、本当の持ち主の地主さんに話を持ちかけたところ、地主さんが親切な人で、詐欺師の提示した金額よりも安くその土地を売ってくれる事になった。

そこでほっとして、初めて建築計画について話してくれたってわけだ。

家の建築は、おふくろの古くからの親友の、その旦那さんがビルの設計をやる一級建築士なので、新荒木邸について全面的に引き受けてくれた。

家の設計など全く分からないので、すべてお任せだが、広次や平尾たちの部屋も作ってやろうと思った。

それを話すと、おふくろが大反対をした。僕のやりたい事に滅多に反対はしないのだが、このときは不思議なほど怒って、しかも広次の前で反対したので、広次は身をすくめる思いでいたらしい。結局、外来の広次とか道夫の部屋はダメになったが、僕の身の回りをやる平尾や卓三が寝る部屋は作ることになった。麻雀やゲームをする部屋も、特別仕立てで作ることにした。

出来上がりは、四月をメドにすると言われた。

一月の終わりは、NHKの「歌のグランド・ショー」を始め、フジテレビの「ミュージックフェア」、NETの「歌謡ベストショー」などの歌手としてのテレビ出演が、去年、骨折のためにキャンセルになった分、軒並みに入った。

すっかり足も完治したので地方のショーにも出演することになり、皮切りは二月に入っての浜松の市民会館で行われた労音のショーだった。

客席はぎっしりと詰まって満席になったが、四ヶ月半も公演をしなかったために、新マグマックスファイブも、解散せざるを得なくなり、代わりにリオアルマがバックを務めた。

浜松の公演が終わった翌日、小沢さんから言われてレコード店が催すサイン会に行く事になった。海の近くの店で、潮風が気持ちの良い昼下がり、レコードにサインをするだけだから気は楽だ。レコード店の社長の娘さんは五歳なのだが、僕が着いた時から離れずにそばにいる。サイン会が終わったので抱き上げてやると、嬉しそうな顔で、

「わたしは、かずよ。一郎お兄ちゃんが好き」

と言った。お母さんが、

「ダメよ、一郎お兄ちゃんは忙しいんだから、邪魔しちゃダメよ」

と注意すると、かずよは、僕の耳元に口を付けて、

「ママたちはね、わたしたちの事が分からないの」
と、言った。五歳とは思えない発言だ。
僕が帰るまで、かずよは僕のそばを離れなかったが、いざ、僕がさよならをする時、
「帰らないで」
と、五歳の彼女は号泣してママたちを困らせていた。
東京に戻って、一週間ほどすると、かずよから自筆の手紙が来た。
かずよのすきなものあててごらん
あかいいちご
きいろいばなな
ちゃいろのちょこ
しろいあいす
いちろうにいちゃんとたべたらもっとすきになるよ
おにんぎょうのみこちゃん
うみでおよぐのもだいすき
いちろうにいちゃんとあそべたらもっとすきになるよ
ぱぱにまま
おじいちゃんにおばあ
でもぱぱちゃんままごめんね
いまいちばんすきなの
いちろうにいちゃん

この手紙に、僕とままおばちゃんという、自分で描いた二人の人物画が添えられていた。

その一回だけの出会いだが、それから十年たったある日、かずよのおかあさんから手紙が来た。

〃かずよが荒木さんと出会った日から、自分の誕生日になると必ず、かずよのプレゼントと、『いちろうおにいちゃんの分』と言われて、荒木さんのためのプレゼントを頼まれていました。それを一々お送りするのも申し訳ないと思い、今まで溜めていたのですが、かずよも中学を卒業するので、そのご報告だけはしておこうと思い筆をとりました〃

女の人は、いつも不思議だ。

泣き虫美弥子が抱いていた二歳の桂子にも同じような事があった。抱いていた桂子を、僕が抱いてやろうとした時、母親の美弥子にしがみつくようにしてそっぽを向き、僕の方には来ようとしなかった。

「平尾、お前が抱いてみろ」

と、平尾に抱くように促し、平尾が両手を二歳の桂子に向かって差し出すと、不思議なくらい素直に平尾には抱かさった。

美弥子は、それで娘の桂子が僕の事を嫌いだと思ったのだが、僕はそうは思わなかった。

かずよが五歳で女を意識するように、桂子は二歳なのに女なのだ。わざと僕を避けてみせる女心だ。小学生の時や中学生の時にも、そんな経験があった。

向かいに住んでる敬子ちゃんという女の子が居た。その八歳の弟と僕は良く遊んでいたが、十二歳の美人の敬子ちゃんは、ある時まで一緒に遊んでいたのに急にぴたりと遊ばなくなり、会っても碌に口を利かなくなった。

しばらくして、敬子ちゃんの一家が引っ越すことになった前日。敬子ちゃんが僕の家に来て、「一緒に居て」と言った。

その日、一日中、夕方暗くなるまで、敬子ちゃんは僕と二人だけで過ごした。

子供心に、女は不思議だと思ったのを覚えている。

美弥子の娘の桂子だが、小学生になったあたりから、今度ははっきりと僕を好きだと言うようになり、お母さんの美弥子に、

「ダメよ。サブなんか好きになったら碌なことがないからね」

と、注意されていたが、その後、宝塚に入っても、東京公演の時は必ず連絡して来た。

公演を観たあと、宝塚の友達も一緒に食事に連れて行ってやり、友達たちも、桂子が僕を好きなのを認めながら夜通し一緒に遊んだものだ。

宝塚をやめた後、桂子は結婚して、ずっと経って旦那さんが死んで、それでも、僕との付き合いは続いている。二歳の時から、きっと死ぬまで、桂子は僕を好きでいるのだろう。

浜松から帰った翌日、一月五日に、岩下志麻さんと共演する「花いちもんめ」の顔合わせがあり、その後、本読みに入った。これから二ヶ月の間は一週間に四日間、「花いちもんめ」のスケジュールが入るので調整が大変だ。

歌謡番組の出演を削り気味にしたが、それでも「ロッテ 歌のアルバム」や地方公演など、断れない仕事がいくつもあった。

そして、「花いちもんめ」の初めての本番当日である。

朝からスタジオに入り、夕方近くになったとき、志麻ちゃんのおつきのさっちゃんが手紙を届けてくれた。

「志麻さんからです」

と言われて、封を開けてみると、一枚の便せんが入っている。大女優の岩下志麻さんが、なんで僕に手紙をくれたんだろうと思った。

読んでみると、僕の芝居についてと、作った曲について褒めてくれてる内容で、一緒に仕事をすることが楽しみだし、光栄です、と結ばれていた。

共演してる人に、いつもこんな事を書くのかと思ったが、石立とか川崎さんとか、他の人が貰っているようには思えなかった。

自分が主演をするにあたって、周りとうまくやって行きたいと思った志麻さんは、一番、やり難そうな僕に、先にネゴシエーションをしておこうと思ったのかもしれない。そうも思ったが、それにしてはラブレターかファンレターのように想いが感じられる内容だった。

そんな訳で、志麻ちゃんとは初日から意気投合して、一緒にやる事が楽しくなり、番組のためにも大きな成果を生む結果になった。

志麻ちゃんが味方なので、遠慮なく演出の近藤久也さんにもカメラ割りや演出の問題点をはっきり言えたし、すべてが番組を良くするための発言と、近藤さんも取ってくれるようだった。

僕の抗議に対して、近藤さんや周りの反論がほとんど無いので、「花いちもんめ」は常に揉め事も無く進んで行った。

ただし、近藤さんは、波長が合わないのか、石立とは良くぶつかっていた。

その日も、昼飯の前に、近藤さんが石立に詰め寄っていたが、石立は苦労して役者になったせいか、僕のように怒ったり反論したりはしない。

遊んでいる時は、飛んでもない裏切りをするやつだが、仕事では真面目なんだと、びっくりさせられる事が多かった。

京都での石立の裏切りの話だが、まだお互いにあまり売れてない頃のことだ。一緒に先斗町に遊びに行った。若い三人組の女の子たちと知り合い、その中に図抜けて魅力的な女がいた。

石立が取るか、僕が取るかである。二軒くらい梯子したあとバーに入って、さてここで本勝負と思っていたら、いきなり石立とその子が立ち上がって、

「お先に失礼」

と、自分たちの金だけ払って、あっと言う間に出て行った。

おそらく、その前の店あたりでこっそり示し合わせていたのだろう。女の子二人と僕が残った。二人の女が残ったとなれば、そのうちのどっちを取っても、残った一人が可哀想だから、そうは出来ない。三人で朝方まで遊んで、二人を送って旅館に戻った。その一ヶ月後に、また京都で石立と一緒の旅館になった。

「あんときさ、結局、あれから病院通いになったよ」

と、石立が言った。病気を移されたという事だが、出来過ぎた話ではある。

本当かどうか。どっちでもいい事だが、自分が抜け駆けして悪かったと思う気持ちを、嘘で拭おうと思ったのかもしれない。

その日、僕は撮影が終わって東京に帰る日だったが、石立はそのまま「行って来るよ」と撮影に出て行った。石立の部屋に行きピースの缶を三個、挨拶がてら土産に置いておく事にした。石立は、いつもピースの缶を抱えて吸ってるヘビースモーカーで、しかも、僕より貧乏だったからだ。

今、一緒に「花いちもんめ」に出演してる石立鉄男はあの時よりずっと金持ちになっているし、売れてもいる。

涙を溜めて黙っている石立を、近藤さんは、まるでいじめるようにして叩いている。周りの連中は、見てないという態度をして遠巻きにしている。埒が明かない。

「いい加減にしろよ」

と、僕は近藤さんに食ってかかった。

「お前等もお前等だよ。仲間が一方的に言われてるんだから、少しは抗議をしたらどうだ」

黙って見てる長さんやガンにも怒鳴った。河原崎長一郎は、志麻ちゃんとはイトコだかハトコだかで、人はいいが、男気はまるで無い。弟役の佐藤ガンも困った顔をしてただ僕を見てる。

「みんなの気持ちが一緒になってるから、この番組は面白くなってるんだよ。石立一人の問題じゃないよ。こんな気持ちじゃ、石立だって良い芝居が出来るわけがないだろう、休憩しよう」

僕がスタジオを出て行くことで、番組は強制的に休憩に入った。

大山さんが、キングレコードに居る友達から頼まれたとかで、若奈まゆみという十五歳の少女を現代企画の新人タレントとして扱わなければならなくなった。ともこの事があるし、ここでもう一人新人はと思ったが、大山さんが、

「なんとかやってほしいんだ、いっちゃん」

と、皺だらけの顔をさらに泣き顔にして頼むので引き受ける事にした。

案の定、ともこがそれを知って、

「なんで私の前に別のタレントやるのよ」

と、文句を言って来たが、なだめ役は広次に任せて、若奈の吹き込み曲をキングレコードの要望通りに決めた。

若奈の曲は、僕のモノではなく、昨年の春にヨーロッパからアメリカにかけてヒットした曲を日本風にアレンジしたものだ。カントリー&ウェスタンで使われているトーキングスティールを入れたが、これは日本で唯一の奏者であるワゴン・エースの原田実さんにお願いした。曲名は、「チビチビダ」である。

このため、大山さんがしばらくは若奈に掛かりっきりになるので、別にマネージャーを入れることにした。一人は、小沢さんの彼女の紹介で、マネージャー経験があり、僕より四歳年上の田中利加子だが、彼女を「花いちもんめ」の担当として採用。もう一人は、僕よりひとつ下だが、やり手風な男、本牧一郎を営業担当にし、デスクの節子さんに紹介した。


その日、フジテレビに行き、「花いちもんめ」のスタジオに入ってしばらくすると、お父さん役である佐野周二さんが騒いでる声が聞こえて来た。田中利加子は衣裳の学ランをケースから取り出している。なんだろうと思って、彼女に聞くと、表まで見に行ってくれた。

帰って来た田中が、

「荒木が挨拶したって、みんなに言い回ってますよ。なんか喜んでるみたい」

と、怪訝そうな顔で報告した。またかと思ったが、佐野さんはいつもレモンをくわえたような渋い顔をしている。その割には、可愛いところがあるんだと認識出来て、仲間としての親近感を感じた。

昼の一番手には僕は出ていない。志麻ちゃんの一人芝居だ。

のぞいてみようとスタジオに入ると、ちょうど志麻ちゃんが部屋のセットの階段を降りて来るところで、こっちを見た。近眼だから、これだけ離れていると僕だとは認識出来ないはずだ。

そう思ったのだが、次の瞬間、志麻ちゃんが階段から足を踏み外して床に倒れた。二三段だが、直ぐに起き上がれずにいる。走ってそばに行くと、

「一郎ちゃんに見とれちゃって」

と、冗談か本気か、小声で言った。

「見えるわけないだろう」

「見えたわよ、あなたが入って来ると思わなかったから、びっくりしたとたん階段がなくなったのよ」

見た目は、大人びた雰囲気を持ち、人を寄せ付けないような大女優に見えるが、中身は表面とは別人のような、おっちょこちょいで素直で、可愛い側面を持っている。僕より三つ上の二十七歳の大女優さんだが、幼馴染みじゃないかと人が疑うくらい気さくなので、相性も悪くない。

ADが肩を貸して、一旦、楽屋に戻ったが、近藤さんも副調から駆けつけて来て、ひとまず病院に行って診察してもらう事になった。

診察結果は、軽いねん挫で、二、三日の自宅での休養を言われたらしい。

キャスト全員で見舞いに行くことになった。志麻ちゃんは、監督の篠田正浩さんと結婚して一年。初めて顔を合わせるのだが、志麻ちゃんから話を聞いているので、知らない監督という感じがしない。僕たちが部屋に入ると、枕辺に妻の姿を心配そうに見つめている篠田さんが居た。松竹を代表する監督の一人なのだが、僕たちは軽く会釈をして部屋に入った。

近藤さんは、まるで自分が怪我をさせてしまったと言わんばかりに、篠田さんの前に頭を下げて

恐縮している。

志麻ちゃんのねん挫も経過が良く、少し足を引きずりながらだが、現場復帰に時間は掛からなかった。

「花いちもんめ」の第一回目のオンエアの日、僕は久しぶりに新宿の「ラ・セーヌ」に出演していた。マグマックスが解散したため去年の六月下旬を最後にジャズ喫茶の仕事はブッキングしていなかったが、今回は「ラ・セーヌ」側からのたっての希望があり、バックバンドをリオアルマに頼んでの出演である。

途中、休憩時間を作ってもらい、オンエアの「花いちもんめ」を見た。バンドも居るし、関係者じゃない人たちと一緒に見るのは苦手である。みんなは結構笑いながら楽しんで見ていた。

「ラ・セーヌ」のステージは、リオアルマのメンバーと軽く冗談をいい合いながら楽しく進行し、アンコールに新曲の「朝まで待とう」を披露した。熱気溢れる会場では、ラストだと言ったにもかかわらず、拍手が鳴り止まない。

仕方なく、アンコール曲を再度アンコールにして終演とした。

アメリカで昨年の暮れに「いとしのマックス」と「今夜は踊ろう」がレコードとして発売になっていた。今回は、ヨーロッパからオファーがあって「ある若者の歌」から「海」が選ばれた。

「星に唄おう」で「海」を流した時も大好評だったので、新しいアレンジにしてシングル盤で出そうと斉藤さんが言い、秋くらいのリリースで考えることにした。

「荒木の歌をＦＥＮでやってたぞ」

と、わざわざ英語の権威である杉田が電話して来た。

「お前の歌をFENでやってるの聴いて、やっぱり本物なんだなあって思ったよ」

「なんだ、本物ってのは。今まで偽物かもしれないと思ってたのか」

FENは、アメリカ軍の軍人とか、その家族に向けて放送してるラジオ局だ。当然、米国の放送局なので米人相手にしか放送しない。その放送局で、「いとしのマックス」が流れたので、米国通の杉田としては驚きだったようだ。


四月に入り、世田谷の梅丘に建設していた新居が半ば完成した。まだ普請中の部分もあるが、とりあえず引っ越しする事にした。

ドアを開けて三畳くらいの玄関に入ると、正面の壁がガラス張りになっているので中庭が見える。右手には、三十畳くらいの人がいっぱい集まれるリビングがあるのだが、そこはまだ出来ていない。床材がそのまま剝き出しになっていてスリッパで行き交いする状態だ。

とりあえずの荷物を、そこに運ぶことにして、それぞれの部屋に家具を入れるのだが、ドラムやピアノやアンプなど楽器類だけでも相当な数になる。人手がいくつあっても足りないくらいだ。

引っ越し屋さんの他に、事務所の連中はもちろん、杉田やゴリも手伝いに来た。元マグマックスの小原と真栄も来た。

小原はマックス号を運転し、荷物を西原の家から世田谷まで運んでくれたりしている。真栄は手ぬぐいでほっかむりして働いていたが、荷物を持つのに泥鰌《どじょう》すくいのようなおどけた仕草をして、相変わらずみんなの笑いを集めていた。

全部が片付かないまま、翌日は、九州に飛んで営業をこなしたが、ついでに吉永小百合の「全国縦断リサイタル」にも友情出演で参加した。

九電体育館の楽屋に行くと、小百合ちゃんが甲斐甲斐しくお茶を淹れてくれ、それまで打ち合わせも出来てなかったので、まずは「ひとりの時も」をデュエットする事にした。そんなに時間もないので無駄話は出来ないが、二人でお茶を飲みながらの、このゆったりした時間をもう少し楽しみたいところにスタッフが呼びに来た。

「バンドとの打ち合わせをお願いします」

一曲じゃなく、もっと唄ってほしいという小百合ちゃんのリクエストに応えて、バンドに譜面を渡して「ブルー・レター」と「朝まで待とう」を唄うことにした。

リハから戻って、何気に小百合ちゃんのスケジュールを聞くと、この後、京都の僕のスケジュールと小百合リサイタルの日が重なってるのが分かった。

「出てくれる」

と、小百合ちゃん。期待する大きな瞳で僕を見ている。出ないとは言えない。

「了解」

と、握手をした。

一旦、東京に戻り事務所に行くと、「花いちもんめ」が、フジテレビ開局以来の最高視聴率30％を取ったと田中利加子が自分のことのように自慢顔で報告して来た。

志麻ちゃんと連絡を取り合って二人で祝おう、という事になった。

六本木の「ロッシェ」で待ち合わせて乾杯をし、直ぐ近くにある「福鮨」で食事をする事にした。

「福鮨」の若旦那であるジョージとは歳も近く、この店が出来たときから親友付き合いをしている。

志麻ちゃんと行くと、当然だが、混雑してるにもかかわらず直ぐにカウンターの席を用意してくれた。

志麻ちゃんと二人で食事をする店は限られている。お互い有名人だから店を選ばないとファンに囲まれたり、客に絡まれたりと飛んでもない事になる。

ジョージが気を使ってくれる「福鮨」か、マスター以下気心の知れた人しか来ない「ロッシェ」か、さもなければ、事務所で、近くの「ふそう」から天ぷらを出前してもらったりするくらいだ。

「なんか賞もくれるみたいよ」

と、志麻ちゃんが話し出したが、話しているうちに、この日は結婚についてがテーマになった。志麻ちゃんは去年、篠田さんと結婚しているが、僕はその前の年なので少し先輩だ。

「あたしは、結婚によって制約されたくなかったからね、結婚する時に篠田に十か条の誓文を書いてもらったのよ、いちいち拘束しないとかね。自由にしてたかったから」

僕自身、制約されるのはもちろん、自分が結婚には向いてないと思うけど、誓約書は交わさなかった。土台、人と人との誓約も約束も、破られる可能性があるから交わすもので、法律的なモノじゃない限り、いずれ破られるものだ。

志麻ちゃんは、その点、ちゃんと誓文なんか取って結婚するんだから、僕なんかよりずっと真面目なんだ。

「一郎ちゃんは、男だから、そんな風に言えるのよ。女の人は男よりも結婚の制約は大きいんじゃないかしら」

「まあな、でも、男でも女でも、結婚が向いてるやつはほとんど居ないんじゃないか」

「篠田は男だけど向いてそうよ。向いてるから、誓約書にサインしてでもあたしと結婚したんじゃないかしら」

「どうだか。向いてる男なんか居ないと思うけどね」

そんな誓約書も、月日が経つにつれて、

「だんだんと威力がなくなってるのよ」

と、志麻ちゃんは嘆いている。

「でも、篠田さんは志麻ちゃんにぞっこんなんだろう」

「それとこれとは違うわよ。好きでいてくれるから、それは嬉しいんだけど」

「制約がダメなのか」

「うーん、ダメって言うか、約束が守られてないって言うか」

何かはっきりしないが、不満がくすぶってるみたいなので、直接、旦那に言うか、離婚するかしたらどうかと言うと。

「言ってるわよ、抗議してるけどね」

と、志麻ちゃん。

「じゃ、離婚しろよ。俺も離婚して志麻ちゃんもして、一緒になるのはどうだ」

「一郎ちゃん、結婚向いてないんでしょ」

「あー、そうか。じゃ、うまく行かねぇなあ」

「ほんと、人ごとだと思って簡単に言うんだから。真面目に聞いてよ」

「ごめんごめん。要するに、誓約が破られても、離婚はダメって事なんだな」

「あたしが、今、篠田と離婚したら、もうみんなから総スカン食って、仕事なんかぜーんぶ干されちゃって、女優業も廃業するしかなくなっちゃうわ」

ロッシェの片隅は、誰にも邪魔されない気持ちの良い空間である。純なところのある志麻ちゃんとは、話してるといつまでも話題が尽きない。

「福鮨」のジョージが、入り口の階段の途中の壁の片側から、長靴姿でこっちを覗いているのに気がついた。

ジョージがこの店を覗きに来たってことは、これから河岸に行く時間だってことだ。河岸に行く前に、なぜか、ジョージは、いつも店を覗きに来る。それがジョージの習慣になっている。

年齢も同世代だし、遊びたい盛りに仕事で朝から晩までなんだから、一仕事しに行く前に、巷の遊び人の空気に触れたいのだろう。

そんな時間かと思って時計を見ると、針が午前四時を指している。

「四時だよ、志麻ちゃん」

「あら、どうしよう」

こんな風に遅くなる事は珍しい。珍しいというか、今まで一度も無かったことだ。

「今から帰ったら、怪しまれるわ。どうしよう、一郎ちゃん」

「怪しまれたら、ちょうどいいから離婚しましょう、ってやればいいじゃないか」

志麻ちゃんが黙った。黙って人の顔を見てる。目には涙がにじんでいる。

「そうだよな。無責任な発言だったな。どうすればいいかだよな」

志麻ちゃんがうなずいた。

「普通に言えばいいんじゃないか。俺と一緒に居て喋ってたら、つい遅くなっちゃいましたって。俺とだったら疑わないだろう、篠田さんだって」

「一郎ちゃんだから、まずいんじゃないの。絶対に疑うわよ」

「そんなもんかなあ。ま、俺もこれから四国に行かなきゃなんだよ。もうちょっとしたら出るけど、いいか」

「あたしも連れてって」

「えーっ」

と、僕はロッシェのソファにひっくり返った。どういうつもりで言ったのか知らないが、そんな事をしたら僕はいいとしても、それこそ志麻ちゃんの人生にピリオドを打ってしまう。

「どうかしましたか」

と、マスターが声をかけて来た。

「大丈夫、ゴキブリが出たんだ」

「ほんとですか」

「嘘だよ、こっちの話だ、マスター」

多分、朝方の志麻ちゃんの疲れた頭の中では、帰った時に篠田さんと話す事とか、誓約書の事とかのもやもやが、脳をかき回して爆発寸前なんだろう。もっと、親身になって聞くべきだったのかなあ、と、ちょっぴり反省。

が、このまま帰すわけにも行かなそうだ。

「うちのマネージャーの田中利加子、知ってるだろう、いつもスタジオに来てる、あれだよ。とりあえず、あいつんとこに泊まれよ。電話して来るから」

「大丈夫、一郎ちゃん。心配してくれなくていいよ」

利加子に電話をした。

「俺だけど」

と言うと、寝起きだが不機嫌な声ではない。電話をしてるのは社長だから当たり前だ。志麻ちゃ

んと一緒にいる事を話して、今日だけ泊めてほしいんだと言うと、

「わたしのとこなんかでいいんですか。わたしはいいですけど」

「これからそっちへ行くよ」

志麻ちゃんに、「何かあれば、いつでも俺が責任取るし、あまり考えすぎないように」と、話して車に乗せた。

中野にある田中利加子のマンションに志麻ちゃんを送り、「笑えよ」と笑顔で別れ、急いで羽田に向かった。

午前五時の待ち合わせだが、朝一番の飛行機で大阪に行き、そこからプロペラ機で徳島に入る事になっている。

五時二十分。朝もやに濡れた羽田空港に着くと、広次たちが慌てて走って来た。

「一睡もしてねぇよ、広次」

徳島文化センターで催されるビクター歌謡百年祭に出演するための特別チャーター飛行機というのに乗った。大阪で乗り換えプロペラ機に乗り、うとうとしながら運ばれて空港に着いた時に、ハッと驚いた。

窓から見えている空港の滑走路に「しま」と白いペンキで書かれているのだ。

「志麻ちゃんは大丈夫かなあ」

と、心のどこかで思っていただけに、何かのお告げとかサインかと思って窓に頭をすりつけて「しま」とひらがなで書かれた文字に見入った。

タラップを降りて、ほっとした。なんでもない事だったが、それにしても偶然のいたずらは面白い。

徳島の地名が滑走路の横にひらがなで書かれてるため、窓からは、とくしまの「しま」の部分しか見えなかったのだ。

空港から市内まで四十分。宿について一休みする間もなく、直ぐに会場に行き、音合わせだ。

そして、三回公演を済ませて宿に帰る車の窓から、「桜まつり」に賑わう徳島の街が見えていたが、一睡もしてない体では降りる元気もなく帰ってバッタリと寝てしまった。

翌日は、大阪の「ベラミ」にリオアルマと一緒に出演だ。このクラブには半年前にも来てるので、客との距離感がつかめていてやりやすい。

ファンクラブの人たちが入れない会場だが、道頓堀の有名なレズビアンバー、「ドンジュアン」の二人のママやスタッフが客を連れて来てくれてたのもあって、終わった時の花束の数は抱えきれないほど凄かった。

大阪に行けば、必ず行くのが餃子の「天平」だが、「ドンジュアン」も必ずと言っていいほど仕事の後には飲みに行った。ママは二人とも宝塚出身のタチとネコ風のレズビアンなので、客もその手の女の子が多い。

だが、僕は男だけど店の男客の中では一番若いという事もあって、行けばいつでもママや従業員の女の子たちに大事にされた。

ベラミの終演後、「ドンジュアン」にお礼に行って、夜更けまでどんちゃん騒ぎをしたのは言うまでもない。

翌日は京都だ。約束通り、「南座」で「吉永小百合全国縦断リサイタル」をやってる小百合ちゃんの楽屋に行って、まずは歌の打ち合わせだ。

途中、引っ越しの話になった。世田谷に引っ越した話をしたら、なんと、小百合ちゃんの家が目と鼻の先にある事が分かった。前の家の時も、かなり近いところにお互い住んでたのが分かったが、今回は、リアルタイムで、それも二軒先、隣りの隣りである。

「まだ、出来上がってないんだけどね。家族や居候は住んでるんだ。リビングの床はまだフローリングも何もなくて、床材丸出し。だから、サンダルやスリッパで歩くんだよ」

「楽しそうね。お隣りさんだから出来上がったら、お邪魔してもいいかしら」

「出来上がらなくてもお邪魔していいけど、まあ、この縦断リサイタルが終わるころには出来てると思うよ」

「ギターは持ってるのよ。でも、格好だけ」

ギターの弾き語りで「ひとりの時も」を唄ってみたいと小百合ちゃんが言うので、

「仕事が一段落したら、予定を合わせて僕の新居でレッスンをしよう」

という事になった。

小百合縦断リサイタルでの約束を果たし、翌日、京都桃山城に入った。

野外ステージなのに、この日はあいにくの雨だった。それにもかかわらず、傘をさして参加した人が思った以上に多く、ケンサンダースやリオアルマも張り切って演奏し、新人の若奈まゆみも、この日、初めて僕のショーに前座で出演し「チビチビダ」を唄った。


東京に帰って間もなく、信じられないことが起こった。

斉藤さんの裏切りだ。

この問題が発覚するには、普通ではない経緯があるので、そこから話を始めよう。

まず、ダイヤル式の黒電話には、面白い使い方があるんだ。通常、電話をかけるのに番号の穴に指を入れて、それを止まる所まで回して数値を発信させるのだが、別の掛け方がある。

これは、あまり知られてない方法で、受話器を掛けるところの二つの突起ボタンを使う。受話器を載せると引っ込むヤツだ。

この両方のボタンを手刀を作ってポンと一回叩くと、ダイヤルで1を回したのと同じ効果になる。チョチョンと二回叩けば、2を回したことになる。324と掛けたい場合は、三回叩いて、ちょっと間を置き、二回叩き、また間をあけて四回続けて叩くと、324とダイヤルを回したのと同じ結果になる。

急ぐときは、良くこれをやるのだが、ここにもうひとつ秘密兵器としての信じられない使い方がある。相手の通話中の会話を盗聴出来るのだ。

掛けた相手が長いお話中だった場合、これをやる事によって会話の中に割り込む事が出来る。

やり方は、最後の番号を回す時に、ひとつ少ない数を回し、間を置かず手刀を一回使う。番号が8の場合は7を回して、一回叩く。これで、割り込みが出来るから、

「待ってるんだから、早く切れ」

なんて事が言える。

話は飛ぶが、アン真理子というビクターの歌手と、たまたま仲良くなって電話をした事がある。彼女は歌も作るし、発想が面白いので仕事で一緒になると馬鹿話に花が咲く。その真理子に電話をしたら、なんとやたらに長いお話中である。

重要な用件ではなかったが、何をこんなに長話してるのかが気になって、手刀盗聴をしてみる気になった。

すると、話し相手は博多のホテルに居て、公演でもやってるのだろう、同じビクターの高名な歌手だった。二人の話してる声が間近に聞こえて来る。

「わたしね、最近、知り合った歌手の人に、何故だか凄く惹かれているの」

真理子の声だ。

「誰だよ」

男が、ちょっと咎めるような声で返事をした。

「とにかく、その人の書く詩が凄いのよ。心にズンズン入って来ちゃうと思ってたんだけどね。逢ったら、そのまんまの人だったの」

「ふーん」

と、男は相手の男が分かったようで、詰まらなそうな返事をした。真理子の言ってる男が、博多の男に分かったように、僕にも分かった気がした。

「ちょっと風呂の湯、入れて来るから、待ってて」

「はい」

女が素直に返事をして、男がバスルームに去った気配があり沈黙が流れた。

「早く切れよ、待ってるんだから」

僕が、低い声で言うと、

「ええっ！」

と、真理子が悲鳴のような高い声を出した。

「俺だよ。電話しろって言うからしたのに、あんまり待たすなよ」

言ってから、そのあとは沈黙を守った。電話を切ったわけではなく、沈黙しただけなので、真理子が「えー、えー」と、疑問符を投げてる声が聞こえて来る。

男がバスルームから帰って来て、

「湯を入れて来たよ」と、言うなり、

「今、一人？　○さん、そこに一人で居るの？」と、真理子。

「あー、一人だよ」

と、男が答える。

「あたし、おかしくなったのかしら。何か聞こえたんだけど」

男には、何を言われてるのか分かる訳がない。真理子も、「惹かれてる男の声が現実になって聞こえて来た」とは言えるわけもない。頭がおかしくなったと思われるだけだ。

真理子たちが電話を切るのを確認して、僕も電話を切った。そして、ふたたび受話器を持ち上げると真理子の電話番号を通常の方法でダイヤルした。


さて、斉藤さんの件である。

事務所に戻った僕は、斉藤さんに電話を入れた。新曲「マックスへの手紙」の吹き込みの件だ。

ところが、お話中。

もう一度、掛け直したが、まだお話中だ。催促のつもりで手刀盗聴をしてみると、大山さんの声が聞こえて来た。

斉藤さんの家に大山さんが居て、誰かと話してて長電話になってるんだと思い、相手は誰だろうと耳をすますと、大山さんの説得する声に続いて道夫の返事をする声が聞こえた。

「いっちゃんは、天才だからね。天才は長生きしないよ。いっちゃんのとこに居ても、事務所の先行きも不安だし、こっちに移るのが正解だよ」

「ま、僕も現代企画に長くいるつもりはないですけど、大学も卒業したんで、どうしようかとは思ってたんですよ。音楽の世界には残りたいし」

「じゃ、こっちに来なさい。タイミングはいいし、君は能力も持ってるし悪いようにはしないから」

「そうですね」

「まあ、電話じゃなんだから、改めて会って細かい事を相談しよう」

「はい、じゃ、よろしく御願いします」

電話が切れた。斉藤さんが新しくプロダクションを作るとは言っていたが、そこに大山昭雲と鈴木道夫を僕のところから引き抜く計画が進んでたんだ。

受話器を置いた後、また斉藤さんに電話をした。斉藤さんはすぐに出た。

「大山さんに代わってくれない」

「あー、いっちゃんか。もう京都から帰ってたんだ。お帰んなさい。大山は来てないよ」

「居るのは分かってるんだよ、ちょっと代わってよ」

「いや、大山は、今日は来てないよ」

「なんで、そう汚い事を平気で出来るんだ、居るのは分かってんだから、早く代われよ」

「いっちゃん……」

「分かった、居るのは分かってるんだからな、これから俺は家に帰るから、大山さんと二人で来いよ」

大山さんも斉藤さんも、引っ越してから直ぐに新居には来てたから、所在地は知っている。電話を切ると、事務所から急いで家に向かった。

新しい木の匂いのする玄関で靴を脱ぎ、右側の大きめの扉を開くと三十畳のリビングがあるのは既に書いた。そこはまだ未完成で床板が丸出しで、工事現場の飯場のような雰囲気だ。しかも吹き抜けになっているので、空間はだだっ広く、どこからか隙間風も入って来る。

床には、職人の分も含めスリッパが何足も散らばっている。外に居るような寒さを感じながら、その中のひとつを履き、床板を渡って隣接している四畳半の麻雀部屋にたどり着く。

ここはリビングからだと一段上がった状態だが、ふすまは完成せずでまだ付いてないので、だだっ広い飯場がそのまま見えている。麻雀部屋の中央にある掘りごたつに冷えた足を入れて、初めて家に入った気分になる。

不機嫌そうにしている僕に、キッチンからスリッパを履いて飛んで来たひろこちゃんが温かいお茶を入れてくれた。

三十分くらい経っただろうか、玄関のチャイムが鳴った。

迎えるひろこちゃんと、挨拶してる斉藤さんの声が玄関から聞こえて来る。斉藤さんの後ろに、小さくなった大山さんの姿が見えた。

ひろこちゃんが、二人を麻雀部屋に通したが、斉藤さんも大山さんも、炬燵に入ろうとしないで、部屋に上がると正座して下を向いたままにしている。

「大山さん、俺に何も言わずに、なんで鈴木道夫を引き抜くんだよ」

大山さんは、図星を言われてハッとしたようだが、

「いや、いっちゃん、それは誤解だ。鈴木には何も話してないよ」

しなければいいのに、小さい声で言い訳を始めた。

「なんで、そうやって嘘をつくんだ。なんで、人を騙そうとするんだよ、大山さん」

「いや、嘘じゃない。嘘じゃないよ、騙そうなんて思ってないよ、いっちゃん」

大山さんが中腰になって、さらに十歳も老けたと思える醜い顔で堂々と僕を見ている。よくも、嘘をつきながら正面から僕を見られるものだ。見たくない汚いものを見せられた気がして、無性に腹がたった。

「バカヤローっ、嘘だって分かってんだよ。てめえは……」

僕は、近くにあった祝酒の一升瓶を逆さに持って、大山さんの頭めがけて振り下ろした。

大山さんは、身を縮め、瞬間に体の向きを変え、一升瓶は大山さんの頭を通り越して背中に当たった。

「いっちゃん、僕が悪かった。僕を殴ってくれ」

斉藤さんが、いきなり大山さんと僕との間に入り、両手をついて土下座を始めた。大山さんは、その隙に麻雀部屋を出て、飯場の床板の方に転がって逃げようとしている。斉藤さんを押しのけて、僕は大山さんを追い、一升瓶を振りかざした。

斉藤さんが僕の前に飛び出して、

「いっちゃん、大山をゆるしてやってくれ。僕が悪いんだから、僕をなぐってくれ、いっちゃん」

と、一升瓶に抱きついて来た。ひろこちゃんが、横でおろおろしている。

小さい体をさらに小さく縮めて怯える大山さんの背中を、僕は思い切り蹴飛ばした。

「大山さん、自分が何を俺に言ってるのか分かってるのか。何で俺に嘘なんかつくんだ」

わめきながら、大山さんの背中や腰を蹴り続けていると、何故だか涙が出て来た。大山さんが憎いんじゃない、その醜さと卑屈さが嫌なんだ。

斉藤さんが僕に必死でしがみついた。

「大山が怪我をしたら、いっちゃんが加害者になるよ、いっちゃん。僕が悪いんだから、何でもするから、大山を許してやってくれ」

斉藤さんの目にも涙が見える。

汚い床板を転げ回ったため、大山さんの服も、斉藤さんの背広も白く汚れている。

ひろこちゃんが湿ったタオルを持って来た。僕は、タオルを受け取って、麻雀部屋に戻り靴下を脱ぎ、ズボンの汚れたところを拭いてから炬燵に入った。

ちょっとして、斉藤さんが炬燵に入って来て喋り出した。

「いっちゃん、大山はどうしても今度の僕のプロダクションに必要なんだ。申し訳ないけど、それは許してほしいんだ。鈴木くんの事は大山がやりたかったみたいだけど、彼はいっちゃんの子飼いの人だから、僕は引き抜いたりはしたくない」

斉藤さんはこっちを見ていたが、僕の反応が無いので謝るように頭を下げた。

「……俺はね、斉藤さん、引き抜かれるのが嫌で怒ってるんじゃないよ。大山さんや道夫がそうしたければ、それでいいし。道夫は、斉藤さんのところに行きたいと思ってるんだから、そうしてやればいいよ。ただ、こういう事は、斉藤さんが事前に俺に言うべきだろう」

斉藤さんは、炬燵から出て、また土下座をした。

「その通りだ、いっちゃん。僕の不徳の致す所だ。申し訳ない」

大山さんは、まだ怯えが止まらないのだろう、炬燵にも入らず斉藤さんの後ろで身を縮めたままだ。

斉藤さんは、「ボンミュージック」という名でビクターから独立し、大山さんを専務に、道夫を社員ディレクターとして雇い入れ、自分を社長として音楽制作のプロダクションを作った。

そんな時だが、「花いちもんめ」が終わりに近づき、ディレクターの近藤さんから話があった。次回作の話だ。

今回の「花いちもんめ」がフジテレビの最高視聴率や放送批評懇談会のギャラクシー賞とか、放送批評懇談会の第四回期間選奨などの賞を取ったりして評判がいいため、次回の連続ドラマも近藤さんが演出を任されたようだ。

「おかげさまで、高視聴率で終わるようだし、ぜひ、次回の番組も荒木くんに出てもらいたいと思ってね」

土曜劇場シリーズとしても、固定した高視聴率を取れたのは荒木くんや出演者みんなのおかげなくしては、と謙虚に話してくれたが、当たり前だと思った。

そもそもホームドラマでありながら家族が崩壊して行くという田村孟さんの斬新なアイディアと台本が良かったし、役者の家族としてのチームワークも抜群だった。

それに、例によって僕がカメラ割りや演出に文句を入れた回数だけでも、かなりになる。

しかし、この次回もという話は、近藤さんに持ちかけられる前に志麻ちゃんから聞いていた。

「あたしは出ないわよ。一郎ちゃんはどうする」

「俺は、志麻ちゃんが出ないんなら、出ないに決まってるだろう」

「そうね」

志麻ちゃんが、口をすぼめる独特の笑い方で嬉しそうに笑った。

近藤さんに、僕は断ったが、出演者全員に声を掛けたようで、長さんとガンの二人が引き続き出演する事になった。

一緒にやって来た役者友達としては、志麻ちゃんに敬意を表して全員が身を引くべき。そう言いたかったが、彼らには彼らの考え方、彼らの事情もあるだろう。

それは言わずに「花いちもんめ」の全収録を終えた。

打ち上げではフジテレビの偉いさん達が本当に嬉しそうに志麻ちゃんに対して惜しみない拍手を贈っていた。


家が出来上がって来て、マスタングを買った。初めての外車だが、外装は白で内装は赤の派手な車だ。家を出る時はセドリックで出かけて、帰って来た時にマスタングだったので、ひろこちゃんがびっくりしていた。

大山さんと道夫が抜けたので、スタッフを補充しなければならない。吉田日出子の紹介で、杉本健一郎を入れた。社長を将来やってもらおうと思っていて、その器がある人物と思っての採用だ。元々、社長業がやりたくてプロダクションを作ったわけではなく、俳優業も音楽も、やりたい事だけをやって自由に生きて行くことが人生の方針だから、「社長を誰かに」は当初からの意向ではあった。

もう一人のスタッフは、長島某だが、これは西崎という興行会社が倒産して、そこの社長の片腕だった男だ。西崎は僕の興行の仕事をいくつか斡旋してくれていたが、結局、百万円を現代企画に未払いのまま倒産してしまった。

その片腕社員だった長島に、

「会社が倒産したんで行くとこが無いから、いっちゃんとこでよろしく頼むよ」

と言われて引き受けることにしたのだが、片腕でやって来たんだから、西崎から百万円の未払いの内、少しでも取り立てて来いよと言ったが、そういう関係ではないらしい。片腕だったり信頼関係があるように見えても、それは表面で、実際はギャップがあるのが常識の世界かもしれない。

その後、西崎は、宇宙戦艦ヤマトの原作者として成功するのだが、長島に言って、「今の西崎なら払うのに負担の無い金だろうから」と、取り立てを頼んだところ、やはり主従の間に絆が存在してないのか返事は無かった。

四月の二十二日から一週間、コント55号が進行役を務める人気番組、「お昼のゴールデンショー」の今週の歌に「朝まで待とう」が決まった。コント55号とは、日劇の僕のワンマンショーで一緒になっている。

その頃は、まだ人気がなく、演出の松尾さんから、出してやってほしいんだけど、と依頼があったが、僕の構成の中には彼らのキャラでの出番を作ることが出来なかった。

それでも、出たいというコント55号側の希望があったので、とりあえずだが、途中で意味不明に叫びながら観客席から走って来て舞台に上がろうとし、上がれなくて諦める演出にした。

二郎さんが、舞台に上がれずもがいたりするのだが、ただそれだけの事で、出してくれて嬉しかったと二人にお礼を言われた。

その後、コント55号も人気を得て、今や「お昼のゴールデンショー」の司会を始め、あっちこっちのテレビ番組で引っぱり凧になっている。

「お昼のゴールデンショー」が決まったと同時に、テレビ朝日から「塚原卜伝」の話が来た。四回連続で卜伝を僕が演じ、十六歳から八十歳までを描くという。

本物の時代劇は初めての経験だ。演出は、テレビの演出家の河野宏さんが、これも初めて東映撮影所を使ってフィルムの仕事をする。

もちろん、「塚原卜伝」の出演はオーケーしたが、その前に、「ゴールデンショー」の一週間分の録りと、月末から五月の頭にかけて北海道での「荒木一郎チャリティショー」をこなさなければならない。

北海道は、まず札幌でテレビの仕事を終えてから、さらに北に向かった。網走の直ぐ手前にある北見市という聞いた事のない街での興行だ。

この時期でも、まだ寒さが厳しい札幌から夜行の寝台車に乗り、さらに極寒と思われる北の果てに向かって八時間も走るという。Wケンジさんとか一緒に出演してくれるタレントさんが何人か乗っている。

大人たちは、みんな疲れて寝台車に入るなり眠ってしまったようだが、僕と大形久仁子だけは若いし、北の果てに行くという興奮とで、簡単には寝られない。

元々、久仁子とはいくつかのテレビで一緒になったり、お茶を飲んだりしてる仲なので、寝台車の中に飲み物や食べ物を持ち込み、サロンに居るかのように豪勢に振るまった。そのうちに、夜が明けて来て一睡もしないうちに北見に着いた。

街に入ると、そこら中、至るところに今日催される「荒木一郎チャリティショー」のポスターが貼られていて、街中で歓迎されているような錯覚に陥った。

「凄い人気ですねぇ」

と、ポスターの群れを見て久仁子が言ったが、

「他に娯楽が無いからだろう」

と思って、そう答えた。

バラエティショーのような形式での公演だが、一回目と二回目の間に、広次や平尾たち、それに久仁子も連れてボーリングに行った。

一汗掻いたあとの北の街の風はさらに冷たい。

「ボーリング終わって出て来た我々には、網走の寒さも一服の清涼剤みたいですね」

と、広次は機嫌良く言っていたが、一睡もしてない体には冷たさが沁みて、久仁子も僕も、コートに襟巻きをたっぷり巻いて寒さを凌ぎ、会場に戻って来た。

北海道から帰って事務所に寄ると、本牧が「話があるんですけど」と寄って来た。

本牧は、なぜか楊枝を銜《くわ》えてることが多い。シーシーとやってるが、別段食事のあとって訳ではない。単なるかっこ付けなのだろうが、やくざのようで、あまり良い趣味とは言えない。

現代企画では、若い連中しかいないため、仕事中は全員スーツを着るしきたりになっている。テレビ局のスタッフや、他のプロダクションのマネージャーなどから、馬鹿にされないためだ。とうぜん、本牧のシーシーもテレビ局などでやっていれば、社長、つまり僕から瞬時に台本で叩かれる。

平尾とか卓三も若いから、スターがいっぱい出演する「歌謡グランプリ」などのスタジオでは、ついついタレントたちに見とれて口をあんぐりと開けたりしてる時がある。そんな時も、社長である僕は、後ろから行って台本で思い切り彼らの後頭部を叩く。

「平尾、いつも言ってるだろう。若いからって只でさえ馬鹿にされるんだからな、みっともない真似はするなよ」

平尾は、役者として松竹で修業してたにもかかわらず、そこが緩い時が多い。

本牧の用件は、その平尾の事だった。

「平尾をやめさせてくれませんか。とにかくトロイんで仕事の邪魔になるんですよ」

元々、本牧と平尾は、前世の因縁なのか馬が合わないところがあって、言い合いをしてる事がしばしばあった。出来る本牧としては、出来ない平尾がもどかしいのだろう。

「平尾を辞めさせてもらえないんなら、これ以上、仕事の邪魔をされたくないんで僕が辞めますけど」

本牧は、周りに対して気遣いや気配りが足らないところがある。人がどうして貰いたいかとか、何を考えてるかとか、頓着しない。

この間も松江に営業で行く汽車の中で、僕の隣に座って煙草を吸い出した。

煙草は禁じているわけではないし、僕も吸うのでいいのだが、その煙草の先に溜まった灰が僕の上着にぽろりと落ちた。シルクの上着を着ていたからたまらない、とたんに、そこに大きな穴があいた。

本牧は「あっ」と言っただけで、謝らなかったし、僕も気をつけろよと言っただけで、別段謝らせようともしなかった。

だから、本牧は「はい」と返事をしただけで終わった。それでもかっこつけの本牧としては「はい」と言わされたことが不本意だったのか、それが顔に滲み出ていた。

今回も、平尾や僕に対する配慮はなく、自分が出来る人材だから、出来ない平尾を社長の僕が辞めさせるのは当たり前と思ってるようだった。

「平尾を辞めさせなければ、お前が辞めるんだな」

「はい」

「じゃ、お前が辞めろ」

仕事の上では、本牧が遥かに上回ってることは周知だし、だから自信を持って平尾をやめさせられると思ったのだろう。理由はどうあれ、人に言われて、その人間の首を切るなんてヤツにはなりたくない、と考える僕だとは想定しなかったみたいだ。

本牧は、その日をもって現代企画から居なくなった。

仕事だけやってるのなら、いくらでも面白くこなして行くことが出来るが、会社をやってると、仕事に必要のない人間のエゴとかが絡んで来て、面倒な事が多い。一日も早く社長の椅子を杉本に渡したいと思う気持ちが増していた。


「塚原卜伝」がクランクインした。しかも、疲れが溜まっているせいか、この撮影をしてる間中、歯痛に悩まされた。

あまりの痛さに、鹿島神宮でのロケの途中、マスタングで東京の歯医者まで飛ばして膿んでるところをメスで切ってもらった。

通常、腫れてる歯は治療せずに腫れが引いてからするものだそうだが、いつもいる若い先生ではなく、お父さんなのか見たことが無い年寄りの先生は、腫れてる歯茎を見ると直ぐにメスで切って膿を出してくれた。

いつも行く歯医者なのだが、その先生に会ったのは、その一回限りで、二度と会うことはなかった。切った途端に痛みが消えたので、トンボ返りでロケ地に帰って来た。

白いマスタングには、サイレンが付いている。オプションとかで付いてるわけではなく、自分で勝手に付けたのだ。

歯医者から戻ったとき、鹿島神宮のロケ隊の居るところに、サイレンを鳴らしながら入って行った。何かの意味があるわけではない。ただ、鳴らして入って行きたかっただけだ。

この撮影で、一番迷惑をかけたのは北林早苗だろう。卜伝の奥方役だが、着物姿が異常に似合う人だ。撮影が終わって「ロッシェ」で待ち合わせたときに洋服を着て来たのだが、どうみても同じ奥方とは思えない。全くの別人だった。

その早苗ちゃんが、僕の事を書いた感想記事に、こんな箇所がある。

「セットの片隅でカツ丼を頬張る一郎くん。待てど暮らせど現れず、やっと到着と思えば皆を待たせて徐々に髭を剃り始める。またしても遅刻、今日は暑いから衣裳を着るのは嫌だの、鎧は重いから嫌だのと子供のようにダダをこねる。折角、結い上げたかつらを付けたままグーグー昼寝を始める。衣裳を脱ぎ捨て、タオルを巻き付けた姿でフラフラ歩き回る。これだけ悪条件が揃っては救いがたいところです」

ある日、鎧をつけようとして、びっくりした。こんな重いものをつけて芝居なんか出来るはずがない。スタッフにそういうと、

「プラスチックの鎧なんかあるわけないだろう」

と、誰かが言った。小道具の係なのか、衣裳の誰かなのか声しか聞こえなかった。

「誰だよ、今、言ったやつ。隠れてないで顔見せろ」

周りを見回して待ったが誰も出て来ようとしない。

「陰でこそこそ言うやつは許せないんだよ。出て来ないんなら、言ったやつはスタッフを降りろ。

そいつがスタッフを降りるまで、俺はロケバスから出ないからな」

頭に来て、僕はバスに戻ることにした。

僕が動かなければ撮影はストップして進まなくなる。
五、六分くらいたったたろう。
僕より十センチは背の高い屈強な男がバスに乗って来た。

内心「これは、やばい」と思った。喧嘩になったら勝ち目はない。

「一郎さん」

と、男は陽に焼けた顔と、ぎょろっとした目を僕に向けた。

「俺が言いました。すみません」

男が頭を下げた。

「俺はスタッフを降りてバスに乗ってもいいんですが、少数のスタッフなんで、俺が居ないとみんなが困ります。このままスタッフやらせていただけませんか」

小道具係の男だったが、この日から、その男、藤井と親しくなった。

撮影終了日まで、剣や弓などの小道具に関する事に何だかんだと気をつかってくれ、時代劇に慣れない僕に、藤井くんは色々と教えて片腕のように支えてくれた。

それにしても、鎧は重すぎる。

軽く作って芝居をやりやすくすれば、誰もがもっと良い芝居が出来るのにと思った。

ある時、十八人斬りをワンカットで撮ると、河野さんに言われた。

十八人すべてが槍を持って輪になって僕を囲むのだが、これを鎧を着たままカットを割らずに一人一人斬って行かなければならない。

なんせ、鎧は重いから、もし着たまま本気でリハをやったりしたら一度で体力を消耗して、次がない。

まず、鎧を脱いで、十八人を斬る殺陣《たて》を新国劇の伊吹総太郎さんに教えてもらい、段取りを覚えた。次に鎧をつけて一回だけ斬られ役の人たちにスローモーションでリハをやってもらった。

「一回きりのリハで、本当にワンカットでやるの」

「出来るだろう、荒木くんなら、反射神経が抜群なんだから」

意地悪ではなく、本気で河野さんが言っている。やるしかない。

僕は重い鎧を着直し、槍ぶすまの輪の中に入って剣を構えた。十八人に槍を構えられて囲まれてる状況は、いくら撮影と思っても決して気持ちの良いものではない。

「よーい」

河野さんの声がかかる。本番ワンカット。間違えれば、あるいは間違えなくとも、日頃、傍若無人に振る舞って来てるだけに、槍で顔とか体とかを刺されたり、傷つけられたりしないでもない。かなりの緊張感だ。

「スタート」

カチンコが鳴った。もう後は体の動きを信じるしかない。

一人斬り、二人斬りと刀を殺陣通りに振り回し、次々と矢継ぎ早に斬って、斬られたヤツが倒れて行く。十人くらいを斬ったところで、バチーンと鋭い音がして、持ってる刀がつばのところから折れて宙に飛んだ。

「カット」

河野さんの声が掛かる。

「そこから続けてワンカットで行くから、そのままの形でスタンバイして」

と言われ、直ぐに藤井くんが飛んで来て、そのままの状態で剣だけを交換してくれた。

十八人を無事に斬り終わって、拍手が来た。しかし、これは僕が上手いのではなく、斬られた人たちへの拍手だと思った。

僕は言われた通りに刀を振り回しただけだが、殺される人たちの斬られ方が上手いために、まるで僕がうまくやってるようにしか見えない。

僕みたいな時代劇に不慣れな人間がやっても、様に見えるのは、すべて斬られ役の人たちの年季と技術によるものだと、改めて脇の役者の大事さを感じたシーンだった。

サンケイスポーツの記事に、

「荒木は、馬はカメラテストの時に一度だけ乗ったが、生まれて初めての事。疾走シーンは吹き替えで切り抜けた」

と書かれた。

馬のシーンはいくつもあったが、すべて自分でやったし、遠目で鎧兜を付けて疾走シーンをやった時も吹き替えは使わなかった。

だが、問題はあった。サンケイスポーツに書かれた鎧を着て馬に乗り、全速力で駆けるシーンだ。ロングショットなので遠目だし、兜をかぶってるので顔は見えないだろうから、さすがにこれは吹き替えでいいだろうと思った。吹き替えの理由は乗れないのではなく、面倒くさいからだ。しかし、助監督が、

「申し訳ないですが、兜をかぶってても顔が分かりますから、ご自身で御願いします」

と言って来た。

しかたなく、鎧も兜もつけて馬に乗ったが、全速力で走るや否や、思ってもない事が起こった。腰を浮かして走るんだとは言われていたが、一目散に走ることによって、鐙《あぶみ》から足は外れるし、重い兜がだんだんと前に下がって来る。

かと言って鎧を着た右手は剣を高くかかげているし、左手は手綱を握っている。走り出したら乱れを直すことなど出来はしない。

鐙から外れた足が不安定なので、馬から体が落ちそうになる。落ちないようにと目一杯内股を締め体勢を保ち、言われた地点から目的地へと一目散に疾走するのみだ。

撮り終えた翌日。このシーンの試写があった。見てると、全速力で走ってるのはいいが、ロングショットなので顔などまるで分からない。

「なんだよ、これ。顔見えねぇじゃねえか。吹き替えで撮れただろう」

と、助監督に食って掛かったが、吹き替えで撮り直せとも言えない。怒っても後の祭りである。

刀を振り回して怪我はしなかったかというと、殺陣をやる度に、毎日、どこかしらに新しい傷が増えた。

御前試合のシーンでは、情け容赦なく相手役の池部良さんを叩きのめすようにと言われたが、終わった時には相手ではなく、自分の手の甲が打撲で腫れ上がっていた。

何人もの相手と真剣で立ち会うシーンがあるので、その度に、昨日は右の親指、今日は眉の上にと、生傷が絶えるときが無い。社長候補の杉本が心配して保険を掛けましょうかと言って来た。

塚原卜伝は剣豪だが、僕は普通の現代的な人間だ。剣豪なら傷一つ付けずに人を斬るだろうが、現代人がチャンバラをやって傷が絶えないのは当たり前だ。

しかし、刀を持った事もない、時代劇を演じた事もない僕なんかに何故、この役が与えられたのかだ。

それを聞いたら、河野さん曰く、

「戦国の時代を生きたバイタリティを打ち出せる俳優と考えたら、荒木くんしか思い浮かばなかった」

そうだ。

なんせ、卜伝は二十歳で日本一の剣客となり、生涯無敗、打ち取った敵、二百十二人という。しかも剣は神技と言われてるので適当に芝居をしたのでは成り立たない。

もちろん、馬の稽古から、木刀の素振りや腰の落とし方など、時間の無い中で、それなりに一生懸命練習には励んだが、殺陣師の伊吹さんの存在は大きかった。

クランクインしてから伊吹さんとは、常に一緒に行動した。主役と殺陣師という間柄で仲良くしてくれたのかも知れないが、

「今度は、こういうので行こうよ」

と、ひとつひとつ現代的で斬新な殺陣を作ってくれた。僕でも出来て、かっこ良く見えるという殺陣だ。

それも二十四歳の僕が、四十代、五十代と歳をとるだけではなく、技に磨きが掛かる剣豪を演じるのだから、それなりでなければならない。

伊吹さんは、一緒に行動しながら八十歳まで、歳相応の殺陣を次々と生み出し、全四作を通じて、いっぱしの剣豪へと僕を持ち上げて行ってくれた。

原さんのバンドのB＆B7が解散した。そのメンバーだった森田公一と小原たちが組んで、トッ

プギャランというグループを作ったらしい。しかも、B&B7の別のメンバーの一人は、僕の前歌をやっていた今陽子と一緒になってピンキーとキラーズというグループを作って、来月デビューするという。

何かしてても、してなくても、時は過ぎて行くという事だ。

今年は、役者の仕事が多く、また志麻ちゃんとの共演の話が来てるのだが、その前に、歌の方もビクターの「トップ・バラエティ」のレギュラーが決定した。

それまでの堺正章に代わってホスト役をやることになった。相手は小山ルミだが、毎週衣裳を新調することにした。西武の古屋敷くんと話して、全部、自分でデザインをした。

レコードの方は、一昨年の芸術祭では「ある若者の歌」を出したが、今回は、自分の企画で芸術祭に参加するアルバムを作ることにした。

「絵本」という企画をやって見たかった。

レコードの中の一曲一曲が、一枚ずつの絵になっているというものだ。

それも薄い紙に絵を描くのではなく、画用紙よりも厚手の紙を使う。その裏表に曲に見合った色彩の綺麗な絵が描かれていて、レコード盤の大きさだが本のように一枚ずつをめくって見られるわけだ。表紙も革とか絹のような布を使って作りたかった。

第一回目の企画会議をビクターで開いた。

部長の滝井さんを始め、課長や録音部、それに広報や表紙デザイン、ディレクターなどが集まった。

最初に言われたのは、

「レコードには基本的な規格というものがあり、厚紙で作る絵本など、明らかに規格外のものでレコードでは無い」

とという事だった。

しかも、表紙を革で作ったりしたら膨大な予算にもなるので、却下するから他の企画にしてくれという。

「基本的な企画じゃないからこそ、いいんじゃないか」

と、僕が食い下がると、

「普通のものをやりましょうよ。前回の『ある若者の歌』のような」

と、斉藤さんに代わって担当になった小沢ディレクターが発言した。

「同じような事をやって何が面白いんだよ。誰もやらないからやる意味があるんだ。誰でもやる事だったら、俺じゃないヤツがやればいい」

「それにしても、革とか絹とかの表紙なんて無理じゃないですか」

デザイン課のヤツが口をはさんだ。

ゴリ押しをしてるのは自分でも分かっていた。今の自分のビクターにおける地位を使って、半分は脅してるようなものだ。

「わかった。じゃ、革表紙は無理なのは分かったから、布にしよう。赤色の布にして、その上に金箔押しで『絵本』と入れる」

「布なんかで作ったら、荒木さんの写真が入らないじゃないか」

滝井部長が言った。

「写真は使わないんだよ、滝井さん。表にも裏にも、中にも、僕の写真は一切入れない。これは絵本なんだから」

歌謡界の常識では、レコードジャケットに歌手の顔写真が大きく入るのは当たり前だ。それを、裏にも表にも使わないからこそいいんだ。

滝井部長が渋い顔をして、もし作ったとしても値段が合わず赤字になるという。

「じゃ、値段を上げたらいいじゃないか」

「値段はね、ビクターだけじゃなく、レコード会社の協定で決められてる規格ですからね。これを変える事はできないんですよ」

制作の課長が上司の滝井さんの肩を持って言った。

「レコードはね、値段もレコード番号も規格で決まってるんだよ、いっちゃん」

小沢ディレクターが言う。

「じゃ、この番号じゃなく、値段も変えて新しい番号にすればいいだろう」

新しい番号にして値段を変えて作れば良いと思ったが、そんなに簡単なものじゃないらしい。

「じゃ、分かった。今後、もうレコードは出さないから、これで会議はお開きにしよう」

伝家の宝刀である。半ば本気で言ってるから、みんなも迫力を感じるのだろう。しばらく沈黙があったが、小沢さんが助け舟を出して、制作課長に聞いた。

「じゃあ、仮にこういうものを作ったとして、番号も新しくしてだよ。それで、予算面はどうなのかなあ」

「値段を上げたとしても、限度があるからね、小沢さん。やれば赤字になるね」

課長が言った。

「もう、金、金、金だなあ、誰も。この企画が作品的に良いとか悪いとか発言出来ないのか。俺の作品としての内容に対してはどうなんだよ。たまには金をもうけるんじゃなく、誰も作らない良い作品を作ろうと思ったらどうなんだ。こういうレコードは今、俺しか出来ないと思うよ。どんなレコード会社もどんなタレントも出来ない企画だと思わないのか。企業イメージを上げるために金を出すって事だって、会社はやるんだろう」

「乱暴なことをいいなさんな、荒木さん」

隙っ歯の滝井部長が、手を頭の後ろに組んで、椅子にひっくり返りながら言った。

ともかく、今日決めることなど出来ないので、少し考えさせてほしい、と課長が締め、この日の「絵本」の企画会議はお開きになった。

志麻ちゃんとの共演の話は、またまた時代劇で、志麻ちゃんが愛情を捧げる相手役をやる事になった。これは井原西鶴を素材として田村孟さんが脚本を書いてる。そういう意味では、「花いちもんめ」と同じ組み合わせだ。

大阪の朝日テレビが制作で、全七話の一話と二話に出演する。

志麻ちゃんの役は、宮中に仕える腰元お春だが、一話で、僕が扮する公家侍の若党に強引に自分のモノにされ、そのため、花魁、夜鷹と身を崩し、転々と男を変えて行く。岩下志麻に、元禄時代に生きた女の七態を演じさせる「元禄一代女」というタイトルの企画だ。

これを、志麻ちゃんの旦那の篠田正浩監督が、テレビ初演出として意欲的に取り組むという。ラブシーンも、しっかりあるし、とにかく僕だけじゃなく、女が男を遍歴をして行く話を旦那が撮るというのだから、なんともなのに、僕を最初の男に選んでいる。

誰のキャスティングかと思うが、孟さんが言い出しっぺで、多分、篠田さんも、こいつで行こうと思ってくれたんだとは思う。

「一郎ちゃんだから、疑うのよ」

と、志麻ちゃんが、以前に篠田さんの事を、そう言ってたので、僕が相手役を演じて、どうなのかなあという気がしないでもなかった。

しかし、クランクインして見ると、篠田さんには焼きもちのカケラもなかった。演出面でも、二人が抱き合う濡れ場だけでも、半日も掛けたし、もっとくっつけとかやって来る。

一段落した休憩の時に、志麻ちゃんが不思議な顔をして僕の所に来た。

「一郎ちゃんとお茶を飲んで来い、って篠田が言うのよ」

篠田さんは、仕事として僕を認め、良い作品を作るために、そこに徹してくれているんだと思った。それに応えなければ、男でもないし役者でもない。

仲良しの志麻ちゃんだから、遠慮なく芝居も出来るので、「日本剣客伝」のチャンバラとは違って、思い切り時代劇における男と女を演じることにした。

途中、プロデューサーの山内さんと言い合いになったりはしたが、無事にすべてを撮り終え、東京に帰った。
二、三日して、志麻ちゃんから電話があった。
「今日、一話の試写があったのよ」

「そう、どうだった。まだ七話まであるから大変だよな」

「うん。でね、試写を見終わったあと、山内さんが、ほんとに荒木は頭に来る男だけど、芝居だけは上手い、って言ってたわよ」

翌日、ビクターのディレクターの小沢さんから電話があった。

「いっちゃんの言う通り、新しい番号で値上げをしてレコードを作ることになったよ。明治百年記念と芸術祭参加作品を兼ねて、布張りの金箔押しで行くからね。早速、曲とか絵の打ち合わせに入って欲しいんだ。ここだけの話だけど、『絵本』、このままの企画で行くと一枚売る度にビクターは三百円の赤字になるらしいよ」

「分かった」

と頷いて、僕は電話を切った。

その日、久しぶりに喜美ちゃんから事務所に伝言があり、夜になって電話をした。

「羽仁さんが、映画を撮ることになったの」

「愛奴」というタイトルで、僕を主演で使うという。十九歳で羽仁さんに憧れてから随分時間が経ったが、ようやく映画を一緒にやれる。いつだったたか、羽仁さんから、「荒木くんは、映画よりテレビに向いてる」と言われたことがある。テレビには、何度も使ってくれたけど、羽仁さんの監督する映画に出してもらったことなど一度もないのにだ。「実力、分かってるのか」と言いたい。ようやく、羽仁さんの偏見ある発言が間違ってる事と、映画における実力を証明する時が来たわけだ。

「相手役ね、司葉子さんよ。ほとんど二人だけの作品だから、荒木くん頑張らないと」

「愛奴」は、濡れ場の多い作品だと言う。にもかかわらず、大女優の司さんが、僕となら出来ると言ってくれたらしい。

きっと、後々にも荒木一郎の代表的作品と言われるようになる。そんな予感がした。

「羽仁さんと一緒に、食事に行きましょう」

打ち合わせという堅苦しいモノではないが、恵比寿のいつもの寿司屋で羽仁さんと会うことになった。

あとがき

「絵本」が、無事に発売されて二ヶ月半、年が明けて二月に入った。売り上げは順調だという。僕は、赤坂の喫茶店前で「愛奴」のロケに入っていた。

　メイクは、その喫茶店を化粧室代わりに借り切っているので、そこでメイクや衣装をつける訳だが、午前中の撮影が始まるというときに、「荒木さん、お客さん」と、製作スタッフが声をかけてきた。と同時に、男が二人、階段を降りて半地下にある店内に入って来た。

　ここで、この小説は終わるのだが、「愛奴」も降ろされ、スター歌手である荒木一郎の人生も終わる。

　次の人生は、また波乱に富んだ楽しい夢の続きになるのだが、とりあえず、斉藤さんのプロダクションは、その後「殿さまキングス」が大ヒットして一世を風靡して、しばらくして潰れ、専務の大山さんはイタリアの家具を扱ってる家具屋に勤めた。

　ある日、新宿のクラブの女に入れ込んでる大山さんと出会った時に、家具を買ってやるよと言ったら、

「いっちゃんには、いろいろと世話になったから、ひとつプレゼントさせてほしい」

と言われた。

　ブリキのような変わった電気の傘で、どこに使うのか分からず、そのまま押し入れにしまった。

　道夫は、ヤマハに入り、中島みゆきのディレクターなどしていたが、定年になり、今でも僕のと

ころに出入りしている。

現代企画が人員整理をしなくてはならなくなり、広次に行きたい所を聞いたら、

「日音に入りたいです」

という。日音は大手の音楽出版会社だ。広次は、大学も出ていないけど、何とかなるだろうと思って、当時部長だった村上さんを家に呼んで相談した。

「三木さんは現代企画にずっと居た人だから、荒木一郎のノウハウを色々と経験してると思うし、それを買いますよ」

村上さんはそう言って、広次を日音に入れてくれた。

斉藤さんは、あのフランスで出会ったレジナとずっと付き合っていた。一度は、彼女が卒業して娼婦を辞める時に、話は御破算になりそうになったのだが、あのひたむきな押しの力で、その後も付き合いを続けるようになった。

が、フランスと日本とでは、往復運賃やホテル代だけでもかなりの費用が嵩む。それがプロダクション倒産の大きな理由になったのかもしれない。

斉藤さんは、タクシーの運転手になり、それから随分と経ってからだが、僕の家に訪ねて来た。

「いっちゃん、僕も、もう一度、歌謡界に復帰しようと思ってるんだ。出来たら後押しをしてくれないかな」

斉藤さんの努力は、その後、少しだけ功を奏したが、二度目の夢は叶わずに終わったようだ。

ある日、記者の人に質問されたことがある。

「荒木さんは、色々な事件を起こされていますが、ご自分の過去を振り返って、あのとき、こうしておけば良かったとか、こうしなければ良かったとかお想いになりませんか。もし過去の修正が利

くとしたら、どこを一番変えたいと思われますか」

あのとき、カニ親父を叩かなければ、NHKを干されなかっただろうし、アンナを叩かなければ、「サブちゃんの部屋に行ってもいい？」と言われてたんだから、そっちの方が楽しい展開になってたのかもしれない。

でも、同じ場面になってどうする、と言われたら、やはり同じようにやるんだろうなあ、と僕は思う。

なぜなら、人生は反省の中から多くのものを学べるものだし、第一、失敗しない人生をやったんでは、荒木一郎らしく生きた事にはならないからだ。

振り返れば、どの場面においても学ばせてもらったことが多く、僕の人生に登場してくれた全ての人たちに感謝している。

荒木一郎（あらき・いちろう）

1944年、東京都生まれ。歌手、俳優、作詞・作曲家、小説家。幼少より舞台やラジオドラマなどで活動。1966年、『空に星があるように』で歌手デビュー、日本レコード大賞新人賞を受賞。『今夜は踊ろう』『いとしのマックス』など数々のヒット曲を生み出し、シンガーソングライターの嚆矢となる。映画『893愚連隊』『日本春歌考』『現代やくざ　血桜三兄弟』『白い指の戯れ』などに出演し、個性派俳優として評価を得る。小説家としても才能を発揮し、著書に『ありんこアフター・ダーク』（小学館文庫）、『後ろ向きのジョーカー』（新潮社）など。

企画　新田博邦
編集　向井　徹、山内健太郎（小学館）

空に星があるように

二〇二二年十一月二日　初版第一刷発行

著　者　荒木一郎
発行者　飯田昌宏
発行所　株式会社小学館
〒一〇一-八〇〇一　東京都千代田区一ツ橋二-三-一
編集　〇三-三二三〇-五一二六　販売　〇三-五二八一-三五五五
DTP　株式会社昭和ブライト
印刷所　凸版印刷株式会社
製本所　株式会社若林製本工場

造本には十分注意しておりますが、印刷、製本など製造上の不備がございましたら「制作局コールセンター」（フリーダイヤル〇一二〇-三三六-三四〇）にご連絡ください。
（電話受付は、土・日・祝休日を除く九時三十分～十七時三十分）

 ISBN 978-4-09-386652-1